（明）張璁　著
明萬曆四十三年刊

張文忠公集

1

鳳凰出版社

圖書在版編目（CIP）數據

張文忠公集 / (明) 張璁著. -- 南京 : 鳳凰出版社, 2019.4
ISBN 978-7-5506-2825-0

Ⅰ. ①張… Ⅱ. ①張… Ⅲ. ①中國文學－古典文學－作品綜合集－明代 Ⅳ. ①I214.82

中國版本圖書館CIP數據核字(2018)第210706號

ISBN 978-7-5506-2825-0

張文忠公集

著　　者　(明)張　璁
責任編輯　崔廣洲
出版發行　鳳凰出版社(原江蘇古籍出版社)
發行部電話 025—83223462
出版社地址　南京市中央路165號，郵編：210009
出版社網址　http://www.fhcbs.com
印刷裝訂　三河友邦彩色印裝有限公司
三河市高樓鎮喬官屯村
開　　本　十六開
出版日期　二〇一九年四月第一版
二〇一九年四月第一次印刷
書　　號　ISBN 978-7-5506-2825-0
定　　價　貳仟陸佰肆拾圓整(全三册)

出版説明

人是一種會思想的動物，無論是要適應環境，克服生存的困難，抑或爲了生活得更有意義，思想皆不可或缺。在一般的中文習慣中，思想的涵義比『哲學』更寬泛，這種語用習慣的差異，也影響到學者對學術視野的選擇。一般而論，思想史的範圍也較哲學史爲廣闊，雖然很少得到清晰地界定，但它不失爲一種有效的學術視野。

在近代中國學術史上，思想史研究的興起與哲學史大約同時。一九〇二年三月，梁任公在其創辦的《新民叢報》連續發表了《論中國學術思想變遷之大勢》系列論文，這可能是最早由國人撰著發表的思想史論文。而第一本由國人撰寫的中国古代哲學通史，則爲一九一六年謝無量的《中國哲學史》。這兩種早期著述自有其學術史的意義，但其中對學科的性質與研究方法等多無明確的説明。事實上，無論是學者的闡述，還是其實際的操作，在思想史與哲學史之間都不易劃出清晰的界限，直到當代也仍然如此。拋開細節不論，就語用習慣及有關實踐而言，思想史表徵一種對歷史文化廣闊而深入的關照，其研究方法，關注的問題，都較哲學史爲多元，史料基礎也不可同日而語。尤其是在郭沫若、侯外廬等人建立起來的研究傳統中，思想史有明确的社會史取向，或因其與傳統的文史之學有親和性，以至在今天，這種思路仍然很有吸引力。

文獻發掘向來是思想史研究的基本環節。爲了促進有關研究，我們選輯多種文本編爲『中國古代思想史珍本文獻叢刊』，全編選目包括經典文本，如儒、道二家的經解，重要思想家作品的早期刻本，和某些并不廣泛受到關注的作家文集的舊刻本。本編中也選録了數種記録古代民俗信仰的文獻，如《關聖帝君聖跡圖志》等。此外，本編也著意收録了數種通常被視爲藝術史史料的文本，如《寶綸堂集》、《徐文長文集》等，我們認爲對思想史關注而言，範圍與深度同樣重要。

選集本編，也有文獻學上的意圖。中國古代有悠久的文獻學傳統，大量古籍文本的傳刻與整理造就了古代中國輝煌的文化。本編收録的這些刻本不僅是古代學術發生、衍變的物質證據，也是古代文化的重要部分。本編所收録的全部作品皆爲彩版影印，最大限度地保存了文獻的細節。其中有部分殘卷，視具體情況，或者補配，或者一仍其舊。本編的選目受制於編者的認識與底本資源，有不妥、不備之處，希望讀者不吝指正。

《張文忠公集》總目録

（明）張璁 著　明萬曆四十三年刊

第一册

第二册

第三册

第一册

張文忠公集

序

奏疏一

太師張文忠公集序

國家謚法以文爲首其義凡十有一初未嘗重辭章即翰院諸公不可無辭章而立身行己輔世長民自有本末洪武初罷丞相不設用翰院史官備顧問或爲殿閣學士歲久積資洊登三

孤八座一切章奏出其擬旨於
是閣臣權若真相而相非翰院
不得入文非翰院不得謚矣
世宗踐祚永嘉張文忠公以留曹郎
言大禮稱
上意向後言聽計從不數年入閣位
首揆官少師三四出入生而尊

寵沒而贈卹非諸臣所敢望不
俟讀其遺集而知公之謚文有
以也周公監二代制禮作樂以
致太平郁郁彧彧天地之精蘊
至是煥發昌熾故號文公去周
千餘年而
世宗朝自 郊丘 宗廟

文祖　文考　先聖先賢
親耕　親蠶造士取士大者兵戎祭
祀小者冠服品式革令之陋行
古之道比迹成周而率自公賛
之公之所以為文也按其集燦
然具美嘗考謚文之義所云經
天緯地脩治班制二者惟

世宗足以當之公實咸有一德至今言者謂相不宜專用翰院翰院不宜專謚文必以公為臣鵠焉然謚文諸臣其名雖同實則有差取于勤學好問者一百三十許人敏而好學者四十許人忠信接禮者六人施而中禮者一

人若家户所有耳惟劉文成為
脩治班制王文節徐文貞為道
德博聞最稱優異以公相業與
新建僅取勤學好問何也公遺
文奏議十九他著作不及十一
所專精用力文之大者豈雕蟲
小技所可挈較短長哉繼公而

興閣臣有江陵與公姓同謚文
忠同相少主同銳意任事同公
得君誠專為衆所側目揑抗不
安身後七十餘年名乃愈彰其
以危身奉上稱忠與江陵又同
江陵沒而遘禍謚追奪家見籍
近日商丘相公始行其遺文為

之序而後進亦有訟言其功者
人情薄公論睠較嘉靖時懸殊
要之兩文忠易地則皆然也余
友周君繼昌分部東甌表章先
哲行公全集屬楨序楨三復之
公所為文其援引討論審諦今
古也其是非利害究徹終始也

其數陳委悉辭指顯見也其反覆辨難意氣勃發也其据執堅定怨謗不避也非辭章家可同日語即謚文之義于公殊覺未盡傖父管中窺豹財見一班安能以序為公重聊致嚮慕感歎之私云爾

京山後學李維楨譔

周蓮峯老公祖回汝紀書謹附刻

承命

先公集敘念此

名世之業不佞名位既薄筆作又枯

曾一脫稿讀而汗顏仍付祖龍偶

京山

李太史書郵之便索其援筆不閱月

遂得之云見諸序發揮已盡無已

以謚立意考訂詳悉語意瑰瑋淘

是當今韓子足與

名刻並不朽矣借以塞諸惟

高明亮之殺青報竣即不佞還山後

幸勿忘惠

毘陵周繼昌頓首具

太師張文忠公集序

洪惟

世宗肅皇帝入嗣大統勵精化理湔濯海內之觀聽而總挈乾綱杜旁落清政本摧左貂之恣睢褫而歸之日闕

經筵親業耕蠶揆文奮武而按覈

邊鎮以脩安攘綱羅才實輙出

京朝官柄文事至於

達孝尊親明聖亶於述作漢宋抉其

謬盭贊贊然稽古禮文取次釐

毖嚴

郊社朝夕之祀定

先師稱號之宜十餘年閒樞機品

式靡不備具赫然
中興之烈此寧獨
主德茂哉則臣與有勞焉維時
太師張文忠公翊神明之孝思
躬格衆之曠覽建白典禮
睿志允諧成進士六年而登樞輔擁
躡風雲托契魚水

明興一人而已嘉靖初一切刷罷表
章軼往憲来雖
宸斷天啓而籌帷造膝寔公翊贊其
間具在公奏疏中予嘗反覆讀
之彼其以孤踪抗羣呶發
明倫之偉辯擴不匱之
大孝其功卓矣然且上酌褒崇不黨

諛於人
廟之請下理忤遂乞
曠恩于異己之儔論抹首揆楊公
至再益力竟能霽
天威以全寬假論罷侯延齡之族罪
寧批鱗觸怒而不忍
世廟傷

昭聖之心此豈庸庸者有哉蓋其矯矯諤諤氣足以發其辯而剴然動於忠篤誠懇之思則有獨至者所以結主知而先聖德彌成嘉靖初元之治也逮其清操竣節屹然砥柱瑩然氷雪並

紛外慕舉不足以動其中殆超
立於埃壒表矣昔賈誼才亞伊
管慨然請興禮更制乃不見售
於讒讓之主而卒以自窮公孫
弘年六十奏對合上意不數年
而拜相然曲學諂於轅固多詐
纍於汲直而鮮朔方商鹽鐵議

屈於桑孔買臣相業闇然惟温

國文正公嘗與韓歐持濮議天

下義之而入相元祐遂標旋乾

轉坤之績今觀之公以新進議

禮立談取相有賈之通達而量

則過有弘之寵遇而業則閎方

之文正寔相伯仲顧穢長公則

謂温公進之速用之盡而歸於
神宗知公之深然則公之所受
知
世廟者豈其微哉孟子曰五百年必
有王者興其間必有名世者蓋
天祚我明而
世皇出以顯

中興若公者天為
世皇而生以名當世兩遇相得非偶
然也
臨軒側席四歸四召
簡注始卒不衰訃聞
震悼輟朝三日贈賚有加
世廟之所為知公者豈其微哉予以

防汎過東甌父老能道公始末其居第樓院皆官爲闢治所自治者猶然儒素迄今稱清白子孫益信公之相業彪炳固有本也公之孫中書君汝綱汝紀汝經出公集乞序余景企有年不敢辭故既讀而論著之如此

萬曆五年孟冬吉旦

賜進士出身通議大夫兵部右侍

郎兼都察院右僉都御史奉

勑提督軍務巡撫浙江等處地方前

工部右侍郎巡撫江西右副都

御史湖廣提督學校副使監察

御史後學姑蘇徐栻謹撰

太師張文忠公集叙

永嘉張文忠公遇

主甚奇成進士六年而拜相甚速旋

去旋召進公孤

賜更名賜銀印記賜遊南城西苑

賜手詔藥賜居第書院額非出

宸翰則出

獻皇帝御書其前後寵賚于廷臣無
兩皆謂公以大禮一事中
上意而驟貴而實非也
肅皇帝性好三代禮樂述作天縱顧
朌廷臣鮮所當旨夫禮者文人
憚以爲細而英雄豪傑又笑以
爲麤大臣之學問能麤細俱入

則當頤問遇盤錯直迎刃而解
耳公教授姚溪精於三禮讀書
長嘯以山中宰相自負一旦遇
時遭會能理奪明主之心而以
辯才杜三事大夫之口衆目睽
睽談笑自若即使不言大禮其
議論之快心精神之透骨世誰

得而抹摋之所謂豪士如玉山千人亦見萬人亦見矣初公抗議時桂公萼方公獻夫夏公言霍公韜不過緣飾公說以就功名而舍大禮外如農蠶有議祭服有議禮器有議樂舞有議郊社之分合日月之配享孔子之

易王而師易像而主諸君子能創一言否試之少司馬汰邊方之債師裁冒濫之冗官試之總憲決大誣之寃獄彈不職之属吏試之内閣單鎮守之宦官平潞州之劇盜定大同之叛兵諸君子又能創一言否

上禁中不時出片紙勑小黃門立索回奏非勢切疾雷則幾難終日公援筆隨答刻期取辦同官不及謀外曹不及聞古典不及致而分陰寸晷之間如宿搆於平時咄嗟於俄頃者宰相須用讀書人公之謂矣

肅皇帝由藩服入繼大統此君之變局也公以一書生柢掌而取相印若寄又相之變局也君相之局變則朝局自不覺與之俱變議論必更新制度必更始非特禮官不能違即君且不能違也非特君不能違即天且不能違

也時也亦勢也易卦革之後繼
之以鼎鼎之後繼之以震當鼎
革震動之初老臣碩儒齦齦爲
執己陳之死局或可或否以揺
上心賴公援引書史反覆送難廷議
屈相權重而少主之威亦伸孔
子得子路而惡言不聞劉裕失

禄之而謂人輕我
肅皇帝不倚公誰倚哉說者謂公一
言取相類范睢公孫弘余獨否
否公孫弘當會議開陳兩端使
人主自擇不如公之强直自遂
范睢甫入秦秦太后穰侯得罪
去而公救解昌國公張鶴齡兄

弟終

昭聖皇太后之世竟得長繫著皆公

力也公五十不治生產近清禁

絕私交近正功成名遂身退近

智而要公相業不在是鮑叔之

薦管仲曰其為人也能不失國

柄韓魏公平生未嘗以膽許人

是二者惟公足以當之盖大臣之事君威福之柄不可有是非之柄不可無後世避威福并避是非膽不足而國柄與之俱失矣若張公者非特

肅皇帝救時之宰相抑亦萬世救宰相之藥石也而世以議禮一事

盡公其得公者膚耳此公之奏
議不可不讀也
萬曆甲寅孟夏既望
後學楚人楊鶴謹題

太師張文忠公集叙

張文忠公嘗

肅皇帝朝以言禮稱

上意六年而首端揆遇合甚奇恩寵甚渥動猷爛然去今七十餘載孫太守君始輯其遺文類而鋟之初諭對錄列

宸章睿藻於前附公條答於後一諭
一對如相賡載次奏對錄則
自上手疏封事不復列
聖諭矣并及其平日應酬贈送序記
諸篇令揔為一書數奏之文仍
前奏對而稍增補詩與文特始
加詳有奉

勅撰著者恭和

御製著洋洋纚纚靡不備載槪公生

平撰著盡在是矣屬不佞敘之

不佞莊誦諭奏二録諸所以序

公備矣或以公爲言禮驟貴或

以爲非盡録言禮貴或奇其拔

合之易或稱其不避是非之難

武以公為能不失相之柄又或著其相才之高相業之盛令不佞獨管搦言何能有加然諸序中直修公嘗日事耳請言其文飾章繪句鑐飾鞶帨者經生之文也黼黻皇猷鋪張治道者宰相之文也經緯天地輔蔚帝王

者天子之文也天子之文不與臣下同宰相之文不與經生同而公之所為文又不與他相同凡公所遭逢之事非朝家恒有之事也故公所撰著之文非文章家恒有之文也自古名卿鴻儒負經綸述作之才立朝之章

疏名山之副藏鉅篇短裁集而成帙皆謂之文然儒者博極羣書追秦擬漢孕宋苞唐網羅雖富組織雖工不過勒成一家蘄以不朽自命非盡關乎朝廷國家之故子大夫竭忠攄悃感時憤事如賈太傅之策晁太常

之論陸宣公之議蘇文忠公之
策略策列能程廟謨國是有裨
或以條奏或以進呈第出於臣
下一時之意見未必上心之所
欲詢其言或用或不用或聽或
不聽皆積日夜熟思預擬而啟
之而後以勅之上非能取奏於

吆嗟俄頃間上驟門而下猝應也夫直臣相讙召見面議上世有之至勤

天子之筆札連章累牘反覆諭對

御書之下遠譴論之上陳稱壽字別號而不名自古及今未之嘗聞惟公之身履之亦惟公集中見

之他文章家曾有是否以衍登

用於正德之季時年已五十矣

肅皇帝以茂齡繇藩邸入登寶位繼

嗣繼統之議未定

新主尚少舊臣恃恩往往執刊定之

成禮以懸父子兄弟之轍

主心不能無孤公雖新進爾學老成

能據禮援經以與之衡而闕三
事大夫之口
天子倚之自是遂復周之爰立之命
出于
帝眷外不繇廷臣之推內不緣中涓
之口為中興賢相第一盛事故
凡

上欲有所為而未就或有所疑而未

決輙下

手札非時遣小黃門齎以問公立稟回奏而公援筆隨應如議農蠶議郊祀日月議禮器樂舞先師廟祧之類事無鉅細制無豐約必俟公商確而後定而公遂裁

舒其所爲文如此也仲尼序列古帝王不以文章與虞夏殷周之聖人而歸之如天之堯獨稱其文爲煥豈他聖人盡皆無文哉君猶天也君之文乃天之文也堯之文思開天闢地敬授人時其君咨命其臣陳謨而其大

者乃在於禪受揖遜之交道父
子君臣之轉局而不失父子君
臣之正局成勳華之協首開萬
古文明之秘啟仲虺煥而天之
肅皇帝以天之文為文公以
肅皇帝之文為文大位以若禪受不
以世及拘也

温旨藹若都俞不以簾陛隔也國統以正系統以明治隆而化洽禮備而樂和天地官而百昌序此文之至也夫惟有王者之興然後有名世之從能議非常之禮而煥未有之文漢文帝新創代入周絳侯爲相重厚少文閎之

錢穀刑獄不能置對安知文章
洛陽生通達國體文能應之而
少年喜事不中機宜卒莫能移
謙讓不遑之志其言後六年驗
道至再世而後行此猶經生之
文耳
天子嗣統依稀代來好興三代禮樂

不與謙讓者嫁以通達遠過洛陽而遺時遘會勝之功名著於當身文采表於後世真所謂宰相之文乱如其證今鄙故擬藻摛辭則文家之剩技耳非所以盡之也

萬曆乙卯季春既望

温陵後學丘應和頓首撰

太師張文忠公集序

夫常人而常事也則世共安之若以非常之才創非常之業其始未有不駭且疑者故自古豪傑出身任事不變色於山摧不瞬目於麋走而一家一國天下之非皆不暇顧然後得以持其

獨見究其宏施而與天地侔蔽
非苟而已也我朝
肅皇帝龍奮湖湘河魁手握廓然與
天下更始而恥言守府為不世
出之君文忠公以孤生末寮一
言悟主其際風雲其誼魚水用
能於肺腑而竭股肱為不世出

之相金之礪舟楫之濟鹽梅之
調雖不乏人要於史所稱正拆
姦偉屏芑宣明主威蕩國蠹卓
經救時名相何減元之所欲之
願執鞭馬塌來甌越因得伏謁
祠宇湫細故址若或見之而公
孫太守公遠裒公遺藁而梓焉

且數手言語曰讀其書知其人
人之知公者遇主奇耳結主深
耳而不知其首倡大倫力排羣
喙張膽明目不獨置身榮辱外
并置身是非外而始成其為公
也蓋當大禮初議新起而下攘
臂相角文襄濤公復勁未起公

挺隻身掉寸舌縷縷乎纔纔乎

隨駁隨應玄黃其戰使少懾衆

寡寡形色沮氣奪而退一步地

幾無豪所矣故曰置身榮辱外

也且其時爭者皆老臣名流排

闥叩閽在彼為批鱗在此為承

顏儻顧惜小嫌而身名雖狗不

將呼吸而是非亂耶公之言曰大孝明於天下後世臣死不憾究之明倫與成至今雖不沒諸公之聽而終不能易公之是故曰置身是非外也去公幾百年而為今之國是人心莫有如牛渚之浮沉而洄洑之變固然者

徒〻輩上君子攢眉仰屋跋前
疐後而扼腕於其羅噫安得置
身榮辱是非外如公者起而任
之哉縱觀集中如策厲策倭單
鎮守議宗室重守〻種〻經濟
皆今日所受之病而當日已試
之方革俞跗之術傳而束手於

割解戴人之書在而咋舌於汗漫則榮辱是非不能脫然胸次有以掣醫國者之手耳予備員史局讀

肅皇帝實錄其世紀簡嚴諸大臣生平行履裁削殆盡而公獨為典數則江陵張公筆也無乃為其寺

畧器業有足相當而苟可以尊主庇民安國寧家不妨違俗而堅持負謗而獨信一時不免於駭且疑天下久而安之激有契合然者因讀公集而不能不寄思於兩文忠也

浙東備兵使者前

國史編脩廣陵後學李思誠頓首

拜撰

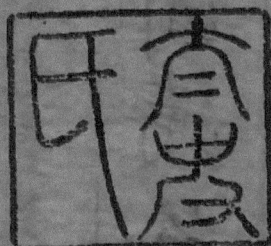

御贊詩

戊子新正吉　春饗
祖廟覲
祀禮忻已成　肅駕回宮寢　登輦偶回顧
輿南一輔臣　貌奇真才傑　形端志氣伸
外馬表貞一　内則抱忠純　誠正輔吾躬
清白飭乃身　予喜荷
天眷
賚賢作邦珍　庶幾凖夔輩　望以康斯民

太師張文忠公小像

國史傳

世宗肅皇帝嘉靖己亥春二月致仕少師兼太子太師吏部尚書華蓋殿大學士張孚敬卒浙江永嘉縣人字茂恭初名璁今名字

上所賜也正德庚辰舉於禮部明年辛巳

上登極賜進士時方議

獻皇帝尊稱大禮孚敬即上疏分析繼統繼嗣之義

為

上明父子之倫不可奪衆咸不悅壬午授南京刑部主事甲申以大禮未正仍上疏爭之與桂萼席

書方獻夫霍韜同被
召至京與衆廷辯竟定大禮陞翰林院學士乙酉
陞詹事丙戌陞兵部侍郎丁亥
敕掌都察院事治張寅獄是冬陞禮部尚書兼文淵
閣大學士入閣辦事
賜銀圖書二其文曰忠良貞一曰繩愆弼違戊子
加少保纂修
明倫大典成加少傅兼太子太傅吏部尚書謹身殿
大學士己丑
命主會試其秋罷政歸行及天津

遣行人周禪齋
勑召旋辛卯更名及字
賜銀印其文曰永嘉張茂恭印其年乞歸壬辰
遣行人周文燭齋
勑召入進兼太子太師華蓋殿大學士復以星異乞
歸其冬
遣鴻臚寺少卿陳璋齋
勑徵之癸巳復任加少師乙未以疾乞歸
上累諭固留爲之
親製藥餌疾亟乃許致仕

遣行人周光文御醫袁還齋

勅送之月給官廩八石歲撥輿隸八名有司特加存

問丙申

遣錦衣千户劉昂視疾齎

手詔趣其還朝至處州疾作不果至

詔强起之至金華疾又作乃止至是卒

上深加悼惜

賜祭葬有加贈太師謚文忠仍特廕子遜業為尚

寶司丞孚敬深於禮學丰格俊拔大禮之議乃

出所真見非以阿世既以是受

上知眷驟躋崇顯而一時議禮諸臣咸被重遣累跡
請寛之及奉
詔鞫勘大獄獨違衆議脫張寅之死而先後問官
得罪者亡慮數十人以是搢紳之士嫉之如讐
然其剛明峻潔一心奉公慷慨任事不避嫌怨
其掌都察院不終歲而一時風紀肅清積弊頓
改在內閣自以受
上特知知無不言密謀廟議即同事諸臣多不與聞
者至于清勳戚莊田罷鎮守内官百吏奉法苞
苴路絕海内治矣至其持議守正雖

嚴諭屢下陳辭益剴切不撓
上察其誠久久益敬信之常以元輔羅山呼之而不
名其卒禮官請所以易其名者
上親按古謚法以孚敬能危身奉上
特命謚文忠其眷遇之隆始終不渝如此終嘉靖之
世語相業者迄無若孚敬云
萬曆壬午汝紀訪鳳洲王公於弇園極頌
世皇帝與先太師際遇始終之盛自
明興無兩焉因手錄此傳見貽今奉梓于集
之像後用識先勳云孫汝紀熏沐拜手書

太師張文忠公集編梓校名公姓氏

欽差整飭溫處兵備兼分巡浙東道浙江等處承宣布政使司參政兼按察司僉事王道顯

欽差整飭溫處兵備分巡浙東道浙江等處提刑按察司副使丘應和

浙江等處承宣布政使司分守溫處道左參議周繼昌

欽差整飭溫處兵備兼分巡浙東道浙江等處承宣布政使司參議兼按察司僉事李思誠

浙江等處承宣布政使司分守溫處道按察司副使兼參議李叔元

溫州府知府何廷相

繆國維

同知吳學周

劉之藩

通判蔡世勑

車登雲

推官蔣鑒偁

永嘉縣知縣莊廷臣

霍化鵬

樂清縣知縣沈立義

瑞安縣知縣吳養忠

平陽縣知縣洪啓哲

泰順縣知縣呂紹淛

江西提刑按察司副使項維聰

太師張文忠公集輯錄繕閱子孫職名

中書舍人男遜志　玄孫世卿　雲孫廷賓

尚寶司丞男遜業　世美

中書舍人男遜脩　世相

光祿寺監事孫汝綱　世仁

四川龍安府知府孫汝紀　世哲

光祿寺珍羞署署丞孫汝經　世輔

國子監生府縣儒學貢曾孫國瑞　世翰

國禎　世賢

國祐　世昌

國社　世揚

國禧　世亮

國琦　世佐

國補　世賞

國禔

廣東布政使司左參政從曾孫德明

舉人從玄孫天麟同閱

太師張文忠公集目録

奏疏卷之四

奏疏卷之五

奏疏卷之六

太師張文忠公集目録奏疏終

太師張文忠公集

奏疏卷之一

正典禮第一 正德十六年

臣切謂孝子之至莫大乎尊親尊親之至莫大乎以天下養伏惟皇上應天順人嗣登大寶廼即勅議追尊興獻王以正其號奉迎聖母以致其養此誠孝子之心有不能自已者也茲者朝議謂皇上入嗣大宗宜稱孝宗皇帝為皇考改稱興獻王為皇叔父興獻大

王興獻王妃為皇叔母興獻大王妃者然不過拘執漢定陶王宋濮王故事謂為人後者為之子不得復顧其私親之説耳伏承聖諭以此禮事體重大令博求典故務合至當之論臣有以仰見皇上純孝之心矣比有言者遂謂朝議為當恐未免膠柱鼓瑟而不適於時黨同伐異而不當於理臣固未敢以為然也夫天下豈有無父母之國哉臣厠立清朝發憤痛心不得不為皇上明辯其事記曰禮非從天降也非從地出也人情而已矣故聖人緣人情以制

禮所以定親疏決嫌疑別異同明是非也夫漢
之哀帝宋之英宗乃定陶王濮王之子當時成
帝仁宗無子皆預立為皇嗣而養之於宮中是
尚為人後者也故師丹司馬光之論施於彼一
時猶可今
武宗皇帝已嗣 孝宗十有七年比於崩殂而廷臣
遵 祖訓奉 遺詔迎取 皇上入繼 大統
豈非以天下者 祖宗之天下天下之天下也
臣伏讀 祖訓曰凡朝廷無皇子必兄終弟及
夫 孝宗 興獻王兄也 興獻王 孝宗親

弟也　皇上　興獻王長子也今　武宗無嗣
以次屬及則　皇上之有天下真猶
高皇帝親相授受者也故　遺詔直曰興獻王長子
倫序當立初未嘗明著為　孝宗後比之預立
為嗣養之宮中者其公私實較然不同矣或以
孝宗德澤在人不可無後夫孝宗誠不可忘也假
使　興獻王尚存嗣位今日恐弟亦無後兄之
義夫　興獻王往矣稱之以皇叔父鬼神固不
能無疑也今　聖母之迎也稱皇叔母則當以
君臣禮見恐子無臣母之義禮長子不得為人

後況　興獻王惟生　皇上一人利天下而爲
人後恐子無自絕父母之義故在　皇上謂繼
統　武宗而得尊崇其親則可謂嗣　孝宗以
自絕其親則不可或以　大統不可絕爲說者
則將繼　孝宗乎繼　武宗乎夫統與嗣不同
而非必父死子立也漢文帝承惠帝之後則以
弟繼宣帝承昭帝之後則以兄孫繼若必强奪
此父子之親建彼父子之號然後謂之繼統則
古嘗有稱高伯祖皇伯考者皆不得謂之統矣
或以魏諮謂由諸侯入奉大統則當明爲人後

之義殊不知曹叡是時尚未有嗣其詔蓋預為
外藩援立者坊此有為之私非經常之典也可
槩論乎故曰禮時為大順次之不時不順則非
人情矣非人情則非禮矣臣竊敢謂今日之禮
宜別為　興獻王立廟京師使得隆尊親之孝
且使母以子貴尊與父同則　興獻王不失其
為父　聖母不失其為母矣夫人必各本於父
母而無二議禮者亦惟體之於心而已今者不
稽古禮之大經而泥末世之故事不守　祖宗
之明訓而率曹魏之舊章此臣之所未解者也

雖然非天子不議禮今　皇上虛己宏大疇咨衆言倘以朝議爲禮之當稱號一定不可復易且將使天下後世之人皆知以利爲利而自遺其父母疑非永言孝思孝思維則之謂也臣竊惟此禮乃天經地義萬代瞻仰毫釐之差千里之謬故大臣平章小臣獻納皆分之宜也書曰有言逆于女心必求諸道有言遜于女志必求諸非道夫逆心之言疑於忠而未必皆道也遜志之言疑於諛而未必皆非道也臣愚豈敢導諛君上以自誤於不忠又豈敢昧於自獻以誤

君於不孝惟 聖明體察而裁決焉臣不勝懇
切聽命之至

正典禮第二

臣叨逢 聖明議當代典禮為萬世法程廷臣
乃固執漢定陶王宋濮王故事以致 皇上恩
紀不明而父子大倫廢矣夫帝王中天地而立
為三綱五常之主而廢大倫豈小故哉臣不得
已乃據禮書別與同明是非上塵 聖覽然此
非臣一人之見凡有識者所共知也間有一二
臺諫不能開陳又從附和交章擊臣目為諂諛

詆為希進由是有識之士雖有章奏已具皆鉗
口畏禍無復敢獻遂使萬世公議阻於上聞祇
見臣說孤立似一人之私也夫禮以非禮為非
而非禮亦以禮為非此臣所以不能自已於言
也唐陸贄曰上不負天子下不負所學臣愚雖
未之學也其不敢負天子之心天地鬼神實臨
之也伏惟　皇上聰明仁孝理無不燭必將從
衆議乎則衆議未見其可將違衆議乎而謙抑
之心未必肯遽違者也臣切謂非天子不議禮
願　皇上奮然裁斷揭父子大倫明告中外以

皇叔父母不正之名决不可稱則大倫正而大
禮定矣誠又慮夫　皇上大孝之心鬱鬱不明
於天下後世臣之罪也謹錄與或人問荅之詞
以聞

大禮或問

或問今之典禮議者必以我　皇上宜考
孝宗而以　興獻王為叔父謂之崇大統也割私恩
也漢宋之故事也舉朝無明其非子獨以為言
者何也臣荅曰此孚敬甚不得已者也蓋禮之大
者變者也議之失得萬代瞻仰也此孚敬甚不得

已者也子不求諸漢宋之故事乎成帝無子立
定陶共王之子為嗣仁宗無子立濮安懿王之
子為嗣則哀帝英宗者乃是預立素養明為人
後者也故當時師丹司馬光之論於事較合於
義似近矣今 孝宗皇帝既嘗以 祖宗大業
授之 武宗但知 武宗為之子也 武宗嗣
位又十有七年未有儲建是 武宗無嗣
孝宗未嘗無嗣也且 孝宗賓天之日我 皇上猶
未之誕生也是 孝宗固未嘗以後託也
武宗賓天之日我 皇上在潛邸也是 武宗又未

嘗託為誰後也其與漢宋之故事大不相類者
矣今者必欲我 皇上為 孝宗之嗣承
孝宗之統則孰為 武宗之嗣孰承 武宗之統乎
竊原 孝宗既以大業授之 武宗矣其心豈
肯舍己之子而子兄弟之子以絕其統乎
武宗既以大業受之 孝宗矣其心豈肯舍己之父
而不之繼而委叔兄弟繼之以自絕其統乎茲
議也 二宗在天之靈果足慰乎夫父子之恩
天性也不可絕者也知 孝宗與 武宗之心
則知 興獻王與我 皇上之心矣問者曰然

則我　皇上於大統也將誰繼乎臣荅曰繼
武宗之後以承　祖宗者也蓋嘗三復迎立之詔矣
曰　興獻王長子倫序當立迎取來京嗣皇帝
位議之公也又嘗三復勸進之箋矣曰以
憲宗皇帝之孫繼　孝宗皇帝之統說之變也由前
之言則我　皇上所繼者　武宗也是　武宗
雖無嗣而有統矣由後之言則我　皇上所繼
者　孝宗也是　武宗雖有統而無傳矣問者
曰統與嗣有不同乎臣荅曰不同也夫統乃帝
王相傳之次而嗣必父子一體之親也謂之統

則倫序可以時定謂之嗣則天恩不可以强為矣今之議者不明統嗣二字之義而必以為嗣謂之繼統且曰帝王正統自三代以来父子相承厥有常序曾有自三代以来之正統必一於父子相承者哉蓋得其常則為父子不得其常則有為兄弟為伯叔姪者也此統所以與嗣有不同也問者曰議者謂　武宗以大業授我

皇上有父道焉故　皇上執喪盡禮無非盡子道也但昭穆之同不可為世故止稱　皇兄又謂我

皇上既兄　武宗自宜父　孝宗茲言何謂也臣荅

曰父子之恩天性也不可絶也不可强為也方
武宗賓天羣臣定議以迎我 皇上也遵 祖訓也
兄終弟及之文也何也 孝宗兄也 興獻王
弟也 獻王在則 獻王天子矣有 獻王斯
有我 皇上矣此所謂倫序當立推之不可避
之不可者也果若人言則 皇上於 武宗兄
弟也固謂之父子也於 孝宗伯姪也亦謂之
父子也於 興獻王父子也反不謂之父子而
可乎問者曰我 皇上嗣 興獻王藩王也今
嗣 大統天子也恩亦極矣不正父子之名得

乎臣答曰天下外物也父子大倫也瞽瞍殺人舜竊負而逃知有父而不知有天下也而況今天下者　祖宗之天下天下之天下也　孝宗於我　皇上固不得以私相授受者也今欲我
皇上舍天性之父子而反稱伯姪為父子謂之崇大統也割私恩也漢宋之故事也是天下重而大倫輕也而可乎問者曰如子之言則　孝宗不果於無後乎臣答曰　孝宗有　武宗為之子
孝宗未嘗無後也臣子於君父一也今者不念無嗣之　武宗而重念有嗣之　孝宗者何歟茲果

孝宗之無後乎抑　武宗之無後乎雖然自古帝王
之無後者豈惟我　武宗然哉而其相傳之統
則固未嘗絶也漢惠帝無嗣而文帝繼之未聞
漢之統絶也唐中宗無嗣而睿宗繼之未聞唐
之統絶也是謂兄終弟及也非必父死子立之
謂也今　孝宗之統傳之　武宗　武宗之統
傳之　皇上一統相承萬世無窮者也又何必
強置父子之名而後謂之繼統也哉問者又曰
子必以我　皇上不當考　孝宗豈以　興獻
王不可無後也議者以我　皇上考　孝宗而

又以　益王子崇仁王考　興獻王是或一道
乎臣荅曰父子之恩天性也不可絕也不可强
爲也以我　皇上考　孝宗而又以　崇仁王
考　興獻王是强爲父子也使　孝宗不得子
武宗又使　興獻王不得子　皇上是絕人父子也
夫古之爲禮者將使無後之人有後令之爲禮
者將使有後之人無後矣而可乎問者曰然則
我　皇上於　孝宗也　武宗也其享祀也如
之何臣荅曰自古帝王之繼統者得其常則爲
父子不得其常則有爲兄弟爲伯叔姪者也但

主其喪而已主其祀事而已不必一於父子之稱也唐玄宗於中宗也其祝詞則曰皇伯考也德宗於中宗也其祝詞則曰高伯祖也不必于於父子之稱也曰然則我　皇上於　孝宗也何稱乎曰皇伯考其正也於　武宗也何稱乎曰皇兄其正也於享祀　興獻王也則曰皇考其正也如此則我　皇上於父子也伯姪也兄弟也皆名正而言順矣問者曰禮長子不得為人後則我　皇上將不可入繼　大統乎臣荅曰禮長子不得為人後是謂　皇上不可以繼

嗣也非謂不可入繼　大統也程子曰禮長子不得為人後若無兄弟又繼祖之宗絶亦當繼祖此固當以義起而泛論之也今　皇上為
興獻王長子遵　祖訓兄終弟及屬以倫序實為繼統非為繼嗣也設　皇上若有兄弟亦自當入繼　大統有不得為遜避者矣問者曰魏明帝之詔議者傳以令衆者也子獨以為不足徵者何也臣荅曰此魏太和三年之詔也按詔由皇后無嗣擇建支子以繼大統則當纂正統而奉公義何得復顧其私親哉又曰後嗣萬一有由

諸侯入奉大統則當明為人後之義蓋是時宗室
后無嗣明帝以外藩援立故預為此詔以坊之
至太和五年始立齊王芳為天子厥後高貴鄉公
道援立皆不外尊可見也故孚敬曰有為之私非
經常之典也問者曰子欲為　興獻王別立廟
于京師亦有說乎不干於正統乎臣荅曰立廟
京師取古遷國載主之義也夫長子不得以離
其父者也今夫士大夫之仕於他方也若長子
雖有庶子亦載主而行也謂別立廟則固無干
於正統者也問者又曰如子之言而論者乃懼

以魯桓僖宮之災且謂有朱熹兩廟爭較之嫌
魯僖躋閔之失者何也臣荅曰孔子在陳聞魯
廟火曰其桓僖乎以爲桓僖親盡無大功德而
魯廟不毀故天災之也宋羣臣請祧僖祖而正
太祖東向之位故朱子謂使兩廟威靈相與爭
較魯閔公無子庶兄僖公代立其子文公遂躋
僖公於閔上故春秋譏其逆祀今別爲 興獻
王立廟所以祭禰也非毀廟不當復立也何天
災之足懼乎謂別立廟則固未嘗升 興獻王
主於 太廟也何兩廟爭較之嫌魯僖躋閔之

失乎不其謬哉問者曰然則在藩之墓如之何
臣荅曰墓與廟不同也嘗聞易墓非古也夫墓所以藏其體魄而廟所以奉其神靈者也故墓可以代守而廟不可以代祀者也立廟京師崇四時之祭順孝子之心也問者曰舜受堯禪而不尊瞽瞍禹受舜禪而不尊鯀然則 興獻王追尊之禮宜如之何臣荅曰追尊非古也自文武以来未之有改也舜不尊瞽瞍不知以堯為父乎瞽瞍為父乎禹不尊鯀不知以舜為父乎鯀為父乎夫以今日之急務正名也名正則言

順事成而禮樂興矣是在我　皇上之心而已
夫士階一命無不欲尊其親者也今尊崇之禮未定尊恩之典未舉然其授官之與未授者固已有先後得失之心矣是非亟其欲也孝子之誠也何獨至於我　皇上而疑之而使君之尊親不如己之尊親也是愛君不如愛己也問者曰或以　興獻王妃不可奉迎者何也臣荅曰此膠　崇仁王爲後之說者也以　崇仁王嗣
興獻王則不可奉迎也夫有天下而不得養其母豈人情哉今迎之而至　天子之母也爲天子之

母襄王妃之號則　朝廷之相臨　宮闈之本
接皆當謹守臣妾之禮矣已為天子母為臣妾
竊恐我　皇上之心有不能一日自安者矣問
者曰議者以漢宣帝中興不尊史皇孫而嗣昭
帝光武克復不尊南頓君而嗣元帝以為可法
者何也臣荅曰此不知正踵其非者也孚敬嘗按
其故昭帝亡矣又立昌邑王廢矣宣帝姑以兄
孫入繼當時惟言嗣昭帝後而已固未嘗知其
為子乎為孫乎必也升一等而考昭帝則又將
降一等而兄史皇孫矣可不可乎當時有司奏

固執爲人後者爲之子不得復顧其私親之說故亦有所處姑緣其所生父稱之曰皇考而已固未嘗以昭帝爲父而以史皇孫爲兄也光武乃長沙定王之後景帝七世之孫上嗣元帝夫元帝有成帝爲之子有哀帝平帝爲之孫凡三傳矣又孺子嬰立凡四傳矣時王莽篡立漢祚既滅而光武乃崛起者猶嗣元帝可不可乎當時張純朱浮奏亦固執爲人後者爲之子不得復顧其私親之說故別爲南頓君立廟稱皇考而已固亦未嘗以元帝爲父而以南頓君爲叔

也夫以宣帝嗣昭帝世數未間謂之統則可光
武嗣元帝世數已間既不可謂之嗣又不可謂
之統矣要之皆統嗣二字之義不能明辯故其
弊必至於此耳然則使二帝寡恩而不得盡尊
崇之禮者正以俗儒之說誤之也是尚可為法
也哉問者又曰如子之言則歷代之故事不足
徵乎臣答曰以經議禮猶以律斷獄則凡歷代
故事乃其積年之判案耳苟不別其異同明其
是非槩欲以故事議禮而廢經猶以判案斷獄
而廢律也是又何足與議也問者曰為人後者

為之子不得復顧其私親其說如之何臣荅曰此非聖人之言漢儒之說也禮喪服記止云為人後者為其父母報至開元開寶禮始云為人後者為其所生父齊衰不杖朞為所後父斬衰三年雖所生所後皆稱父母然未有改稱伯叔之文也宋濮議方有稱皇伯之說而又加以程子之議故人皆宗之但朱子猶有未安之論亦可見也夫常人之於伯叔也其愛敬之心固未嘗不在者也今曰為人後者為之子不得復顧其私親是以父母為伯叔不復有愛敬之心如

路人矣故曰非聖人之言漢儒之説也况我
皇上乃入繼大統非爲人後者也其説又焉可用哉
問者曰或以子之説嫌於迎合當聞於人而不
當聞於　上也如之何臣荅曰義於人未嘗不
聞也聞之以説爲邪故不必聞也昔司馬光嘗
謂朝廷闕政但於人主前極口論列未嘗與士
大夫聞談以爲無益也故聞於　上也苟嫌於
迎合也則必匡救其惡然後爲忠而將順其美
者皆不得爲忠矣問者曰子之言備矣人以爲
邪説也奈何臣荅曰不求人知而求天知也不

求同俗而求同理也孔子曰事君盡禮人以為諂也吾夫子大聖人猶所不免孚敬小子何能敢避此不韙之名也耶問者曰子以至寡之力而欲抗在朝之議恐三人占當從二人之言如之何臣答曰臣子之事君也知無不言言無不盡自盡其心而已使孚敬之言是雖不用猶是也使孚敬之言非雖用之猶非也夫事固難明於一時而有待於後世者也今士大夫達於禮義者固已渙然而釋其疑有不待於後世者矣問者曰犯衆議也子於利害也不計也夫臣答曰孚敬不

敢為終身謀也夫禮小失則入於夷狄大失則入於禽獸乎敬懼夫禮之失也故不敢為終身謀也

正典禮第三 嘉靖三年

臣伏惟 皇上遵 祖訓入繼 大統固非執政之所能援亦非執政之所能舍者也夫何禮官不考而強比與為人後之例以 皇上為孝宗之嗣絕 興獻帝父子一體之恩繼 孝宗之統失 武宗兄弟相傳之序遂致 皇上父子伯姪兄弟名實俱紊凡有識之士靡不痛惜者

也臣初叨進士嘗再上議及著爲問荅論辯其
非但言者不顧禮義黨同伐異寧負 天子而
不敢忤權臣此何心也伏見當時 聖諭有云
興獻王獨生朕一人既不得承緒又不得徽稱朕於
罔極之恩何由得安於是執政窺測 皇上之
心有見於推尊之重似未見於父子之切故今
日爭一帝字明日爭一 皇字而 皇上之心日
亦以不帝不皇爲歉與之爭焉既而帝 興獻
帝以爲 皇上之心必既慰矣故留一皇字以
覘 皇上將來未盡之心耳遂敢以 皇上稱

孝宗為皇考稱　興獻帝為本生父不顧　皇上為
繼統之大而堅遂與為人後之非父子之名既
更推尊之義安在遽爾　詔告天下自以而今
而後決然不可改者乘　皇上之不察而誤
皇上以不孝亦既甚矣記曰君子不奪人之親亦不
可奪親也今夫匹夫匹婦有不獲自盡者尚求
以自伸　皇上尊為萬乘父子之親人可得而
奪之乎又可容人之奪之乎臣嘗抱恨一人之
見不足以明　皇上之心竊謂天下知禮義者
必議之也今桂萼及之言者遂指為黨臣謂天

理民彝之在人心終不可泯者也人不能强臣
臣不能强人者也執政不能强　皇上　皇上
不能强於執政者也茲伏承　聖諭會文武羣
臣集前後章奏詳議臣知　皇上以萬世之禮
付之天下之公矣然久而未決容有心明而面
阿理屈而詞執所謂寧負　天子而不敢忤權
臣如此者非臣子也臣聞有言者曰　皇上已
受　貽聖皇太后懿旨爲之子矣今焉可背之
皇上已考　孝宗詔天下矣今焉可改之但可於
興獻帝之稱加一皇字耳此臣正所謂留此一字以

滿　皇上未盡之心者也切謂　皇上初奉
武宗遺詔為繼　大統非奉　皇太后懿旨為之子
也況　高皇帝垂訓固亦　皇太后所宜必知
者也何背之有　皇上自藩邸為　興獻帝子
服父服矣迎立之　詔嗣皇帝位繼　武宗統
矣此後其初何不可改之有故今　興獻帝之
加稱不在皇與不皇實在考與不考推尊者人
子一時之至情父子者萬世綱常不可易也若
徒爭一皇字則執政必姑以是而塞今日之議
皇上亦姑以是而滿今日之心臣竊恐天下知禮義

者必將議之不已　皇上聰明日開孝德日新必亦不能自已者也臣謂百皇帝之稱終不足以當父子之名百執事之口終不能以泯
皇上之心者也易曰敦復吉迷復凶如其道萬世不可改也如其非道不終日而可改也況今日以君改臣以禮改非禮又何所疑憚而不决邪伏乞再　詔中外必稱　孝宗為皇伯考　興獻
帝為皇考　武宗為皇兄則　皇上父子伯姪兄弟名正言順事成而禮樂興矣此天下之望
萬世之望也

正典禮第四

臣等伏惟今日典禮之議以　皇上與爲人後者禮官附和執政之私也以　皇上爲入繼大統者臣等考經據禮之論也人之言曰兩議相持有小大衆寡不敵之勢臣等則曰理而已勢論之天子至尊無上敢誰敵哉大哉舜之爲君視天下說而歸己猶草芥也爲不順於父母如窮人無所歸今議者任私樹黨奪　皇上父母而不之顧在　皇上可一日安其位而不之圖乎比者伏承　聖諭會文武羣臣集前後章奏詳

議傳聞終日相視莫敢先者勢有所壓理有所
屈故也臣等竊恐玩愒欺蔽不足以成　聖孝
皇上何不親御朝堂進羣臣推誠而詢之曰朕以
憲宗皇帝之孫　孝宗皇帝之姪　興獻帝之子遵
高皇帝兄終弟及之訓　武宗皇帝倫序當立之詔
迎取来京嗣皇帝位則朕實為入繼　大統非
與為人後者也初議稱　孝宗皇帝為皇考
慈聖皇太后為聖母　興獻帝　興國太后為本生
父母朕未及思遂詔天下顧茲有乖綱常不成
典禮今當明父子之大倫伸繼統之大義改稱

皇伯考孝宗敬皇帝　皇伯母慈壽皇太后　皇考
興獻帝　聖母皇太后去興國字此萬世典禮
朕不得徇於宮闈謀於左右爾文武羣臣盍各
念父子之親懷君臣之義其與朕共明公義於
天下如此則凡在朝之臣其不感泣而奉
詔者未之有也夫禮失求諸野詢之羣臣猶未也
皇上何不告天下萬民推誠而詢之曰朕以　憲宗
皇帝之孫　孝宗皇帝之姪　興獻帝之子遵
高皇帝兄終弟及之訓　武宗皇帝倫序當立之詔
迎取來京嗣皇帝位則朕實為入繼　大統非

興為人後者也初議稱　孝宗皇帝為皇考
慈壽皇太后為聖母　興獻帝　興國太后為本生
父母朕未及思遽詔天下顧茲有乖綱常不成
典禮今當明父子之大倫伸繼統之大義改稱
皇伯考孝宗敬皇帝　皇伯母慈壽皇太后　皇考
興獻帝　聖母皇太后去興國字此萬世典禮
凡爾山林耆舊各念父子之親懷君臣之義
其與朕共明公義於天下如此則凡天下臣民
其不感泣而奉　詔者未之有也伏惟　皇上
聰明仁孝其威雷霆其明日月臣等敢與此議

者誠以　皇上至情決不可遏禮官初議堅不
肯改未免重傷　皇上之心臣等實懼焉竊謂
崇卑之位雖殊君臣之義則一故敢冒昧以備
采擇但附和之徒必有以此求臣等罪者惟
皇上察之苟得　皇上大孝之心明於天下後世臣
等雖萬死無憾矣

正典禮第五

臣等聞宋蘇軾曰有一言而興邦者不以為少
有三日言而不輟者不以為多竊謂今日典禮
名實秩然宜無容一言者然與朝議抗之三四

載辯之六七疏又不啻三日言而不輟者也人之言曰在朝之議多非真多也附和之而多也臣等之議寡非真寡也不敢言而寡也 皇上聖明豈不察之哉 詔令雖云再下而典禮益甚乖違謹復條七事其大畧不出前言而提綱或便 聖覽一曰 高皇帝獨取兄終弟及為訓者蓋父子相傳為常有不必訓兄弟相傳不常故為之訓也夫 獻皇帝實 孝宗親弟雖未嘗有天下以傳 皇上而 皇上之有天下實以 獻皇帝之子也 高皇帝雖未嘗以天

下授　皇上　皇上之有天下實以　高皇帝
之訓也擅擁立功者欺天甚矣二曰宋英宗初
名宗實爲濮王允讓第十三子時方四歲仁宗
取入宮中命曹后撫鞠之二十八年命學士王
珪草詔立爲皇子蓋濮王親嘗命之爲仁宗子
也仁宗親嘗命之爲之子也今　獻皇帝未嘗
命　皇上爲　孝宗子也　孝宗又未嘗命
皇上爲之子也況　獻皇帝止生　皇上一人爲嫡
長子又非若英宗之多兄弟可比而同之乎三
曰宋真宗咸平元年三月詔議太祖廟號太祖

稱伯張齊賢等上議云天子絶期喪安得宗廟中有伯氏之稱詔禮官別加詳定禮官仍議稱太祖室曰皇伯考妣又云唐玄宗朝禘祫云布昭穆之坐于戶外皇伯考中宗皇考睿宗並列于南廂北向同列穆位又郊祀錄德宗朝祝文以中宗為高伯祖又云唐玄宗謂中宗為皇伯考德宗謂中宗為高伯祖則伯氏之稱復何不可奏可今 孝宗稱皇伯考名斯正矣四曰本生父母對所後父母而言禮於所後者服三年名曰重於本生父母服降為期同於伯叔父名

曰輕今　皇上尊稱　獻皇帝為皇考　章聖
皇太后為聖母是明為父母所當重矣若仍係
本生二字則又同於叔父叔母所當輕矣五曰
孟軻氏曰天之生物使之一本稱兩皇考是二
本也曾有兩考之禮乎夫三尺之童强以兩考
之稱必赧然不從敢加之　萬乘之尊乎今試
坐　孝宗皇帝於此又坐　獻皇帝於此
皇上翺於其前其何以稱諸以是播諸　宗祝竊恐
二帝在天之靈不享也六曰禮慈母如母謂妾之無
子者妾子之無母者父命妾曰女以為子命子

曰女以爲母貴父之命也由是推之母子之稱夫豈可苟乎今 昭聖有 武宗爲之子復以

皇上爲子 章聖止生 皇上而不得爲之子爲玆議者果爲全 兩宫之好乎啓 兩宫之嫌乎誠母爲母伯母爲伯母以母事母事伯母猶母大孝無間言矣七曰喪小記云王者禘其祖之所自出以其祖配之而立四廟庶子王亦如之陸氏謂若漢光武有天下既立七廟則其曾祖禰當別立廟祀之故曰庶子王亦如之臣推漢有司有議之者正緣謬以光武當考元帝而不

當考南頓君故耳今之議者亦緣謬以　皇上
當考　孝宗而不當考　獻皇帝故謂不應為
獻皇帝立廟夫始之以不學無術終之以相助匿非
不亦異乎

正典禮第六

臣等伏惟　皇上以純孝之心明綱常之典夫何禮官附和奸權失禮於初匿非於後百計阻遏三年不成伏承　明命三至促臣等來京蓋欲令與執政禮官別異同决是非　親賜宸斷以成一代之典以垂萬世之法者也今臣等朝

見尚有二三權奸大臣先行風示大小官員俱不許與臣等往来且又浮言恐嚇必欲使臣等變其初說務相和同以掩己之罪也孔子有曰自反而縮雖千萬人吾往矣今臣等所據者先王之禮也羣邪所挾者奸臣之權也奸臣之權敢以脅 天子先王之禮獨不足以繩權臣乎臣等乃不為所動則又嗾所私言官媒孽不情之詞重肆欺玆伏望 皇上親臨 便殿集執政禮官許臣等各執證據與籍面折再 詔之誤兩考之非以破奸權邪謀以成 聖明大孝

早賜臣等還任供職實至願也且祖宗言
官之設本為　天子耳目今率甘為權臣鷹犬
甚可恥也自古求忠臣於孝子之門如此之徒
無父母者也為子不孝為臣必不忠何足與議
也

正典禮第七

臣等切謂今日典禮之議與禮官屢疏折辯明
白伏候　勑旨召對猶恐無徵弗信謹將證據
古典并愚情未盡者條陳于後伏乞
聖明留神垂察

一古者天子無為人後之禮臣等謹按三代以前天子無嗣者皆兄終弟及無立後之禮防奸臣利於立幼非社稷之福故商書凡兄弟相及者不稱嗣子而稱及王至漢成帝立定陶恭王子為嗣宋仁宗又立濮安懿王子為嗣大儒朱熹有曰古禮之壞自定陶王時已壞了蓋成帝不立弟中山王以為禮兄弟不得相入廟乃立定陶王蓋子行也孔光以尚書盤庚之及王爭之不獲當時濮廟之爭都是不曾好好讀古禮見得古人意思觀此知古者天子無為人後之禮

今議禮之臣畔古禮書强執　皇上為
孝宗皇帝後此欺妄一也
一　祖訓天子無為人後者臣等伏覩　祖訓凡
朝廷無皇子必兄終弟及須立嫡母所生者曰
必兄終弟及則不立後可知曰須立嫡母所生
者則倫序可知蓋兄終弟及國有長君社稷之
福立嫡母所生如嫡長無嗣則立次嫡弟之嫡
長不可奪者　太祖高皇帝真稽古三代之禮
以垂萬世之法者也今禮官必强執　皇上為
孝宗皇帝後不惟畔古禮書雖

高皇帝訓亦不遵此歟安二也

一與為人後者孔門所鄙臣等謹按天子諸侯皆無為人後禮自古為然末世諸侯之大夫以下始有與為人後者昔孔子射於矍相之圃使子路延射者曰賁軍之將亡國之大夫與為人後者不入此可見為人後者孔門之徒所深鄙之今議禮者不以　皇上為入繼大統之君而忍比　皇上與為人後之例如閭閻中乞養過房子一般是何說哉況古禮族人以支子後大宗實大夫士之禮未聞以臣下敢執

天子為人後者此欺妄三也

一皇上實入繼大統之君臣等伏讀　武宗皇帝遺詔云朕　皇考親弟　興獻王長子聰明仁孝倫序當立迎取来京嗣皇帝位謂之嗣皇帝位是繼　武宗皇帝之統初無為　孝宗皇帝之子之説至　皇上登極之日始變其説以皇上為　孝宗之子繼　孝宗之統使　皇上違武宗皇帝之詔背　獻皇帝之恩遂致父子君臣皆失其道此欺妄四也

一禮官以　皇上稱　孝宗皇帝為皇考　慈壽

皇太后爲聖母稱　恭穆獻皇帝　章聖皇太
后爲本生父母臣等謹按儀禮喪禮篇云爲人
後者傳曰何以三年也受重者必以尊服服之
又曰爲人後爲其父母報傳曰何也不貳斬也
夫於所後父母服三年名曰重於本生父母服
期年同於伯叔父母名曰輕今　孝宗皇帝本
皇上之伯　慈壽皇太后本　皇上之伯母反稱之
曰皇考曰聖母而爲重焉　獻皇帝本　皇上
之父　章聖皇太后本　皇上之母而反稱之
曰本生皇考本生母而爲輕焉輕者反重重者

反輕議禮之臣亦各有父母者試以其身處之
於心安乎此欺妄五也
一 皇上止宜稱 皇考恭穆獻皇帝 聖母章
聖皇太后亟去本生二字改稱 皇伯考孝宗
皇帝 皇伯母慈壽皇太后臣等謹按唐玄宗
稱中宗爲皇伯考宋真宗稱太祖室曰皇伯考
妣及伏讀 祖訓凡親王若天子之姪則稱天
子曰伯父皇帝陛下叔父皇帝陛下生可稱伯
父死獨不可稱伯考乎今 皇上以倫序入繼
大統於 孝宗皇帝宜生稱伯父死稱伯考今禮官

以廟中無伯考之稱棄禮書背
祖訓此欺妄六也
一　皇上宜別為　獻皇帝立廟京師臣等謹按
漢宣帝別為父史皇孫立皇考廟漢光武別為
父南頓君立皇考廟禮也又按漢哀帝追尊定
陶共王為共皇帝立寢廟京師蓋成帝曾立哀
帝為子故師丹以為不可者以共王為本生父
故也今禮官强執　皇上為　孝宗皇帝子比
之定陶王為成帝子以　獻皇帝為本生父故
來邪說紛拏此欺妄七也

一禮官又以今日事體比之宋濮安懿王臣等謹
按濮王允讓第十三子初名宗實仁宗未有嗣
取宗實入宮命曹皇后撫鞠之年方四歲親命
學士王珪草詔立為皇子養之宮中二十八年
與皇上不同況仁宗立濮王子為嗣大儒朱
熹已曾弁定陶王事論其壞禮今禮官務牽合
強比此歟安八也

一皇上宜迎獻皇帝神主至京別立新廟
臣等謹按禮記曾子問篇古遷國載羣廟之主
以從禮也今禮官以為史籍並無遷主之事此

欺妄九也

一 皇上入繼 大統遵 高皇帝祖訓不當輒

稱 慈壽皇太后懿旨臣等伏覩 祖訓凡皇

后只許內治宮中諸等婦女人宮門外一應事

務毋得干預況立君繼統實遵 太祖高皇帝

兄終弟及之訓 慈壽皇太后固不得專制干

預者也今禮官輒陷 慈壽皇太后違

祖訓以干預外事此欺妄十也

一 壽安皇太后不得終三年喪臣等謹按禮經

嫡孫承重者為祖父母服三年 壽安皇太后

止生　獻皇帝　獻皇帝又止生　皇上今
獻皇帝賓天　皇上實承孝宗嫡孫當率天下爲三年
喪禮也禮官乃定爲哭臨一日喪服十三日但
以文移行之兩京而已夫以日易月三年喪應
二十七日期年應十二日然則十三日之說果
何制也　壽安既爲皇太后矣爲　天子祖母
矣當　詔天下喪之禮也以文移而不以詔及
兩京而不及天下又何制也夫尊　皇上必當
尊　獻皇帝尊　獻皇帝必當尊　壽安皇太
后此等已往之事莫大之失爲天下後世所訾

皇上雖欲追悔而不及者前日既誤今日可容再誤
耶議禮者皆安然而無警悟此欺妄十一也
一再須 詔令仍宜更改臣等謹按記曰生曰父
曰母死曰考曰妣蓋人之生必各稟於父母而
無二豈有兩考之稱乎雖閭閻童子亦羞稱之
可加之 萬乘之尊乎主稱兩考不知傍注奉
祀果何稱乎近者傳聞 皇上於 孝宗皇帝
稱嗣子於 恭穆獻皇帝稱長子夫於 恭穆
獻皇帝既稱長子於 孝宗皇帝可更稱嗣子
乎長子嗣子之別為二主傍注之稱自古經傳

所未有也今 皇上改 詔在一言之决不改

則萬古之議此欺妄十二也

一令日議禮朋比之故臣等據禮决然以 皇上

為入繼大統之君不應為 孝宗皇帝之子妄

議者决然以 皇上為 孝宗皇帝之子非入

繼大統之君兩論相持三年不决夫為 孝宗

皇帝之子說者其始變於奸權大臣一人而已

禮官附之九卿科道附之初不顧事體之大禮

義之非者也臣等仰惟 皇上聖明其純孝之

心如此何忍負之是以奮不顧身與之辯明其

兩京大小官員知朝議之非者十有六七阿附
不知者止二三耳但知其非者少有私議輒目
爲奸邪風言謫降幷考察黜退不知禮者憑爲
舉主恩人攘辟交攻不容人語又如九卿六科
十三道官連名之疏豈議論同哉如九卿之首
自草一疏不令衆見止以空紙列書九卿官銜
令吏人送與書一知字有不書者即令所私科
道官指事劾之雖大臣多銜冤而去無敢聲言
至於科道官連章則亦猶然者其事一人執筆
餘者聽從勢有所迫故也今在 廷助臣議者

不為不多瞻前顧後但頷首稱是默然唯然而
已夫古者三公論道九卿分職臺諫明目達聰
令獨無媿於心乎此歎妄十三也

辭陛翰林學士

臣伏承 特旨陞臣翰林院學士者臣聞
命驚惶舉身莫措顧玆侍從之職可濫愚戇之才臣
伏念議禮之初黨比雷同綱常風掃臣時初叨
進士積忿 朝班不得不為 皇上明辯其事
時羣衆交攻猛於虎口一人議論輕於鴻毛伏
惟 皇上純孝之心降自 天衷匪由人奪然

猶欲稽公論不任私恩遂致廷臣三年聚訟微
臣寸心遲違雖有再　詔之頒益彰兩考之失
伏承　明命三至取臣等來京蓋欲令臣等與
執政禮官講明一代令典以為萬世法程未蒙
面見之召遽有望外之　恩竊謂　皇上名臣本為
愛禮臣等趨　命豈敢愛官今兩考之失未更
萬世之議無已伏乞收回　成命容臣進講以
破邪謀以成令典仍　賜臣以原職還任則
皇上成聖明之孝微臣免干進之譏臣不勝感激候
命之至

再辭

臣伏蒙 聖恩陞學士職已具奏請辭未蒙

俞允特賜褒存弗虞一介孫生叨逢千載奇遇殞身

莫報沒齒難忘臣竊謂議禮之家名爲聚訟芻

蕘之言聖人擇焉今是非大謬於讒言而正中

賴存乎 聖斷苦小夫之朋比傷大道之不明

臣得免投裔之誅敢與登瀛之選再乞

聖明收回新命容守舊官典禮終期於講明

聖學決成於丕應臣不勝懇切候 命之至

禮成辭職

臣吻蓬　聖明在上議著當代典禮臣與桂萼
等其始生不同方官不同署竊見一時朝議有
乖萬世綱常是以見同論同遂不嫌於犯衆理
直氣直乃不覺於成仇幸獲　聖明難勝衆口
伏蒙　特旨陞臣以學士之官責臣以備講之
任彼時不辭無以明微臣之志終辭無以荅
聖明之心今　明詔重頒大禮攸定實皆出自
聖明裁斷非臣愚昧所能與也昔孟軻氏千里見王
人以為干澤三宿出晝人以為濡滯今固無孟
軻自任之君子亦終無尹士自責之小人此臣

等所以義在當去而不苟容者也況學士之官居切近之地臣學不足以備經筵講讀才不足以効史館編摹原非竊祿之官深懷素飡之恥伏乞將臣放歸田里免玷班行又竊念今日驩兜雖竄進尭朝魍魎終難逃禹鼎仍乞

皇上自此親君子遠小人以迓 天庥以臻至治俾臣白首遂箕山之願彰唐虞之盛矣

再辭

臣初因典禮之議不虞執政之臣樹黨匿非壞法亂紀彼時直受人盡言而未遂去者誠以微

臣蒙不韙之名其事小　皇上誤不孝之名其
事大故不得已奮一人之身攖百邪之口幸遭
皇上英明剛斷更定裁成破萬古不决之疑垂百世
不刊之典臣知非功首實爲罪魁誤蒙
皇上進臣今職是以再辭而勉强拜　命三辭而莫
遂歸休然心迹之未明職任之未解故也夫君
子小人不辯則治亂不分茲如行人司副柯
維熊所言寔各有爲記曰禮之於人也猶酒之
有蘖也君子以厚小人以薄今夫　皇上擴大
孝之心成尊親之典是厚也非薄也以臣等爲

君子則不敢爲小人則不甘惟在　皇上早辯
之而已竊懼食禄不忠者天地弗全成功不去
者造化所忌旅進旅退原非素志知止知足實
出本心伏乞　賜臣早歸田園無汙翰苑苟臣
之不去恐讒邪之口終未能已　聖明之心終
未能安卒使辯治之　朝長爲聚訟之所如此
則　皇上奚取於臣之用臣奚補於
皇上用哉

三辭

臣荷蒙　皇上責臣以典禮之講進臣以翰苑

之官 命不獲辭心常負媿一朝殊寵千載奇
逢然非不欲竭誠殞身以報 皇上顧今勢有
難容職有難盡不得不為 皇上再陳之伏覩
大明會典所載凡經筵 欽命內閣學士知經筵事
或同知經筵事日講官於翰林院詹事府春坊
司經局官內具名奏請凡修實錄史志等書內
閣充總裁翰林院學士等官充副總裁皆出
欽命 祖宗典章罔敢踰越臣忝為學士之官經筵
日講纂修實錄臣之職也舍此無他職也今
皇上與臣之官內閣奪臣之職 皇上視臣如手足

内閣視臣如寇讐是以徒令臣飽　皇上之祿
而不能充報　皇上之心也今夫庶府百司之
官皆有常職以食於上曾有官至學士無常職
而但食　君之祿乎苟少知禮義廉恥者決不
苟容而謂臣等爲之乎及今纂修　恭穆獻皇
帝實錄仍敢犯侵官之令奪學士之職夫謂
獻皇帝不當稱考稱帝者内閣之人也謂不當立廟
京師者内閣之人也至臣與面質理屈詞窮乃
懼臣以不測之禍而懷二心者内閣之人也倡
言着再更詔我决先去卒乃斥之不去者内閣

之人也名正禮成輒專實錄之功求隴斷而登之者內閣之人也　獻皇帝有靈喜乎怒乎夫入則面諍於君退而不失其和道也今詔更禮定正宜協和以定國是而內閣日以仇恨臣等為心使臣勢有難容職有難盡是宜來言者之紛拏也夫古之大臣用人之善有休休之心今妨賢病國一至於此卒使真才忌而不出正論隱而不聞其能成天下之治也幾希　皇上志慮日開聰明日廣姑試之而徐察之臣不敢盡言也昔孟軻氏有曰有官守者不得其職則去

臣苟不去竊恐天下後世指而言曰學士之不
與經筵自 皇上用某人始學士之不與纂修
自 皇上用某人始 祖宗立法之意由臣而
壞 皇上用人之權由臣而輕矣竊謂
皇上初因講禮召臣之來今因禮成容臣之去在
皇上無偏肥之私在臣免干進之誚此君臣始終相
成之道也與其以祿位榮臣之身孰若以禮義
遂臣之志伏乞速 賜放歸田里臣實不樂與
此輩同館閣也倘臣不即死日久論定尚當効
用以酬

太師張文忠公集奏疏卷之一終

張文忠公集　卷

函二

太師張文忠公集

奏疏卷之二

廟議第一 嘉靖四年

臣伏惟

皇上以大孝之心議尊親之典初因廷臣執論聚訟四年更詔三遍蓋自漢宋以來之君所不決之疑至

皇上決之所未成之禮至

皇上成之真可謂洗千古之陋垂百王之法者也是以新諮傳宣愚賤丕應蓋禮必如此然後合

乎天理之正即乎人心之安也茲光祿寺署丞
何淵妄肆浮言破壞成禮稱　獻皇帝為所自
出之帝請立世室列祀　太廟此何言也臣與
廷臣抗論之初即曰當別為　興獻王立廟京
師又曰別立禰廟不干正統此非臣一人之議
天下萬世之公議也今何淵以　獻皇帝為所
自出之帝比之今之　德祖請立世室比之周
文王武王不經甚矣　皇上聰明中正諒已察
之茲言也上干　九廟之威監下駭四海之人
心臣不敢不為　皇上言之昔漢哀帝追尊父

定陶共王為共皇帝立寢廟京師序昭穆儀如
孝元帝是為干紀亂統人到于今非之今何淵
請入 獻皇帝主於 太廟不知序於
武宗皇帝之上與序於 武宗皇帝之下與
孝宗之統傳之 武宗序 獻皇帝於 武宗之上
是為干統無疑 武宗之統傳之 皇上序
獻皇帝於 武宗之下又於繼統無謂何淵所請此
何言也如謂 太廟中不可無禰漢宣帝嗣昭
帝後昭為宣之叔祖史皇孫嘗別立廟未聞有
議漢宗廟無禰者蓋名必當實不可強為也如

謂　獻皇帝廟終當何承臣謂由　皇上以及
聖子神孫於　太廟當奉以正統之禮於
獻皇帝廟當奉以私親之禮尊尊親親並行不背者
也先儒謂孝子之心無窮分則有限得為而不
為與不得為而為之均為不孝　皇上追尊
獻皇帝別立廟者禮之得為者也此臣所以昧死勸
皇上為之也入　獻皇帝主於　太廟者禮之不得
為者也此臣所以昧死勸　皇上不為之也夫
成禮則難壞禮則易伏乞　皇上念此禮大成
原出　聖裁匪由人奪何忍一旦遽為小人所

破壞邪

廟議第二

近該署丞何淵稱

恭穆獻皇帝為所自出之帝請立世室入祀

太廟臣等據禮反覆明其不可節奉

聖旨待會議来朝廷自能審處臣等知

皇上雖孝心無窮而禮之大閑不肯踰矣續該禮部

會議　上聞奉　聖旨你部裏再會多官上緊

議了来說臣等聞　命驚疑措躬戰慄切謂此

禮初議咸以　獻皇帝宜稱皇叔父興獻大王

矣臣等輒敢曰非禮也既而尊稱 興獻帝矣
臣等猶曰未成禮也既復加稱 皇帝本生皇
考矣臣等猶曰未成禮也既復請去本生二字
别廟京師更詔天下矣於是凡有人心達禮義
者始相慶曰此禮之大成也夫禮也者理也天
下之中正也不及不可過亦不可也
皇上作之君作之師建中以為民極者也假使
獻皇帝於禮當入 太廟臣等當先言之何待何淵
今日言之也今者未聞 皇上審處之言而但
有再議之 命宸衷淵微誠不可測豈臣等前

日之言是今日之言非邪前日之心忠今日之心不忠邪夫上下之情貴乎流通古今之禮貴乎參酌情通而后議當議當而后禮制行矣臣等愚昧徒知 皇上孝心無窮猶未知

皇上審慮者復何在也若曰請入 獻皇帝主於

太廟者援古之禮經揆今之制度均為有礙臣等萬死不敢以此誤 皇上也竊念典禮方成不可遽壞公論方定不可復搖此臣等所以義不容默也記曰君者立於無過之地也臣等豈敢悖理曲從誤 皇上哉故前日之所以惓惓者惟

恐　皇上大孝之心不明於天下後世臣等之罪也今日之所以惓惓者亦惟恐　皇上大孝之心不明於天下後世臣等之罪也惟

聖明垂察焉

論給事中楊言

臣等初因講禮排斥非議非不知一人難犯衆口也緣忠義所激雖死有弗顧者幸遭

聖明親自裁定竊謂此禮非一代之典所爭非一代之人又肯為一身之官謀哉前後嘗六求解職未蒙　俞允然尚未之去者　聖明在上不忍

去也臣等揣己迂踈與世違忤是以經筵不宜
與也纂修不宜與也豈考試官又宜與乎非惟
臣等無有此心執政於臣等亦未嘗有此心也
給事中楊言等亦自知之明也顧乃言出無稽
必有陰主之者過用私心巧滅公道惟
聖明察之恥復與辯伏乞速將臣等放歸以全進退
倘 聖明勉留復勤則朋奸攻擊復甚卒致體
統上失威權下移非國家之福也

再論楊言

給事中楊言等所陳以科舉爲名設心排陷臣

等已將乞休情詞具奏夫楊言欺詐之心
聖明必自洞察宜無與辯緣臣等名節所係不容不
辯者也楊言與臣孚敬同年進士臣孚敬抗議
大禮之初楊言嘗對面稱是不一而足此其本
心之未喪也既而言頗外傳恐招羣害反專攻
擊臣等以爲安身遷官之地此其本心之盡喪
也如此反覆舉朝皆知將誰欺乎今幸列諫官
正宜効忠不欺可仍挾私附黨其所言云輸粟
南來者相傳以爲南北考官必學士桂萼張孚
敬也夫考官 簡命出自 朝廷詎能先料今

輸粟南来者果有此言即是買求倖進之徒所
當追究楊言當指何人姓名不宜含糊欺
君也又云執弟子之禮於門下是可决取也夫夤緣
考官賣題壞法前者翰林院不為無人惟曲學
阿世者能之而謂臣等肯為之乎今在朝間有
與臣等往来即百計陷害敢有執弟子禮於門
下者楊言當指何人姓名不宜含糊欺
君也又云執政泥於桂蕚鄉里之私而誤薦之則大
啓僥倖之門令執政止大學士費宏與臣蕚鄉
里其懷忌嫉之心 皇上所知楊言當指何人

姓名不宜含糊欺　君也前者　仁壽宮災楊言曾謗　皇上誤用臣等成此非禮所致巳追欺罔之誅今仍肆浮言扇惑羣醜諫官而用斯人豈國家之福乎夫　朝廷之患莫甚於朋黨人臣之罪莫大乎植黨漢唐宋之禍可痛心也今夫禮出自　聖裁羣臣正當洗心改過同寅協恭豈宜讐視　朝廷樹立黨與一至是乎伏望　皇上大奮乾剛將楊言所奏究問明白如無指實姓名當伏欺　君之罪仍乞將臣等放歸庶朋黨消而國是定矣

廟街議第一

茲禮部題稱

世廟與太廟同街禮無明據宜無不可故請

聖裁羣臣宜同寅協恭考經據禮乃互相推托遂

致皇上之心不安而橫議無已也臣等謹按

禮考工記左祖右社今 禘門之外左題

廟街門所以識太廟由此而入非即太廟門也右

題社街門所以識太社由此而入非即太社

門也儀禮所謂每曲揖今 廟街門即古左曲

路耳廟南向門亦南向儀禮筮于廟門其方位

可考也故承祀之時由門不下輦至南向之門
始下輦今議是與
太廟同街統於所尊非與
太廟同門也以為異廟必異路者實初議分別之過
也若必由左闕門入則左闕門亦當改為廟
街門是國門左有二祖非統於所尊之義矣此
該部所以不敢固執不肯以無據之言歟
皇上也其曰移
神宮監拆墻伐木當質之於禮事
苟得為則毀宗躐行古禮未嘗無之曾謂有驚
神靈而古人為之乎竊念夫議禮之初爭稱帝
而復爭皇今爭立廟而復爭路實無謂也是在

皇上昇決之而已茲奉　明旨便與會議多官相看
臣等職在論思義不容默伏乞　聖明獨斷據
禮由正從　廟街門道路庶　神位成尊親之
統　祖禰全孝敬之心一代典禮無遺議矣

廟街議第二

臣等謹按周禮考工記凡建國前朝後市左祖
右社治民事神幽明向背卒有定制我　朝兩
京建都雖門堂立名不同而　朝位　寢廟
社稷稽古定制而不敢易者也近議開　世廟之路
由闕左門入不應由廟街門者但咸云廟街門

有干　太廟而不思闕左門有干朝堂也按古禮圖兩觀在雉門左右故今　午門左右為兩闕門有闕左右之名爾雅釋宮云觀謂之闕許慎說文云闕門觀也徐鉉曰中央闕而為道故謂之闕崔豹古今註云闕為二臺作樓觀其上其狀巍然以懸法象故謂之象魏使民觀之因謂之觀周禮每月朔必懸法象魏實治民之所也又按古禮圖寢廟社稷出入之路在庫外之左右故今　端門外有廟街社街之門然必遠在外朝而不近治朝宋朱熹曰雉門之外懸法

象所以治民應門之外設宗廟社稷所以嚴神
位詩周頌曰於穆清廟魯頌曰閟宫有侐實事
神之所也夫廟街門本事神之所乃舍之而不
由闕左門乃治民之所乃曲引而由之臣等竊
謂茲議也非惟 寢廟之制有戾而朝堂之位
不亦因之而錯亂乎原諸臣之心惟願
皇上尊嚴 太廟殊不知 世廟已殺其規制別為
門墻 太廟為 皇上祖廟 世廟為
皇上禰廟在禮統於所尊者也同路而未嘗同門何
干於 太廟乎諸臣非為謀不忠乃考禮之不

精也禮部尚書席書一人難勝衆口故未得盡
言臣等已據禮具聞謹畫古圖以進請以
廟街門爲當由以嚴　寢廟事神之禮必以闕左
門爲不當由以嚴朝堂治民之禮則典禮由正
羣議自息矣

廟街議第三

近議開　世廟神路禮官初不考禮制徑議由
闕左門入不應由　廟街門者臣等謹考朝堂宗
廟社稷方位出於古聖人之所講畫載之周禮
自三代以來建都立國無敢變易者也故敢決

然以 廟街門為事神之所實所當由闕左門
為治民之所實不當由誠慮朝堂宗廟之制有
不可亂治民事神之禮有不可混者也及會官
相度 太廟東有空地縱百餘歩栢木蔭蔽宜
中通輦路所礙惟神宫監耳夫神宫監不過守
廟者之所 皇上為 宗廟對越之主輦道所
通較之孰大孰小孰重孰輕乎羣臣正當同心
協和辯方正位以全朝堂 宗廟之制以體尊
祖敬 宗之心可也一轉移間則廟街可得直通
世廟統於尊而不敢踰附於 祖而不敢踈尊尊親

親並行不背之道也誠如初議由　闕左門入
在　皇上聖子神孫後日視之則　端門外有
一　祖廟神路也　午門外又有一　祖廟神
路也使國門之外右一　社稷而左二
寢廟矣有二　宗廟則為二本壞三代朝堂宗廟社
稷之制者必自今日之議始也臣與會議諸臣
不避未同之嫌懇切講明而旅進旅退無能可
否雖禮官席書亦畏怯而和同矣　皇上能定
千古不决之禮而肯壞三代不易之制能立不
世之　廟而不通一曲之路乎謹復畫廟街所

宜通路之圖以進

辭陛詹事職

伏承

勅旨以大禮書成進臣詹事府詹事仍兼翰林院學
士臣聞 命自天措躬無地仰惟
皇上定一代之典禮立萬世之綱常臣愚原之推明
過叨 恩寵恥為阿世之學恐孤遇
主之心懇求未遂田園旅進實污館閣尚難獨立豈
宜驟遷伏乞 聖慈容守原職固天地之恩莫
報庶涓埃之効可圖臣實不勝惶懼之至

論解言禮諸臣 嘉靖五年

臣等竊謂君德和於上則羣臣和於朝萬物和於野而治道成矣近因議大禮實始於倉卒定論諸臣不暇考禮遂致聚訟四年更

詔三遍此誠出於 皇上因心之孝親自裁定非臣等凡庸所能與也切念在廷諸臣一時愚昧誤犯 聖明曲蒙矜宥今尚有充軍如學士豐熙郎中余寬等者為民如給事中安磐張漢卿等者降調如修撰呂柟編修鄒守益御史馬明衡季本陳相段續主事侯廷訓評事韋商臣[illegible]

伏罪省愆已踰三載臣等切謂人君之尊如天
運於上夫雷霆者天之威也雨露者天之恩也
故天能成生物之功　皇上前日加怒諸臣者
雷霆之威也今日曲宥臣下者雨露之恩也故
能成法天之功況今　獻皇帝追尊之禮已成
世廟已立　皇上大孝之心光於天下萬世矣乞
勑該部將前項言禮放斥諸臣查處或矜其情而寬
其法或諒其心而復其官如此可以見我
國朝講禮異於漢宋始以禮而有爭終以禮而無
爭庶舉　朝和氣薰蒸忠誠感激　君臣上下

咸有一德而太平悠久無疆之治端在茲矣
請給假焚黄
臣仰惟大禮出於
皇上因心之孝親自裁定臣何與焉伏蒙
特恩加進今職已准給臣父母學士官階　誥命恩
典異常寵光增倍臣當終身補報而不敢忘者
也緣臣九歲失母父年踰八旬祿養不待加之
兩兄繼故八載離家門戶無人祠墓荒廢不孝
之罪知無所逃茲荷　殊恩愈增哀感伏惟
皇上以孝治天下敢乞　聖慈暫容給假回籍焚黄

責臣限期前來供職實爲泉壤有光幽明感德

臣不勝願望之至

再請給假

臣竊謂臣子委質於君則身固君之所有而不敢自私者也臣凡才謏蒙

皇上知遇之恩寵異之典捐軀隕命莫之能報者也緣臣父母俱亡兄弟多故八年於外一子自隨祠墓奉守弗虔風木愈增哀感故不得已於六月二十二日陳情上請奉　欽依張孚敬准給假焚黃著馳驛去事畢依限前來供職欽此臣

雀躍將命虎拜謝恩以爲榮 皇上真能大孝尊親推己以及人也臣父母有知地下固喜馳恩之來自天上矣臣遂於七月初一日早鴻臚寺報名 陛辭即日未刻伏承鴻臚寺卿魏璋傳示 聖諭令臣且免陛辭 天衷淵徹下愚罔測以故未敢匆遽違 綸音隨該吏部會推臣補兵部侍郎員缺於初七日早奉 欽依張孚敬陞兵部右侍郎欽此即日巳刻司禮監官李岳劉鎮張興三人傳宣臣至 左順門諭以天語丁寧着臣赴部任事不許家去顧臣何能上歷

聖眷一至此乎用是聞命驚惶莫知攸措傳曰無私
恩非孝子也無公義非忠臣也　皇上前准臣
之給假者憫臣以私恩也今加臣之官而不許
家去者責臣以公義也臣將前　命是從乎則
違公義將後　命是從乎則忘私恩臣之進退
實爲兩難宋儒范祖禹有曰臣之事君也必先
公而後私君之使臣也必先恩而後義故臣竊
敢有望焉臣本章句之儒濫叨論思之職經筵
兩番進講史館一字無裨幸逭素飡之誅敢望
加官之錫况兵曹係軍國之本侍郎貳司馬之

官臣於俎豆之事尚未之聞軍旅之事全未之學揣分量才皆非所宜者也夫君臣父子人之大倫也遺其親者未必能急其君盡其忠者乃在于移其孝臣去原籍水陸往返僅踰三月祠墓展拜不過浹旬犬馬餘年尚未即死則臣盡私恩以報親之日少效公義以報　皇上之日多也伏乞　聖慈體大孝尊親之心廣推已及人之德容臣尚守舊官遵奉　前旨焚黄事畢謹當依限前來供職仍乞別選賢能以佐兵政則君臣父子不廢大倫公義私恩不干清議矣

謁廟及奉安神主議

伏蒙

聖諭令臣等考求　章聖皇太后謁　世廟儀及參詳奉安　恭穆獻皇帝神主儀臣等攷之唐開元禮皇后廟見前期齋于別殿内謁者設皇后版位于樂懸之北道西北向設外命婦位于其次前北面東上皇后出宮前期本司宣攝内外各供其職其日車駕出宮司賛設内命婦版位於皇后所御殿閤外道東所司陳小駕鹵薄鼓三嚴六尚以下俱詣室奉迎内僕進重翟於閤

外尚衣版奏外辦馭者執轡皇后乘輿以出此
載之文獻通考者可據也　國朝禮　皇后將
謁　太廟　皇帝先遣官告以　皇后將祗見
之意告畢　皇后齋三日內外命婦及執事內
官各齋一日前期執事官設　皇后拜位于廟
戶外又設拜位于廟中俱北向設內命婦陪祀
拜位于廟廷之南北向外命婦位於內命婦之
南司贊位于　皇后拜位之東司賓位于內命
婦之北東西相向至期錦衣衞陳兵衞樂工備樂
尚儀備儀及重翟車于　中宮外門之外

皇后出内宮門陞輿至外門之外陞車宿衛兵仗前
導内使扈從　皇后至廟門降車自左門入就
位内外命婦各就位司賛乃奏請行事此載之
大明會典者可據也夫　太祖所定禮制有
皇后謁廟之禮備内外命婦陪祀之文皆準諸古也
所謂廟者　太廟而已後建　奉先殿以便朝
夕朔望致敬之誠其中設　神位無神主是殿
也非廟也續定　皇后冊立之儀止有
奉先殿謁告之文而謁廟之禮遂廢此皆當時禮官
失考因循簡便非　高皇帝稽古定制也初

章聖皇太后至京及　中宮皇后冊立皆應行謁廟
禮禮官復因循泥舊不能發明典禮止從
奉先殿　奉慈殿行禮而謁廟之禮廢而不講故今
日議者駭而不信無足怪也夫禮有因而復事
有待而行臣等見與時違禮從義起竊議
章聖皇太后與　中宮皇后皆相應謁見
世廟一則妻從夫之義一則婦見舅之義但禮正于
今者不可不行闕于前者不可不補
皇上宜命禮官參酌具儀　章聖皇太后　中宮皇
后是日先見　太廟以補前禮之闕次謁

世廟以成今禮之全自此以後凡有廟見之舉必先
從　太廟　世廟以崇禮制不應但從
奉先殿　奉慈殿以狥簡便如是著為令典以垂于
後則我　皇上中興端為一代制作之主而萬
世承式矣及詳禮官所具有奉　獻皇帝神主
謁　奉先殿　奉慈殿　太廟之儀蓋擬祔廟
禮也夫卒哭而祔始變之吉猶凶禮也夫既先
期祭告　宗廟又奉　獻皇帝神主謁之是再
告也固非嚴　太廟之體亦非安　獻皇帝神
靈矣今宜先期告　太廟　奉先殿　奉慈殿

至日 太廟 奉先殿 奉慈殿闔門而過不宜復瀆也又詳所具有 奉天門寫神位

武英殿迎神位之儀蓋擬寫神主作神主例不知此為 獻皇帝神位而非神主乃處以山陵有事之例尤非吉禮也宜預粧寫于 觀德殿至日奉安而已又詳所具有 世廟告成百官行慶賀儀此所謂得萬國之歡心以祀其先王者也間有倡為奉慰之説致 皇上免行慶賀獨何心歟

再議

臣等竊謂人臣事君當以二帝三王為法我

皇上追復帝王盛典垂法萬世今　世廟告成復

命臣等考求　章聖皇太后謁廟禮儀臣等不敢不

對以禮夫始執論者但謂皇后無出宮謁廟禮

臣等既舉唐開元禮與　國朝禮以對既而論

者又以此為冊立皇后婚禮也　皇上所問

皇太后謁廟祭禮也昔為不同蓋未之思爾昔魯哀

公問孔子曰冕而親迎不已重乎對曰合二姓

之好以繼先君後以為天地宗廟社稷主君何

謂已重乎由是觀之大婚冕而親迎所以為宗

廟也然則廟謁者事宗廟之始也而後有事宗
廟無不共焉周天子宗廟禮祭之日王服袞冕
而入立于東序后副褘而入立于西序九獻之
禮王一獻后二獻王三獻后四獻王五獻后六
獻王七獻后八獻賓九獻是天子與后實共承
宗廟豈有如今人所論者也但後世因仍苟簡
禮漸湮廢蓋由上無好禮之君下無好禮之臣
唐開元禮僅存冊后謁廟之儀我
太祖高皇帝已采而行之著為 大明集禮以訓後
世今復載之會典奈何槩從而廢之乎夫禮化

而裁之存乎變推而行之存乎通神而明之存
乎其人我　皇上斷然舉行雖由此共承
宗廟以追復古帝王之盛未為不可也臣等又觀禮
官所擬奉安　獻皇帝神主儀率多難行或以
一日儀文不足深論殊不知人君舉動史冊紀
書得則為法萬世失則貽譏萬年非細故也記
曰先王之制禮也不可多也不可寡也惟其稱
也又曰子路為季氏宰季氏祭逮闇而祭日不
足繼之以燭雖有强力之容肅敬之心皆倦怠
矣有司跛倚以臨祭其為不敬大矣他日祭子

路與室事交乎戶堂事交乎階質明而始行事
晏朝而退孔子聞之曰誰謂由也而不知禮乎
臣等謂我　皇上以純孝之心奉安
獻皇帝神主雖終日百拜亦所弗辭如禮官所擬之
儀誠有逮闇而祭日不足繼之以燭者也誠有
强力之容肅敬之心皆倦怠者也誠有有司跛
倚以臨祭者也其真為不敬大矣哉
皇上其可輕從之乎
論大學士費宏
臣嘗讀周書洪範篇有曰惟辟作福惟辟作威

臣無有作福作威臣之有作福作威其害于而
家凶于而國此實萬世之大戒也臣比因焚黃
請假荷蒙給驛還鄉方當 陛辭不許家去復
改臣以本兵之地貳臣以司馬之官臣思
恩莫可酬義不容去故勉强赴任期於鞠躬盡瘁死
而後已於凡人言非惟不暇辯則亦不必辯矣
然間有論臣爲漸産兵器非所閑者有論臣預
此任尚書何得主持四司難展布者有論臣徧
執己見事或掣肘者臣未嘗不因人言以自勵
也但今心有欲盡而勢有難爲者不得不爲我

皇上陳之臣七月十三日到任二十八日會推奮武營坐營員缺先日尚書李鉞公議以鼓勇營永康侯徐源調補至日大學士費宏因勸推新寧伯譚綸鉞持公議不從宏遂以意氣加之及推徐源欽准宏又勸推譚綸補徐源缺鉞鬱悒不樂尋亦卧病未必無所由也臣聞譚綸原無藉賴專事夤緣因屬郎中趙錦等而告之曰

國朝設立團營簡練精銳選將於無敵弭變於未形彼圖賄賂肥家何有忠誠為國況去年秋勛納賄事敗多累本部今若推譚綸恐四方將官

競賭權門實誤軍國則將馬閑兵部豈敢與推
緣此鼓勇營缺相持莫補至今開操行伍無統
盖臣愚實不能阿附權臣有負君父欲免犯人
言焉可得乎仰惟　太祖高皇帝懲前代丞相
專權分設府部各有職掌今費宏叨內閣之首
為輔導之官宜先正己以表百僚可也顧乃大
開私門竊弄威福使內外文武大臣多出援引
欲何為哉弗謂今日不言也伏乞　聖明總收
威福嚴加省諭使費宏知履盈之戒不得挈制
府部每事干婪使府部知奉公之義不得阿附

費宏每事咨請以深思　高皇帝不立丞相之
由以預防費宏權侔人主之漸如此則體統正
而朝廷尊天下之政出于一矣臣今職守莫急
於此今日圖報我　皇上者亦莫急於此也

乞休

臣嘗聞孟軻氏有曰君子進以禮退以義臣之
論大學士費宏者其始也起於議禮之不合其
終也憤於誤國之不忠非私仇也非好爭也前
言已盡無復他説矣緣臣既不能積誠以開張
聖德又不能屈意以阿附權臣有此二罪難復言臣

義嘗有去而已夫禮義廉恥謂之四維國之所
恃以立者也　皇上不即賜臣之去則砥名礪
節無以行於君子臣不即求去則貪位慕祿終
亦同於小人昔漢高帝命叔孫通起朝儀名曾
兩生不肯行今　皇上議大典禮實出
聖裁臣初無所與無使天下後世議有兩生不肯去
伏乞　聖慈俯賜休致臣出處既明則
皇上典禮益重而有光矣
論免纂大禮集議
臣等伏見上林苑監監丞何淵奏奉

欽依議定　世廟實與　尊號相同既未刋入大禮
書內著內閣寫勑命官纂成全書前目所須大
禮集議各處有司還繳進禮部且不必刋本該
衙門知道欽此臣等竊謂　皇上必以前書所
載詳於尊崇而畧於建　廟故欲纂為全書以
成一代之典以垂萬世之法真　明王大孝之
心也昔議禮之初臣等開口便説　獻皇帝嘗
稱考稱帝當別立　廟京師是尊崇與立
廟之議未始有二也既而與廷臣爭考而復爭帝爭
廟而復爭路聚訟四年更　詔三遍實賴

皇上爲萬世綱常之主決千古是非之疑非臣等二三人所能以口舌爭也幸而大禮既定學士方獻夫奏刊章疏臣等初無與也尚書席書纂爲集議頒行臣等初無與也二臣用心特以當世之人知禮者鮮而無徵弗信故自此書刊行之後中外傳信已翕然定矣各省刊布已進繳禮部矣茲別 命官重編取繳前本在 皇上之心固欲候刊全書在大奸之心乃欲陰壞成禮何也今開館編纂之人必昔日跪門叫哭之輩也其停念宿怨正欲乘機竊發未有不紊亂名

實顛倒是非者也是　皇上以已定之禮而使之更以已成之書而使之壞矣且中外人心必驚疑而相顧曰　皇上令取繳禮書是不信席書之議矣　皇上不信席書之議是自不信此禮矣席書雖由此不食而死亦無益於綱常矣

皇上可因何淵之言而不加察之乎夫大禮之書貽代之盛典也言之不文傳之不遠今觀何淵前後論奏雖亦為禮實不成文向使有可采者席書當先采之淵亦無今日之請矣大奸亦不得乘淵之請而設心壞禮矣故臣等竊謂欲刊行

全書者真　皇上之心而取繳前書以驚疑人
心者决非　皇上之心也夫大禮為書四卷
廟議已為一卷關要備矣但建　廟遷　主制度儀
文多在此書既成之後未經具載　皇上誠欲
刋入仍下禮官會同臣等續加編纂庶心迹
無異始末會通時月之間敢期上請　聖裁以
為全書無煩　命官開館以啓紛更者也其前
頒行各省禮書俱經刋布方且家傳人誦矣宜
候京本增定之日行令照依刋續令不必取繳
回部以驚疑人心如此則大奸之計不得施而

皇上大孝為法萬世而有光矣

再乞休

臣仰惟

皇上英明邁古勵精圖治宜無不克享 天心者矣然今災異頻仍實為有 君無臣之所致也如臣凡庸濫叨 恩遇佐兵政無安攘之能與講官無啓沃之益反躬食粟而已罪容逭乎伏乞

聖明鑒別早 賜罷休以為不職之戒庶有

君有臣百度舉而萬異消矣

顯陵議第一

伏承 聖諭因虞守隨奏及議遷
顯陵事宜臣竊謂今日之禮名號既正 廟祀攸隆
皇上孝心有未慊者宜在此一事耳臣計慮蓋有年
矣茲 聖諭謂古者君去國遷廟主而行主者
陽也先人之精魂故謂之神主墓者藏先人之
體魄乃陰也陰屬地下以爲玄宮地道尚靜體
魄貴安豈宜輕舉又 諭 皇考葬已八年一
旦妄動發露途中豈勝震恐臣伏讀斯 諭
大聖人之見決矣臣孚敬於正德十六年所上大禮
或問已備議云墓與廟不同也墓所以藏體魄

而廟所以奉神靈者也故墓可以代守而廟不
可以代祀也此臣乎歎在昔之議固有如今日
聖諭所及者矣及見廷臣之議謂　太祖不遷
皇陵　太宗不遷　孝陵亦正論也又　諭萬年之
後奉護　慈宮以附　陵室其時何不善也至
哉　皇心乎臣嘗聞舜葬于蒼梧之野盖三妃
未之從也季武子曰周公盖祔此祔葬之禮自
周公以來固未之有改也　聖慈萬歲之後奉
祔　顯陵在情禮為俱盡矣近日内閣之議以
為不可改遷者皆忠愛也惟　聖明無貳焉

顯陵議第二

臣伏讀 聖諭具悉 聖母慈訓拳拳不忘

先皇帝之心 皇上幾諫愉愉曲盡孝子之愛者也

愚臣不勝感泣昔孔子少孤母死亦嘗合葬于

防此合葬之禮聖人所不能廢也我 朝

太祖不遷 皇陵 太宗不遷 孝陵蓋俱嘗合葬

矣今 顯陵已重加修造 聖母萬歲之後同

居于室禮之正也孔子曰父母之年不可不知

也一則以喜一則以懼朱熹釋之以為人子愛

日之誠自有不能已者 聖諭謂此事非所宜

言誠　大孝之心也孔子又曰大德者必得其位必得其祿必得其名必得其壽　皇上清明在躬志氣如神億萬斯年保其室家今日福德正如日方升如月就恒愼勿預為過慮也萬一聖母之心未能釋然姑俟　顯陵修造完成之日皇上可代　聖母備為祝詞親詣　世廟告于先皇帝之靈期以萬壽之後同居于室以是告詞藏之　世廟　皇上　聖子　神孫亦將服為先訓如此則禮行有因言可紀載　先皇帝於聖母也夫夫婦婦於　皇上也父父子子幽明之

各盡其情而無所憾矣

進四箴

昨日伏承　聖諭才午間得卿錄來視聽言動四箴朕甚喜悅以為聽講官講心箴深加愛尚勉強註畧欲臣等藻潤又欲再註四箴欲臣贊之臣於此仰見　皇上緝熙聖學之至心宋儒朱熹有言曰自古聖賢相傳只是一箇心惟

聖明真得傳心之妙故深契如是臣切謂范浚心箴舉其綱程頤四箴列其目相為發明者也臣以此用功餘三十年莫之有得今　聖明啓發明

了一至於此真盲者之日月聾者之雷霆也臣何能復贊一辭第當刊印頒布以覺斯世以廣
聖學之傳耳然而人見之莫不曰真聖人復生非苻堯舜之治見於天下而堯舜心法之秘道統之傳固有在矣韓愈原道有言曰由周公而上上而為君故其事行由周公而下下而為臣故其說長今非特說之長也而且復見事之行矣程頤四箴尚須
聖明啓示臣雖不能贊明謹當再摹
宸翰與心箴註並行頒布以為斯民斯道之幸

謝御註四箴

伏承頒示御註程頤四箴臣叩首捧讀乃知大哉皇言皆根諸身心達諸政事於此見帝王之學真與儒生大不同者也但未復加奬愚臣實不勝惶懼臣所務之學雖萬不逮程頤而所遇之主實萬萬爲過之按程頤在英宗朝代趙思永爲濮議時方年三十有二見猶未定至爲四箴殆晚年也況皇上繼統與英宗繼嗣實大不同使程頤居今之世議今之禮豈得復守濮議之説哉臣謹將御註四箴熟讀詳玩容

再錄進覽同心箴刻布
公職守
臣本為書生偶因一得之愚誤蒙
聖眷今相繼登進位重弗勝之憂各當夙夜靡寧者
也臣于十一月二十一日約會臣桂萼臣方獻
夫臣霍韜臣黃綰臣熊浹五人在于東閣臣告
之曰吾輩始也生不同方官不同位而議禮論
之同者義理根於人心之固有也伏遇
聖明作之君師以定一代綱常吾輩幸免獲罪敢
復論功夫內閣吏部禮部都察院詹事府此何

等切要衙門也大學士尚書都御史詹事此何
等切要官職也吾輩若不能平其心思公其好
惡各修本職以佐收治平之功是負吾
君獲罪於　天矣決當先蒙顯戮不得善終者也
祖宗法不可變改只在修舉廢墜而已若故為過高
之論不可行之事紛更法度吾雖死不敢苟同
也夫君子和而不同同則為黨也固矣俱警省
而退臣觀天下之事修舉與紛更大有不同理
亂所關亦甚相遠　皇上前日清翰林科道等
官是修舉　祖宗之法升平之基也或有不察

多為過高之論難行之事是紛更　祖宗之法
生亂之媒也禮曰王前巫而後史宗祝瞽侑皆
在左右王中心無為也以守至正
皇上大居正之心於凡言之當否宜無不察而愚臣
猶終不能無慮焉者恐未免有為過高難行以
滋紛更之說者也宋王旦在真宗朝為相會天
下無事慎守祖宗法度無所變更史臣稱之神
宗相王安石主行新法遂至天下大壞實明鑑
也臣不敢不言惟　聖明察焉

疏惠通河

臣聞儲積天下之大今京師儲積半在通州甚非所宜也嘗聞正統十四年北虜入寇迫近京師彼時戶部尚書金濂兵部尚書于謙以通州儲積米多慮為北虜所據困我京師令軍民搬運入京首一日令運得二石者以一石入官一石入己次日令運得者俱入己又次日搬運不及縱火並積草焚之使虜無所得此通州儲積已然之明患也今通州至京師不過五十里其河道經元郭守敬修濬今閘埧具存我

太宗皇帝時嘗設置防守欲興復之未遑也又臣早

歲嘗讀成化八年會試策內有云京城至通州
地形高下纔五十尺以五十里之遠近攤五十
尺之高低何所不可爲有任事之人有見遠之
畫濬甕山濼以蓄西山諸水引神山泉以合下
流之歸迂回以順其地形因時以謹其濬治一
勞而永佚暫費而大獨未有不可也可見當時
經國大臣亦論及此成化十二年平江伯陳銳
建議開修此河 憲宗皇帝命戶部侍郎翁世
資工部侍郎王詔督理而河道開通運船俱曾
至京城外大通橋矣邇京師有黑眚之異而權

豪射車輛之利者乃鼓動浮言以爲開河所致因復阻撓識者恨之今　聖明爲國家深長之慮復欲開修此河以臣愚論之因仍舊道不甚費事況一舟之運約當十車每年運船已到則令剝運新粮入京如此庶儲積盡在京師而根本充實永無意外之患矣此惠通河之開修誠不可已者也桂萼所論欲開三里河事宜亦莫非爲國之心但開修惠通河則事省而見効易開修三里河則費廣而見効難非直有地理之忌而已臣與萼已面論之萼云采諸人言蓋將

以備

聖明諒之

裁擇非敢必於行也惟

太師張文忠公集奏疏卷之二終

張文忠公集

奏疏

三之四

太師張文忠公集

奏疏卷之三

進大禮要畧 嘉靖六年

臣仰惟

恭穆獻皇帝尊號廟祀典禮成備前者翰林院侍講學士方獻夫集諸臣奏議禮部尚書席書為之纂要上請頒布矣

皇上欲重其事復

勑館閣儒臣纂為全書臣愚俾與有事不能無言焉

竊以此禮之失非今日也自漢宋諸君失之矣

此禮之爭非今日也自漢宋諸臣爭之矣

皇上之改非改今日也改漢宋諸君也臣等之諍非諍今日也諍漢宋諸臣也是宜　皇上之欲爲全書以昭一代君臣之行也夫前之集議成於禮部猶從案牘之文有司之書也今之全書出於史館宜從典則之體　天子之書也有司之書所以行於一時以曉凡愚不可遽廢也

天子之書所以傳於萬世以著令典不可苟爲也伏乞　皇上嚴諭館閣開誠布公必放史書凡例以年月日爲綱凡於大禮有關者每事必書每

書必實至於諸臣奏議如禮者必采其精不
禮者亦存其槩備載　聖斷以裁成之以見非
天子不議禮其權非臣下所得而竊之者也昔唐有
開元禮宋有開寶禮所載多制度儀文而已曾
有如今日嘉靖之禮經綸天下之大經立天下
之大本者乎若但因仍案牘之文未免有失典
則之體疑非美則憂憂則傳焉者也
皇上所定之禮出於漢唐宋之上而所成之書肯出
其下乎臣自建議以來履歷所知無敢自欺輯
爲要畧誠有不得已焉者也謹用纂成編裝

爲二部一備　聖覽一付史館采焉

論纂修

臣等伏承

聖諭大禮書或有分毫未全亦宜添入又伏承

名入文華内殿面諭大禮書未備特命纂修傳之

萬世用心纂修臣等學乏三長愚無一得夙夜

不遑懼無以彰　聖孝答　明命也臣曾以履

歷所知輯爲要畧凡百九條上乞　聖裁已奉

欽依送付史館以備纂述欽此然此乃臣一人聞見

而已竊謂斯禮之爲書也舉三代之隆垂百王

之法取之不可不廣擇之不可不精如奉迎
皇上及　皇上初辭藩府寢墓車駕發安陸等儀皆
奉迎及從駕諸臣所知也又如　皇上令內閣
詳論大禮其節次　御批及執奏之詞名對之
語皆內閣大臣所知也又如　皇上以大禮未
定孝心未遂五年有成　兩宮無間皆內監外
廷老成諸臣所知也是誠　皇上至德要道真
宜傳之萬世不可不謹書備錄者也臣續考事
實增爲要畧凡百三十五條敬謀稾鍥用代抄
謄裝潢成部再乞　聖裁候命下之日於凡所

宜咨問諸臣各給一部令以所知限旬月間如例開詳送赴史館以備采擇庶乎集衆見以成全書矣

應　制陳言

臣伏讀

聖諭朕思民間疾苦情狀或未盡知則匹夫匹婦猶有不被其澤於此見我　皇上真存心天下加志窮民者也夫有君有臣然後政舉今上有是

君臣恐下無是臣也昔伊尹以天下爲己任思天下之民匹夫匹婦有不被堯舜之澤者若己推而

納之溝中惟成湯能用伊尹故伊尹能相成湯夫人君以論相為職宰相以正君為功伊尹不可得而見矣唐楊綰清儉簡素代宗相之制下之日朝野相賀郭子儀方宴客聞之減坐中聲樂五分之四京兆尹黎幹騶從甚盛即日聞之止存十騎中丞崔寬第舍宏侈亟毀之宋秦檜陰險深阻誣陷善類結納內侍伺上動靜高宗相之祖父孫三世皆領史職開門受賂富敵於國外國珍寶死猶及門一時忠臣良將誅鋤略盡其頑鈍無恥者率為之用卒致夷狄內橫禍

延國祚二宗任相得失明驗如此況
皇上有堯舜知人之明而欲民被堯舜之澤者乎我
太祖高皇帝懲前代丞相專權不復設立而今之內
閣猶其職也　皇上責以調元贊化可謂得任
輔相之道矣臣不知其宜何如爲人也今之部
院諸臣有志者難行無志者聽令是部院乃爲
內閣之府庫矣今之監司苞苴公行稱爲常例
簠簋不飾恬然成風是監司又爲部院之府庫
矣撫字心勞指爲拙政善事上官率與薦名是
郡縣又爲監司之府庫矣司馬光曰天之生財

止有此數不在官則在民今在官者恒多矣
之何民不窮且盜也夫人君之尊如天明日月
也威雷霆也近者 皇上畏天修省責臣下自
陳待 命之日莫不震疊既而無毀無譽黜陟
不聞旅進旅退幽明無別臣恐上下雷同非
國家之福也孔子曰事君敬其事而後其食今之
事君者其不爲宮室之美妻妾之奉者鮮矣夫
營巢養子禽獸猶然不敬君事何以別乎孟軻
氏告齊君曰王欲行王政則盍反其本矣臣切
惟 皇上宣德流化必自近始近必自内閣始

夫人君用人固未嘗借才於異代者也今內閣擇其人焉責之以擇九卿九卿擇其人焉各責之以擇監司監司擇其人焉各責之以擇守令守令親民者也守令得人斯匹夫匹婦莫不被其澤矣不然則上下交征掊克在位　皇上雖有憂民之心而擇民之政率為過絕如之何其可也秦誓曰若有一个臣斷斷兮無他技其心休休焉其如有容焉人之有技若已有之人之彥聖其心好之不啻若自其口出寔能容之以能保我子孫黎民尚亦有利哉人之有技媢疾

以惡之人之彥聖而違之俾不通寔不能容以
不能保我子孫黎民亦曰殆哉惟仁人放流之
屛諸四夷不與同中國此謂惟仁人爲能愛人
能惡人見賢而不能舉舉而不能先慢也見不
賢而不能退退而不能遠過也此平天下之要
道也惟　皇上能行之也臣敢執此以告

論邊務

臣參詳前都御史彭澤之處置邊夷疎畧寡謀
前兵部尚書王瓊因其啓釁固當聲其誤國之
罪似未免有過直之心也王瓊名若不完才實

有用楊廷和因其奏已乃遂處以充軍之罪實
未免有過忍之心也是誠徒任樹黨報怨之私
全無忠君愛國之實者矣又看得王邦奇奏稱
都御史張文錦參將賈鑑激變官軍幾危社稷
一節臣嘗與大學士費宏論之矣謂文錦與鑑
固不免處置乖方為軍士者直上告 天子罪
之可也乃擅自殺之實亂兵矣不討其罪反撫
慰而加賞之而長亂可乎故今日宣大二處紀
綱大失軍士俱不用命矣故今日大虜內入參
將王經被殺皆坐視而不之救也又看得王邦

奇奏稱甘肅之亂　特命尚書金獻民提督征
勦本官自恃寵威不盡忠節一節臣嘗與大學
士費詠論之矣金獻民處本兵之地執要害之
樞果有謀畧一方有事焉用親往若無謀畧將
棄其師矣當時果遷延不進纔至中途遽行報
捷冒功罔上莫此為甚何能激士而威夷狄也
又看得王邦奇奏稱甘肅二次之亂蓋由先年
公論不明及敍寫亦虎仙等之誤一節夫寫亦
虎仙釋放原出於　朝議而復執之乃出
詔書尋稱監故嘉靖三年五月處决各夷內火者馬

黑木斤米兒馬黑麻八月土魯番大舉入寇甘州誠未必無所由也夫人君之禍莫甚於朋黨人臣之罪莫大於樹黨漢唐宋之事可監也咸謂王邦奇本羅織千戶有觖望心臣謂人臣之事君也惟當取善以輔主不當因人而廢言故今日之事若不懲於既往無以警於將來漢鼂錯曰君不擇將以其國與敵也將不知兵以其卒與敵也臣愚以西有甘肅北有宣大實皆為要害之地宜俱設總制之官然必謀畧出羣如新建伯王守仁者乃足以當之也又必慎擇巡

撫之官責之久任吏部但得循資加職不得易地更遷可也夫總制得人則足馭巡撫巡撫得人則足馭邊將鼓士氣矣若夫興復哈密以制御西番以永保全安伏候　命下之日本部另行彼處總制官相度事宜速行議擬上請臣待罪本兵因未盡愚情故不得已於言也

自陳乞休

臣謹奏茲當京官六年考察吏部會都察院一日唱名而已夫五品以下咨之多口未可知也四品以上鑑之　重瞳不可欺也夫君子小人

之進退勢常相乘而治亂實係焉君子多而小人少則小人退故舜有四凶或誅或竄小人多而君子少則君子退故殷有三仁或去或亡雖然正人指邪人為邪邪人亦指正人為邪自古為然　皇上聖明天縱孰得而逃之乎誠恐司鑑別者多類傷弓之鳥亂是非者得漏吞舟之魚或因以陰樹朋姦或假以公傷善類則國家將來之禍有不可勝言者　皇上當深察早辯之者也臣性不同時勢難獨立止宜罷黜安可苟容然非敢忘　皇上知遇之恩尚可以消當

世朋比之心也

再陳

臣謹案茲例當考察臣嘗極詞求退伏承

温語慰留復職未幾舉劾復及又伏承

聖斷不徵浮言許臣以忠誠端直留臣辦事苟非草

本之蠹應効犬馬之勞者也第臣獲罪於朝難

從諸臣之進退覩閱於衆恐傷　皇上之仁明

議不能無言焉臣少也賤幸有聞於父兄師友

善善惡惡不昧於心是是非非輒出諸口雖叨

鄉薦不分科名守先人敝廬六七間薄田三十

畝知官階有竊祿之恥慕道義爲終身之憂際
遇龍飛方圖驥展不虞興禮之議抗舉朝四五
年而詆罵之言經舉世百十疏非 聖明一見
而决雖孫微萬死難當幸而名正禮成屢嘗奉
身求退緣 皇恩未蒙俞允顧寸心每切遲違
非江湖輒敢忘君奈廊廟原不同道兹又承
勑諭重修大禮全書傳之萬世於是元惡寒心羣邪
側目故要畧方進攻擊肆行夫以大禮全書
皇上諭以紀一代君臣之行者也據事直書史職所
當盡也臣與在朝者有異同之論爲一世之仇

也今操是非之筆為萬世之仇也要之惟在乎
彰 聖明之孝振綱常而已昔孔子作春秋而
亂臣賊子懼曰知我者其惟春秋乎罪我者其
惟春秋乎唐太宗欲觀史褚遂良曰史臣書人
君言動備記善惡未聞自取而觀之也今大禮
之書行於當代彼皆身親覩之能無懼乎是宜
臣之一身難勝眾口也詩曰既明且哲以保其
身夙夜匪懈以事一人惟知有夙夜事君之心
而忘明哲保身之念是則臣而已矣餘自反無
媿也唐文宗謂去河北賊易去朝中黨難

皇上聖明剛決臣無容憂者夫夙夜匪懈臣之所以

報　皇上也明哲保身　皇上所以全臣也伏

乞　允臣休致放歸田里不然彼衆口也今日

論之明日論之臣一身也安得今日辯之明日

辯之未免清明之朝長爲聚訟之所則何益哉

辭免兵務

臣凡愚一無補於

聖明叨蒙首擢爲翰林院學士尋陞詹事府詹事兼

翰林院學士因父母俱亡祠墓荒廢既得展拜

之請復承勉留之恩進臣兵曹責臣重任受

命以来固嘗臨事而懼實未能好謀而成者也繼修

大禮全書　勑加總裁副職臣切惟斯禮也講之不過三五年書之實欲傳千萬世夫事必成於一致心難分於兩端茲臣晨入於朝終日而退凡部事止多關白雖復與聞識恐四方多事之時有未悉萬全之計也又況日講兼承

新命自揣年力宜守舊官伏乞　聖慈憐臣思慮過多精神短少容仍以詹事府詹事兼翰林院學士使得職專史館力効講筵別選賢能以佐兵政不然則舍此取彼是謂侵官顧此失彼是謂

曠官恐事一無所成兩有所妨矣

公會推

嘗聞知人則哲惟帝其難

祖宗以來凡大臣例應會推於朝請命簡用所以示

公也切見近年積弊偏重公論不明甚負

朝廷簡用之意如會推吏部尚書員闕科道官任

舉休致吏部尚書喬宇楊旦吏部即推喬宇臣

謂冢宰統率百官者也喬宇楊旦昔黨楊廷和

壞亂綱常皆得罪　朝廷而去曾未幾何而復

舉之是大臣之用舍將不在　朝廷而恩歸臣

下也故臣不敢從焉又如會推禮部尚書員闕吏部欲首舉禮部左侍郎劉龍決乃舉吏部右侍郎温仁和特仁和遂以歷俸年深出爭先後臣謂大宗伯掌禮者也古者士讓為大夫大夫讓為卿今乃自薦而自爭先後是大臣之會推將不由 朝廷而由己也是以 朝廷為詎而自擅吏部之權也故臣亦不敢從焉孔子曰天下有道則禮樂征伐自天子出臣之不敢從者非好違衆以自取罪戾也懼 天子之權不可以下移也伏乞 聖明嚴加戒飭無事因循以

後凡休致大臣雖經論薦必奉　明旨起用方許與推苟有自相援引以欺君者豺虎之黨也凡推用大臣雖歷年俸必量其才可用方許與推苟有自執歲月以要君者犬豕之裔也夫爵人於朝與衆共之故奉　天子命與吏部商可否者九卿之職也　天子知其人用之不知其人則又當擇之故與　天子商可否者三公之職也故吏部不得先察承風旨以令九卿九卿亦不得阿承風旨以聽令吏部如此則凡大臣任用皆衆舉於朝而獨斷於　天子一人則體

統正而　朝廷尊天下之政出于一矣

論邊將

近該提督陝西三邊兵部尚書王憲題稱訪得
各邊將帥不畏國法專務奔競請　勑廠衛及
巡城御史五城兵馬緝訪參送鞫問革職等因
到部臣凡愚佐理本兵典守乃職邊方將帥而
尚有此是誰之過歟切謂君不擇將以其國與
敵也將不知兵以其卒與敵也唐郭子儀為元
帥士卒視之如父兄然存撫恤也今者知兵之
將常少剩下之將常多是以一呼而起倉卒之

變每不在邊境而在蕭墻也又況近年邊将种
勛納賄事敗辱及本兵幸蒙寬容有類故縱故
今苞苴及門稱為常例簠簋不飾恬然成風誠
有如王憲所言者也但其所稱目擊耳聞宜有
指實夫揭借金銀器皿貨物所出必非一家價
緣權貴勢要所經必非一手耳所聞者容有可
疑目所擊者決無不實合令明開姓名具奏乞
將交通之人治以悞邊重罪而彼此俱罪之贓
盡追助邊以彰　皇上之懲勸以舒士卒之忿
恨也仍行在京緝事衙門緝捕衙門之人在外

各邊撫巡衙門緝訪揭借之主從實開奏其債
主原不知情者限一月以裏許其自首給還能
有舉首賞緣打點之人者仍給入官之贓充賞
通行刊榜曉諭京城内外及各邊方以警將来
間有才名出衆屈於下僚士卒素所愛戴者責
令撫巡官公舉以需不次簡用如此庶本兵有
用舍之公無權勢之撓將帥得人士卒感激有
不戰戰必勝矣

樂舞議

臣近因纂修大禮全書謹書

皇上安陸廟祀先嘗命用十二籩豆樂用八佾以為
天子之禮樂備矣及觀大學士費宏奏議 世廟樂
舞止宜用文舞以為 獻皇帝生長太平不以
武功為尚輒敢去武舞臣愚以為茲議尚存遂
非之心實非公共之禮也臣嘗稽古王制曰自
天子達於庶人喪從死者祭從生者孔子曰父
為大夫子為士葬以大夫祭以士父為士子為
大夫葬以士祭以大夫士大夫且然況天子乎
皇上入繼大統尊為 天子追尊 獻皇帝為天子
父廟用十二籩豆樂用八佾以天子之禮樂祀

獻皇帝所謂祭從生者禮也闕一 非禮也樂記曰鍾鼓管磬羽籥干戚樂之器也屈伸俯仰綴兆舒疾樂之文也簠簋俎豆制度文章禮之器也升降上下周旋裼襲禮之文也故知禮樂之情者能作識禮樂之文者能述是難言也議者以漢高帝廟奏武德文始五行之舞至孝惠廟止奏文始五行之舞至孝文廟又奏昭德之舞謂高帝以武功定天下故兼奏武德惠文二帝不尚武功故止奏文始昭德臣愚以為此不足證也按漢書景帝元年詔曰制禮樂各有所由歌者

所以發德也舞者所以明功也高廟酎奏武德
文始五行之舞孝惠廟酎奏文始五行之舞孝
文皇治天下厚德侔天地利澤施四海靡不獲
福明象乎日月而廟舞不稱朕甚懼焉其為孝
文皇帝廟為昭德之舞以明休德丞相申屠嘉
等奏曰陛下永思孝道立昭德之舞以明孝文
帝之盛德皆臣嘉等愚所不及因請郡國諸侯
宜各為孝文皇帝立太宗之廟制曰可乃致廟
祀遍天下而卒毀焉茲議也所以為漢之君臣
也夫漢自高帝以馬上得天下不事詩書[illegible]命

叔孫通起朝儀召魯兩生不肯行謂禮樂積德
百年而後可興文帝遺詔不欲天下為三年喪
以日易月然本為吏民設景帝嗣君也乃冒用
其文自短三年之制皆非達禮樂之本者豈可
援以為　聖朝法乎臣嘗聞樂舞以佾數為降
殺未聞以文武為偏全若必以武功定天下者
得舞用武舞三代之君揖讓得天下者宜莫如
禹書大禹謨曰舞干羽於兩階干戚武舞也羽
籥文舞也觀此可見古之天子皆用文舞武舞
者也又邶詩曰簡兮簡兮方將萬舞魯記曰王

午楢繹萬入去籥宋儒朱熹云萬者舞之總名
文用羽籥武用干戚觀此可見古列國諸侯皆
用文舞武舞者夫樂舞之數天子八佾佾八人
爲六十四人諸侯六佾佾六人爲三十六人降
殺以兩大夫士亦如之　國朝稽古定制
太廟文舞六十四人各執羽籥武舞如文舞之數各
執干戚總一百二十八人王國宗廟文舞三十
六人各執羽籥武舞如文舞之數各執干戚總
七十二人夫　獻皇帝爲王在興國樂舞已應
用文武七十二人今追尊　皇帝崇享

世廟乃止用文舞六十四人而佾數反不逮王國矣
廟矣而可謂盡尊崇之禮乎況今　太廟之祭
異世同堂誠如所謂以武功定天下者兼武舞
不尚武功者止奏文舞則夫　太廟萬舞有奕
昭格　烈祖豈真　高皇帝得兼用武舞而
列祖俱止宜用文舞邪又孰從爲之別邪此誠臆說
非經典也夫　太廟祖廟也　世廟禰廟也
皇上爲對越之主得備天子禮樂以祭其　祖獨不
得備天子禮樂以祭其　禰邪使八佾之舞用
其文而去其武則兩階之容得其左而闕其右、

是　皇上畢天子禮樂而自降殺之矣
天子父不得享天子禮樂矣其何以式四方垂世法
也夫名不正則言不順事不成禮樂不興今名
正言順是宜事成禮樂興矣曲禮曰在朝言禮
問禮對以禮伏承　皇上問及於臣臣不敢不
以正對也今之事君者孰不曰願　皇上為堯
舜之主至議典禮乃輒引秦漢以下不經故事
為　聖朝法不亦異乎乞再　勑禮官會臣重
加詳議上請　聖裁必加佾數更增武舞庶得
著之大禮全書以貽令典不然則樂舞未全與

禮猶闕恐非所以昭　聖孝光萬世矣

再議

臣聞禮有五經莫重於祭能備然後能祭此孝子之心也昔周公成文武之德追王太王王季上祀先公以天子之禮　皇上追尊

皇考獻皇帝別立　世廟祀以天子禮樂所謂從生者文武周公之道也有一弗備則廟祀不虔其何以盡　大聖人孝饗之心乎初議者於八佾之樂減去武舞止用文舞謬引漢景之詔為證夫既不知漢人所謂文始昭德者固未嘗無武

舞又不知國朝制度雖王國宗廟亦未嘗去武舞是皆先有懷二之心故卒無歸一之論也臣已援古證今反覆明辯其非矣誠恐 皇上勞於顧問憚於更張則九仞之功虧於一簣毫釐之差謬於千里者也或又方諸孔廟亦止用文舞八佾夫孔廟之祭本古釋奠先師之禮宋儒歐陽修所謂學官四時之祭是也唐開元始詔舞用六佾猶諸侯之禮也至 國朝成化詔增六佾舞爲八佾加籩豆十二遣翰林學士王獻詣闕里祭告是固不敢純用天子之禮樂亦獨

文矣今　皇上乃以子祭　禰非祀先師也
皇上以天子有事　宗廟非遣官祭告也得比之而
同乎考之春秋隱公五年九月考仲子之宮初
獻六羽何休云仲子之廟唯有羽舞無干舞者
婦人無武事獨奏文樂也胡安國云不謂之佾
而曰羽者佾者干羽之總稱也婦人無武事而
獨奏文樂故謂之羽而不曰佾也夫仲子乃魯
惠公愛妾以爲夫人不得入廟無祭享之所別
爲立宮以祀之非禮也仲子以別宮故不敢同
羣廟而降用六羽可也今　皇上爲

獻皇帝立　世廟禮也雖別廟得同羣廟者也又可降用文舞而同於仲子妾婦之禮乎夫斯禮也昔爭帝而復爭皇爭廟而復爭路廟成矣而復爭謁廟之禮焉禮成矣而復爭文舞武舞焉臣等非好爭也爭以禮也禮不備則不可筆之於書不可筆之於書則不可傳之於後誠大關與非細故也是將使　皇上大孝之心不能明於天下後世臣從建議之後亦將無所逃罪矣伏乞　聖明垂察焉

進明倫大典初稿

臣等非才誤承纂修禮書重託前以初藁六冊

上塵 聖覽伏承

皇上親自定名為明倫大典誠可以法天下詔萬世也顧先名大禮全書宜事核而備今改明倫大典宜義正而嚴 聖諭云果於理合則褒進之使後人有所守謬而否者則貶斥之亦使後無所惑大哉 皇言乎至哉 皇心乎已將御票席書註論四條增入進 覽又伏承司禮監太監鮑忠於左順門傳諭 聖意凡古人歐陽修諸儒之論於父子君臣大倫有所發明者俱要

增録是誠 皇上慮正論未明於今日橫議再
肆於將來也臣等仰承 明命日夜不遑於是
倣漢司馬遷作史記事例凡每條所當發明處
各為論斷用小書以附其後然皆即其所自為
說據禮折之其心固宜無不服者也止稱史臣
不用録臣名氏者以示天下後世之公言也其
席書論註仍多采擇附録互相發明使凡開卷
者於邪正是非瞭然不昧矣茲重寫成藁共六
冊上干 聖覽伏乞 裁示庶體式有所遵依
矣

論御史馬録

臣等伏承

皇上以御史馬録一起寃獄付之推問切念臣等法掌三司無敢輕重　皇上明見萬里自難伏逃一應在繫人犯俱蒙依擬發落惟馬録尚欲從重議擬者蓋以誅之不可勝誅故罪坐所由是欲戮一人使千萬人懼也夫馬録故欲陷張寅一家之死臣等復何敢救馬録一人之生特以未決之張寅猶可以宥當死之馬録若擬以奸黨之條則太重擬以故入人死罪未決之條則

太輕故在馬録相應處以烟瘴地面永遠充軍
遇赦不宥是得刑之當也古者刑人屏之四方
惟其所之不及以政示弗欲生也臣等愚昧以
爲必就馬録死地罪止一身而已永遠充軍則
其禍及子孫矣如此則馬録雖生無生不死猶
死 皇上用法惟刑之中臣等奉法惟刑之當
則天下咸服矣伏乞 聖慈矜察焉

考選御史

臣 伏承

聖諭懇至夙夜靡遑懼無以推廣德心振揚風紀爰

賢不能進是昧天下之公是也或不肖不能
是昧天下之公非也於是內咨之十三道官外
咨之兩直隸十三省慶賀官衆之公論書其實
跡並不敢以一毫自欺者也夫天生大聖大賢
固不數其大奸大惡亦不常見惟中才最多近
来頹風大行積弊彌甚惟　聖明振作蕩滌於
上宜其聞風而興起於下者也但作人之功日
改月化非一朝所能責備用人之道日程月試
非一人所能周知故茲去其太甚冀其自新而
已不然　勅諭具在遴選無方久之則賢宜無

不進不肖宜無不退者矣

論勘處倭寇

臣竊惟明王所以馭天在嚴夷夏之限朝廷所以勵世必昭刑賞之公若遠方小夷敢決大防稱兵中土雖殺族類爲守臣者輯和無策禦變乖方馴致將卒虧損疆場侵駭乃蒙寛條僅抵罰金甚非所以昭示遠人警勵臣工也先任浙江按察司副使今陞右布政使張芹職專海道兼理分巡地方之責匪輕綿薄之才莫克當二夷入港之時已有交雠搆𨻶之語既不能譯

審以辯其真僞又不能輯柔以解其釁端無早見豫待之智乏臨機應變之圖遂成厲階莫過亂畧抄掠我民庶燔毁我公署戕殺夷伴瑞佐等而莫之能捄賊害將官劉錦等而莫之能禦雖調兵督捕假稱平討之功而喪師辱國終莫逭失機之罪今廢 祖宗之法乃僅行重罰通銓曹之私旋得遷崇秩宴然爲一方之伯將何以謝兩浙之民布政司右參政朱鳴陽承委盤驗夷貨倉卒聞亂調度莫支既乏外攘之才坐受中城之變罪雖有間罰亦太輕先任大學士

費宏叨執國柄懷卵翼之私遂曲成夫二天之庇先任户科左給事中今陞太常寺少卿劉穆叨任勘官懷顧望推避之嫌竟莫伸夫三尺之法俱合有罪伏望 聖明俯賜乾斷將張芹即行罷黜以謝地方朱鳴陽量加降調劉穆量行罰治以存公論庶 國典不至於筏視邊警可至於潛消矣

請刋勒 勅諭

臣捧到 勅諭一通内備載事宜率由

祖宗舊章革除近年宿弊内外臣工孰不警惕但傳

播不遠信從無由臣欲將原捧　勑諭翻刻成
書分播兩京及內外各衙門仍各翻刻頒給各
官俾咸知宣揚德意勉効忠誠仍立石碑於公
署座右昭揭　聖諭用飭後人及照大獄招詞
候　聖斷發落亦應刊示中外俾知
聖明好生之德臣不勝至願
明舊制
臣等議得桂萼所陳蓋因近日官守失職以致
言出有激意欲補偏者也臣等竊謂有治人無
治法官得其人法無不舉故人可更而法不可

變也　祖宗設立刑部都察院大理寺謂之法
司所以糾正官邪清平訟獄此其職也設立東
廠錦衣衛謂之詔獄所以緝捕盜賊詰訪奸宄
亦其職也夫職業之廢是謂曠官職掌之奪是
謂侵官故夫申明舊章警于有位惟在
皇上總攬之而已今後凡貪官冤獄惟當責之法司
擬問辯明凡盜賊奸宄仍責之廠衛緝訪捕獲
然必審問明白送法司擬罪上請毋得故為輕
重羅織疑似以致辜枉人冤則　輦轂之下積
弊肅清薄海之外將風動矣

慎科目

臣惟科目之設所以羅致才賢恢張治化伏覩
國初開科一詔始於洪武三年其間崇尚經術痛
斥詞華旁及書算騎射以觀全才立法至精得
人為盛邇者士心日偷風俗大壞窮經者失其
旨信傳者謬其說誠所謂侮聖人之言者有矣
臣竊嘗有志推明釐正尚俟從容論列今姑舉
其弊且急者言之科目之壞其弊有三文體不
正一也刻文不以實錄二也聘延考官不得其
人三也以是三者之弊而欲人才盡如國初難

矣幸遇　聖明在上泰道一新鼓舞羣材比隆
豐芑臣忝備講　經筵攝著院事職在啓沃論
諫維兹人才治道所關計明秋　天下鄉試之
期各處巡按御史責在監臨所以效忠圖報莫
大於此臣謹條列如左敢冒昧以陳惟
皇上采納責成監臨官著實舉行則斯文幸甚
一曰正文體　國初取士之制令經義五百
字以上四書義禮樂論三百字以上時務
策一千字以上詔誥表判各有體裁大抵
直書意義期致實用今之所謂文詞者異

矣配合綴緝誇多鬬靡口傳耳剽翕然成風經義浮誇論議鄙俚作判昧法律之本意答策騁書生之常談父兄以是爲教子弟以是爲學明欺有司如同聾瞽臣愚乞
勑考試官取士之文務要平實爾雅裁約就正說理者必窺性命之蘊論事者必通經濟之權判必通律策必稽古非是者悉屏不錄若歐陽修黜一劉幾而風雅以復又必定於周禮儀禮中出策一道以導之習於禮學使人各知有禮然後責以事君使民有餘

地矣

二曰明實錄鄉試會試有錄所以錄士之言也今皆出於考官之筆傳布中外上以欺君下以疑士欺君不忠疑士不信不忠不信非錄士之道也又況考官專心文字則無暇力及乎考校此必然之勢也臣愚乞

勑試官凡集錄進呈必用生儒本色文字間有闕踈少為潤色毋令盡自己出邀飾虛名則忠信之道孚而真才出矣

三曰慎考官官以考為名所以品士也未聞

置身堂下猶能由直觀闔隙中尚知勝負者各省鄉試教職考官類皆出於私薦御史方面之所辟名名位既卑學亦罔顯於是外簾之官得以預結生徒容通關節干預去取獲雋之士多係權貴知識子弟不公之弊莫甚於斯臣愚乞　勑各省鄉試主考臨期許令吏禮二部查照舊例訪舉翰林科部屬等官有學行者疏名　上請分命二員以為主考其在兩京鄉試
簡命主考外添命京官二三員分考以贊助主考之

所不及尤必　勅嚴各該御史聘延同考
必秉實學毋徇虛名必出公言毋容私薦
如此則可以定權衡辯人材矣

辭掌院事

臣伏遇
聖明在上彝倫攸敘大典肇修臣愚忝副總裁之官
懼負付托之　命夙夜不遑春秋奄度雖半成
草創未及討論近蒙內發奏章欲加備錄謬承
掌院之委遂伏閑館之懲兩月以來一字靡及
夫君事無擇臣職有專臣愚儒不足以飾吏治

才不足以兼簿書要在責成庶免稽誤況奉
勑旨訊問大獄并考選更替御史及審錄事宜俱畢
今署掌院事合請　命官更代則纂修重典臣
得專工不敢推托於人者也伏乞早　賜裁斷

催取風憲官員

臣照得本院十三道額設監察御史一百一十
員分布中外治釐政務而不可缺焉者查得節
奉　欽依丁憂養病河南等道監察御史傅元
等二十員見今扣該服闋病痊日期仍各遷延
未見前來供職臣竊謂惟后非賢不乂惟賢非

后不食夫君固以得賢為急而臣尤以敬事為
先方今　聖明御極側席求賢而臣子者濫假
名器自謀身家夫豈所忍哉臣等欲候
命下劄行各該巡按監察御史將前項服闋病痊官
員查催赴部自文書到日為始俱限一月以裏
即便依限速來以備急缺差用倘有過期不來
及故為推調者吏部明白奏聞除名間有在鄉
暴橫鄉里在公陵轢有司者一併參奏罷黜庶
臣職無不供而國務無不理矣

申明憲綱

臣竊惟 國朝設官分職各有司存而糾正之
責獨重於巡按御史仰惟 國朝憲綱一書所
以昭示憲臣者謹悉周密使皆率是而行則何
患職有不盡哉近來官非其人法多廢弛茲幸
聖治日新申徵有位近奉 勑諭事理已將巡按不
職官員沙汰更替外但恐舊法不申則弊風仍
踵矣夫憲綱事類共九十五條臣不敢一一煩
瀆謹以其最急而且切者為 陛下陳之伏乞
聖明采納勑行各該巡按監察御史將後開事宜務
要著實遵行不許虛應故事蓋得其要而餘可

以類舉矣此固世道之幸生民之福也
一憲綱開載都察院按察司堂上官及首領
官各道監察御史吏典但有不公不法等
事許互相糾舉今後巡按御史彈劾三司
不職者吏部斟酌舉行按察司官果有能
糾巡按失職者亦應吏部查記不許科道
官挾私報復其巡按清軍巡鹽刷卷御史
同事地方固宜同寅協恭亦須互相糾察
以清憲體
一憲綱開載監察御史巡歷去處不許出郭

迎接方面官相見左右對拜分坐自後不
許伺候作揖奈積訣成風卑恭過甚今後
接見之間務依憲綱舊禮敢有倨肆違背
本院考察不職三司官不知自立仍前獻
諂者吏兵二部即坐罷輭則彌文去而實
効臻矣
一憲綱開載凡監察御史各道按察司官每
出巡審囚刷卷必須遍歷不拘限期近来
巡按差出者半年未見莅任交代者旬月
不出省城今後御史點差各照水程赴任

仍具某年月日交代某年月日按某地方
呈報本院查考違限怠事者定行參究則
郡邑皆得遍歷而奸弊無不察矣
一憲綱開載監察御史巡歷去處如有陳告
官吏不公等事須要親行追問近有不待
陳告等事訪察者亦有不親受理轉委下
司者今後不許訪察濫及無辜其必須自
下而上果有斷理不公方行受理情重者
親審本院節次發下勘合必須對款親理
回報事完考察完過六七分者方與回道

管事則事不滯而民無稱冤矣
一憲綱開載巡按所至博采諸司官吏行止
廉勤公謹者禮待之薦舉之汚濫奸佞者
戒飭之糾劾之勸懲得體人自敬服近来
薦舉濫加於庸流彈劾下及於丞尉今後
歷任年深政績卓異者方許保舉五品以
上贓跡顯著者指實条奏若是下官不職
審實提問不必一槩糾劾有妨憲體
一憲綱開載風憲之官當存心忠厚其於刑
獄尤須詳慎苟不問事情輕重而一槩淫

刑以逞鍛鍊之下死傷必多夫立法貴嚴
用刑貴寬凡一切酷刑之具皆宜屏去不
用死刑重事必須親審無寃庶體
聖明欽恤之意
一憲綱開載分巡所至不許多用導從飲食
供帳只宜從儉今後巡按自巡捕官護印
皁隸清道之外不許多帶人馬隨行凡設
絲鋪氊無名供饋之屬一切不用其有分
外奉承者定治以罪庶免小民供億之繁
辭免陞職

臣伏承

聖慈禮遇優隆奬諭頻數惟堯舜聖不世出雖孔孟

生不逢時茲復承　特勅吏部陞臣禮部尚書

兼文淵閣大學士入内閣與同少師楊一清每

辦事者臣捫心知愧稽首對揚切惟内閣乃掌

絲綸之地奚容斗筲之才君子不爲素餐鄙夫

每甘伴食幸遇　聖明登極任賢不貳去邪不

疑已見作者七人尚得歸乎二老惟三公不必

備在一德乃有孚臣本凡庸荷蒙甄拔苟居翰

苑尋轉詹宮纖貳兵曹隨登黄閣甫逾三載濫

獲四遷竊念托跡山中本遊麋豕之所棄名天
上敢集鳳凰之池但君臣大義莫逃天地之間
而蠖蟻微忱每照日月之下恐成愚公之見常
抱杞人之憂此臣所以欲拜　命而有所不敢
者也伏乞　聖慈收回成命容守原銜更擇賢
能以資匡弼則　聖德彌盛而治道彌彰矣

請諭三法司

臣竊謂君之於臣也惟授職任事臣之於君也
當宣力効勞故必夙夜在公庶幾恪恭乃職夫
朝參公座未有定制卯入申出亦有常期臣觀

諸司衙門如吏戶禮兵工各部朝散而蒞公所
升堂視事俱不失期獨三法司朝散還家及午
視事相傳為例殊不知一日之間時刻幾何況
都察院掌風紀之重刑部大理寺司刑獄之平
以斯有限之時刻而應無窮之庶務如之何其
可也仰惟 聖天子宵衣旰食勵精圖治為臣
子者夙夜匪懈尚恐無以仰答 聖心若玩愒
廢時罪將何逭臣奉 勑諭掌管院事勉圖報
稱敢不竭誠伏願申飭三法司堂上官嚴督所
屬自今散朝之後即便齊入衙門辦事其都察

院十三道日覆四方章奏政務尤繁掌院官日逐查考凡抄出　旨意俱照近日傳奉事理便看了來說的毋得過三日看了来說的毋得過五日其餘覆奏事宜必須十日之內次第封進過期誤事者輕則量行戒諭重則參送別用庶闒茸廢職者皆知所警伸冤理枉者各效其勞矣

禁革貪風

臣聞為治之道莫先於愛民願治之君必嚴於贓禁昔唐陸贄之告德宗曰民者邦之本也財

者民之心也其心傷則其本傷其本傷則枝榦
顛瘁矣近來中外交結貪墨成風夫貪以嚴奸
奸以兆禍臣竊懼焉嘗 應 制陳言已歷舉其
弊而推厥所原實在内閣但因陳言者衆
皇上采擇而行故此疏一槩留中未奉 明旨蓋彼
時秉鈞當軸多非其人臣言雖有為而發誠亦
今日之積弊也切見每年進表三年朝覲官員
往往以餽送京官禮物為名科派小民箠撻誅
求怨聲載道 九重深遠何由上聞是以上干
天和疊見災異皆臓夫之昌所致也臣前疏已

懸乃敢再寫一通畫下　聖覽謹候
命下之日本院通行中外嚴加禁約敢有仍前科派
小民餽送京官者在外許巡按御史糾察在内
許緝事衙門訪捕依律治罪而彼此俱罪之贓
通行入官如此則於　皇上奉天恤民之心未
必無小助云

嚴禁約

臣竊惟内閣之官任輔相之責未有己不正而
能正君以成天下之治者也臣愚謬蒙超遷濫
居輔導位重而才弗充　恩優而心益懼夫言

之所謂大臣者進思盡忠退思補過而已臣自
資入於朝終身而退正當閉門靜坐以盡補過
之思柰何近來公私交接習俗已成既涉嫌疑
且疲精力而況内閣之官處幾密之地尤不可
不自慎愛者也臣平生之志不在溫飽今以身
許國安復有家爲凡各衙門事務在臣當與聞
者止應議於公朝不得謀於私室如有賢士當
接及以善言相告以廣忠益者自宜禮見公署
其有候門投送私書兼行饋謁者乞　勅緝事
衙門訪緝拏問又臣二親俱背一子自隨但籍

屬頗衆亦當預防宋范質爲相嘗有戒子姪之詩臣已刊示仍恐間有未能體臣之心遵臣之訓者有司當繩以法勿得容情謹俟命下之日本院轉行原籍禁諭庶得杜絕敝風保全名節以自加繩愆糾違之功以服膺皇上忠良貞一之訓也臣實不勝惓惓之至

頒布大獄錄

臣近奉勑諭事理同先掌刑部事禮部右侍郎桂萼先掌大理寺事詹事府少詹事方獻夫會問張寅事情

幸賴 皇上神明睿斷事獲就緒民賴無冤臣
又思永久之圖欲垂不刊之典乞候 聖斷刊
示中外其紙劄工食劄行本衙門查取已於本
年九月初七日題奉 聖旨是欽此臣隨將臣
等捧到 勑諭四道及先後會問招藁節奉
欽依發落事理繕寫成書上下二卷刋印共一千七
百部其名曰 欽明大獄錄夫大獄一榜固足
以示刑罰之公要之先後招詞之參考情理曲
直之攸歸則惟此錄為詳備耳茲謹進呈
御覽其餘欲候 命下分送在京各衙門大小官員

各給一部仍發仰各該巡按轉行都布按三司
如式翻刊分布所屬衙門一體頒給俾中外臣
工咸知聖明欽恤之仁共攄懷德勸忠之念
公頒曆
臣仰惟國家奉若天道頒曆授民法不私造
故内則欽天監推造進之
天子賜百官於朝外則各布政司翻刻轉發所屬普
萬民於野紙劄工價皆取諸民以其本為民也
先年各布政司解紙價於欽天監解曆於禮部
及各衙門者盖所以補頒給之不足耳奈何近

年士習競詭寖失初意皆以此為要結之媒名
雖公物實通私惠每遇新曆進呈之日預遣人
員齎送到京在一人則有公送私送之名在各
衙門則有大官小官之等曆本堆積於權門載
乘夾屯於要路送者不以為嫌受者皆為應得
因之規利習以為常遂使大臣以　聖世制書
與販子徃来貿易甚至使家人遍鬻都市計所
獲一歲之利可儗之祿入三品之資窮鄉下邑
每散不數有一冊而借遍數村者有終歲而不
得見者即此一事惠不博施而況大於此者乎

夫大臣為國之楨當履端之辰而規利損民有
如此者又安望其修德名和致豐穰之慶哉臣
又訪得解人中途乘時變賣至京就賤買補以
取倍息致有京官先期迎取越分强索者有惡
其後至而峻刑追逼者弊端滋蔓上下沿襲臣
之切齒茲事已非一日矣茲從大臣之列敢復
坐視其弊乎且授曆以作事告朔以貴始
陛下將興唐虞之治而興華之道亟宜謹之於剝復
之交也且已解之曆難以發回將來之弊相應
預處如蒙 勅各省解曆人役俱送本院驗

收止將四分之一照舊給與各衙門散用其餘
分給順天府及在京各衛轉發所屬軍民如有
官吏侵尅解人中途乘機變賣者行令緝事衙
門緝拿坐以贓罪仍行各省巡按御史自嘉靖
七年爲始查照遞年解京曆數量將三分之二
解赴禮部内將一分送各衙門分散官吏一分
仍發順天府及各衛分散軍民撫按官及按察
司官原非印曆衙門不許封寄曆本如布政司
分外分送及大臣之家有買曆者一體緝拿將
解人及大臣家人治罪其所減一分盡發各府

州縣須給小民庶天下之人均霑履端之慶且
使知在位者非復前日趨勢嗜利之徒矣
論館選巡撫兵備守令
臣聞知人則哲惟帝其難之伏承
聖諭謂昨鄉云翰林須選一番好者補任朕念深宮
所居何由得知其賢其不肖須卿審預告朕疏
名以聞方可簡授臣嘗聞胡世寧爲兵部侍郎
時上議云翰林春坊等官清要之職 國初多
用徵聘隱逸之士永樂宣德正統以来始揭士
奇張洪由王府審理教授黃淮劉鉉張益由中

書舍人鄒濟陳仲完由教職儲懋王洪陳山由給事中劉球李時勉陳敬宗由主事胡儼由知縣蔣驥由行人于敬由御史各陞翰林春坊等職是皆惟才所宜不拘內外所以得人近年拘定庶吉士及進士第一甲素稱閣下門生者方得選授天下不無遺才合宜遵復　舊制不拘內外郎官職事但有文學才行出衆者許大臣言官論薦內閣吏部召試此官庶幾得人而可儲卿輔之望矣臣切惟今日翰林春坊等官俱以締黨忘　君為心雖稍有文才者亦終不足

賴　皇上令其一切外補要地誠得一清然非
真得文行器識遠過此輩者充補其何以備令
日講學儲他日卿輔也當必惟才所宜不拘內
外如胡世寧所議則得人矣今臣之所知者雖
有數人然見奉　明旨著吏部會同禮部都察
院精選臣當會桂萼胡世寧等密加審擇必皆
真知其人可用然後敢疏名上　請如未還盡
得其人且先擇補數員後以次擇補宜無不可
孟軻氏曰國君進賢如不得已言慎之至耳況
此官選擇尤當加慎者也又承　聖諭謂今所

用人在内似可而在外者巡撫者乃重任也其尤重者兩廣湖廣西邊之地乃緊要也用當此任者須要好官以保吾民臣又嘗聞胡世寧議云遼東薊州宣府大同山西延綏寧夏甘肅陝西四川貴州雲南兩廣鄖陽南贛保定河南山東湖廣江西淮鳳蘇松各邊腹巡撫并巡視河道都御史共二十三員此等官最要得人最宜久任如宣德正統景泰年間各邊巡撫有只用寺丞等官領 勑行事不必官大又如周忱在蘇松自侍郎陞尚書凡二十二年王翺在遼東

自僉都歷陞副都右都左都凡十有一年于謙在河南山西一十八年陳鎰在陝西亦十餘年是皆事久功成保濟得地方生民為　朝廷分憂今此等官宜於兩京各寺卿少卿大理寺丞年深出衆給事中御史郎中在外左右布政使按察使左右參政年深兵備副使上等知府内推陞原職高者陞副都原職卑者陞僉都十分資淺者陞署職令其領　勑一般行事其有在邊不諳軍旅而善理民事者改任腹裏不為貶抑年深有勞者就彼僉都陞副都副都陞右都

常管此方十分年深勞著者就陞部院堂印

正統天順年間金濂年富皆自副都陞戶部尚

書不為蹴等盖先必如此廣推方能得人後必

如此重推方能久任久任方能修葺得邊疆完

固撫治得百姓安樂以為　國家久安長治之

計又云各處緊要兵備官俱要於資淺人員內

推舉其才力相應者先陞僉事後加副使常管

此方其任內事務不許他官攙越如兵備官所

管有司巡捕并衛所官有犯撫按衙門俱要就

委其提問不許改委他官以致權柄不一事體

難行兵備必須兼理本道分巡以便行事久任專制方可責其成功十分年勞深著者推陞各邊巡撫其餘照常遷轉才力不稱者就行改調臣切惟西北沿邊防備多在巡撫官東南防備多在兵備官若不久任則居此官者日望陞遷如同傳舍吏不知畏民不知懷則何益哉近年巡撫之官止為各處布政使按察使府尹等官遞遷之路如劉文莊嘉靖三年六月内由河南布政使陞副都御史巡撫雲南尚未到任本年八月内又改河南巡撫尋又改回本院管事王

乾嘉靖三年六月内由順天府尹陞副都御史
巡撫四川到任未及數月四年八月内又陞工
部侍郎何詔由福建布政使嘉靖四年六月内
陞副都御史巡撫保定地方六年五月内又陞
工部侍郎黄衷由雲南布政使嘉靖三年八月
内陞副都御史巡撫雲南本年十二月又改湖
廣巡撫尋陞工部侍郎至於兵備官亦多如此
難以悉舉夫一官而連年陞遷一人而數處更
易責其能究固邊防撫安百姓決未之有也乞
勑吏部會同户兵二部將巡撫及兵備官如胡世寧

所議通行選擇推補然後責之久任則得人矣
又承 聖諭謂牧民最親於治民今天下之民
有未安者亦或風俗薄惡禮教不明所以前日
桂蕚言之此風俗不美固是朕德化未行以致
而前旨已着行蕚所條列恐所在官司不肯遵
奉輕視為常不但治化不臻抑且 朝廷旨意
徒勞筆札耳今當何處以安我 祖宗之赤子
特與卿計可詳具聞之臣又嘗聞胡世寧議云
知府知州知縣皆親民之官使非其人則上司
雖有好官行得好事不能實到百姓所以自古

國家慎重此職　國初取中進士俱選縣官徵至賢才多選守令正統以來知府俱責大臣保舉知州知縣另委吏部揀選所以得人且又立爲定制知府知州見上司不行跪禮以重其職其久任卓異者不次超擢如何文淵由知府即陞侍郎胡儼由知縣即陞檢討所以人多樂爲此官弘治初年又責其備荒積穀多少以爲殿最所以民受實惠國得邦本如此久長正德以來此官不重輕選驟陞下馬者惟圖取覓得錢以防速退上馬者惟事奉承取名以求早陞情

不肯盡心民事以致民窮財盡一遇凶荒多致餓死今宜遵復　先朝舊規知府令在京堂上官於京官七品以上官內在外五品以上官內保舉在外撫按及布按二司掌印官於參議僉事同知知州內保舉其知州知縣俱聽吏部預行揀選仍責撫巡布按二司於府通判推官州同知縣內保舉堪任知州之人州判官縣丞主簿儒學教職司府衛首領官內保舉堪任知縣之人俱必其有愛民之誠有守己之操有處事之才三者俱備而後可任此職後有不稱舉主

連坐誤舉者先能自首則免到任之後察其奉
公守廉而不盡心民事才力不稱者改任品級
相應職事貪酷罷軟者即時罷黜其稱職者留
以久任知府九年以上者即陞四品京堂并布
按二司長官次者照常陞參政副使等職知州
九年上者即陞參議知府郎中僉事次者照常
陞員外府同知運同等官知縣上者三年行取
到京考其文學德行出衆者選入翰林忠直剛
正識治體者選爲科道才識明敏者分任部寺
屬官其有深得民心願留久任者超擢府州正

職次者九年六年照常遷轉如此選任方得民受實惠地方雖遇凶荒盜賊可保無虞矣臣切惟守令之官例必於三年朝　覲考察乃加進退夫掊尅在位殘害百姓雖一日有難容者可待三年乎歐陽修曰牧羊去其狼未為不仁人此意可推也然自古中世君臣多是優柔太過遂至法弛而人玩奸生而盜起此臣愚所為慮者非一日矣今　皇上念及于此誠為中興之至要也然亦只在選擇守令而已守令得人則奉公守法　皇上德澤必能下究無阻隔矣乞

敕吏部參酌胡世寧所議即將府州縣正官通行查選必得其人然後可責之久任而僚屬有所視效矣至於令行禁止尤在都察院而已夫都察院所以掌法於內者也巡撫巡按所以布法於外者也今胡世寧掌都察院事庶為得人然臣猶恐其年力向衰伏乞 皇上嚴旨獎勵使憲綱之地無或少弛昔唐韋思謙為御史大夫見王公未嘗屈膂曰耳目官固當特立鵰鶚鷹鸇豈衆禽之偶乎宋杜衍為御史中丞宰相而下畏之曰不肯以恩意假人者也 國朝顧正為

都御史在朝大臣有貪墨不法許穿緋衣當
御前面加糾舉就行拏問故都御史凡衣緋入朝之
日必有糾舉大臣莫不股慄今此職不舉故大
臣無忌憚朝多貪墨如之何民不窮且盜也故
掌院官必在得人始能倡率撫巡揚勵百司其
守令等官一有慢令害民者撫巡官即按之無
貸撫巡官一有不奉法者掌院官即按之無貸
則法無從不行矣凡此皆 祖宗致治良法特
廢墜耳信能講而行之 皇上復何慮
旨命徒勞筆札復何慮 祖宗赤子有未安耶惟

聖明采納焉

太師張文忠公集奏疏卷之三終

太師張文忠公集

奏疏卷之四

辭免加秩

茲臣伏承

勑吏部禮部尚書兼文淵閣大學士張孚敬加太子

太保仍舊辦事以見朕優禮大臣至意欽此臣

竊謂君之禮臣固不以寵錫為漸臣之報君敢

專以品秩為崇故易有負乘之優覆餗之戒也

顧臣菲劣遇 主聖明科第僅踰八年官階躐

登一品既有慚於黃閣復將玷於青宮為幸實

多攜分難稱伏乞
皇上收回成命無辱
過恩尚祈 上天發祥前星炳耀然後加臣斯秩庶
免曠官
請賜書院額名
臣惟聖王之立教也自王宮以及閭巷莫不有
學自天子以至庶人莫不事學蓋教養有地風
勵有方此大道所以昭明而人才所以有成也
臣自八歲就家塾二十歲遊鄉庠二十四歲領
鄉薦屢舉禮闈不第是非有司之不明實臣學

術之未至也乃於西去臣居十五里許地名[illegible]溪建爲書院一區以爲藏修之所并會學徒講學於其間奈何頑鈍無成鞭辟不進嘗於書院之堂榜曰敬義中揭范浚心箴旁列程頤視聽言動四箴庶幾朝夕之間每接乎目必警乎心而不敢以自懈也自後得科第忝議大禮一得之愚固欲自盡平生之願者也仰惟 皇上心學之傳真得堯舜敬一有箴五箴有註提綱發目意旨了然無餘藴矣誠所謂作之君作之師斯世斯民何其幸也五箴註未過蒙獎錄愚臣

實切惶懼近奉 欽依行令翰林院兩京國子
監及天下府州縣學蓋亭立石摹刻 宸翰以
昭 聖謨之盛在臣書院弟子尤宜佩服敢乞
聖慈光賜書院額名臣當擇前地願自蓋亭樹立箴
石則 聖謨之盛不獨行於通都大邑之間而
又有以被於深山窮谷之中矣臣愚不自知謹
復將舊所作姚溪書院詩文錄分二卷裝成一
帙進呈上塵 聖覽亦庶以亮臣之初志而非
敢徼名於今日也

辭免修建書院

前者該臣奏爲乞賜書院額名奉
聖旨卿所奏足見篤學以勉後來之意書院名與做
貞義堂名更做抱忠仍著彼處有司就其書院
中蓋敬一亭一座以置朕之五箴抱忠堂門等
處或有損壞亦與修葺完日具奏該部知道書
院集錄朕留覽欽此又該臣具本謝　恩奉
聖旨卿當時學首博識多聞以勤勵克篤其初而又
加敬慎以飭其身力輔朕躬盡心職務專以王
道匡朕兢慄自持又慮後學恐廢特以堂院名
額爲請朕親撰以賜於卿才德學行未足以盡

褒示覽所陳謝具見勤誠朕知道了欽此續該
工部覆題奉　聖旨是這係敦崇正學風勵斯
文盛事便行浙江布政司着該府官親詣姚溪
地方就貞義書院中建造敬一亭并將書院及
抱忠堂門坊墻屋等項或有損壞就行修葺若
舊規卑隘不稱即便作新建造務須宏麗堅固
用垂永久仍委的當官一員在彼督工責限完
報具奏不許遷延欽此遵奉　勅旨過承獎勵
恩至渥也臣重違　聖意未敢有言逮日竊伏思之
初因　聖製有敬一箴有五箴註行於天下傳

之萬世故敢請名書院自盖敬一亭座庶幾淑
後學敦風教也伏蒙　聖恩親撰堂院名額以
賜并　勅有司修建以廣規制臣自揣何敢當也
昔漢文帝欲爲露臺名匠計之其費百金曰百
金中人十家之産也何以臺爲遂命止之伏惟
皇上節用愛民示敦朴爲天下先今以臣書院之故
費及有司雖曰風厲斯文恐未免爲　皇上儉
德之累也況臣忝竊重祿有餘足備修建遲以
歲月自可完成者也伏乞　聖明停止前命無
費有司如此則　皇上重臣之書院也以仁義

爲麗臣之重於書院也以錫名爲榮矣

再辭

臣前者伏蒙

欽賜書院額名并　敕建敬一亭座恩殊今古禮絕

臣工臣竊念　皇上錫名之榮實出望外有司

勞民之念每切胷中已嘗具奏辭免修建伏承

聖諭這事已有旨了況亭座係置朕之箴石其他不

過量加修葺卿可勉承朕意勿得再辭近者災

異頻仍四方告勞凡不急工役相應一切停止

務在與民休息臣忝輔導之官尤當加省書往

亭壓修建尤當停止者也夫 皇上示敦朴必自近始近必自臣始伏乞 特賜俞允非臣一方之幸多方之幸也

進杜詩訓解

臣竊謂古詩自三百篇以後其存忠君愛國之心者惟唐杜甫之詩而甫詩之尤精者惟七言律詩臣昔年於書院中嘗因註家多失其意愚不自揣畧爲訓解近托梓刻以便抄謄茲敢裝演成冊進呈或備 萬幾之暇 垂覽

辭免恩典

臣伏承
皇上以明倫大典成　手敕吏部加遷臣少傅兼太
子太傅吏部尚書謹身殿大學士復　錫臣三
代誥命廕一子為中書舍人者至恩踰常
殊錫非分　寵光先世庇及後人顧臣何能輒敢
當此惶懼惶懼臣竊謂為人君者不以崇高富
貴為重然後人君之道尊為人臣者不以貪位
慕祿為榮然後人臣之道盡仰惟　皇上虛己
宏大嚋咨眾言真未嘗以崇高富貴為重也臣
忝輔導位重弗克日懍憂畏又豈敢以貪位慕

祿爲榮哉夫天道虧盈鬼神福謙臣備官甫下七載超擢已至三孤且纂修乃供常職敢稱勤勞若復濫叨恩典莫知憂畏誠恐爲天道所虧不爲鬼神所福也況臣之家世本爲農人管子曰農之子恒爲農野處而不暱任子之恩尤不敢當伏乞聖明俯察愚衷收回成命是皇上於臣也示之以道臣於臣之子也遺之以安矣

請宣諭內閣

竊聞人君以論相爲職宰相以正君爲功任用非人天下治亂興亡所關也伊傅周召後世無

閭馬然豈無其人亦以所遇非其主耳唐楊綰
清儉簡素代宗相之制下之日朝野相賀郭子
儀方宴客聞之減坐中聲樂五分之四京兆尹
黎幹騶從甚盛即日省之止存十騎中丞崔寬
第舍宏侈亟毀之宋秦檜陰險深阻誣陷善類
結納內侍伺上動靜高宗相之祖父孫三世皆
領史職開門受賂富敵於國外國珍寶死猶及
門一時忠臣良將誅鋤畧盡其頑鈍無恥者率
爲之用卒致夷狄內橫禍延國祚二宗任相得
失明驗如此臣嘗因修省已爲

夕幸而免者惟一點孤忠照臨　日月之下而
已此之為難猶未也既以責臣以兵曹之法也
如華邊方之債帥裁冒濫之冗官是大覲愆於
人矣既又委臣以總憲之任也如決大誣之寬
獄汰不職之御史是又大覲愆於人矣此之為
難尤未也迨夫任臣以內閣之官也臣知其難
也極矣非敢以為榮也臣初之是任也即語同
官曰斯審勿地也　聖天子臨之在上為君難
為臣不易也又睹文淵閣中壁揭　先師孔子
像語同官曰吾夫子臨之在上畏天命畏聖人

之言也又切念前此内閣諸臣多不能以禮去位語同官曰人臣之位至此極矣覆車相尋往轍可監也夫受代言之責者苟有一毫私意干乎其間則欺天矣夫守正道者多不便於行私秉誠心者自不容於假借且如前者金獻民等一將之功未成假叅隨陞官者幾六十人又如近者伍文定一將之　命方下托姓名奏叅隨者餘三十人此皆内外權門子姪親故之輩臣擬票必欲一切革之此何等覬怒也奸商白介輩連年買窩賣窩阻壞鹽法内外分利夫、

儲臣擬票必欲盡禁絶之此何等䚮怒也停雲南運銀三十萬兩表裏數千疋内外夤緣者失利此又何等䚮怒也清查牛馬房宿弊言出桂萼臣實與之至今内外典牧者失利此又何等䚮怒也省災停止　仁壽宮工役有揚言於
朝以為臣與桂萼倡之實欲基莫測之禍此又何等䚮怒也凡此特為大畧而已夫始而䚮怒禍及一身一家而已既而䚮怒為一部一院而已今而䚮怒則為天下萬方矣非
皇上之明真如日月照臨於上臣雖一日有不能安

其位者也夫阿意從人者人反以為通而衆好
焉守正奉法者人反以為迂而衆惡焉毀言所
由興也臣平生不志溫飽不事產業年過五十
守祖父薄田數十畝未嘗有求于人今竊厚祿
已愧難勝不義之財奚啻糞穢故臣自講禮以
來攻擊之章無慮百千萬言終莫有以貪污加
臣者且臣自 簡命內閣已請 勅旨嚴為私
門之禁謝絕內外之交 天地鬼神日臨之者
近尚有內臣王岱假稱騙事之是非已悉具
聞候提干證人到一鞫可白恐終未免覯怨之多口

毀言之由興也惟　皇上加察之而已昔齊
王委政卿大夫九年之間國人不治王於是召
即墨大夫語之曰自子之居即墨毀言日至然
吾使人視之田野闢人民給官無留事東方已
寧是子不事吾左右以求譽也封之萬家召阿
大夫語之曰自子之守阿譽言日聞然使人視
阿田野不闢人民貧苦昔日趙攻鄄子勿能救
衛取薛陵子勿知是子厚幣事吾左右以求譽
也是日烹阿大夫及左右嘗譽者於是齊國震
懼人人不敢飾非務盡其誠齊國大治夫齊威

王猶能明毀譽而致大治況 大聖人在上乎
臣之援斯言也非為己也所以明 人君辯忠
邪之道也夫當 大禮既定臣固嘗求退未蒙
俞允及請焚黃既得 命中止乃繼承纂修之
命不敢復陳茲幸 明倫之典告成公是公非
大聖人之所裁斷有賞有罰 大聖人之所作為臣
竊思與異議之輩將覬恕於萬世者也臣之守
正秉誠惟知有 君非避難也非畏禍也然商
書有言曰臣罔以寵利居成功此臣子之大戒
也夫盈滿不戒天道所惡 恩寵過常人情所

思夫古之事君者善則稱君過則稱己今之事
君者恩則歸己怨則歸人誠難爲也蔡澤有言
曰四時之序成功者退臣在今日分當求退第
受 恩深厚不忍遽以爲言又敢過受非分之
恩澤乎伏覩 皇上體 上天惡盈之道察愚臣知
止之心容臣辭此 恩典得 賜退謝則始而
君臣之相遇終而 君臣之相保誠爲古今之所難
者然使臣之進退以道則 大典之書尤足以
推重於後世矣

三辭

伏承 聖諭以爾勞戡功 朝廷之事人君不
易之典令臣勿得過爲辭遜輒云求退且許臣
以抱義懷忠責臣以展布忠誠反覆懇切臣伏
讀不勝感泣夫豚魚尚孚忠信草木知報春暉
臣受 皇上知遇之恩如 天地父母豈敢不
思圖報也哉竊謂 大禮之議 父子大倫實
皇上親自提挈臣不過因事推明而已 大典之成
是非大權實 皇上親自總攬臣不過因文纂
述而已夫何功之有昔舜之稱禹曰汝惟不矜
天下莫與汝爭能汝惟不伐天下莫與汝爭功

故臣於此所以終有所不敢自安者也蓋嘗論
之古之君臣所以共成正大光明之業者惟在
君明用舍之道臣明出處之分焉耳爲君不明
用舍之道則失臣爲臣不明出處之分則失身
臣之所以爲　皇上懇切言者爲是故耳非敢
忍心求退以負　聖明也夫人君莫貴於知人
故觀人之法在人君所宜加重者也宋儒朱熹
有曰天地之間有自然之理凡陽必剛剛必明
明則易知凡陰必柔柔必暗暗則難測故聖人
作易遂以陽爲君子陰爲小人其所以通幽明

之故類萬物之情者雖百世不能易也嘗竊推易說以觀天下之人凡其光明正大疏暢通達如青天白日如高山大川如雷霆之爲威而雨露之爲澤如龍虎之爲猛而麟鳳之爲祥磊磊落落無纖毫可擬者必君子也而其依阿淟涊回互隱伏糾結如蛇蚓瑣細如蟣蝨如鬼蜮狐蠱如盜賊詛呪閃倏狡獪不可方物者必小人也君子小人之極既定於內則其形於外者雖言談舉止之微無不發見而況於事業文章之際尤所謂粲然者彼小人者雖曰難知而亦

豈得而逃哉朱熹為言如此須 皇上日取而
觀人焉則用舍之道必自明矣臣愚日取而自
觀焉則出處之分又安敢不明哉夫君臣之義
莫逃於天地之間臣昔當釋褐之初已不負
皇上今居輔弼之列尚忍負哉第臣願為忠良之臣
不願為寵幸臣也夫毀譽之言多出好惡仰惟
聖明察焉
請宣諭內閣
竊聞人君以論相為職宰相以正君為功任用
非人天下治亂與之所關也伊傅周召後世無

聞焉然豈無其人亦以所遇非其主耳唐楊綰
清儉簡素代宗相之制下之日朝野相賀郭子
儀方宴客聞之減坐中聲樂五分之四京兆尹
黎幹騶從甚盛即日省之止存十騎中丞崔寬
第舍宏侈亟毀之宋秦檜陰險深阻誣陷善類
結納内侍伺上動靜高宗相之祖父孫三世皆
領史職開門受賂富敵於國外國珍寶死猶及
門一時忠臣良將誅鋤略盡其頑鈍無恥者率
爲之用卒致夷狄内横禍延國祚二宗任相得
失明驗如此臣嘗因修省己爲

皇上陳之矣夫賊檜之奸污穢青史而楊縉之介人
到于今稱之是尚不知所戒勉乎我
太祖高皇帝懲丞相專權不復設立至　太宗皇帝
始設內閣初止以翰林講讀編修等官處之備
顧問而已至　宣宗朝用大學士楊榮楊溥楊
士奇三人而專任之故其官漸加至尚書師保
後不復變也夫內閣有聲者稱三楊而已後楊
榮孫楊因坐事鈔沒家資鉅萬此非招權納賄
何以致此況其他乎自後奸人鄙夫占據內閣
貪污無恥習以為常甚至以兩房中書等官在

外交通賄賂故每為請求恩澤以償其私是大可鄙也至於入閣例以日期為先後以官職為崇卑凡閣中一應事務不問國家利害不行虛心公議但以首者一人所主餘唯唯無敢可否一有言者輒陰擠而斥之矣故皆終日伴食旅進旅退而已以此亦習為常甚至明知其心偏私誤國又從而稱道之以結歡心是又大可鄙也如近年楊廷和之妄議典禮一人主之蔣冕毛紀二人皆甘心附之雖挾制君父破壞綱常猶弗之顧況事之小於此者乎以此爾我和同

彼此行私無所諱忌如吏部行取某官必某主
張某人然後行取且得即選科道引為私人又
每主張某人陞某官吏部莫敢不從甚至陞官
文憑亦為取討或與私徒各處求索或就家轉
賣為國求賢之心絕無也如戶部鹽引縱容賣
窩買窩某主張某客商戶部莫敢不從甚至令
家人子弟合夥為之為國足邊之心絕無也如
兵部將官某鎮某營主張用某人兵部莫敢不
從甚者敗績債事者多行舉用負債剝下者遍
來鑽求為國擇將之心絕無也如此情狀不一

而足夫我身既真有百孔千瘡無待人之千言萬語敢復辯明也哉若一辯明則肺肝畢見而身不能一日立矣故近年以來內閣奸人鄙夫一有被人奏訐者但得 天恩寬容委為曖昧不究脫身而去幸矣由是以衣冠盜賊之蓄為禽獸營養之資士論鄙之鄉評賤之皆所弗顧也然復有閒廢有年仍求起用去而復來略不懲創前非來而復去猶直陰為後計於是內閣之地雖重而居內閣之人品甚輕夫所畏於人者特以代言之官能播弄 朝廷之威福耳非

真有公平正大之心足以壓服天下之人也如
是之人求其同心輔政以共成　皇上正大光
明之業决不可得也臣本草菜之人原無台輔
之望然為國報　主之心根於愚衷始終不敢
少懈者也故臣自　簡命内閣一切陋習竊欲
革之而未之能焉已嘗奏請嚴私門之禁絶請
託之交凡臣之所不為皆彼之所不便也故必
鼓動讒口誣為陰擠之計不陷臣於危疑之地
不已也　皇上試召吏部官問之曰張孚敬自
入閣以來曾尊　主行取某官陞某官為私人開

僥倖門壞　祖宗選法否乎召户部官問之曰
張孚敬自入閣以來曾專主鹽引賣窩買窩爲
奸商作盜賊主壞　祖宗邊儲之法否乎召兵
部官問之曰張孚敬自入閣以來曾專主某鑽
求將官任其鎮某鑽求將官任其營壞
祖宗擇將之法否乎有一於此臣罪當誅也孟軻氏
曰上無道揆也下無法守也朝不信道工不信
度君子犯義小人犯刑國之所存者幸也今
聖明在上内閣政本之地可容奸人鄙夫爲小人立
赤幟以來天下之譏邪乎欲與共成

皇上正大光明之業決不可得也伏乞 聖明嚴加
宣諭繼今以後各宜洗心滌慮改行從善毋懷
奸以欺君毋設偷以害正毋詭隨以濟惡毋便
己以縱讒凡閣中一應事務各以公平正大之
心處之論公者前後擬 旨間有執私壞法公
論不同者不許阿從必請自 上裁閣中所進
揭帖論同者連名有不同者不許捏名妄奏至
於兩房官不許勾引外官交通賄賂敗壞法度
朱熹曰君臣之分權不可畧重纔重則無君楊
廷和蔣冕毛紀三人覆轍為可鑒也若仍怙終

不悛堯舜之世所不容也請即加誅斥如此庶政本之地清而讒邪自息矣然後能上輔君德下副民望不然臣誠不敢竊祿苟容以負我皇上之知遇也臣不勝勤拳惶悚之至

重制誥

臣切惟制誥者王言也知制誥者臣職也知制誥而使王言不重則不得其職矣臣按 國初以來成化以前 制誥之體猶為近古明敷履歷宣昭事功其於本身者不過百餘字其覃恩祖父母父母并妻室者不過六七十字言之者無

費辭受之者無媿色近来俗習干求文尚誇大藻情飾僞張百成千至有子孫讀其祖父母父母 誥勑莫自知其所以然者卒使 萬乘之尊下譽匹夫匹婦之賤良可惜也孔子曰天下有道則行有枝葉天下無道則辭有枝葉今當

聖明之世可使 制誥之文爲枝葉之辭哉伏乞

勑下内閣自今以後凡爲 誥勑必須復古崇實一切枝葉浮誇之辭盡行删去庶 王言重而人知所勸矣

請平潞州議

臣昨承
聖諭欲掣回潞州討賊之兵更易巡撫官著用心設
法撫勦或待其自定夫更易巡撫官設法撫勦
仰見 聖謨之所在矣如掣回兵馬或待其自
定非愚慮所能及者臣昨因同官臣一清具疏
所見既同已附名回奏矣及退思省益加悚懼
夫自古帝王雖神武不殺未有不誅天下之亂
賊者也亂賊不誅未有能安天下之民者也孟
子稱文王一怒而安天下之民武王亦一怒而
安天下之民今我 皇上一怒而安天下之民

以大振　中興之業此其機也夫　朝廷紀綱
本不失也而失之有漸　祖宗國勢本不弱也
而弱之有由昔唐吳元濟反於淮西憲宗命諸
將討之元濟求救於逆黨王承宗李師道二人
數上表請赦元濟不從已而王師無功乃遣中
丞裴度詣行營宣慰度還言淮西必可取知制
誥韓愈言淮西三小州殘弊困劇之餘而當天
下之全力其破敗可立而待然所未可知者在
陛下斷與不斷爾李師道夜遣賊徒擊殺度不
得或請罷度官以安賊黨憲宗怒曰若罷度官

是奸謀得成，朝廷無復綱紀。吾用度一人，足破二賊。度言淮西腹心之疾，不得不除；且朝廷業已討之，兩河藩鎮跋扈者將視此爲高下，不可中止。憲宗以爲然，悉以用兵事委度討賊。已而高霞寓戰敗，中外駭愕，宰相入見，爭勸罷兵。憲宗曰：勝負兵家之常，豈得以一將失利，遽議罷兵。於是獨用裴度之言，言罷兵者亦稍息矣。諸軍討淮西，四年不克，饋運疲敝，民至有以驢耕者。憲宗亦病之，以問宰相。李逢吉等競言師老財竭，意欲罷兵。裴度獨無言，憲宗問之，對曰：臣請自往督戰誓不與此賊俱生臣觀元濟勢實窘蹙但諸將心不一不併力迫之故未降耳若臣自詣行營諸將恐臣奪其功必爭進破賊矣憲宗悅度將行言於憲宗曰臣若滅賊則朝天有期賊在則歸闕無日憲宗爲之流涕已而淮西果平李師道憂懼不知所爲遣使奉表獻沂密海三州布衣柏耆以策干韓愈曰吳元濟既就擒王承宗破膽矣願得奉丞相書往說之可不煩兵而服愈白度爲書遣之承宗懼請以二子爲質及獻德棣二州臣竊惟唐之有吳元濟

不啻今日之有陳卿也裴度謂淮西腹心之疾
不可不除猶今日潞城爲京輔近地不可容亂
賊所據也其謂兩河藩鎮跋扈者將視淮西爲
高下猶今日各處强獷之徒或視潞城爲高下
也其謂朝廷業已討之不可中止猶今日
朝廷出兵討賊已有成命不可中止也彼謂師老
財竭欲請罷兵猶今日之有欲爲罷兵之言而
今日廷臣則未聞爲此言者柏耆以策説承宗
而使之歸命猶今日用李克巳之説也唐則元
惡就擒柏耆藉天威以收餘黨今日乃不伏兵

力而欲使一介書生行其說於大憝其不知
勢也甚矣臣嘗謂李克巳之策縱使有濟亦非
帝王萬全之道蓋堂堂　天朝不興問罪之師而乃
使小夫爲鬼蜮以制亂賊豈爲謀之善哉書曰
事不師古以克永世匪說攸聞臣愚不知古也
第　朝廷綱紀不可不惜國威不可不振往者
大同之變　朝廷姑息竟莫之懲至今强獷不
逞者動以藉口今潞城之亂又不問罪惟務招
撫則小人之不逞者又以藉口國典不明盜風
滋長臣實憂之切惟今之潞城一隅之地而當

三省之全力其破敗亦有可立而待者倘蒙

聖斷駐兵征勦平此一方則威行於緣邊風聞於天下而無敢有不逞者猶王承宗李師道之歸命於憲宗也或以廣西可撫而潞城獨不可撫何也夫興師問罪猶用藥治病隨變而通之也廣西羌寇未嘗抗拒官兵且元惡已殲其下人可以撫納潞城中國之寇魁首尚在殺軍官三四十員屠戮生靈無算誠不可不誅此其所以異也夫裴度以獨見而成平淮西之謀憲宗以獨斷而成平淮西之功臣之知識萬不逮度而臣

區愚衷所以為國盡謀者竊願效焉伏惟
皇上允文允武之德邁古帝王又非唐憲宗可比夫
豈斷有不足者哉必不然矣韓愈為平淮西碑
詩曰淮蔡為亂天子伐之既伐而饑天子活之
始議伐蔡卿士莫隨既伐四年小大並疑不赦
不疑由天子明凡此蔡功惟斷乃成既定淮蔡
四夷畢來遂開明堂坐以治之臣竊為
皇上頌焉惟　聖明俯賜裁察

請定制服

茲者　大行皇后崩逝喪禮制初蒙

皇上親定下之内閣衆詳條列上請當奉　欽依禮
部已揭示中外頒行矣續蒙　聖諭又欲從殺
令禮部更復具儀臣仰見　皇上以　兩宮皇
太后在上不敢以卑加尊是以欲爲降殺誠非
故有恩紀之殺也臣謹按記曰古者天子后立
六宮三夫人九嬪二十七世婦八十一御妻以
聽天下之内治以明章婦順故天下内和而家
理天子立六官三公九卿二十七大夫八十一
元士以聽天下之外治以明章天下之男教故
外和而國治故曰天子聽男教后聽女順天子

理陽道后治陰德天子聽外治后聽內職教
成俗外內和順國家理治此之謂盛德故天子
之與后猶日之與月陰之與陽相須而后成者
也天子修男教父道也后修女順母道也故曰
天子之與后猶父之與母也故為天王服斬衰
服父之義也為后服齊衰服母之義也又謹按
春秋左氏傳昭公十五年六月乙丑周景王太
子壽卒秋八月戊寅王穆后崩叔向曰王一歲
而有三年之喪二焉蓋古禮父為子夫為妻皆
服斬服三年故叔向以為王一歲而有三年之

喪二焉者此也觀此則周天子當時尚為后服三年之服中庸曰三年之喪達乎天子正此之謂也後世夫為妻始制為齊衰杖期父母在則不杖夫喪服自期以下諸侯絕然特為旁期言若妻之喪本自三年報服殺為期年則固嘗絕者也今古制不可復矣　皇上為　后服期以日易月僅十二日臣子為　君母服三年以日易月僅二十七日較諸古禮已至殺也殺而又殺則至於無矣仰惟　皇上講求典禮為萬世立綱常漢宋以下之陋習一洗而空之孰不

以爲 堯舜之主不世出也伏乞 俯察臣等
愚誠實欲效忠非有他也 特勅禮部無復更
變請 皇上宜服朞十二月 皇上宜容臣子
素冠服終二十七月不然則恩紀不明典禮有
乖臣等何忍令後日史臣書曰天子不成后服
自 皇上始乎 皇上亦何忍令後日史臣書
曰臣子不終君母之服自臣等始乎臣感激惶
懼莫知所云伏祈 聖明亮察焉

應制陳言

臣伏承

聖諭近 上天示戒長庚星見朕心恐惕其何以為
弭之方卿其言之欽此臣嘗聞先儒許衡有言
曰三代之下稱盛治者無若漢之文景然考之
當時天象數變如日食地震山崩水潰長星彗
星孛星之類未易遽數前此後此凡若是者小
則有水旱之應大則有亂亡之應未有徒然而
已者獨文景克承天心消弭變異使四十年間
海內殷富黎民樂業移告訐之風為醇厚之俗
且建立漢家四百年不拔之業未見其比也恭
惟 皇上存心天下加志窮民以堯舜之道求

堯舜之治則夫遇災而懼修德正事以回
天心變災為祥者又豈漢文景之可比乎夫君聽存
乎廣遠臣言貴乎切近臣居輔導之職固所宜
言況　皇上開之使言之敢不自切近始乎
謹以四事開陳于后漢申公嘗曰為治不在多
言顧力行何如耳伏乞　聖明加之意焉
一審幾微臣嘗聞書曰一日二日萬幾易曰
知幾其神乎中庸曰莫顯乎微又曰知微
之顯夫謂之幾也者發於彼者實由於此
也微也者見於外者實本於中也此致治

之第一要緊處孔子所論一言興邦一言喪邦明幾微之當審也仰惟　皇上大居敬中心無爲以守至正聖學緝熙真得堯舜精一之傳者也有　君如是何忍負之切見在位之臣有不思國體之重不揣事變之難每託爲體國憂民之言有似忠信者投幾而入乘微而起將有莫覺其爲非者夫其言之真善歟而　皇上從之天下之福也如其言之非善歟而　皇上從之非天下之福也如去歲　賜臣等銀圖書

各有名義攸存所以盡幾微之言者也所
謂以嘉謀嘉猷入告我后者也是圖用
皇上虛心采納萬代所無在臣等當
先朝故事而
日夜祗懼顧名思義以求無負我
皇上付託之重可也孔子曰幾事不密則害成宋司
馬光曰某無過人者但平生所為無不可
對人言者耳夫幾事不密則害成迨夫事
之已成則必有益於君國無不可對人言
者斯可矣臣愚雖無嘉謀嘉猷入告然有
問則對因事論事亦不自知如何固有難

逃於 聖鑒者矣第恐 皇上圖書之賜
所望於臣等固無不善而臣等所以用之
者或有未善耳自今而後願 皇上審此
幾微之言一有不公爲害甚大凡論列天
下國家利害臧否人物須 勅令明本開
奏顯言于朝以存公平正大之體則
天地之情可見矣不然或以一人之隱言進人或以
一人之隱言退人倉卒更變莫知所由使
在位之臣互相猜疑人無固志久之未免
威福下移怨讟上及竊恐災變日生誠非

國家之福也
二尊委任臣嘗聞宋儒范祖禹有言曰書曰
元首明哉股肱良哉庶事康哉又曰元首
叢脞哉股肱惰哉萬事隳哉此舜皋陶所
以賡歌而相戒也夫君以知人爲明臣以
任職爲良君知人則賢者得行其所學臣
任職則不賢者不得苟容於朝此庶事所
以康也若夫君行臣職則叢脞矣臣不任
君之事則惰矣此萬事所以隳也當舜之
時禹平水土稷播百穀土穀之事舜不親

也契敷五教皋陶明五刑教刑之事舜不治也伯夷典禮夔典樂禮樂之事舜不與也益為虞垂作共工虞工之事舜不知也禹為一相總百官自稷以下分職以聽焉君人者如天運於上而四時寒暑各司其序則不勞而萬物生矣君不可以不逸也所治者大所司者要也臣不可以不勞也所治者寡所職者詳也不明之君不能知人敍務察而多疑欲以一人之身代百官之所為則雖聖智亦日力不足矣故其臣

下事無大小皆歸之君政有得失不任其
咎賢者不得行其志而持祿之士得以保
其位此天下所以不治也此范祖禹之言
實自古帝王致治之要道也伏願
皇上明以知人誠以涖下 勅令九卿等衙門俾各
任其職務責其成無假公以相侵奪無挾
私以相擠排至於各地方巡撫總兵等官
凡命將遣師但授以成 命俾各効職如
所謂閫以內寡人制之閫以外將軍制之
不以遙度而有所撓不以間言而有所疑

庶幾內外臣工各行其志各任其患不被求全之毁不棄垂成之功而皆願戮力效死矣其真有不奉公任職者然後付之國法無容心焉如此則　皇上真如天運於上而庶司百府如四時寒暑各司其序則天下不勞而治矣

三惜人才臣嘗聞宋儒程頤有言曰君道大要以求賢育才爲先又曰古之聖王所以能化姦宄爲良善綏仇敵爲臣子者由弗之絶也苟無含弘之道而與已異者一皆

棄絕之不幾於棄天下以讐君子乎於
人無棄物王者重絕人此程頤之言實有
補於君道者也仰惟 皇上聰明睿智固
無所不察而包含徧覆誠無所不容近年
在朝諸臣因論議阿比獲罪戾者多矣固
未必爲君子也惟在 皇上化之綏之而
已其爲小過者尚宜赦之夫天生大聖大
賢固不常而生大姦大惡亦不數惟中才
最多苟以小過而盡棄之天下無全人矣
昔子思居衛言苟變於衛君曰變之才可

將五百乘君任軍旅得此人則可無憂於
敵矣衛君曰吾知其才可將然變也嘗為
吏賦於民而食人二雞子以故弗用也子
思曰夫聖人用人猶匠之用木取其所長
棄其所短故杞梓連抱而有數尺之朽良
工不棄以其所妨者細也今君處戰國之
世選爪牙之士而以二卵棄干城之將此
不可聞於鄰國於是衛君再拜曰謹受教
矣今以戰國之君猶知納言惜才如此況
今日 大聖人純心用賢者乎茲當考察

在即伏願　皇上念人才之難得小過之
當赦　勑令吏部都察院惟公與明公則
不以偏私求備明則不以毀譽亂真所以
廣　皇上含弘之道成聖人育才用人之
善者宜不出此也
四求民隱臣嘗聞程頤有言曰四海之利病
係於斯民之休戚斯民之休戚係於守令
之賢否然而監司者守令之綱也朝廷者
監司之本也欲斯民之皆得其所本原之
地亦在乎朝廷而已仰惟　皇上切於愛

民然九州之遠四海之廣民情土俗有不同而利弊興革有難槩論者也今當天下官員入覲之期正數奏以言之日其知之宜無不真言之宜可以盡者也乞
勑吏部令来朝守令官各以所司地方民情利弊白之監司監司監司采擇可否白之吏部吏部類
聞請自 上裁如果有其利當興其弊當革吏部下之監司監司下之守令以程其功能庶將来地方安危之責有所歸矣然識時務者在豪傑間有能敷陳 朝廷之

政籌畫邊方之策者皆許其盡言而采納之則嘉言罔攸伏而天下賢才亦可得而知矣

太師張文忠公集奏疏卷之四終

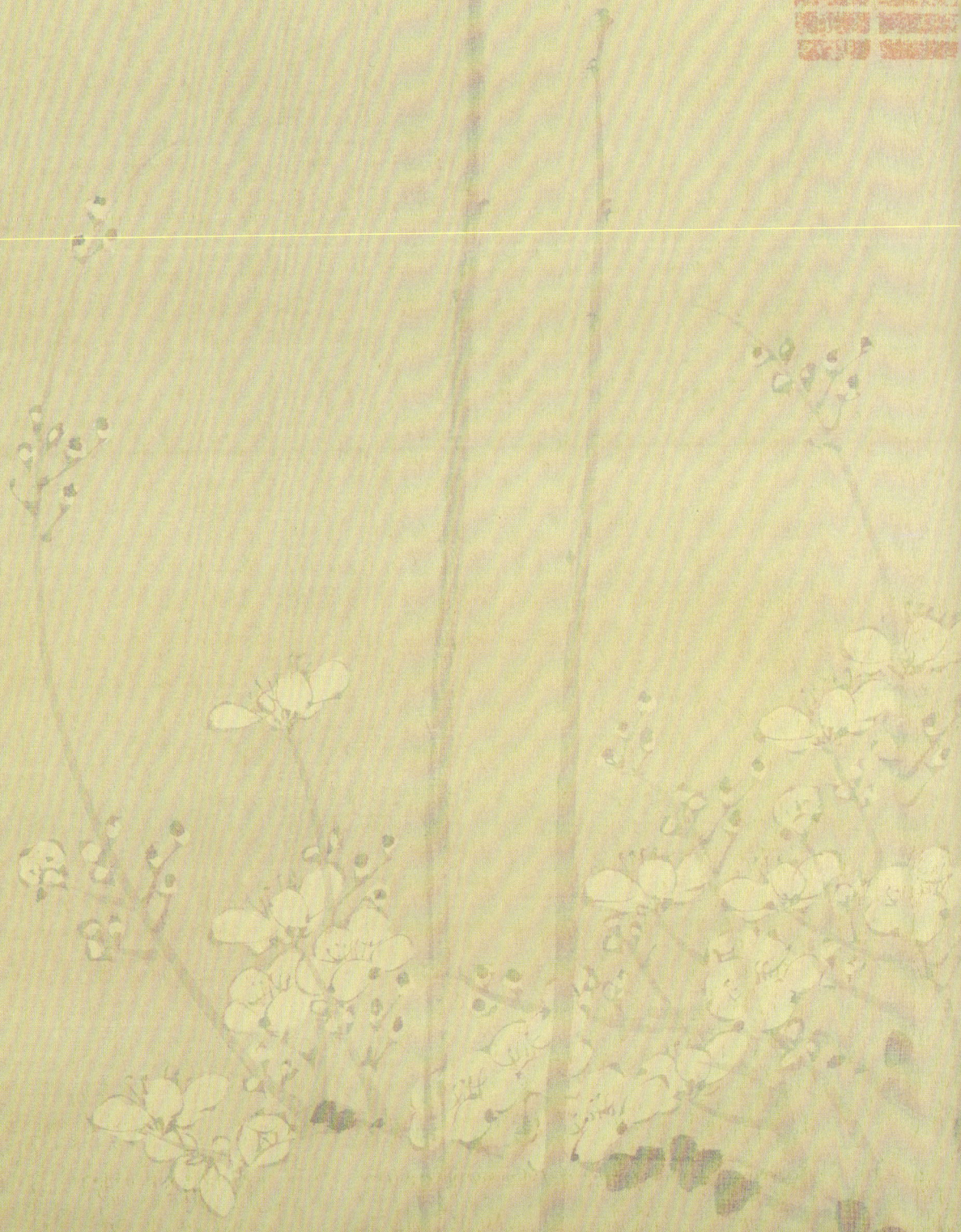

（明）張璁　著

明萬曆四十三年刊

張文忠公集

2

鳳凰出版社

第二册

張文忠公集　五之六

奏疏

[illegible]文愍公集

奏疏卷之五

災異乞休 嘉靖八年

臣竊謂天生斯民不能以自治而作之君君不能以獨治而責之臣君者出令者也臣者行君之令而致之民者也仰惟

皇上存心天下加志窮民無所不用其極迺者

天心仁愛屢出災變以示警戒非君德之未至實臣職不修之所致也荷蒙 聖慈不加誅斥渙發

天言嚴加宣諭上畏 天命下悲人窮且反躬自責

即商湯所謂朕躬有罪無以萬方萬方有罪罪
在朕躬者也非大聖人其孰能之臣稽古人君
遇災變而詔修省者亦多矣然修德正事變災
為祥獨稱商高宗中宗者何也盖中興之君恩
天命付託之重祖宗創業之難憂勤惕厲自
大有不同者也　皇上祖述堯舜英明邁古商
高宗中宗有不足言者矣伏讀
聖諭云　皇天仁愛每垂警示朕敢不思過圖改自
新厥德以仰答眷愛然已過不能自知況爾文
武羣臣大小百官皆有共理之責未知觀此變

異嘗思之否乎大哉　皇言聞之莫有不感激
者天居高聽卑其有不貽假者乎夫
聖人立於無過之地矣猶曰思過圖改　聖德貽假
于天矣猶曰自新厥德顧臣愚何人也濫叨輔
導之職實忝股肱之臣過多矣懼改之有不徹
德薄矣懼新之有不遠雖大小百官皆有共理
之責而臣與機務之地責且重焉罪特深焉詩
大雅同列相戒之詩有曰敬天之怒無敢戲豫
敬天之渝無敢馳驅臣實懼之況草萊之身非
台輔之器樗櫟之材豈棟梁之宜伏乞

聖明特賜罷黜以為大臣不職者之戒則天意可回
災變可消矣
省煩費
臣妻蔡氏病故伏蒙
聖恩欽賞寶鈔銀幣復　遣官諭祭造墳安葬禮數
過隆實不能勝不虞百有司仰體
聖恩之厚相率具奠臣無辭可止竊惟有用之財不
可虛費有限之福豈宜過分況臣妻歸葬有期
且未免緣途官司益相承襲煩費禮文繁殄天
物罪過臣實當之昔國子高有言曰生無益於

人死無害於人吾既生無益於人也而豈可以
死害乎人哉正臣妻今日之謂也臣日夜思惟
心不能寧計無所出冒昧上言伏乞 勑下該
衙門除親戚禮奠外其餘通行諭止庶幾禮無
過舉財不妄費使臣與妻存殁得安而無過分
之累矣

自陳休致

臣在閣蒙 發下給事中孫應奎所論臣云性
多偏執行或傷於自恃斯言也切中臣之病也
臣自少生長草茅性不諧俗疾惡太甚胃氣已

成授閒置散乃分之宜也茲當輔佐
聖君協和萬邦實非臣猥瑣之器之所宜矣孔子曰
德薄而位尊知小而謀大力小而任重鮮不及
矣易曰鼎折足覆公餗其形渥凶言不勝其任
也斯言也臣嘗誦之深以為懼者也今言官所
指言者特臣性之偏執而傷於自恃也臣自反
偏之為害過大行虧必有不可勝言者也惟
聖明洞察速賜罷黜別求碩輔以充重任則
皇上之愛臣也有始終保全之恩臣之遇
皇上也無進退失據之患矣

請給假

臣偶感暑病腹不能趨朝服藥調理間適給事中王準論通州叅將陳璠由臣進用且云孚敬謂璠爲賢也不知璠之賢有何可稱乎又請皇上戒臣勿私偏比以息人言準爲斯言告君若欲大臣不可以私好用人惜其言似是而實誣也夫陳璠原以南京坐營因兵部缺與楊鋭改北京坐營原以漕運叅將因督開通惠河今改兼通州叅將臣何進用之有夫臣忝内閣重臣輔佐皇上用天下之賢才固當内舉不避親

外舉不避讐者也如臣苟知陳璠之賢雖在鄉
故宜無嫌者況實未嘗舉用之乎如準真知璠
之不賢則當明指實迹請
皇上去之何必援此以誣臣乎其設心如此謂之不
樹黨欺君恐難逃　聖鑒之下者矣臣病緣外
感熱邪旋傷心腹四肢倦怠覺難支持伏乞
聖慈容臣給假在外調理不勝感恩之至
再陳休致
臣本凡庸才不充位旬日之間兩勤言官論列
臣之罪狀難逃　聖鑒惟當知自反無容辯者

但事之發也有機勢之成也有漸機發而不之
察則變生漸成而不之覺則禍大此大臣以道
事君者所以必當明進退之義以全國家之體
也請爲
皇上陳之幸垂覽焉夫大臣位至保傅責之重也而
夫人視之爲至榮也臣則恒以爲至難夫人視
之爲至寵也臣則恒以爲至危古之謂保者保
君之身體傅者傅君之德義苟非真有碩德重
望者不足以當之臣愚方脫草萊驟登保傅心
欲自效而才有未及志欲自盡而德有未孚是

宜多招物論屢辱朝廷夫臣既不能以自保其何能保君之身體不能以自善其何能傅君之德義故　皇上雖日加禮貌徒為豢養而已臣實媿焉夫三讓而進一辭而退大臣之道也大臣進退以道則小臣皆知禮義廉恥之為重故君德隆而國勢尊令之為大臣者率多以祿位為謀以得失為患能書百忍甘受萬辱假恩僚屬以結其懽心納交科道以滅其多口不恥不仁不畏不義卒之大道不行公議不立苟有特立於其間者則羣謗叢至使朝廷綱紀日以廢

弛風俗日以救壞是大可憂也大可懼也管子曰禮義廉恥是謂四維四維不張國乃滅亡夫當議禮之初大臣建議之謬科道官鬨然從之其論臣者無慮數百章臣彼時甘犯衆怒而不忍即求去者爲與禮之未成也皇上孝心之未遂也實非爲祿位謀也今斯禮之大成也皇上大孝之心之裁定也臣祿位之加實虛縻也人雖無言猶將媿之況有言乎夫初之與議與禮也臣既先之今之求去也臣亦宜先之臣如不去也亦但爲祿位謀也非是爲朝

廷重也　皇上容臣之去也進退之義也乃所
以重朝廷也使臣進退之義明則
皇上之大典禮亦庶乎其不辱矣此非敢飾辭也實
惓惓之血誠也臣昨因病已請給假調理竊恐
內閣重地不容曠職伏惟
聖明特加矜察即賜俞允放臣全歸則君臣相保之
恩尤古今絕無之典也

陳謝遣醫

臣得病緣外感熱邪旋傷心腹四肢倦怠覺難
支持因具疏請假調理伏蒙

降旨温存隨承　遣太醫院御醫就臣舍視臣疾
臣感激醫来拜受藥餌顧多病之身何以報主
燮和之責自媿匪人夫病有暑濕風寒藥有君
臣佐使元氣既固客邪莫侵由是喘息呼吸乃
通一氣由是手足腹心乃切一身臣於此始得
養生之術因悟治國之方焉臣不勝感戴
謝　遣使　欽賞
臣疾病復承遣司禮監奉御
欽賞臣米酒羊豕等物將命及門龍光莫既拜恩
望闕扇思彌深臣伏念

皇上藥石之投既以去臣之病粱肉之餽又以厚臣
之生三錫便蕃兩朞荐至
皇上之視臣也奚啻手足臣之報
皇上也實孤腹心感激益加興言曷已昔人有言曰
刑罰者治亂之藥石也德教者興平之粱肉也
今者刑罰未中是猶有藥石而不能治病也教
化未敷是猶有粱肉而不以養生也臣叨輔弼
之職莫効贊理之勞使
皇上獨為社稷憂是誰過與故 皇天降罰疢疾及
身實所宜焉茲荷蒙 聖恩保愛還之生全竊

恐孤昧之身終莫報　聖明之主也

病痊陳奏

臣位重莫勝分宜求退伏荷

聖慈勉留懇至不勝感泣夫聞人言而昧於求去不智承君命而忍於必去不仁玆病當少間黽勉從事然有欲言而未盡者敢復爲

皇上陳之幸垂覽焉臣欽奉　聖訓云卿性資剛速或傷於過密思所以濟者以協恭輔朕贊理化機欽此臣切思太剛則折宜濟以柔欲速不達宜濟以緩仰惟　皇上建中和之極敷錫厥福

況臣在左右之列敢不日加佩服若乎抑稽之
書曰同寅協恭和衷哉蔡沈為之說曰君臣當
同其寅畏協其恭敬兹　聖訓復示臣等當同
其寅畏協其恭敬君治之師教之保愛之至于
古所未見也但令人惟知協同之謂和衷而未
明寅恭二字之義仲尼曰畏天命畏大人畏聖
人之言寅畏之謂也孟軻氏曰責難於君謂之
恭陳善閉邪謂之敬故寅可同也非寅不可同
也恭可協也非恭不可協也故寅而同恭而協
謂之和非寅而同非恭而協謂之同可也謂之

和不可也仲尼曰君子和而不同小人同而不和春秋傳曰和如羹焉酸苦以劑其味君子食之以平其心同如水焉若以水濟水誰能食之觀和同之辯則可以知同寅協恭之義言事君之道矣昔齊景公田招虞人以旌虞人以非所招不往也將殺之仲尼韙之曰志士不忘在溝壑勇士不忘喪其元古之虞人能爲不同如此今之士大夫不能然者何也古者教化行而習俗美故雖虞人能之今者教化不行而習俗不美故雖士大夫有不能也古者日宣三德浚明

有家日嚴祗敬六德亮采有邦九德咸事俊乂在官當是時位必稱其德之大小故不患無位患所以立故有士讓為大夫大夫讓為卿也後世資格之說行而位不稱其德之大小無問能否選滿則注限年躡級毋得踰越非負譴者皆有升無降其庸愚沉滯者皆喜謂之聖書逮今為甚夫資格可以待庸流不可以待才俊今之名為才俊者率多庸流校祿俸為深淺較歲月以要求循列卿位祈無負譴故軟熟之習成而平生之志喪無幾矣欲求人才之逮于古也不

亦難乎夫爵祿者天下之砥石人君所以勵世
摩鈍也然欲教化行而習俗美非
皇上大有以鼓舞之振作之未見其可也漢劉梁曰
得由和與失由同起今在朝臣工位高者自知
年數不足則曰他日利害吾不及見也位卑者
自知資望未及則曰今日謀議吾不得預也故
一切急緩悅從務相為雷同旅進旅退無毀無
譽國家無事之日夫既已如此矣有事之日將
如之何夫有堯舜禹湯文武之為君必有皋陶
伊傅周召之為臣 皇上英明邁古仁義中正

堯舜禹湯文武之君也但有君無臣爲可嘆耳
唐虞三代之臣不可得而見矣今求之於其下
有同心輔政如漢之丙吉魏相者乎有謀斷相
資如唐之房玄齡杜如晦者乎有正色立朝如
宋之王曾不動聲色措天下於泰山之安如韓
琦者乎有則 皇上宜必知之矣雖然自古至
今未嘗借才於異代求之不可不廣知之不可
不預苟得其人雖使卑踰尊可也踈踰戚可也
皇上若獨求之於今所知之臣恐亦狹矣昔唐顏真
卿爲平原太守能急祿山之變玄宗曰朕不識

顏真卿作例狀乃能如是使玄宗預知之以待
李林甫者待真卿則唐可常保開元之盛豈復
有天寶之變邪夫知人則哲惟帝其難宋儒朱
熹嘗推易陰陽剛柔之義以為觀人之法曰凡
其光明正大疎暢洞達如青天白日如高山大
川如雷霆之為威而雨露之為澤如龍虎之為
猛而麟鳳之為祥磊磊落落無纖芥可疑者必
君子也而其依阿淟涊回互隱伏糾結如蛇蚓
瑣細如蟣蝨如鬼蜮狐蠱如盜賊詛呪閃倏狡
獪不可方物者必小人也觀人之法莫切於此

臣既嘗為　皇上陳之矣孟軻氏曰賢者在位
能者在職國家閒暇及是時明其政刑詩云迨
天之未陰雨徹彼桑土綢繆牖户今此下民或
敢侮予孔子曰為此詩者其知道乎能治其國
家誰敢侮之孔孟之言真萬世久安長治之策
也伏惟　聖明加之意焉

謝辭

臣孤負　皇上重托獲罪彌深伏蒙
聖慈不加誅戮得賜全歸既又着臣給驛前去又錫
之衣服金幣寶鈔罪且逭而恩又加焉感泣感

泣臣切惟食人之食者當忠人之事衣人之衣
者當分人之憂臣之在位也已不能忠
皇上之事分 皇上之憂今之去位將何能為報乎
死罪死罪茲當 陛辭莫能為懷伏惟
皇上清心寡慾已自節宣早朝晏罷尚加保嗇福壽
萬年子孫千億實臣區區犬馬之至願也
辭取復任
臣曠職罪深伏承
聖恩不即誅戮着臣回家省改天寬地容之恩莫之
為報者也舟行至天津衛伏覩抄捧

手勅吏部内閣輔臣張孚敬近有旨着回家今缺官
辦事急難得人朕方即位之初首得張孚敬贊
議朕孝厥後乃獲正天倫之序完父子之親皆
孚敬之力助贊成者也今可着復任辦事便差
行人一員齎勅守催前来以慰朕眷注之意如
勅奉行臣伏讀之餘不勝感泣顧臣何能乃承
聖眷一至此耶臣切思前奉 欽依着臣回家深加
省改以圖後用又奉 勅諭着臣還家創悟以
資後用 皇上愛臣之深訓臣之至是固天地
無棄物王者重絶人之心也夫犬馬尚知戀主

草木猶知報春臣為 皇上心膂之臣恩遇優
渥豈敢忍心忘君甘於犬馬草木之不如邪第
臣鄙野之人殊非台輔之器恐任愈久而罪愈
甚恩愈加而報愈難此臣日夜有不能自安者
也茲在途聞 命不敢前往雖差官齎 勑未
至巳仰見 皇上眷注懇切誠不忍於去之窮
日之力者也伏乞 聖慈俯賜矜察仍照前
旨容臣回家省改創悟庶幾變化氣質究習事體臣
未即死報效尚未晚也
謝 勑官 召復任 一召

臣舟行至天津衛伏覩
手勅吏部着差官齎勅守催臣前来復任辦事臣聞
命驚惶不敢前往已即日具奏辭謝兹蒙欽差行
人周繹賫勅到天津衛開讀　勅云卿以通博
之才貞一之學首建正議贊朕沖人以成大禮
擢卿輔弼之任裨益良多近因人言乃有旨着
還籍實朕俾保全之意今輔導缺人贊理機務
兹命行人周繹齎勅往取復任辦事勅至卿宜
疾速返途上緊前来勿得推延辭避匪止誤事
且違朕勅負朕意卿其欽承故勅臣仰承天語

丁寧恩意懇至不勝感泣已即日回舟迈途過
楊村驛地方又奉前奏　欽依卿忠誠素著輔
朕憂國實為良多近有旨着回家以使卿避言
耳朕已有命差官守催勅至卿宜即來京復任
辦事勿得時刻遷延違負君命吏部便行文去
臣又不勝感泣夫　皇上名臣之還也是尚察
臣之心未即棄臣也臣蒙　皇上之名還也又
豈敢不仰體　聖心而甘於自棄也邪且
皇上召臣之還也實欲責臣以輔治也臣將披靡以
從衆邪恐未免欺君誤事雖進無益也臣將蹇

諤以違衆邪恐未免構怨滅身雖欲退有不及
也臣之進退實爲狼狽臣切念今之所恃者惟
聖明矜察之心所不能報者惟　聖明覆載之恩而
已他復何求焉若徒存形迹固爲辭避是誠有
違　勅旨有負君命臣罪當萬死矣緣北河逆
流而上又連日阻風恐稽　寵名心甚不安雖
臣妻柩在舟子病不能自爲歸計亦莫敢顧擬
於河西驛可泊地方臣即當舍舟就陸前來入
見以仰答我
皇上眷注至意臣不勝戰懼瞻戀之至

謝　手勅入閣辨事

臣蒙　聖恩差官齎勅守催臣回京擬謝恩方
敢封閣復任辦事伏蒙　遣文書房官齎捧
勅諭云茲閣中急缺官辦事卿已朝見訖便入閣辦
事故勅顧臣何能乃蒙　聖眷如此惶懼惶懼
昔宋程頤有曰人臣之義位愈高而思所以報
國者當愈勤飢則為用飽則飛去是以鷹犬自
期也曾是之謂愛身乎又真德秀有曰諸葛武
侯平生所立事業奇偉然求其所以則開誠心
布公道集衆思廣忠益而已臣伏蒙

聖慈保全令臣退而省改創悟日夜自反自責於武
侯四者一無所能焉自今而後不敢不勉亦豈
敢私為愛身之謀有負　皇上付託之重除即
刻趨命入閣辦事外謹具本謝恩并陳愚悃

謝　勑諭銀記

今早伏蒙　聖恩勑諭臣云朕先賜卿銀記密
疏言事近以回繳今命卿復任辦事茲仍賜與
嘉謀讜論宜即以聞一如前所論命行故諭臣
在閣中稽首拜恩不勝惶懼惶懼切念
皇上先賜臣銀記令密疏言事臣才疎識淺孤陋寡

聞實無足以上補　聖明者但有應對悉多出
自廟謨雄斷間有與諸臣異同者亦合陳所見
以自盡其心耳並不敢變亂是非竊弄威權以
自速禍也嘗聞先儒許衡有曰臣子執威權未
有無禍者豈惟人事在天道亦不許夫月陰象
也借日為光與日相遠則光盛猶臣遠於君則
聲名大威權重與日相近則光微愈近愈微臣
道陰道理當如此大臣在君側而擅權此危道
也古人舉善薦賢不敢自名欲恩澤出於君也
刑人亦然恩威豈可使出於已使人知恩威出

於已是生多少怨敵其危亡可立待也故月星
皆借日以爲光及近日却失其光此理殊可玩
索臣每三復斯言深加警懼玆蒙
皇上仍賜臣銀記責臣以嘉謀讜論宜即以聞仰見
聖心即舜之好問好察禹拜昌言之心也臣愚無一
得又何能以裨咎邪又竊念臣能受諫斯可以
諫君臣能從善斯可以善君自今而後豈敢以
人言爲忌宜取諸人之善以上獻耳又豈敢自
以爲是邪謹具本謝恩幷陳愚悃

書院成陳謝

臣伏覩

皇上所著有敬一箴及註范浚心箴程頤視聽言動

四箴誠得帝王心傳要法致治之要道也該臣

等奏請　勅工部于翰林院後堂空地盖亭竪

立以垂永久仍乞　勅禮部通行兩京國子監

幷南北直隸十三省提學官摹刻於府州縣學

使天下人士服膺　聖訓有所興起欽奉

勅旨卿等所言都依擬行亭名與做敬一彼時臣竊

念未第時曾建書院一區在本縣姚溪地方因

乞　聖慈光賜書院額名願自盖亭竪立箴石

欲使深山窮谷之人悉得對揚　聖訓欽奉
勑旨卿所奏足見篤學以勉後来之意書院名與做
貞義堂名更做抱忠仍着彼處有司就其書院
中蓋敬一亭一座以置朕之五箴抱忠堂門等
處或有損壞亦與修葺完日具奏近該浙江布
政使司題據温州府申稱蓋造敬一亭及修理
貞義書院抱忠堂完成奏聞奉
聖旨這書院堂齋既蓋造完備有司還督令地方人
等用心護守若有損壞隨即修補臣感激感激
臣竊謂古者三代盛時上自國都下至閭巷莫

不有學及後敎化漸衰人各有志始有以類相
從講學於山林間者而書院興焉若武夷白鹿
之勝名重於天下後世者實惟其人也臣揣何
能敢為書院重邪今荷蒙　聖恩錫類更新易
名除舊亭座歲石大昭　聖謨草木岡巒並輝
宸翰則臣書院之重又非特武夷白鹿之勝而已茲
當告成又荷蒙　聖恩勅令守護損壞增修是
皇上之激勸臣也非一時而臣之托於書院以不朽
也將不世矣臣敢不惕勵初心勉修厥職仰
聖訓而欽承顧美名而思義庶上不負　皇上之洪

恩下可免終身之玷辱也臣不勝感恩之至

謝 聖諭

臣位重弗勝伏蒙 聖恩不加誅戮令臣回家省改尋蒙 聖恩召臣復任保全眷愛之至千古所無者也感激感激臣於朝見畢隨蒙

勑臣即日赴閣辦事適發下光祿寺少卿史道奏疏獨臣在閣誦覽數過深服史道之言知所先務凡其所論列者皆切臣病所許可者又實臣之所不能焉及臣一清到閣遂同請 天語戒諭以求無負於 聖明之至托也欽奉

聖諭丁寧教戒靡所不至蓋臣之於君當竭其匪躬
君之於臣當極其戒飭皆義之至也臣伏讀
聖諭云內閣大臣其職任最重朕所望者匪輕臣愧
懼愧懼臣嘗聞書曰元首明哉股肱良哉夫君
以知人為明臣以任職為良臣本草茅之人誤
蒙皇上知遇其職任之重實所弗勝雖
皇上所望者匪輕而臣實負焉程顥曰人臣身居大
位危疑之地也必也誠積於中動不違理威福
不自己出人惟知君而已臣不敢不勉臣伏讀
聖諭云宜同心共事協恭盡職秉公持正以贊治化

陳善閉邪以輔君德容衆以量受言以弘勿懷私嫉忌以取愆違臣愧懼愧懼臣嘗聞書曰同寅協恭和衷哉若此行而彼沮甲可而乙否其可乎然是非得失之機誠亦有不可不察者也仰惟 皇上欽 天法 祖務學勤政立於無過之地固無善可陳而無邪可閑矣其在今日乖氣之未消和氣之未名者罪在臣下而已夫忠臣不私私臣不忠秉公持正臣子之職也況大臣乎秦誓曰其心休休焉其如有容焉言容衆以量也孟軻氏曰夫苟好善則四海之内皆

將輕千里而來告之以善言受言以弘也臣之
不職全病於此夫樂善不倦者福之門也懷私
嫉忌者禍之基也禍福無不自已求者孟軻氏
又曰愛人不親反其仁治人不治反其智禮人
不荅反其敬臣不敢不勉臣伏讀 聖諭云庶
乎君德賴之以成治化以之而興澤溥下民保
安基圖忠節功名非前代諸臣所能獨美豈不
偉歟臣愧懼愧懼臣嘗聞韓愈曰君者出令者
也臣者行君之令而致之民者也程頤曰君貴
明不貴察臣貴正不貴權君明則保安基圖自

能永久臣正則忠節功名自能有成夫有堯舜
禹湯文武之為君必有臯陶伊傅周名之為臣
皇上仁義中正實堯舜禹湯文武之君也臣凡庸陋
劣非臯陶伊傅周召之臣也　皇上猶深望而
勉進之使前代諸臣不能獨美甚盛心也至恩
也雖然取法乎上僅得其中取法乎中斯為下
矣臣不敢不勉臣伏讀　聖諭云輔臣於道之
疏朕之言宜加思勉勿負朕意臣愧懼愧懼臣
嘗聞呂祖謙曰畢公獮亮四世為周父師而康
王之冊尚有罔曰弗克罔曰民寡之戒蓋規警

勉飭此自君臣闕常法夫畢公以耆艾老臣庸
王尚不廢警戒之語況臣爲庸劣晚進之臣承
此聖訓諄切敢不日加思勉同心共事以求
無負於聖明之知遇乎申顔曰吾一日不可
無侯無可侯無可能攻吾之過臣觀史道之奏
實臣之侯無可也臣亦何幸歟易曰風雷益夫
風雷至迅速也聖人繫之以改過之象示有過
則當速改也臣感激聖恩無任惕勵警發之
至
請寬免楊一清

臣今早蒙發下霍韜奏疏是非得失難逃

聖明洞察之下但夢韜原與臣同事一清與臣同官

且臣正在伏罪省躬之餘豈敢輕有所議擬臣

嘗聞漢賈誼告文帝曰古者大臣有坐不廉而

廢者不曰不廉曰簠簋不飾坐污穢淫亂男女

無别者不曰污穢曰帷薄不修坐罷軟不勝任

者不曰罷軟曰下官不職故貴大臣定有其罪

矣猶未斥然正以呼之也上設廉恥禮義以遇

其臣而臣不以節行報其上者非人類也誼之

意蓋願文帝禮大臣存國體也臣敢請

皇上於諂之奏但當察其是非得失之實以為進退

處置之宜則天下臣民仰見

皇上天地之量日月之明矣茲以諂奏疏幷擬一清

辭疏隨本封上均乞　聖裁

再請

近日楊一清獲罪情由臣已兩請

皇上寬法處之以存國體欽奉　明旨着法司會官

議奏處置仰見　聖明欲采公議處之以道在

朝臣工靡不感戴茲該刑部等衙門議處覆奏

未蒙　聖斷今早蒙　聖諭法司會官議奏楊

一清事朕惟一清累朝舊臣朕素禮待未可以
羣臣比況嘗維持倫理亦與卿孚敬等相信同
心輔朕今乃不顧晚節貪婪無恥贓跡顯著特
以大臣故下九卿議朕豈不知古者重大臣以
近其君但為大臣者每恃之而敢犯法令當正
法而使知警卿孚敬必嫌於擬旨卿鑾擬票來
看臣伏讀三四豈惟一清感媿臣實感媿不勝
也臣切念議禮之初一清在家嘗見臣大禮或
問極稱為正論以釋羣疑及臣同席書等被
召一清又嘗為書勸席書作速北上以定國是當

羣議喧騰之時得老成大臣贊與一言所助亦
不少矣茲　聖諭謂一清嘗維持倫理與孚敬
等相信同心輔朕一清初心已荷蒙
聖明垂察臣復敢何言今　皇上以一清贓跡顯著
欲正之法而使知警又以臣嫌於擬旨着臣鑾
擬票來看實保全臣之至也臣又切思前者與
桂蕚獲罪彌深荷蒙　聖恩不即誅戮容臣回
家省改蕚革散官致仕今臣已蒙　名留復任
臣蕚復原職致仕天地寬容之恩曷由補報伏
乞　聖恩體念一清功過所宜相準　特賜寬

法處之況臣復任之初而一清即有此事又因霍韜所奏中外臣工不能無疑保全一清實所以保全臣等也臣不敢不言亦不忍不言極知煩瀆無所逃罪惟 聖明亮察焉臣不勝恐懼之至

謝寛楊一清

臣近因同官楊一清所犯冒昧煩瀆一為存國家大體一為釋臣僚嫌疑伏蒙 欽依卿三為陳辯朕已悉知楊一清昔贊議禮不為無功朕已從寛區處了卿宜安心辦事慎勿介懷是非

曲直久自明白卿宜承朕此意臣仰荷
皇上庇覆之仁如天地保護之恩如父母者也臣雖
捐軀殞命其何能報諸夫朝不信道工不信度
君子犯義小人犯刑非國家之福也
皇上負荷神器為天下民物之主法行禁止宜自近
始臣豈敢勸以姑息為哉夫恩有所當加法有
所當屈令一清已蒙 皇上許從寬區處可謂
仁之至義之盡也不測之恩威殆不啻雨露雷
霆者也非惟一清之知感且懼也臣實知感且
懼之弗勝也夫禮義廉恥是謂四維令

皇上既以禮義廉恥遇其臣而臣不以節行報
皇上者誠非人類矣臣無任感激惶悚之至
辭內閣首任
近該同官楊一清挂蕚　欽准致仕臣欽蒙
聖恩名留復任臣切惟予奪用舍人君馭世之大權
禮義廉恥人臣立身之大節況內閣之官居密
勿之地天威赫赫日鑒在茲其嚴乎臣自揣凡
庸於凡國體實未通達世故實未諳練濫叨重
任日懷憂畏伏遇　聖明在上存心天下加志
窮民雖恭默思道不假乎贊襄然委任責成言

戒乎盈滿嘗聞舜有天下選於衆舉皐陶不仁
者遠矣湯有天下選於衆舉伊尹不仁者遠矣
皇上仁義中正堯舜禹湯文武之君也必得皐陶伊
尹之爲臣乃足以成正大光明之業顧臣何能
可勝茲任邪雖然自古人君未嘗借才於異代
伏乞　聖明遴選於衆取其節行足以報主道
義足以服人者置之内閣以爲首臣以表百僚
臣雖愚亦不敢終於自棄固當黽勉同心共圖
報効此實臣審己量力之血誠非敢故爲是推
托也惟　聖明亮察

日食陳情

玆當十月朔日日食文武百官俱會同禮部救護占者謂食當幾盡始復雖京師偶爲陰雲所蔽而四海九州固皆仰見之者也臣瞻拜之餘無任警懼夫日食乃天變之大者也故春秋必書記曰陽事不得適見於天日爲之食是故日食則天子素服而修六官之職蕩天下之陽事詩小雅曰十月之交朔日辛卯日有食之亦孔之醜朱熹傳曰晦朔而日月之合東西同度南北同道則月揜日而日爲之食望而日月之對

同度同道則月亢日而月爲之食是皆有常度
矣然王者修德行政用賢去奸能使陽盛足以
勝陰陰衰不能侵陽則日月之行雖或當食而
月常避日故其遲速高下必有參差而不正相
合不正相對者所以當食而不食也若國無政
不用善使臣子背君父小人陵君子夷狄侵中
國則陰盛陽微當食必食雖曰行有常度而實
爲非常之變矣蘇軾曰十月純陰純陰而日食
陰壯之甚也夫君子中國陽也小人夷狄陰也
臣切見　皇上屢嘗戒飭於朝非不欲修六官

之職也緣比來公道塞而私門開議論多而成
功少非君父不體臣子實臣子有負於君父矣
且 皇上嘗勑吏部責之大臣各舉所知之賢
才矣又嘗勑兵部各舉所知之將領矣責之句
月之間乃卒歲未之有應 詔者何也避嫌之
太過信用之未專也好惡之不公忌害之已甚
也夫賢才舉則直道行小人欲陵君子得乎將
領得則武備修夷狄欲侵中國得乎是在
皇上加之意而已漢嘗以災異策免三公臣忝居輔
導之列濫叨傅保之官不能與六官相率修[illegible]

以致日食之變當此純陰之月臣無任警懼仰
惟我　皇上修德行政用賢去奸是宜能使陽
盛足以勝陰陰衰不能侵陽日當食而不食也
今者日當食而食咎在臣下而已臣無任警懼
伏望　聖明常存貽假尚慎憂勞爲天下建極
以迓和平之休爲天下得人以爲消弭之道臣
又不勝願幸之至
請議處内閣官
玆者内閣員缺臣已上請　簡命節行足以報
主道義可以服人者以爲首臣以表百僚實以

內閣之官居密勿之地任代言之責有難勝任
故也臣連日思惟又有不能自已於言者敢復
冒昧上請惟　聖明垂察焉臣伏讀
聖訓內一款云自古三公論道六卿分職並不曾設
立丞相自秦始立丞相不旋踵而亡漢唐宋因
之雖有賢相然其間所用者多有小人專權亂
政今我　朝罷丞相設五府六部都察院通政
司大理寺等衙門分理天下庶務彼此頡頏不
敢相壓事皆　朝廷總之所以穩當至
太宗皇帝始設內閣臣謹按　太宗皇帝實錄永樂

二年九月 上御右順門召翰林院學士解縉
侍讀黃淮胡廣胡儼侍講楊榮楊士奇金幼孜
諭之曰朕即位以來爾七人朝夕相與共事鮮
離左右朕嘉爾等恭慎不懈故在宮中亦屢言
之然恒情保初易保終難朕固常存於心爾等
亦宜謹始如終庶幾君臣保全之美縉等叩首
言 陛下不以臣等淺陋過垂信任敢不勉勵
圖報 上喜皆賜五品公服按此 太宗皇帝
時內閣止設翰林學士及講讀編修等官備顧
問而已及 宣宗皇帝朝楊榮楊士奇等始專

任之有代言擬旨之責其官漸加至尚書師保
後不復變也夫內閣有聲者稱三楊而已後楊
榮孫楊因坐事抄沒家資鉅萬況其他乎故內
閣設官　太宗之時用之固未嘗不善及夫加
以代言擬旨之責且任使多非其人遂至犯贓
壞事臣歷數從來內閣之官鮮有能善終者蓋
密勿之地易生嫌疑代言之責易招議論甚非
君臣相保之道也古人謂人君勞於求賢而逸
於得人苟所得非其人焉反致君勞而實無益
於國矣臣切惟人君之德莫大於仁明武仰惟

皇上聖神邁古帝王三者之德無一不備誠無假於
代言之官者也伏乞體念
祖宗之制宜有所
處或下廷臣集議以建國家久安長治之策以
全君臣始終相保之道臣自来血誠已歴陳於
前之三疏更乞
留神省覽臣不勝恐懼顒望
之至
奉對
聖諭
臣欽蒙
聖諭云倫以訓講尚書康誥篇内一節中解心學云
後世心學不明却將善心看作慈悲憐憫意思

一切寬縱了不知所謂如何但慈悲憐憫爲事非孔子之道却是釋門之爲其所謂將善心看作慈悲憐憫不知指此否如指此爲言便當明解出如不以此不指何臣謹按周敦頤曰天以春生萬物止之以秋物之生也既成矣不止則過焉故得秋以成聖人之法天以政養萬民肅之以刑民之盛也欲動情勝利害相攻不止賊滅無倫矣故得刑以治夫人君之尊如天運於上仁以育萬民義以正萬民即天之有四時者也武王告康叔曰凡民自得罪寇攘姦宄殺越

人于貨瞖不畏死罔不憝又曰乃其速由文王
作罰刑茲無赦言元惡大憝刑殺之不可纔正
聖人法天之謂也故舜德好生然必誅四凶孔
子以愛人為仁然必誅少正卯皆仁義並行之
道也今倫以訓講解其末節乃發明餘意有云
後世心學不明却將善心看作慈悲憐憫意思
一切寬縱了大意願為人君者於元惡大憝之
人刑罰無赦但以慈悲憐憫四字為言意圖語
滯實欠分明夫慈悲二字誠如 聖諭乃釋門
之為昔梁武帝專精佛戒每斷重罪則終日不

悍或謀反逆事覺亦泣而宥之由是王侯益横
或白晝殺人於都街或晝夜公行剽掠有罪亡
命者匿於主家有司不敢搜捕此溺於慈悲之
獘也若憐憫二字與慈悲又大不同乃孔子之
道也昔孟氏使陽膚為士師問於曾子曾子曰
上失其道民散久矣如得其情則哀矜而勿喜
謝氏又為之說曰民之散也以使之無道教之
無素故其犯法也非迫於不得已則陷於不知
也故得其情則哀矜而勿喜哀矜也者正憐憫
之謂也倫以訓之意恐别無他指只是不得明

白解說耳又　聖諭朕惟武王之告康叔明德
慎罰以求本心之原慮至此乃說善本人固有
者夫所謂用其善心必自敬始苟有所不敬則
此心未免為不善而德雜不純刑濫不中矣至
於後世心學不明者非不識善心乃不知其这
善耳善者性之本亦非心之本也因其性之善
行出事類未皆不善實性分中來如認作善心
恐難致力能盡本性之善致其心之敬然後德
自明而刑賞之際始無公私之累矣臣謹按程
頤有曰有天德便可語王道其要只在謹獨真

德秀曰人君能内主乎敬而凡古人所以自警
之具如湯武之銘箴之翰墨設之屏障可也使
人諷誦入耳著心可也燕閒永日毋深居中禁
而時御便朝使儒臣環侍迭陳規益如衛武公
之自警可也廚廟之器做而爲之設于宥坐以
致滿盈之戒可也不寧惟是宫庭宴樂以古者
獻酬之禮而易今之舉觴命爵以古者房中之
樂而代今之樂府歌辭惟所欲爲孰曰不可内
外交養動静弗違而心有不正者未之聞也由
是觀之則　聖諭所謂用其善心必自敬始與

夫致其心之敬以盡本性之善者誠聖學之至切要者歟夫人之性原於天天所賦無有不善性善則情亦無有不善而心則統性情者也夫元亨利貞天之道也仁義禮智人之性也惻隱羞惡辭讓是非人之情也孟軻氏曰惻隱之心仁之端也羞惡之心義之端也辭讓之心禮之端也是非之心智之端也於此可見心統性情者也　聖諭謂後世心學不明者非不識善心乃不知其返善耳善者性之本因其性之善行出事類未皆不善實性分中來如認作善心恐

難致力誠又開示人以心學者欽夫武王告康
叔曰汝惟小子未其有若汝封之心朕心朕德
惟乃知陳氏爲之説曰能慎罰者汝之心欲汝
慎罰者我之心我之心惟欲以德行罰耳我之
與汝心實相知所以深相符契相戒飭也此説
本是正意蔡沈註乃謂爾心之善國朕知之朕
心朕德亦惟爾知之於心之一字乃多加一善
字夫心既説有善則便有不善者故来孝慈悲憐
憫之説何曾能説到性分上来孟軻氏曰人性
之善也猶水之就下也人無有不善水無有不

下只是就性分上說未嘗就有善心有不善心
若舍性不言而只言心便將善心認作不刑殺
之心不善心認作刑殺之心誠如
聖諭恐難致力者也只當自仁義禮智性分上求之
所謂惻隱羞惡辭讓是非者使情之所發各得
其正心無不正而天地正大之情可見矣由是
以達之行政用人之間則禮天敘也樂天和也
賞天命也罰天討也泰和雍熙之治端在茲矣
茲承　聖諭令臣等看其是否闡陳所謂以釋
朕疑臣伏讀三思仰見大哉　皇言一哉

皇心所謂範圍天地而不過曲成萬物而不遺者也
夫復何言第有問不敢不對極知冒昧無所逃
罪惟　聖明亮察采納焉
議南京守備催革各處鎮守
臣伏蒙
聖諭云朕惟南京我　聖祖根本之地今雖有文武
重臣在守閑事皆自守備內官出夫何不用一
宗室以掌其事令臣宻言其所以臣伏讀審思
仰見　大聖人存心廣大無毫髮猜疑誠堯舜
之心也但知人則難而骨肉之間又有難於逆

採者所以周公之聖尚失之管蔡漢文之賢尚失之淮南王況其他乎中庸有曰尊其位重其祿同其好惡所以勸親親也或問朱熹曰親親而不言任之以事何也曰苟以親親之故不問賢否而輕屬任之不幸而或不勝焉治之則傷恩不治則廢法是以富之貴之親之厚之而不曰任之以事是乃所以親愛而保全之也自周以來任宗室而致禍變者蓋屢有之既不足以全骨肉之恩而適以敗國家之事我

聖祖國初置大宗正院以 親王領其事後定制改

院爲府但以勛戚大臣掌之而已夫大宗正所
掌者　玉牒譜系之事尚不使　親王掌之況
兵權所在乎又如浙江蘇常等地止因財賦所
出　國朝遂不以爲宗室藩封此固見我
聖祖閱歷事變之深係全　宗室之至也而況南京
形勝所據兵賦所聚誠爲　國家根本之地如
加以　宗室之親委以操縱之權不幸而有管
蔡淮南之不奉法天下其能誰何哉近者宸濠
之變深欲圖南京以爲依據蓋可鑒也孔子曰
天下有道則禮樂征伐自天子出　聖意以尚

京之守事皆自守備內官出為非宜臣愚以為
自 宗室出亦非宜也莫若重文武大臣之選
百司分其務科道糾其非而事權一出於
朝廷 祖訓所謂彼此頡頏不敢相壓所以穩當誠
至言也又前日伏蒙
皇上獨 召臣于 平臺
面議所以臣密切勤懇實出血誠已荷
垂允未見施行今因
密諭下問敢再冒昧上陳伏乞
聖明斷然為之使百年流毒一旦頓除四海生民從

此樂業矣臣無任恐懼迫切之至

安民飭武

嘗稽諸稱古帝堯之德者曰加志窮民矣然必曰乃武乃文稱文王之德者曰惠鮮鰥寡矣然必曰文武維后又稽諸詩稱商高宗之中興乃曰撻彼殷武奮伐荊楚稱周宣王之中興乃曰王奮厥武如震如怒至於瞻彼洛矣之詩有曰君子至止福祿如茨韎韐有奭以作六師又曰君子至止鞞琫有珌君子萬年保其家室又曰君子至止福祿既同君子萬年保其家邦此又

周天子會諸侯于東都以講武事而諸侯美天子之詩然而一則曰萬年保其家室二則曰萬年保其家邦實以講武事於平時保邦於未危制治於未亂此三代所以為有道之長也又稽諸漢書班固刑法志曰洪範曰天子作民父母為天下王聖人取類以正名而謂君為父母明仁愛德讓王道之本也愛待敬而不敗德須威而久立故制禮以崇敬作刑以明威也書云天秩有禮天討有罪故聖人因天秩而制五禮因天討而作五刑大刑用甲兵殷周以兵定天下

矣天下既定戢藏干戈教以文德而猶立司馬
之官設六軍之衆諸侯封方百里出兵車千乘
是謂千乘之國天子畿方千里出兵車萬乘是
謂萬乘之主戎馬車徒干戈素具春振旅以蒐
夏拔舍以苗秋治兵以獮冬大閲以狩皆於農
隙以講事焉周道衰法度廢至齊桓公任用管
仲作内政而寓軍令焉其教已成外攘夷狄内
尊天子以安諸夏齊桓既沒晉文接之亦先定
其民作比廬之法二伯之後寖之陵夷至魯成
王作丘甲哀公用田賦蒐狩治兵大閲之事皆

失其正春秋書而譏之以存王道孔子傷焉曰
以不教民戰是謂棄之此班固之言大抵可考
也自夫兵農既分周兵制之善大壞漢初有南
北軍之制而後有內兵外兵之分厥後外兵不
足禦變而內兵亦疲於奔命矣唐有府兵之制
多因周隋之舊然一變為彍騎始於張說再變
為方鎮始於李林甫按唐自募兵置彍騎府兵
日益惰壞自李林甫奏停折衝府上下魚書是
後府兵徒有官吏而已其彍騎之法天寶以後
稍已變廢應募者皆市井負販無賴子弟未嘗

習兵時承平日久議者多謂中國兵可銷於是民間挾兵器者有禁子弟為武官父兄擯而不齒猛將精兵皆聚於西北邊中國無武備矣安祿山因窺見禁兵寡弱遂敢發所部衆反於范陽引兵而南時百姓累世不識兵革猝聞范陽兵起遠近震駭所過州縣望風瓦解守令或開門出迎或棄城竄匿或為所擒戮無敢拒之者此唐之武備可知也又按宋自元豐而後民兵日盛募兵日衰其募兵闕額則收其廩給以為民兵教閱之費元祐以降民兵亦衰崇寧大觀

以來蔡京用事兵弊日滋至於受逃亡收配隸
猶恐不足亟和之後久廢蒐補軍士死亡之餘
老病者徒費金穀少健者又多冗占階級既壞
紀律遂亡靖康之初名募益急多市井亡賴及
操瓢行乞之人固嘗申抑招之令明減尅之罰
重末作之禁嚴竄亡之罪至於畫一之詔哀矜
痛切亦已無及此宋之武備可知也至於元季
盜賊競起謀國者多主招安之說　國朝誠意
伯劉基有曰勸天下之作亂者其招安之說乎
非士師而殺人謂之賊非其財而取諸人謂之

盜盜賊之誅於法無宥秦以苛政罔民漢王入
關盡除之而約三章焉殺人傷人及盜而已秦
民果大悅歸漢漢卒有天下由是觀之豈非他
禁可除而惟此三者不可除乎天生民不能自
治於是乎立之君付之以生殺之權使之禁暴
誅亂抑頑惡而扶弱善也暴不禁亂不誅頑惡
者不抑善者日弱以濟愚者化而從之亦已甚
矣故曰勸天下之作亂者招安之說也夫以武
備修則中國強中國強則夷狄衰而盜賊息矣
由是觀之則修武備正所以安民而招安乃所

以誨盜也昔孟軻氏告齊君曰文王一怒而安
天下之民武王亦一怒而安天下之民今王亦
一怒而安天下之民民惟恐王之不好勇也良
以勝殘除暴防患弭變安民之大者耳我
太祖高皇帝以武功戡亂混一區宇洞見古今之利
病定為經久之良法内之所設有錦衣等上十
二衛以衛宮禁有留守等四十八衛以衛京城
彼此相制也外之所設有留守以衛　陵寢有
護衛以衛　封藩有都司所以衛方省郡縣上
下相維也且錦衣等衛但總於兵部而不隸於

五府其餘內外衛分皆隸於五府而亦總於兵部其於統重馭輕之中而寓防微杜漸之意至矣 太宗皇帝建都燕京仍立五府增七十二衛設五軍神機三千三大營都城之外設大教塲操演武藝又以河南山東中都大營四都司官軍輪聚京師歲教月練無事足以壯國威有警足以禦外侮又深得居重馭輕之宜矣厥後天下承平老兵宿將日以凋謝兵務漸弛至正統己巳之秋壯狄侵侮兵威不振遂至失律幾危 宗社景泰初兵部尚書于謙因見三大營

久不蒐選老弱猥雜難以應敵乃於三大營中挑選精銳者分立十營團操定爲團營各設將領把總等官又命内外文武大臣提督戎務體統尊嚴條教明肅四方有警遣之征討或用一營二營三營以次挨撥而行不用臨期挑選其選剩不堪者退回原營謂之老家天順初年罷之八年復置成化初年又罷之三年復置後增爲十二團營布分益嚴戎武益張於時提督若太監汪直保國公朱永都御史王鉞等皆閒於戎務一有警報朱永充大將王鉞爲提督坐

營官即充褊裨各令所部官軍征進　天兵一
出四方攝服自是以後繼提督之任者皆膏粱
世胄之將不能督兵臨陣充坐營之官者又多
苟且備數不聞埶閒韜畧因陋就簡垂四十年
而戎馬日耗營伍士卒殷實者出錢包辦而其
名徒存貧難者饑寒困苦而其形徒在安能為
國以捍禦百戰之虜哉每遇有警欲撥一二萬之
兵未免與各營通行挑選欲再選撥一二萬恒
以不足數為慮是團營與老家何異哉一清與
臣等切嘗有見於此請　皇上修舉團營條陳

六事上聞節奉　聖旨團營軍務係國家第一
重事近年十分廢弛朕意方欲命官整理卿等
所奏深合事宜依擬着實舉行欽此今既踰年
矣而未能盡舉行以見實効者何也提督文武
大臣未能協心體　國故也夫京師天下之本
也京師之兵以團營為重今　輦轂之下親承
聖諭教練者而尚如此況天下之廣遠者乎是在乎
得人而已然而張皇之震疊之其幾實又在乎
皇上一人而已矣自古帝王用人未嘗借才於異代
其用武亦未嘗專借兵於他方今自京師團營

以外衛所羅列天下兵制具焉大而巡撫次而兵備各以得人為急今更選巡撫兵備亦既踰年矣而亦未見振舉實効者何也議論太多事每掣肘更代不常人無固志故也夫武備夙修各守疆土一方之兵自足以捍一方之患何至於借兵也縱有大寇之作亦不過接境策應之而已夫借兵實生於不足兵不足實生於不練其為患有不可勝言者且如正德年間借邊兵於京師而邊兵知京兵之不足遂來大同軍士殺逆之禍借狼兵於江西而狼兵知漢兵之不

足遂來田州蠻夷叛亂之禍夫兵之不練武備之不修其在今日誠非細故也古人有言曰猛虎所以百獸畏者爪牙也爪牙廢則孤豚特犬悉能為敵斯言雖小可以喻大是則練兵亟所以寢兵廢兵而不練則兵之用無及矣今

聖諭欲求武事常治之道無他焉惟在得人而已夫人才不同有驍勇者或不拘于小節而曲謹小廉者或非折衝禦武之才惟在

皇上器使之而久任焉耳苟以二卯而棄干城之將昔所進今日不知其亡是宜人心之不固武事

之不競也臣願　皇上念武備之修爲保邦之
本思得人之盛爲振武之由除團營提督大臣
已承　簡命宜　諭令協心布公不可因循苟
簡空仍　勑令兵部愼擇坐營把總等官及行
巡撫官各以所屬地方所知將領奏帶　簡用
如眞有應敵之雄才者尚宜畧其小過使之自
新以圖後効及有堪爲總兵總制者令在京三
品以上官及科道官奏舉不許各懷嫌忌其才
能卓異者所舉不嫌于同　上請擢用如此則
將領得人士卒効用由是修車馬備器械以守

則固以攻則取至于奏帶冒功之徒必加嚴禦
失機避難之徒必從軍法則有功者歡有罪者
畏矣臣又聞昔者武王克商放馬散牛漢光武
平隴蜀之後不言兵事此平定克復之君念天
下久勞宜與民休息若夫承平之世民苦不知
兵使武事一驟廢而不講倉卒有變誠所謂驅
市民而戰未有不望風瓦解者也又如正德年
間流賊劉六劉七作亂所過地方無能遏禦卒
至毒流數省禍連數年屠戮生靈流血城埜厥
後敗滅狼山誠乃 上天厭亂大風覆舟人實

無如之何也仰惟　皇上英明邁古實　天作
君師為生民主其所以戡禍亂綏四方乃文乃
武實上繼堯文之德而陋後世之君者也
聖諭謂文武之道不可偏廢但令武事不但不修而
精熟通曉者亦鮮矣夫慮文武之道不可偏廢
則所以為萬全之計者必無所不至矣大哉
皇言一哉　皇心　宗社生靈長久之慶端在於此
誠所謂一言而興邦者也臣復何庸言哉又承
聖諭覽會典中云　天子親統六師具武弁服吉
祭六纛等神復令臣考求武弁之制臣按

大明集禮武弁服凡講武出征蒐狩大射禡類宜社
賞祖罰社纂嚴則服之註云金附蟬平巾幘此
武弁之制韋弁是也周制以靺韋爲弁即詩所
謂靺韐有奭以作六師者若頭盔則謂之胄即
今之兜鍪乃將卒所御之服非武弁也臣記憶
去歲臣已嘗考明具奏矣　聖諭謂文武得人
奚必親御朕欲知其所以此固　明君勞於求
賢逸於得人然亦講武拳拳之盛心所謂萬年
保其家室萬年保其家邦即於斯而有在矣臣
又竊謂武備之修以京師團營爲急根本之地

既固則號令四方氣當有百倍者矣

大明張文忠公集奏疏卷之十

太師張文忠公集

奏疏卷之六

重守令

臣切謂治天下之本在安民安民在知人夫以四海之廣兆民之衆其惡得人人而安之所謂安百姓堯舜其猶病諸者也内外庶司百僚之布列又惡得人人而知之所謂知人則哲惟帝其難者也臣日夜思惟求所以知人安民者有至切要者焉舉而行之其幾只在

皇上一存念之間而已夫自秦分天下為郡縣至今

守令為親民之官郡守之任尤重也按漢宣帝以為太守吏民之本數變易則下不安民知其將久不可欺罔乃服從其教化每拜刺史守相輒親見問觀其所繇退而考察以質其言常稱曰與我共治者唯良二千石乎是以漢世良吏於是為盛稱中興焉後漢亦重其任或以尚書令僕射出為郡守鍾離意黃香桓榮胡廣是也或自郡守入為三公虞延第五倫桓虞鮑昱是也唐太宗初理天下尤重親民之任疏郡守之名于屏風俯仰視焉其人善惡之迹皆著於名

下以備黜陟是以州縣無不率理其責任郡守
之重若是也又漢刺史以六條按郡國其一曰
强宗豪右田宅踰制以强凌弱以衆暴寡其二
曰二千石不奉詔書背公向私侵漁百姓聚歛
爲奸其三曰二千石不恤疑獄風厲殺人煩擾
刻暴剥截黎元山傾石裂妖祥訛言其四曰二
千石選署不平苟阿所愛蔽賢寵頑其五曰二
千石子弟恃倚榮勢請託所監其六曰二千石
違公損下阿附豪强通行貨賄唐德宗遣黜陟
使巡行天下以八計聽吏治曰視户口豐耗以

稽撫字視墾田盈縮以稽本末視賦役厚薄以
稽廉冒視案牘繁簡以稽聽斷視囹獄盈虛以
稽決滯視奸盜有無以稽禁禦視選舉衆寡以
稽風化視學校興廢以稽教導其責成郡守之
備又如是也哉

太祖高皇帝嘗命吏部臣曰古稱任官惟賢凡郡得
一賢守縣得一賢令足以致治如潁川有黃霸
中牟有魯恭何憂不治又嘗 命吏部曰考績
之法所以旌別賢否以示勸懲今官員來朝宜
察其言行考其功能課其殿最第為三等稱職

而無過者為上賜坐以宴有過而稱職者為中
宴而不坐有過而不稱職者為下不預宴序立
于門宴者出然後退庶使有司欲所激勸
太宗皇帝謂吏部尚書蹇義等及都察院左都御史
陳瑛等曰為國牧民莫切於守令守令賢則一
郡一邑之民有所恃而不得其所者寡矣如其
不賢當速去之蓋吏部選授之時出一時倉卒
未能悉其才必須考察所行乃見賢否其令巡
按監察御史及按察司凡府州縣官到任半歲
之上者察其能否廉貪之實具奏又謂吏部尚

書蹇義等曰往者慮各處守令未必能得人故
命御史分巡考察比聞御史至郡但坐公館召
諸生及庶人之役於官者詢之輒以爲信如此
何由得實如入其境田野闢人民安禮讓興風
教厚境無盜賊吏無奸欺即守令賢能可知無
是數者即守令無所可取矣且詢言之弊非一
端人好惡不同則毀譽亦異若只憑在官數人
之言以定賢否其君子中正自守小人賂遺求
譽而即墨及阿之毀譽出矣故孟子論取舍必
徵諸國人自今御史及按察司考察有司賢否

皆令其實蹟以聞

仁宗皇帝謂吏部尚書蹇義兵部尚書李慶曰庶官賢否軍民休戚之所係唐太宗書刺史之名于屏朝夕省覽聞其有善政則各疏於下故當時所用之人皆思奮勵致治斗米三錢外戶不閉

宣宗皇帝朝罷御右順門謂侍臣曰郡縣守令所使安民者若賢否混淆無所激勸則中才之士皆將流而忘返吏部以進退人才為職亦未聞有所甄別何也因降勑申諭之觀此則我 國朝自 祖宗以來郡守責任未嘗不重責成未嘗

不備其有殊謀異功者多有不次之擢齊之何
法作於上而格於下議於始而撓於終近來因
重內官而輕外任至如郎中科道等官一有知
府之　命如同貶謫非惟人輕視之而自視亦
輕甚矣由是要名者惟務善事上官而不知民
事之當理圖利者惟務兇剝下民而不知民窮
之當恤非惟人心不古亦勢使然也某竊聞李
頭曰天下埶勢而已矣勢輕重也極重而不可反
議者莫重而亟反之可也今欲反天下之勢以求
天下之民安惟在知守令之賢否而已然今之多

泛而難知守寡要而易擇守得其人則令有所
統賢者勸而不肖者無所容矣今當朝 覲之
年考察已畢其郡守候遷補更調之定宜
勑令吏部將南北直隷及十三省各府知府職名具
列 上聞請通書于 文華殿御屏各以前項
六條八計按責之使之各盡其職歲令巡按御
史及按察司官按行考覈開具實蹟以聞下之
吏部吏部覈實甄別等第疏名
上請有能全舉其職者於
御屏職名之下書上考半舉其職書中考不能舉

職者書下考三載之間有下考能奮發舉職者
書之中有中考能全舉職者書之上有怠於成
功者上書之中中書之下三載俱下者黜之果
有九載俱上考者受顯擢如副都御史布政使
之屬六載俱上考者受次擢如僉都御史按察
司使之屬三載俱上考者加其品秩服色間有
政績卓異者特
賜之璽書金帛以旌奬之繼今以後朝
覲来朝請因　御屏上所書名第名之
便殿問以民間疾苦及舉行

聖祖舊典錫之宴而第其等焉是不惟得以
親考其實且因以激勸之也至於巡按按察司考覈
歲課之官　勅令務秉公勤從實開具其有因
愛憎爲毀譽而枉其實者着吏部都察院糾舉
罷黜夫人之情孰不欲

上之知也孰不欲顯功名於天下也
上不之知功名不顯於天下則窮斯濫矣
皇上書郡守之名於屏風俯仰視之如
天鑒之在上彼其行一善政也必曰
上之所知也不敢不爲善也行一不善之政也必曰

上之所知也不敢爲不善也如此夫既可以安吾民
又可以寓鼓舞作人之機矣至于各知州知縣
等官亦宜
勑令吏部書之于屏上中下考之分別九載六載三
載之考覈各如前例量其品秩而第陞擢之通
著爲令以後非歷州縣者不得陞科道部屬非
歷郡守者不得陞列卿凡京官自五品以下有
未歷外任者許吏部亦量空推補守令以習知
民事如此則
朝廷爲親民而重守令之官而守令之官知

朝廷所重皆親民矣守令知所以親民則天下之
民舉安矣

論用人 嘉靖九年

近該北直隸巡撫官奏欲盡將進士舉人選補
此地方州縣正官臣愚之心有未安竊惟科貢
皆國家取才正途我
聖祖初制歲貢監生多有任之卿佐及御史等官而
進士但多授以縣丞而已及後進士之選偏重
非惟監生之途輕棄而舉人亦甚輕矣夫司牧
最親民惟州縣而已今天下州縣無慮千三百

餘為正佐之官者進士十不及一舉人不及二
三餘皆歲貢并援例監生以及吏員出身者為
之皆有親民之責者也古人嘗謂一命之士苟
存心以愛物於人何所不濟惟在上之人任用
振作之耳去歲朝覲後
皇上勅諭吏部凡州縣官無分進士舉人監生吏員
但有廉能愛民者許一體推舉擢用廉在位者
各有所奮發而百姓蒙澤也今巡撫官未見一
體推舉振作高及請重進士之選 臣竊恐其所
示不廣而與前 勅旨相悖戾也夫進士顧名

圖進者圖多而恃勢虐民者亦不少若一切以
科名為重而監生之輩盡輕棄之則彼皆不惜
其身無復奮發誰為 朝廷盡心撫字百姓耶
伏乞 聖明將此本 垂覽或令吏部再行議
擬庶取才之途不狹而仁覆天下者廣矣

議郊祀

臣欽承 聖制以 太祖高皇帝始建圜丘方
丘以祀 天地後定合祭之禮恐上下之分陰
陽之義未得朕心叵疑仰見 皇上事天誠敬
發於淵衷必有不能自安者矣茲勤明闕謀及

卿士又仰見 皇上溥采公議慎重之至也臣
嘗聞書曰爾有嘉謀嘉猷則入告爾后于內爾
乃順之于外曰斯謀斯猷惟我后之德臣愚濫
叨輔導無嘉謀嘉猷入告・ 皇上裨萬分一
又不能順之于外使斯謀斯猷稱我
皇上之德對揚休命實臣之罪也臣觀丘濬大學衍
義補所論雖出從闕之心然不能盡以己意陰
壞唐虞三代典禮雖知禮者有見而衆人則未
免惑焉此臣考議之所以不容已也夫非天子
不議禮恭惟 聖祖為一代創業之主禮樂制

度誠如 聖制為子孫者雖億萬世所當謹守

勿違者也夫敬 天法 祖其道一而已矣臣

伏覩 皇上以不從愆不忘之心盡善繼善述之

孝斟酌古今慎重典禮則 聖祖神孫光于先

後矣謹以所錄考議一冊進覽惟 聖明垂察焉

虞書舜正月上日受終于文祖肆類于上帝

臣謹按類是祭告于天之名非郊祀常祭

因事而祭告于天倣郊祀之禮為之故曰

類泰誓曰受命文考類于上帝王制曰天

子將出類于上帝皇矣詩曰是類朱熹註

曰將出師祭上帝也觀此則類止是因事
祭告于天之名無疑初宋蘇軾主合祭天
地之說以為舜之受禪自上帝六宗山川
羣神莫不畢舉而獨不告地祇豈有此理
乃强以己意附會以古者祀上帝幷祀地
祇胡宏遂謂祀上帝而謂之類者本乎天
者咸在其中也 國朝丘濬謂舜初受命
祭告于神也皆類合于上帝不言后土者
言天則地在其中遂創天地合祭之說自
有虞始 臣竊謂舜初攝位告祭固無不告

地祇之理然無明文不可便謂言天則地
在其中看以祭告于神類合于上帝謂之
類則不應復云禋于六宗望于山川徧于
羣神矣大凡聖經無明文者皆不可強以
己意附會以滋後人之惑

商書敢用玄牡敢昭告于上天神后

臣謹按曾論曰予小子履敢用玄牡敢昭
告于皇皇后帝與書文小異夫皇皇后帝
明是告天今之爲說者因書傳以神后解
作后土遂謂商亦合祭天地殊不知此是

湯既放桀告諸侯而述祭告之詞如此便
作總告天地亦非郊祀之常禮也又按唐
杜氏通典夏以五月祭地祇殷以六月祭
皆非合祭也明矣
周書召誥用牲于郊牛二
臣謹按孔安國疏曰用牲告立郊位于天
以后稷配故二牛觀此則知二牛者一帝
牛一稷牛也蔡沈註云郊謂祭天地也故
今之說者遂謂二牛一祭天一祭地以冝
有合祭之禮誤矣

詩昊天有成命二后受之成王不敢康夙夜基命宥密於緝熙單厥心肆其靖之

臣謹按詩序昊天有成命郊祀天地也朱熹曰以此詩篇首有昊天二字遂定以為郊祀天地之詩諸儒往往亦襲其誤殊不知其首言天命者止於一句次言文武受之者亦止一句至於成王以下然後詳說不敢康寧緝熙安靜之意乃至五句而後已則其不為祀天地而為祀成王無可疑者又況古昔聖王制為祭祀之禮必以象

類故祀天於南祭地於北而其壇壝樂舞器幣之屬亦各不同若曰合祭天地於圜丘則古者未嘗有此瀆亂龐雜之禮若曰一詩而兩用如所謂冬薦魚春獻鮪者則此詩專言天而不及地若於澤中方丘奏之則於義何所取乎序説之云反覆推之皆有不通其謬無可疑者臣觀朱熹辯論詩序之非如此丘濬皆置而不錄且謂周人之頌至於諸侯助祭巡狩朝會祭告莫不有樂歌而獨於天地闕焉卒以詩序為

據以為合祭天地之詩亦固矣
周禮大宗伯之職掌建邦之天神人鬼地示
之禮以佐王建保邦國以吉禮事邦國之鬼
神示以禋祀祀昊天上帝以實柴祀日月星
辰以槱燎祀司中司命飌師雨師以血祭祭
社稷五祀五嶽以貍沈祭山林川澤以疈辜
祭四方百物
臣謹按大宗伯掌建邦之天神人鬼地示
之禮天神則昊天上帝日月星辰司中司
命飌師雨師是也地示則社稷五祀山林

川澤四方百物是也夫天神地示分明對
舉故今祭天神曰昊天上帝而祭地直曰
皇地祇丘澤乃謂天神之祭有昊天上帝
而地示之祭無后土是亦猶虞書之類于
上帝而無后土後以己意附會謂周禮亦
是天地合祭不亦異乎
大司樂凡樂圜鍾爲宫黄鍾爲角太簇爲徵
沽洗爲羽靁鼓靁鼗孤竹之管雲和之琴瑟
雲門之舞冬日至於地上之圜丘奏之若樂
六變則天神皆降可得而禮矣凡樂函鍾爲

宮太簇為角姑洗為徵南呂為羽靈鼓靈鼗絲竹之管空桑之琴瑟咸池之舞夏日至於澤中之方丘奏之若樂八變則地示皆出可得而禮矣

臣謹按宋陳襄曰周禮大司樂以圜鍾為宮冬日至於地上之圜丘奏之六變以祀天神以函鍾為宮夏日至於澤中之方丘奏之八變以祀地示夫祀必冬日至者以其陽氣來復于上天之始也故宮用夾鍾于震之宮以其帝出乎震也而謂之圜鍾

者取其形以象天也圜鍾爲宮三變黃鍾
爲角太簇爲徵姑洗爲羽各一變三一之
變合陽奇之數也祭必以夏日至者以其
陰氣潛萌于下地之始也故宮用林鍾于
坤之宮以其萬物致養于坤也而謂之函
鍾者取其容以象地也函鍾爲宮四變太
簇爲角姑洗爲徵南呂爲羽各二變四二
之變合陰偶之數也劉原父曰雲門之樂
六變而終咸池之樂八變而終其說最爲
有理或問祭不用商音或以爲是武王用

厭勝之術朱熹曰嘗見樂家言是有殺伐
之意故祭不用然也只是無商調不是無
商音他那奏起來五音皆在又曰大司樂
言圜鍾為宮則天神可得而禮可見古人
察得義理精微用得樂便與他相感格此
乃降神之樂如舜雲門乃是獻神之樂荀
子謂伯牙鼓琴而六馬仰秣瓠巴鼓瑟而
游魚出聽粗者亦有此理觀此則諸儒未
有以大司樂為非者惟胡宏以樂六變而
天神降樂八變而地示出以為豈君子知

禮之言類如巫祝造作之辭吴澄即謂於五聲止用其四無商聲皆力詆周禮為非蓋亦人只緣以合祭為是故以是說陰壞圜丘方澤之禮丘濬因之亦謂周禮所論之樂既不足信則所論之禮又焉可深信夫周禮乃周公致太平之書既謂不足信將何據哉

司服王祀昊天上帝則服大裘而冕

臣謹按丘濬曰司服掌王之吉服止有祀昊天上帝則服大裘而冕之文無有所謂

后土地祇之服由是觀之合祭天地其神有兩而主祭惟以一人惟其祭之一故主祭之人所服之服則一而已謝用休問北郊之禮程顥曰北郊不可廢元祐時朝廷議行只為五月間天子不可服大裘皆以為難行不知郊天郊地禮制自不同天是資始故凡物皆尚純藉用藁秸器用陶匏服用大裘是也地則資生安可亦用大裘當時諸公知大裘不可用則知别用一服楊復亦謂豈有夏至陽極之月而可服大

裒遂使後世因是而廢北郊之禮觀此則

郊天郊地當不一其服也明矣臣竊謂大

司樂司服皆周禮也大司樂所載本有圜

丘方澤之制而反不信其所有司服所載

本無祀地用裒之制而反信其所獨無何

歟

禮記郊特牲郊之祭也迎長日之至也兆於

南郊就陽位也於郊故謂之郊

臣謹按冬至則日漸長故曰迎長日之至

漢匡衡等議曰帝王之事莫大乎承天之

序莫重於郊祀故聖王盡心極慮以建其
制祭天於南郊就陽之義也瘞地於北郊
即陰之象也曰於郊故謂之郊故程頤有
郊天郊地之說也
祭之日王被衮以象天戴冕璪十有二旒則
天數也旂有十二旒龍章而設以日月以象
天也天垂象聖人則之郊所以明天道也
臣謹按易曰天尊地卑乾坤定矣又曰地
道也妻道也臣道也地道無成而代有終
也觀此則天地之不可以並事也明矣此

曰則天數曰象天曰明天道則地之不與

南郊之祭益又明矣

祭法燔柴於泰壇祭天也瘞貍於泰圻祭地

也

臣謹按漢王商等議曰燔柴於泰壇祭天

也瘞貍於泰圻祭地也兆於南郊所以定

天位也祭地於泰圻在北郊就陰位也郊

處各在聖王所都之南北

孔子曰郊之祭也迎長日之至也大報天而

主日配以月故周之始郊其月以日至其日

用上辛至於啓蟄之月則又祈穀于上帝此
二者天子之禮也魯無冬至大郊之事降殺
于天子是以不同也
臣謹按天子日至而郊孟春而祈穀于上
帝魯避王室郊不於日至而以孟春故天
子之禮於孟春祈穀則可以郊則非古禮
矣或問郊天冬至當卜邪程頤曰冬至祭
天夏至祭地此何待卜邪
郊特牲曰社所以神地之道也地載萬物天
垂象取財於地取法於天是以尊天而親地

也故教民美報焉家主中霤而國主社示本
也
臣謹按以郊社並言則社即是后土中庸
所謂明乎郊社之禮是也夫社有大社有
王社有國社有侯社有置社夫曰社所以
神地之道正以社雖有不同皆地道所在
也夫曰尊天而親地故教民美報焉而又
曰家主中霤而國主社示本也正見得惟
天子為能祭天享帝故曰尊天自天子諸
侯大夫以下皆得隨所在為社而祭之故

曰親地今之為說者以祭社即是祭地無
北郊方澤之祭朱熹曰周禮有圜丘方澤
之說後人却只說社便是后土見於書傳
言郊社多矣某看來還自有方澤之祭此
定論也
漢書郊祀志曰秦始皇祀八神一曰天主祀
天齊天齊淵水居臨菑南郊山下下者二曰
地主祀泰山梁父蓋天好陰祀之必於高山
之下時命曰時地貴陽祭之必於澤中圜丘
云

臣謹按秦祀八神一曰天主二曰地主三曰兵主四曰陰主五曰陽主六曰月主七曰日主八曰四時主夫以天地之尊而列之八神且謂天好陰故不祀於圜丘而兆於髙山之下地好陽故不祀於方丘而兆於澤中之圜丘爲說悖繆滅學故也

漢成帝建始元年十二月作長安南北郊罷甘泉汾陰祠

臣謹按成帝作長安南北郊從匡衡議也

平帝元始閒大司馬王莽奏曰周官天地之

祀樂有別有合其合樂曰以六律六鍾五聲
八音六舞大合樂祀天神祭地祇享先妣先
祖凡六樂奏六歌而天地神祇之物皆至天
地合祭先祖配天先妣配地其誼也天地合
精夫婦判合祭天南郊則以地配一體之誼
也天地位皆南鄉同席地在東共牢而食高
帝高后配于壇上西鄉后在北亦同席共牢
此天地合祀以祖妣配者也其別樂曰冬日
至於地上之圜丘奏樂六變則天神皆降夏
日至於澤中之方丘奏樂八變則地示皆出

天地有常位不得常合此其各特祀者也陰陽之别於日冬夏至其會也以孟春正月上辛若丁天子親合祀天地于南郊以高帝高后配陰陽有離合易曰分陰分陽迭用柔剛以日冬至命有司奉祀南郊高帝配而望羣陽日夏至使有司奉祭北郊高后配而望羣陰皆以助致微氣通道幽弱當此之時后不省方故天子不親而遣有司所以正承天順地復聖王之制顯太祖之功也從之

臣謹按馬端臨曰自秦始皇有三歲一郊

之制漢高惠二帝未嘗親郊文帝在位二
十三年親郊雍畤及渭陽五帝各一而已
景帝不親郊武帝元光後嘗三歲一郊昭
帝不親郊宣帝神爵以前十三年不親郊
以後間歲一郊元成如之蓋西京之所謂
郊祀若雍五畤若甘泉太一皆出於方士
祈福之說而非有古人報本之意惟武宣
以求仙成帝以求嗣故二君親郊頗多而
其清心無求者則領之祠官修故事而已
光武兆南郊於洛陽之陽兆北郊於洛陽

之隆莫先史記志則不載親郊之歲月祭祀
志言二年初制郊祭元始中故事是編謂
王莽始合祀天地之說以歲孟春天子親
合祭於南郊以高帝高后配黷亂不經莫
此為甚至於冬至祭天南郊夏至祭地北
郊又附會后不當方之言但遣有司奉祭
而已夫世祖乃中興之主也而猶承莽議
行之何歟
唐高祖武德初定令每歲冬日至祀昊天上
帝於圜丘夏日至祭皇地祇於宮城之北郊

方丘

臣謹按唐制始雖依周禮爲圜丘方丘之制然其間實多不經禮樂志曰貞觀禮冬至祀昊天上帝于圜丘正月辛日祀感生帝于南郊以祈穀而孟夏雩于南郊季秋大享于明堂皆祀五天帝高宗顯慶中許敬宗等議以六天出於緯書而南郊圜丘一也由是盡黜鄭說而南郊祈穀孟夏雩明堂大享皆祭昊天上帝開元中王仲丘議以爲宜於祈穀祭昊天而兼祭五帝既

而蕭嵩撰開元禮雖未能合古而天神之位列矣嗚呼禮之失也豈特緯書之罪哉在於學者好為曲說而不知類數之為瀆也古者祭天於圜丘在國之南祭地於方丘在國之北所以順陰陽因高下而事天地以其類也其方位既別而其燎壇瘞坎禮樂舞變數亦皆不同而後世有合祭之文則始合祭天地玄宗定開元禮天寶元年遂合祭天地於南郊是時神仙道家之說興乃建玄宮壇開凡有事于上帝則朝

獻于太清朝享于太廟然後有事于南郊遂爲故事終唐之世莫能改爲禮者可不謹哉

宋太祖乾德元年十一月甲子親合祭天地于圜丘神宗元豐六年冬至郊祀昊天上帝以太祖配始罷合祭

臣謹按章俊卿曰宋太祖在位十有七年行四大禮乾德中歷六年而方再講開寶中更五歲而祭於洛太宗自雍熙而至淳化凡十年而一郊真宗東封西祀社稷率

三年而一行大禮自仁宗以来三歲一郊
始爲定制其後分祭合祭之說議於元豐
再議於元祐又再議於紹聖考之會要在
元封時陳襄謂漢元始附會周官大合樂
之說謂當合祭由漢歷唐千有餘年而以
五月親祠北郊者惟魏文之太和周武之
建徳隋高宗之開皇唐睿宗之先天耳請
先以夏日至祭地祇於方丘然後以冬日
至祀昊天上帝於圜丘王存則議欲以孟
冬純陰用事之月有事於北郊張璪則欲

以夏日至祭方丘陸佃則欲以冬至日親
祠上帝於圜丘之北別祠地祇止元豐之
所議者然也在元祐時曾肇言南郊非款
地之處冬至非見地之時樂以圜鍾為宮
其變以六非致地祇之音燎柴升禋非祭
地之禮崔公慶則以漢武郊祀歌曰惟泰
元尊媼神蕃釐涓選休成天地並況皆合
祭之辭蘇軾則以為有欲當郊之歲先以
夏至祀北郊有欲移夏至之祀行於十月
者有欲三年祀天三年祀地皆不可行又

以為鄭而肆赦非周禮也優賞諸軍非周禮也此皆不改而獨於地則曰周禮不當祭於圜丘此何義也此元祐之所議者然也在紹聖時黃履林希等請罷合祭天地張商英言神宗謂合祭非古據經而正之元祐之臣乃率其私意此紹聖之所議者然也又按劉安世曰蘇軾於聖人之成法則棄而不行猥用王莽不經之說至引夫婦同牢私褻之語黷亂天地又引昊天有成命之詩以為證臣竊詳此詩終篇未嘗

有合祭之文議者造為險語以動上聽又
引禍福災咎之說劫持朝廷必欲從已甚
無謂也方送同議官僉書其徒馳告軾曰
若劉承旨議上恐難答時蘇轍為門下侍
郎遂白轍令請降旨罷議狀竟不得上程
頤曰蘇子瞻據昊天有成命之詩謂郊祀
同文潞公便謂譬如祭父母作一處何害
夫郊天地又與祭父母不同此是報本之
祭須各以類焉豈得同時耶臣又備考宋
史元祐初詔議北郊典禮時蘇軾主合祭

之說從之者五人劉安世主分祭之說從
之者四十人當時是非之在人心槩可見
矣
國朝 太祖高皇帝吳元年建圜丘於鍾山
之陽以冬至祀天建方丘於鍾山之陰以夏
至祀地俱配以 仁祖而中都亦有南北丘
之制洪武四年十一月冬至祀 昊天上帝
於圜丘禮成 太祖謂羣臣曰帝王奉天以
君臨兆民當盡事天之道前代或三歲一祀
或歷年不舉今朕歲以冬至祀圜丘夏至祀

方丘遵古典禮將以報覆載之大德惟夙夜寅畏冀精神昭格庶陰陽和風雨時以福斯民羣臣咸頓首曰　陛下敬天勤民古未有也

臣謹按我　太祖高皇帝初分祭天地曰　聖祖復古之心也其圜丘方丘各自爲圖并陳設神位圖樂章具載存心録祭祀禮儀

十年復議合祀禮是年十一月冬至始合祀天地于　奉天殿

臣謹按　聖祖御製合祭天地祝文曰禮
以義起貴乎情文兩盡曩者建國之初遵
古制分祀天地于南北郊周旋九年於心
未安誠以人君者父母天地仰覆載生成
之恩一也及其嚴本禋祀則有南北郊之
異揆以人事人子事親曷敢異處竊惟典
禮其分祀者禮之文也其合祀者禮之情
也徒泥其文而情不安不可謂禮方改建
祀殿功未就緒今朝堂適成時當冬至謹
合祀於殿庭自今以春首合祀于南郊永

為定禮臣仰惟　聖祖定合祀之禮因
之宜也
十二年正月合祀　天地于　大祀殿
臣謹按　聖祖御製大祀文所載朕自即
位以來祀　天享　地奉　宗廟　社稷
每當齋期必有風雨臨祭方歛每嘗憂之
京房有云交祀鬼神必天道之雍和神乃
答矣若有飄風驟雨是為未善後洪武十
一年於京城之南創　大祀殿合祀
皇天　后土且古人之祀南郊北郊朕度之彼以義

起故曰南郊祭天以其陽生之月北郊祭
地以其陰生之月孰不知至陽祭之於至
陰之月至陰祭之於至陽之月於理可疑
国命太常卿每歲祭　天地於首歲正三
陽交泰之時是其宜也臣竊惟天地分祭
者先王之禮也我　聖祖初未嘗所自為
制者也合祭者後世之禮也我
聖祖亦未嘗所自為制者也宜於古而古宜於今而
今斟酌損益惟在此心安焉而已夫国之
大事在祀而天地實祀之大者也古人謂

有其誠則有其神無其誠則無其神盡其
誠者求其心之安而已能知古先王制禮
之心又知我　聖祖用禮之心與
皇上之心無異斯可與議禮矣
議分配
臣伏讀　聖製云南郊祀　天北郊祭　地宜
以二至行事朝日夕月俱以春秋仲月遵復我
聖祖初制實應經義天下後世無容議矣又伏讀
聖製云朕曰缺祀　天報本之大典故所為問當遵
聖祖之始制露祭于壇以　皇祖高皇帝奉配仍于

歲首祀 上帝于大祀殿以 皇祖文皇帝奉
配蓋為民祈穀之意也臣等仰見 聖明取古
尊后稷以配天尊文王以配上帝之義也夏言
之奏亦嘗及此但臣等愚昧不能無疑焉竊謂
古者祭天其禮極簡器用陶匏牲用犢聖人之
意以為未足以盡其意之委曲故於季秋之月
有大享之禮焉此明堂享帝之祭所由起也今
者南郊祀 昊天上帝禮文已極備矣夫天即
帝也 大祀殿既可以祀 上帝則壇之所祀
亦 昊天上帝而已無容疑者況

二祖聖德神功並配　天地百有餘年于茲矣故南
郊北郊之分真可以建諸天地而不悖而
二聖之分配臣等切恐未能質諸鬼神而無疑也伏
乞　聖明特加慎思慎處然後可以發
勑令將　仁宗皇帝奉　二聖配祭　天地勑諭并
告文一通謹録上呈伏惟　聖明留神覽焉

再議

伏蒙發下禮部會議　郊祀章奏欽奉
聖諭云　二祖並配　天地甚非禮之正決為弗當
今日所講求以正不當又為之失朕自難違所

見御等其欲作何以處臣伏讀不勝戰懼臣嘗
聞諸古曰非天子不議禮故今日
郊祀之議始終之見悉皆斷自　聖心又孰非古禮
之正爲臣子者若敢倡爲非議而莫之將順焉
非人類也臣初伏讀發下　御製敕諭禮部稿
定南北郊以二至日分祭　天地二分日分祭
日月實是遵復　聖祖之初制也又定以
大祀殿爲孟春祈穀　上帝則又不失
聖祖之更制也臣竊自喜慶以爲我
皇上一言之決兩全無害在廷臣雖數百奏而莫之

及焉謂非　大聖人能如是乎獨以
二聖分配獨有所疑焉臣之有所疑者非疑其非古
禮也生於心之有未安也夫尊祖配天嚴父以
配上帝周公所制之禮也其誰曰不然今奉
聖諭云　二祖並配　天地甚非禮之正決爲弗當
是　皇上急於行古之道臣豈敢曰不然初
皇上爲分祭之議也衆論洶洶以爲臣之倡議也臣
之責不敢辭幸惟我　聖明察臣之心無他也
臣非敢避衆論也顧於心有安焉有未安焉耳
恭惟我　太祖高皇帝建南都以創立基圖

太宗文皇帝建北都以奠安寰宇　祖宗功德之盛
自古以来莫之有加焉我　仁宗皇帝於
太祖爲祖　太宗爲考故有取於易之殷薦上帝以
配祖考之議而並尊之禮曰有其舉之莫敢廢
也而况於　祖宗配享　天地之大事乎故臣
之心竊有所未安也又古之南郊與明堂相去
異所故后稷配天文王配上帝可以行禮也今
圜丘之兆宜同　大祀殿於南郊臣竊恐冬至之
祭禮行於報焉而　太宗不與孟春之祭禮行
於祈焉而　太祖不與臣之心有所不安慮

皇上之心必大有所不安者也夫禮不憚於更始而貴於慮終法乎古不滯乎今師其意不泥其迹可也恭惟我　皇上盛德之至動容周旋無不中禮聲爲律身爲度者也臣伏願

皇上俯賜矜察鑒三代損益之宜著萬世不易之典

臣嘗獻議有曰以不懲不忘之心盡善繼善述之孝區區報効之誠莫切於是冒昧上言罪當萬死伏荷　聖慈不即加罪臣無任感　恩悚懼之至

三議

臣竊謂今日　郊祀之議　聖見已決下禮部
申議在羣臣必持無言也臣反覆思惟承
皇上責任之重　恩遇之殊不敢無言也亦不忍無
言也臣而無言則亦猶夫羣臣也非所以盡職
也亦非所以報我　皇上之殊遇也初
皇上議　天地之分祭也實出自　聖心也遵古禮
也復我　聖祖初制也臣猶未敢以輕議也凡
數奏焉　皇上諭臣曰朕必欲速於行復遲疑
之　皇上慎重之心　天地　祖宗實鑒之也
及議　祖宗之分配也實非出自　聖心也非

緣人情也非我　仁宗定制也臣益不敢以輕
議也又凡數奏焉
皇上諭臣曰其事不如寢之復遲疑之
皇上慎重之心　天地　祖宗實鑒之也今禮部中
議在羣臣宜必無言也獨臣承
皇上責任之重　恩遇之殊故不敢無言不忍無言
也　皇上信以分配之說盡古禮乎臣竊惟
大祀殿非明堂之位孟春祈穀又非季秋大享之禮
恐求以復古未免有失於古也
皇上信以並配之說非今宜乎臣竊惟　聖祖百有

餘年之神座未忍言撤　文祖百有餘年配
天之報未忍言廢恐求以正今未免有失於今也故
臣之愚衷敢以　天地之分祭定從古禮也彰
我　皇上善繼善述之孝也　祖宗之並配宜
從今制也彰我　皇上不愆不忘之心也臣非
敢先後反覆其說也疑貳其心也夫昔議尊崇
之禮也乃三綱五常也三代以来未之能變者
也故臣以為不可但已也所以明父子之道焉
今議　郊祀之禮也乃制度文為也三代以来
未能不変者也故臣以為或在得已也所以導

祖宗之道焉仲尼曰成事不説遂事不諫今事猶未
成也未遂也顧　皇上亮臣之誠不敢欺君矜
臣之愚不敢負君宜必有從容慎重之道焉而
況今天變於上民窮於下四方告凶殆無寧日
臣待罪機務之地竊預聞焉每仰歎
聖明之君在上豈宜有此實皆臣下之罪也臣實罪
之首也臣言之是非得失惟　皇上命之臣陳見悃
皇上察之身之進退生死惟
誠冒昧煩瀆不勝懇切戰慄之至
謝　賜大學衍義

臣欽奉

勑諭云朕近以宋儒真德秀所著大學衍義重新刻

印頒賜卿等朕昨作一記文曰格致誠正之方

修齊治平之道逐卷之首一用之以識其書之

所以教人也兹特以一部賜卿輔贊政機之暇

可以翻閱卿當以是書及二典三謨之書朝夕

陳之此朕賜書之意也臣無任感媿無任感媿

臣竊謂有堯舜禹湯之為君必有臯陶伊傅之

為臣恭惟皇上仁容義執禮敬智別堯舜禹

湯之君也顧臣凡愚豈能敢望臯陶伊傅之下

風耳臣稽諸堯典曰欽明文思而必曰協和萬邦舜典曰濬哲文明而必曰庶績咸熙言君道也大禹謨曰文命敷于四海祗承于帝臯陶謨曰日宣三德夙夜浚明有家益稷篇曰烝民乃粒萬邦作乂言臣道也孔子論大學之道曰自天子以至於庶人壹是皆以修身為本言君臣上下凡有均平天下之責者一切自修身始夫格致誠正所以修此身也齊家治國平天下以修諸身者舉而錯之耳故自二典三謨而至于大學綱領條目其道一以貫之而已

皇上責臣以大學之道及二典三謨之書朝夕陳之
臣愚罔有所知然反覆思惟其要只在絜矩而
已朱熹曰絜度也矩所以為方也君子必當因
人心之所同推以度物使彼我之間各得分願
則上下四旁均齊方正而天下平矣
皇上以不忍人之心行不忍人之政戒守令矣示儉
約矣省冗費矣蠲租稅矣發倉廩以賑貸矣然
猶頻年四方告凶百姓流移失所孟軻氏曰率
獸食人人將相食今人已相食矣甚至父子矣
有人心者所不忍聞也夫君者出令者也臣者

行君之令而致之民者也今　上有明德愛民
之君下無輔理承化之臣而臣實罪之首也
皇上誅斥未之及也而賚賞有加焉且厚望焉臣無
任愧懼無任愧懼孟軻氏曰堯舜之知而不徧
物急先務也堯舜之仁不徧愛人急親賢也典
謨治道要不外是臣感　恩陳謝敢併及焉惟
聖明俯賜亮察臣幸甚天下幸甚

嘉禾頌

臣伏見錦衣衛指揮僉事張楫莊田内有嘉禾
一穗而岐者十一莖而二穗者二十進

獻伏蒙
皇上發示内閣臣謹按瑞應圖曰嘉禾五穀之長王
者德茂則生堯時孳於畝夏二本同秀殷同本
異秀信爲聖帝明王之瑞不虚生也恭遇
皇上敬
天勤民稽古正學去冬祈來年于天宗係
獲靈雪之應今春親耤田于先農甓来瑞麥之
祥惟
聖德之謙虚御祥瑞而不有臣伏思天
之所貺人不敢違况臣忝列輔臣喜倍恒品敢
伸歌頌以相歡謡頌曰我
皇嗣統立民之極
文教誕敷烝民粒食宵旰皇皇視民如傷博施

濟衆弗忍告荒　帝德日隆唐虞三代自古休
禎于今疊再先集維霰霆雨既零陰陽以和匪
曰冥冥天鑒我　皇惟民視聽求年發祥曰豐
年應　帝不自有敬之敬之郊禮復古昭格遲
遲戚晥之臣有獻嘉穀普天之下五穀以熟薦
于　三殿獻于　兩宮起敬起孝肅肅雝雝豈
曰豐年人民之育永錫祚胤令終有俶

議處宗室

臣伏承　發示與
諸王書諸議處　宗室事宜

皇上推赤心而欲盡親親之道在　諸王宜布公道
而當遵親親之殺也臣謹與禮官將議得
親王　郡王鎮輔奉國將軍中尉之　封各以世
數為之降殺著在　祖訓　聖製謂我
太祖高皇帝定制朕與來者所當遵守也臣等夫復
何言又　聖製近年以来宗室之中有花生子
女甚多混同妃匹所生者我　祖宗不加深究
姑收入　玉牒又與之封爵資其婚嫁
皇上已知之明是宜處之當也該部方議奏自今以
後凡花生子女冠帶婚嫁可省也又議鎮輔奉

國將軍中尉凡犯重罪革爲庶人及曾發高墻
放回者其未革爵所生子女止許　請名給與
冠帶養贍婚嫁不許　請封其犯革爵後所生
子女止許　請名不許　請養贍婚嫁又議鎮
輔奉國將軍而下凡嫡子俱許　請封無嫡子
方許以一庶子　請封其餘止許　請名給以
冠帶養贍婚嫁至奉國中尉止許一子　請封
其餘止許　請名給以冠帶養贍婚嫁可也凡
此皆所以節其末流可行也但其所擬俱爲未
定之詞合令爲歸一之奏以俟　聖斷施行兹

奉　聖製與　諸王共議自後凡朝廷皇子自
第二子皆封郡王親王第二子皆封鎮國將軍
餘各減一等臣等仰見　聖明之意裁節先自
朝廷始所宜　諸王無不恩服也臣等伏思孔子
有曰尊其位重其祿同其好惡所以勸親親也
夫　親王　郡王以下爵封　聖祖既有定制
自後非獲罪戾者未嘗減降臣等竊恐
皇上一旦行之知者以為欲為等殺之宜不知者反
疑失親睦之道故臣等未敢願
皇上遽行之也無已則臣等有一說焉夫今日所慮

宗室之繁衍者非有他也以天下財賦有限供億之不給耳謹按　大明官制　太祖時文武官員俱支全俸自永樂元年令在京文武官一品二品四分支米六分支鈔三品四品米鈔中半兼支五品六品六分米四分鈔七品八品八分米二分鈔每新鈔二錠折米一石此正因官多而為之樽節也今合無除禮部前議外再著禮部奏除　親王照舊外自　郡王以下鎮輔奉國將軍中尉凡全支俸米者照依在京品官樽節之例米鈔或四六或中半折支其見有米鈔

無支者亦量爲遞減存其爵封以全親睦之道
減其祿俸以遵樽節之宜如此則上不失
祖宗之舊制下不失　宗室之歡心此臣等區區愚
昧之見報効之誠也
謝妻安葬預造壽壙
先該臣妻封一品夫人蔡氏病故該部遵依舊
例照品官造墳料價定數及遵舊例妻故在前
併造夫壙題蒙
欽依差官前去營造今該本布政司造完回奏臣妻
已獲安葬完畢臣自揣猥庸濫叨

恩寵官臣之身而又及臣之妻　榮臣之生而又及
臣之死臣將何以爲報乎惟鞠躬盡瘁死而後
已謹陳謝以　聞
進女訓詩
臣伏蒙
聖諭臣仰惟　聖母慈訓
皇上奏請弁　欽定授書講書事宜俱至正至當禮
官即當遵奉奏行前奉
欽諭令諸臣作爲詩詞臣計之凡二十四人人各四
首已幾及百首故臣不敢煩多重撰集詩詞四

章進　覽

后皇降德古有内則明章婦順其儀不忒閨門之化

萬福之原周南召南首三百篇

天下之治正家爲先惟　皇建極式禮莫愆勳

儉孝敬是曰婦德威如之吉四方維則

孝慈大傳　仁孝内訓助我　祖宗肇基啓運迄我

慈仁申錫訓詞必敬必戒永監于兹

詩稱麟趾關雎之應振振公子邦家之慶君子

好逑和樂恭敬　子孫千億祈天永命

請廣儲嗣

臣伏見

皇上請 聖母援 中宮女訓事宜以修内教臣竊

惟天下之治正家爲先此誠所當行而天下之

本嗣續爲大則尤所當急也恭惟

皇上隆帝王之德當傳付之統上有

宗廟 社稷之重下有四海烝民之生前有

祖宗垂創之艱後有 子孫長久之計在今日所宜

急圖者 皇儲而已古者天子后立六宮三夫

人九嬪二十七世婦八十一御妻所以廣儲嗣

也又古后夫人之德侔乎天地樛木有逮下之

仁夀斯有和樂之德子孫衆多固其宜也伏惟
中宫皇后正位有年　前星未耀嗣續未蕃天鑒
聖德永錫祚胤固未晚也臣願
皇上當此春秋鼎盛之年廣爲　儲嗣兆祥之計宜
勑禮部舉慎選之典惟貞淑之求以充　妃嬪以
備侍御或當内教禮儀之行亦各得以相攝佐
也詩曰釐爾女士從以孫子　皇天申錫我
皇上者端在是也臣忝官輔導有懷耿耿伏乞
聖明察臣愚衷　特賜允行實　宗社生靈無疆之
休也臣不勝顒望聽　命之至

謝視祀　天祭器

臣於本月十五日子夜欽蒙

傳諭明晨卯初三刻赴於文華殿視祭器就宣張

少傳來看了方諳　三殿叅拜臣聞

命奔趨刻期候，文華殿下先是前殿已陳設新製

圜丘祭器有如金爐玉爵鉶簠圭璧祝函帛篚之屬

以至金鐘玉磬賁鼓摶鼓琴瑟簫管柷敔羽籥

干戚之屬左右前後森然整然靡一不具

皇上如期躬親看視時寶炬在堂熏爐在案

皇上周旋折旋詳審制度既又　躬親考擊鍾磬精

審音律金聲玉振洋洋盈耳臣已得竊聞於堂
下矣 皇上看視畢進臣至殿中
皇上敬 天至誠不 御座臣叩頭
皇上諭臣曰此親製 圜丘祭器朕已看視特命卿
看視臣謹奏曰此皆出於 皇上敬 天至意
臣謹當遵奉 欽命看視 命賜臣茶臣復叩
頭 皇上退御 文華後殿臣起而踧踖一時
仰見金璧輝煌燈燭交映恍如身在蓬萊事若
夢寐未敢以為真也既復循旋恭視一應禮器
樂器大小畢審罔敢或遺仰見 聖明制度精

當舉其大不遺乎小法乎古復宜乎今真足稱
我　皇上敬　天之誠左右以臣恭視畢告
皇上始還內詣　三殿行禮臣竊惟記曰禮器是故
大備大備盛德也　皇上律天時之空復
聖祖之制夫事　天之禮雖以簡為貴而禮器大備
實又以多為貴者也非　大聖人盛德其孰能
之臣又伏思自昔人臣有得侍其君宴遊而自
以慶幸無過者茲臣何幸得遇　聖明實千載
非常之遇也又茲得　賜觀祭器如此實千載
非常之觀也故臣敢備述顛末用陳誠悃以著

我　皇上敬　天至誠萬古所當爲法以表徵
臣答　君至頤萬死莫能爲報也若曰怙恃
君恩以自誇侈臣實不敢臣之心　皇天鑒之
皇上鑒之者也臣不勝感　恩之至
謝視祀　天龍林御案
本月十七日午刻欽蒙
傳諭宣臣至　文華殿先是殿中陳設新製
圜丘正位龍林御案各青金龍衣褥　配位龍椅供
案各錦龍衣褥左右陳設錦幕無算
皇上御　文華殿看視畢進臣至殿中

皇上敬 天至誠不 御座臣叩頭
皇上諭臣曰此親製 圜丘龍牀御座朕已看視特
命卿看視臣謹奏曰臣前蒙 聖恩賜觀
圜丘祭器茲重蒙 賜觀龍牀御座臣無任感戴復
叩頭謝 恩 皇上退御 文華後殿臣起而
踧踖循旋瞻視仰見 聖明制度俱極精當左
右以臣瞻視畢告 皇上復進臣至後殿臣復
奏曰臣遵奉 欽命瞻視 圜丘龍牀御案等
器俱極精當足稱我 皇上享 天至誠
皇上諭臣曰此雖出朕事 天之誠實賴卿贊成臣

復奏曰此皆出自　皇上事　天至誠臣豈敢
能與　皇上進臣前臣少前復跪復進臣至
御座前以　御札授臣令臣看視　天威嚴重臣
一時不敢展奏曰容臣退外看視　上允之復
命賜臣酒飯臣謹再三叩頭蹴蹐而退臣出　文華
殿下方敢端拱展視　御札云即令祁寒之候
在工人役恐難做造　圜丘大工想已畢工可
著併力攢造　朝日壇工程十一月朔始可暫
止　方丘夕月二處工程待正月十六日即復
舉行二月至五月計有整三月其時和暖必得

其完今止工只着於申前辰後辦料卿可思慮
會勘等行務稱朕體天恤民之意臣即趨出捧
錄　聖諭傳示工所遵行臣切惟書曰天視自
我民視天聽自我民聽　皇上恤民之心一至
如此而又況勤誠事　天之心靡在不存
天心有不昭格者乎臣又伏思前蒙
皇上宣召夜召之恩也今蒙　皇上宣召晝接之禮
也且俱承　賜觀事　天禮樂之器此誠千古
所無史冊未見之　恩遇也臣何以為報乎懽
躍感激之餘不避煩瀆敢復具本陳謝

謝　聖諭欽定冕服

臣前日伏承

聖諭欽定冕服制度已極精當謹因原進圖冊更正

進　覽幷請　下内閣詳議者正欲參衆論以

同制度也稽古帝王巡狩之典必同律禮樂制

度衣服正之是謂大同漢賈誼請易服色興禮

樂以立漢制文帝謙讓未遑後人惜之況冕服

之制又非泛常服色可比

聖諭謂此舉匪輕所以重祭祀耳仰見

皇上事　天享　帝尊　祖敬　宗之心無所不用

其極者矣　聖諭欲以一敕下內閣命會禮
翰林院叅以禮科議上施行尤見衆論之公禮
制之大同也又　諭或有非議坐于朕勿得乘
是而毀我忠良誠保愛愚臣之至也臣捧讀不
勝感激孔子曰天下有道則禮樂自天子出今
皇上正服色同制度舉唐虞之盛誰敢為非議者記
曰為人臣者殺其身有益於君則為之臣愚無
可以效忠良雖殺身無足為補報者夫豈復以
非議為累而重勞
皇上愛念如是哉伏乞　聖明寬慰焉

奉　聖母遊宴

昨日趨東郊視工仰瞻

皇上奉　聖母遊宴登　翔鳳樓眺望行道之人亦靡不欣欣然瞻仰信夏諺所謂吾王不遊吾何以休也今日伏承　聖諭奉　聖母遊宴暑去禮節　聖母甚喜臣切謂仲尼有曰禮之用和爲貴先王之道斯爲美小大由之　聖母慈訓惟恐　皇上行禮過勞　皇上又以人子順志承顔爲善此皆和之道也臣捧誦　聖諭無任喜慰臣又伏思　皇上處　宮中所尊　親惟

聖母爲至故凡　聖母飲膳起居　皇上曰所當知
皇上飲膳起居　聖母曰所當知至於羣下
皇上馭之亦宜有道仲尼曰唯女子與小人爲難養
也近之則不遜遠之則怨朱熹釋之曰此小人
亦謂僕隸下人也君子之於臣妾莊以涖之慈
以畜之則無二者之患矣臣昔嘗已爲
皇上陳之但臣叨蒙傳保　寵任於職萬不能盡以
竭補報然於心惟曰拳拳惟
聖明加察留意焉

無逸殿豳風亭議

臣 昨晚得工部官捧錄

欽定 豳風亭 無逸殿規制臣仰惟

皇上此等興舉皆三代盛時之氣象也臣嘗聞宋張栻曰周家建國自后稷以農事為務歷世相傳其君子則重稼穡之事其室家則躬織紝之勤相與咨嗟歎息服習乎艱難詠歌其勞苦此實王業之根本也如周公之告成王其見於詩有若七月皆言農桑之候也其見於書有若無逸則欲其自知稼穡之艱難知小人之依也帝王所傳心法之要端在乎此夫治常生于敬而亂

常起於驕肆使為國者而每念乎稼穡之勞而
其后妃又不忘乎織維之事則心不存焉寡矣
何者其必嚴恭朝夕而不敢怠也其必懷保小
民而不敢康也其必思天下之饑寒若己饑寒
之也是心常存則驕矜放肆何自而生豈非治
之所由興也歟美哉周之家法也栻之言可謂
善發明矣茲　皇上建　豳風亭　無逸殿誠
得帝王所傳心法之要施為次第誠是以保天
下法萬世者也臣又前日恭視　仁壽宮四傍
尚多空地宜及此時　諭令所司急多取小桑

如法遍為栽植以備將來飼蚕之用其大桑易
主多有不能發生又臣恭視 西苑水甚汪洋
所耕耨田地亦宜設為灌溉之法臣謹按書傳
有濬畎澮距川圖定將耕耨田地分為畎隴倣
溝澮圖引水溉灌若通以桔槔翻水恐近水者
或過濫遠者或不及矣願 聖明裁處施行夫
盛典舉於苑中聲教被於天下由是在位良有
司將莫不興起而教化大行矣

君臣同遊

欽蒙 聖諭今春奉 兩宮春游後與御筆一

遊以仰遵我　聖祖丕訓當有宴樂預令臣議
臣感荷　聖恩無任慶幸故謹述　聖祖同遊
篇以貽我　皇上追念　聖祖之心率由丕訓
臣下亦宜仰體　皇上之心不負
聖祖之訓則　君臣上下兩成其美矣至於用宴樂
實　天恩以示慈惠臣等不敢過望故未敢擅
議臣昨恭聞　皇上奉　聖母遊觀遍于桑田
盖重民生衣食之本此何等遊觀也臣又無任
欣慰茲重承　聖諭令臣以同游預擬于來者
臣切謂朱熹有曰君臣之分以嚴為主　朝廷

之禮以敬為主然一於嚴敬則情或不通故制
為宴享之禮以通上下之情先王以禮使臣之
厚於此見矣臣仰惟　聖祖著同游之訓實本
古先王之心　皇上率　聖祖之訓實行古先
王之道臣何幸躬際昌期覩兹盛事請
聖明欽定文職或自三品以上及侍從儒臣武職自
都督以上皆得從游實至頤也至於
賜宴請就　便殿
聖駕駐蹕之所列諸臣于
丹墀或用教坊樂錫賚皆出自

聖恩，如上天之化工，然有非臣下所敢輕擬也。

太師張文忠公集奏疏卷之六終

張文忠公集

七之八

奏疏

◎

太師張文忠公集

奏疏卷之七

議孔子祀典第一

臣恭惟

皇上欽定四郊祭祀禮儀遠法帝王成典近復

聖祖初制茲命臣領纂修事欽定名曰祀儀成

典復諭臣雲雨風雷以及先聖先師祀典俱

當以序纂入臣仰惟此典定名祀儀成典所宜

備載一代之制以為萬世法程茲雲雨風雷及

古聖王祀典聖明已有定議臣切惟先師孔

子有功德于天下萬世天下祀之萬世祀之其
祀典尚有未安者不可不正臣謹采今昔儒臣
所議上請　聖明垂覽仍行禮部通行集議一
洗前代相習之陋永為百世可遵之典臣無任
顒望之至
一謚號臣謹按漢平帝元年初追謚孔子曰
褒成宣尼公唐玄宗追謚為文宣王宋真
宗加至聖文宣王元武宗加大成至聖文
宣王宋姚燧曰孔子卒哀公誄之子貢以
為非禮至平帝時始封謚褒成宣尼公蓋

王莽假善以收譽遂其姦謀也　國初大
學士吳沉孔子封王辯曰後世之禮有甚
似而實非者不可不察也且以追謚夫子
爲王言之夫子聖人也生不得位歿而以
南面之禮尊之其說似矣然王君之號也
夫子人臣也生非王爵死而謚之可乎哉
昔者夫子嘗有言曰必也正名乎又曰名
不正則言不順臣而王之於名正乎於言
順乎春秋之時列國有僭王稱者矣麟經
之筆削而黜之蓋名者實之著也無其實

有其名謂之淫名夫子之生也不獲有尺寸之土今而以有天下之號歸之在天之靈其肯歆之哉嗟夫有德必有位理之常也有其德而無其位此則夫子之不幸也曾謂以無實之稱而足以為聖人榮乎或曰夫子之道王者之道也謂仲尼素王其來久矣奚至今封之而不可呼謂夫子有王者之道則可謂夫子有王者之號則不可昔夫子病子路使門人為臣夫子責之曰久矣哉由之行詐也無臣而為有臣夫

無臣不可以有臣非王而可以稱王乎而
人不敢欺天也人其可以欺聖人乎然則
當若之何曰夫子之澤不被於當時而其
教實垂於萬世褒之以王之貴曷若事之
以師之尊乎書曰天降下民作之君作之
師古者治教之職不分君即師也師即君
也二帝三王盡君師之責者也若夫子則
不得君而為師者也師也者君之所不得
而臣者也故曰雖詔於天子無北面所以
尊師也彼以王爵之貴為隆於稱師者習

俗之見也考之經在當時聖門高弟之稱
其師有曰孔子有曰夫子其孫子思直字
之曰仲尼蓋夫子既無爵謚則稱之者不
曰仲尼必曰夫子觀其門人弟子之不敢
過號其師則知以無實之謚加於聖人必
非聖人之意也天下之論每病於狥同惡
異而不本乎至公至當之理談夫子之封
王則必相與和之以爲誇大矣謂夫子不
當封王則必相與咻之以爲狂怪矣吁此
所以行之數百年之久而未有敢議其非

者彼之不敢議其非者必曰我畏聖人也
畏天下之罪已也若吾之說則雖得罪於
天下不憾也懼得罪於聖人而已曰請問
今將何以尊聖人曰在明其道不在乎王
不王又前布政夏寅作政鑑曰唐玄宗開
元既尊老子為玄元皇帝尊太公為武成
王則追謚孔子蓋有不得而闕然者也夫
自漢元始初追謚孔子以來歷魏晉隋唐
各有加封然釋奠於學校止稱先聖豈可
尊以開元二十七年李林甫不學無術之

謬制為萬世成式乎且宣之一字於謚法
為輕當時不過以配太公武成之號豈足
以賛孔子大聖人乎且歷世帝王所以尊
孔子者尊其道也道之所在師之所在也
故以天子而尊匹夫不嫌於屈使孔子無
其道雖王天下豈足以當萬代帝王之祀
由是而言稱帝稱王皆未為當豈若稱先
聖先師之合禮乎又前祭酒丘濬論曰後
世尊崇孔子始夫漢平帝之世是時政出
王莽姦偽之徒假崇儒之名以收譽望文

茲諆聖人在天之靈其不之受也必矣有
若曰自生民以来未有盛於夫子者也豈
一言一行之善而可以節惠立謚也哉然
則不加以謚號將何以稱曰千萬世之下
惟曰先師孔子以見聖人所以為萬世尊
崇者在道不在爵位名稱也又曰夫自漢
平帝追謚孔子為宣尼公後世因謂孔子
為宣父又謂為宣尼至開元又加文與宣
為謚然文之為言謚法有所謂經緯天地
者也孔子亦曰文王既殁文不在茲乎以

是謚之固亦幾矣若夫宣之爲言謚法之
美者不過聖善周聞而已豈足以盡吾聖
人之大德哉况唐未加聖人是謚之前而
北齊高洋李元忠南齊蕭子良隋長孫賢
之數人者固先有此謚矣天生聖人爲萬
世道德之宗主稱天以誄之猶恐未足以
稱其德彼區區荒誕之稱汙下之見何足
爲吾聖人之軽重哉又曰自古謚號必加
以實字未有用譬喻之語者成之言出於
尚書大成之言出於孟子成者樂之一終

也孟子以樂之始終兼聖智之全譬喻孔子之聖兼伯夷伊尹柳下惠之清之任之和而時出之蓋假設之辭非真實之德也加此二字於至聖文宣王之上固於聖德無所增益也臣觀孔子作春秋其意切切於華夷之辨毫髮不肎假借政恐後世夷狄或至犯我中國之分防微杜漸無所不至豈意眞極之後千有八百餘年天翻地覆而有蒙古之禍也哉由是推之聖人之心臣恐其在天之靈必不之受也

一章服臣謹按唐玄宗開元間詔追謚文宣王仍出王者衮冕之服以衣之宋真宗祥符間加先聖冕服桓圭一從上公之禮冕九旒服九章宋徽宗崇寧間始詔用冕十二旒衮服九章金世宗大定間大成殿聖像冠十二旒服十二章朱熹語録曰宣聖本不當設像春秋祭時只設主祭可也及按洪武年間新創南京太學止用神主不設塑像今國子監有塑像者不過因前元之舊不忍毁撤以此觀之冕十二旒衣十

二章實因前元之舊非　聖朝之制丘濬
論曰臣按塑像之設中國無之至佛教入
中國始有也三代以前祀神皆以主無有
所謂像設也彼異教用之無足恠者不知
祀吾聖人者何時而始爲像云觀李元瓘
言顔子立侍則像在唐前已有矣嗚呼姚
燧有言北史敢有造泥人銅人者門誅則
泥人固非中土爲主以祀聖人法也後世
莫覺其非亦化其道而爲之郡異縣殊不
一其狀長短豐瘠老少美惡惟其工之巧

拙是隨就使盡善亦豈其生盛德之容甚
非神而明之無聲無臭之道也　國初洪
武十四年首建太學　聖祖毅然的見千
古之非自夫子以下像不土繪祀以神主
數百年夷教乃革嗚呼盛哉夫國學廟貌
非但以為師生瞻仰之所而　天子視學
實於是乎致禮焉夫以冕旒之尊而臨夫
俎豆之地聖人百世之師坐而不起猶之
可也若夫從祀諸儒皆前代之縉紳或當
代之臣子君拜於下而臣坐於上可乎臣

知非獨名分之乖舛而觀瞻之不雅竊恐
聖賢在天之靈亦有所不安也或者若謂
既已摶土爲之事之以爲聖賢一旦毀之
以爲泥滓似乎不恭竊觀　聖祖詔毀郡
邑城隍塑像用其土泥壁以繪雲山載在
令甲可考也矧所塑者特具人形耳豈真
聖賢之遺貌哉程頤論人家祖宗影有一
毛不類則非其人彼親見其人而貌之有
毫髮不肖似尚非其人況工人隨意信手
而爲之者哉臣惟文廟之在南京者固已

行 聖祖之制令京師國學乃因元人之
舊正統中重修廟學惜無以此
上聞者倘有以聞未必不從令天下郡邑恐於勞民
無俟改革惟國學乃 天子臨視之所乞
如 聖祖之制以革千古之夷教如儒臣
宋訥所云者誠千萬世儒道之幸仰惟
聖祖有大功於世教卜數此其一也發揚
祖宗之功烈亦 聖子神孫繼述之大者
一籩豆樂舞臣謹按唐開元間詔祀先聖樂
用宮縣舞用六佾宋徽宗大觀間賜禮器

一副内籩十冪全豆十蓋全　國朝成化
十三年用禮部尚書周洪謨議　詔增六
佾舞為八佾加籩豆為十二前祭酒章懋
論曰按國學之祭舊有十籩十豆故增為
十二籩豆蓋尊以天子之禮也郡縣之祭
舊惟八籩八豆今增二焉止為十籩十豆
而已而通行天下謂之十二籩豆其說未
明行禮者尚詳審之又夏寅曰籩豆增為
十二六佾增為八佾臣當時論奏以為十
二籩豆八佾唯太學可行此

皇上所自祭也若十三布政司各府行之則祭禮僭
矣蓋天子之禮所以用於太廟郊天古之
諸侯唯杞宋王者之後得用先代禮樂他
雖周公有大功魯用天子禮樂孔子亦不
欲觀以其僭也況於今各府可用天子禮
樂乎臣竊惟夏寅之論所以矯當時之失
其曰天子之禮所以用於太廟郊天誠然
矣然推孔子敬天之心八佾十二籩豆之
禮肯安然享之而同於天乎魯用天子之
禮樂孔子誠不欲觀之矣然推孔子尊君

之心八佾十二籩豆又肯安然享之而同
於天子乎
一配享臣謹按自唐以前先聖先師周公南
向孔子東向坐至玄宗開元間始正孔子
南向之位顏回唐貞觀間詔配享曾參孔
伋俱宋咸淳間配享孟軻元豐間配享宋
洪邁曰自唐以來相傳以孔門高弟顏淵
至子夏爲十哲坐祀於廟堂上其後升顏
子配享則進曾子於堂居子夏之次以補
其闕然顏子之父路曾子之父點乃在廡

下從祀之列子處父上神靈有知何以自
安所謂子雖齊聖不先父食正謂是也又
姚燧曰江之左進曾子子思並顏孟別躋
子張於曾子之舊由孟子而視子思師也
由子思而視曾子又師也子思孔子孫也
弟子於師孫於祖坐而語道者有之非可
並南面燧知四子已避讓於冥冥中不能
一日自安其身一堂之上況又祀無繇點
鯉於庭其失在於崇子而抑父夫為是學
宮將以明人倫於天下而倒施錯置於數

迨之地如此矣以爲訓又熊禾曰宜別設
一室以齊國公叔梁紇居中南面顔路曾
晳孔鯉孟孫氏侑食西嚮春秋二祀當先
聖酌獻之時以齒徳之尊者爲分獻官行
禮於齊國之前其配位亦如之如此則亦
可以示有尊而教民孝矣又謝鐸奏曰學
校之設皆所以明人倫也人倫莫先於父
子子雖齊聖不先父食奈何仍訛襲故以
顔曾思三子配饗堂上而其父則皆列祀
廡下冠屨倒置有是理哉爲今之計莫若

別於闕里立廟祀叔梁紇而配以顔路曾
晳孔鯉諸賢如先儒熊去非之論庶幾各
全其尊而神靈妥安也又前侍講學士程
敏政奏曰自唐宋以來以顔子曾子子思
孟子配享坐堂上而顔子之父顔無繇曾
子之父曾點子思之父孔鯉皆坐廡下臣
考之禮子雖齊聖不先父食而三代之學
皆所以明人倫也夫孔子之所以爲敎與
諸弟子之所以爲學者不過明此而已今
乃使子坐于上父坐于下豈禮也哉若以

為此乃論傳道之功則自古及今未有
人倫而言道者縱出於後世之尊崇非諸
賢之本意臣恐諸賢於冥冥之中必有不
安于心而不敢享非禮之祀者臣考之元
至順三年嘗封顔無繇為杞國公孟子之
父孟孫氏亦嘗封邾國公臣愚乞下有司
於各處廟學別立一祠中祀啓聖王以杞
國公顔無繇萊蕪侯曾點泗水侯孔鯉邾
國公孟孫氏配享庶不失以禮尊奉聖賢
之意臣又竊觀聖學失傳千五百年至程

朱出而後孟氏之統始續則程朱之先亦
不可缺況程子之父太中大夫封永年伯
程珦首識濂溪周子于屬掾之中薦以自
代而又使二子從游朱子之父韋齋先生
追謚獻靖公朱松臨殁之時以朱子託其
友籍溪胡氏而得程氏之學珦以不附王
安石新法退居于洛松以不附秦檜和議
奉祀于闕其歷官行已俱有稱述臣愚乞
將永年伯程珦獻靖公朱松從祀啓聖王
使學者知道學之傳有開必先明倫之義

不察歷久矣臣謹按孝宗皇帝實錄載
謝鐸所陳二事謂叔梁紇立廟及吳澄從
祀事寢與學士程敏政嘗言之俱以廷議
不合而止
一從祀臣謹按程敏政奏曰唐貞觀二十一
年始以左丘明等二十二人從祀孔子廟
庭蓋當是時聖學不明議者無識拘于舊
註疏謂釋奠先師如詩有毛公禮有高堂
生書有伏生之類遂以專門訓詁之學為
得聖道之傳而并及馬融等行之至今誠

不可不考其行之得失與義之可否而釐
正于大明有道之世也臣考歷代正史馬
融初應鄧騭之召為秘書歷官南郡太守
以貪濁免官髠徙朔方自刺不殊又不拘
儒者之節前授生徒後列女樂為梁冀草
奏殺忠臣李固作西第頌以美冀為正直
所羞即是觀之則衆醜備于一身五經為
之掃地後世乃以其空言自為經師使侑
坐于孔子之庭臣不知其何說也劉向初
以獻賦進喜誦神仙方術嘗上言黃金可

成鑄作不驗下吏當死其兄陽城侯救之獲免所著洪範五行傳最為舛駁使箕子經世之微言流為陰陽術家之小技賈逵以獻頌為郎不修小節專一附會圖讖以致貴顯盖左道亂政之人也王弼與何晏倡為清談所註易專祖老莊而范甯追究晉室之亂以為王何之罪深于桀紂何休則止有春秋解詁一書黜周王魯又注風角等書班之于孝經論語盖異端邪說之流也戴聖為九江太守治行多不法懼何

武劾之而自免後爲博士毀武于朝及子
賓客爲盜繫獄而武平心決之得不死則
又造謝不慚先儒謂聖禮家之宗而身爲
贓吏子爲賊徒可爲世鑒王肅在魏以女
適司馬昭當是時昭篡魏之勢已成肅爲
世臣封蘭陵侯官至中領軍乃坐觀成敗
及母丘儉文欽起兵討賊肅又爲司馬師
畫策以濟其惡若好人佞巳乃其過之小
者杜預所著亦止有左氏經傳集解其大
節蓋無可稱如守襄陽則數饋遺洛中貴

要給人曰權其為害耳非以求益也伐吴之際因斫瓌之譏盡殺江陵之人以吏則不廉以將則不義凡此諸人其於名教得罪非小而議者謂能守其遺經轉相授受以待後之學者不為無功臣竊以為不然夫守其遺經若左丘明公羊高穀梁赤之於春秋伏勝孔安國之於書毛萇之於詩高堂生之於儀禮后蒼之於禮記杜子春之於周禮可以當之蓋秦火之後惟易以卜筮僅存而餘經非此九人則幾乎熄矣

此其功之不可泯者以之從祀可也若融

等又不過訓詁此九人所傳者耳况其書

行于唐故唐姑以備經師之數祀之今當

理學大明之後易用程朱詩用朱子書用

蔡氏春秋用胡氏又何取於漢魏以来駁

而不正之人使安享天下之祀哉夫所以

祀之者非徒使學者誦其詩讀其書亦將

識其人而使之尚友也臣恐學者習其訓

詁之文於身心未必有補而考其奸諂淫

邪貪墨恠妄之迹將自甘于效尤之地曰

先賢亦若此哉其禍儒害道將有不可
言者矣至於鄭衆盧植鄭玄服虔范甯五
人雖若無過然其所行亦未能以窺聖門
所著亦未能以發聖學若五人者得預從
祀則漢唐以來當預者尚多 臣愚乞將戴
聖劉向賈逵馬融何休王肅王弼杜預八
人褫爵罷祀鄭衆盧植鄭玄服虔范甯五
人各祀于其鄉后蒼在漢初說禮數萬言
號后氏曲臺記戴聖等皆受其業盖今禮
記之書非后氏則不復傳於世矣乞加封

爵與左丘明等一體從祀則僞儒免歟世
之名賢者受專門之祀而情文兩得矣又
曰孔子弟子見于家語自顏回而下七十
六人家語之書出于孔氏當得其實而司
馬遷史記所載多公伯寮秦冉顏何三人
文翁成都廟壁所畫又多蘧瑗林放申棖
三人先儒謂後人以所見增益殆未可據
臣考宋邢昺論語注疏申棖孔子弟子在
家語作申續史記作申黨其實一也今廟
庭從祀申棖封文登侯在東廡申黨封淄

川侯在西廡重複無稽一至於此且公伯
寮愬子路以沮孔子乃聖門之蟊賊而孔
子稱瑗爲夫子決非及門之士林放雖嘗
問禮然家語史記邢昺注疏朱子集註俱
不載諸弟子之列秦冉顏何疑亦爲字畫
相近之誤如申棖申黨者但不可耳臣愚
以爲申棖申黨位號宜存其一公伯寮秦
冉顏何蘧瑗林放五人既不載于家語七
十子之數宜罷其祀若瑗林二人不可無
祀則乞祀瑗于衛祀放于魯或附祭于本

處鄉賢祠仍其舊爵以見優崇賢者之意
亦庶乎名實相符而不舛于禮也又曰洪
武二十九年行人司司副楊砥建議請黜
楊雄進董仲舒　太祖高皇帝嘉納其言
而行之主張斯道以淑人心可謂大矣然
荀況楊雄實相伯仲而況以性為惡以禮
為偽以子思孟子為亂天下以子張子夏
子游為賤儒故程子有荀卿過多楊雄過
少之說今言者欲並黜況之祀宜也然臣
竊以為漢儒莫如董仲舒唐儒莫如韓愈

而尚有可議者一人文中子王通是也通之言行先儒之論已多大約以爲僭經而不得比于董韓云爾臣請斷之以程朱之說程子曰王通隱德君子也論其粹處殆非荀楊所及若續經之類皆非其作然則程子豈私於通哉正因其言之粹者而知其非僭經之人耳朱子曰文中子論治體處高似仲舒而本領不及爽似仲舒而純不及又曰韓子原道諸篇若非通所及者然終不免文士之習利達之求若覽觀古

今之變措諸事業恐未若通之精到懇惻
而有條理也至於河汾師道之立出於魏
晉佛老之餘迨今人以為盛則通固豪傑
之士也今董韓並列從祀而通不預疑為
缺典臣又按宋儒自周子以下九人同列
從祀而尚有可議者一人安定胡瑗是也
瑗之言行先儒之論已詳大約以為少著
述而不得比于濂洛云爾臣亦請斷以程
朱之說程子看詳學制曰宜建尊賢堂以
延天下道德之士如胡瑗張載邵雍使學

者得以矜式朱子小學書亦備載瑗事以為百世之法臣以為自秦漢以來師道之立未有過瑗者矧程子於瑗之生也欲致其與張邵並居于尊賢之堂其沒也乃不得與張邵並侑于宣聖之廟其為闕典甚矣況宋端平二年議增十賢從祀以瑗為首若以謂瑗無著述之功則元之許衡亦無著述但其身教之懿與瑗相望誠有不可偏廢者臣考之禮有道有德于教于學者死則為樂祖祭于瞽宗鄉先生歿則祭

于社若通瑗兩人之師道百世如新得加
封爵使與衡同祀於學宮最得禮意謝鐸
奏曰孔廟從祀之賢實萬世瞻仰所係有
若龜山先生楊時程門高第伊洛正傳息
邪放淫以承孟氏不愧南軒所稱繼往開
来吾道南矣實演晦翁之派雖其晚節一
出不克盡從其言而新經之闢誠足以衛
吾道而不預從祀之列臣竊惑焉又若臨
川郡公吳澄著述雖不為不多行檢則不
無可議生長於淳祐貢舉於咸淳受宋之

恩者已如此之久為國子司業為翰林學
士歷元之官者乃如彼其榮處中國而居
然夷狄忘君親而不恥仇虜昔人謂其專
務聖賢之學卓然進退之際不識聖賢之
於進退果如是否乎如是而猶在從祀之
列臣固不能以無惑況二人者皆太學之
師其於廟祀黜陟之際尤不可以不正也
舉人桂華議曰嘗讀宋史有蔡元定者史
曰朱熹疏釋四書及易詩傳通鑑綱目皆
與元定參訂啓蒙一書則元定之稾又曰

元定平生問學皆寓朱子書集又曰朱子
論易推本圖書往往與元定往復而有發
焉然則後朱熹而生者於朱熹皆受罔極
之恩惟元定獨為有功於朱熹死者可作
朱熹之志可知也更復考其所著成書有
律呂新書皇極指要洪範解大衍詳說等
篇昔我 太宗編輯性理全書指要新書
固已擢錄至於範數雖止入其子沉之所
著者沉之所受則何自哉觀其命沉之言
女宜演吾皇極數而真德秀又謂範數西

山獨心得之沉之受於元定盖不由師傳而自得之也可知矣先王制祀以死勤事則祀之竊以元定盖亦勤斯道而竄死與古以死勤事者同所宜從祀臣謹詳敏政所奏率多正論可采弘治初曾奉

孝宗聖旨著禮部照例會官議率為沮格不行及按

孝宗實錄云鐸議吳澄不當從祀尚書傅瀚力詆鐸言為謬又力稱前人之請為有見不可遽易侍郎焦芳曰所謂前人者盖楊士奇也

今天下方議其當柄用之際雖從祀大事

猶能私庇其鄉人可又雜其非邪瀚寬引
禮所謂凡祭有其舉之莫敢廢詩書所謂
幸由舊章監于成憲以文其說而於澄忘
宋事元之大節畧不及澄遂仍舊從祀而
釋議者嘗假論者謂士奇之以澄故
宣廟非特私其鄉人而措意亦有在竊不悟此則唯
溺鄉里之私而不顧君臣之大倫正道統
之依釁乃據為舊章成憲再不可議詆則
揚時奏黜王安石之配享當時安石豈無
朝命而配享孰特其命雖出自朝廷而事

實由臣下阿私所親以誤朝廷而非天下
之公議所以易之後世竟不以為過也此
豈橫私意於胸中者所能與哉臣又詳桂
華之議蔡元定宜列祀典以協衆論之公
也臣又按歐陽修乃有宋一代人物未與
從祀嘗觀其所著本論實有翊衛聖道之
功蘇軾曰自漢以來道術不出於孔氏而
亂天下者多矣五百餘年而後得韓愈學
者以配孟氏蓋庶幾焉愈之後三百有餘
年而後得歐陽子其學推韓愈孟子以達

於孔氏故天下翕然師尊之曰歐陽子今
之韓愈也夫韓愈既已從祀歐陽修豈可
闕哉
議孔子祀典第二
臣前者因議孔子祀典伏蒙
聖明示臣加體孔子之心而詳之故臣敢采今昔諸
儒正論以
聞夫孔子祀典之紊實起於謚號之不正也
國初大學士吳沉作封王辨夫既已詳明矣但以
孔子封號自唐以来行之已久安常習故仍謬

踵訛其誰辨之非惟不能言然亦不敢言也臣
謹按記云凡立學必釋奠其先聖先師則知古
學宫之祭惟尊之以師而未嘗有王號也夫禮
莫大於分分莫大於君臣孔子作春秋首書春
王正月所以尊周王也他凡列國諸侯有僭稱
王號者必特書誅削之故孟軻氏曰孔子作春
秋而亂臣賊子懼觀此可以知孔子之心也自
夫唐玄宗加孔子以王號至元武宗又加以大
成之號
國朝因之未之釐正使孔子受此誣僭不韙之名

後世讀孔子之書者全不體孔子之心但知孔子之稱王爲尊孔子而不思使孔子僭王實誣孔子也臣又按古禮有道有德鄉先生歿則祭于社止稱先生而已自夫孔子有王號也故凡從祀弟子亦遂加公侯伯之號卒使成周一代封爵之制亦大紊亂矣夫孔子享祀萬世在有王道而不在有王號也孔子嘗告魯哀公曰文武之政布在方策然使孔子僭文武之王稱而亂成周封爵之制孔子之心安乎尊孔子者果如是乎夫唐玄宗昏亂之君也元武宗胡虜之

長也彼二君之所加號豈足為孔子之輕重乎
非
大聖人在上為禮樂之宗主集祀典之大成孰能察
悉於此而釐正之哉伏乞
聖明
勅諭禮部議復孔子先聖先師之稱并
下臣奏集議令取正今昔諸儒之論以釋羣疑孔
子之靈豈不曰吾生不遇周天子以行吾道一
日何幸沒遇
明天子而辨吾誣於千載之後乎尊孔子孰有大於

是乎臣無任悃誠顒望之至

議孔子祀典第三

臣因論孔子祀典前欽奉

御製正孔子祀典說昨又欽奉

御製正孔子祀典申記皆所以發明孔子之心使名

正言順其尊孔子也至矣甚矣習俗之難變愚

夫之難曉也其所自為說者亦曰尊孔子也蓋

喻於利而實未嘗喻於義也仰惟

皇上仁義中正斷之以心所謂唯

聖人能知聖人者也臣愚竊恐

皇上尊孔子之心世之人或有未能盡知者皆臣之
罪也謹著與或人辯論之詞進
覽伏乞弁
發禮部集議臣不勝顒望之至
先師孔子祀典或問第四
或問孔子祀典自有唐以来稱號定矣子
必顛
皇上正之者何也臣答曰為尊孔子也為人道大倫
也聖人人倫之至也孔子以德則師也以
位則臣也大倫正而後孔子之道尊故曰

尊孔子也然非愚一人之見也今昔諸儒之公論也世之人徒知以封王尊孔子而實不知所以尊也或曰孔子封號

聖祖詔仍元舊也臣答曰

聖祖初未嘗為孔子作謚號也仍元舊耳按洪武三年詔曰夫禮所以明神人正名分不可以僭差歷代忠臣烈士依當時初封以為實號後世溢美之稱皆與革去其孔子善明先王之要道為天下師以濟後世非有功於一方一時者可比所有封爵宜仍其舊

夫胡元祀神瀆禮極矣名之不正甚矣
聖祖一切革去獨存孔子祀典者實以孔子明先王
之道爲天下師也曰爲天下師
聖祖實尊之以師也非以王號也
祖訓凡傳制遣官代祀歷代帝王孔子廟於帝王則
直曰帝王於孔子則直曰孔子故凡祭祀
遺命俱稱先師孔子實未嘗有以王號稱之者也
夫孔子稱文宣王太公稱武成王實始於
開元之制也洪武二十年禮部奏請如前
代故事立武學仍祀太公建武成王廟

聖祖曰太公周之臣封諸侯若以王祀之則與周天
子並矣加之非號必不享也太公之祀止
宜從祀帝王廟遂命去王號罷其舊廟觀
此則孔子專廟祀之實
聖祖尊之以師之故其不王孔子之意亦自可見矣
不然孔子道德雖非太公可擬然以周天
子視之則皆臣子也加以非號太公既必
不享也孔子又豈肯享哉或曰追崇之禮
其來尚矣凡為人君者皆追崇其祖父孔
子師也獨不可追崇乎臣答曰此

國朝楊守陳之論也其言曰孔子道德教化之盛

賢堯舜而配天地自生民以至于今一人

而已後世人君皆師之則皆其弟子也稱

為先師固當矣若追崇之典必當臻乎極

而後已焉周公制禮追王其父祖前未有

也師生之義與父子之恩同子可以追王

其父則生亦可以追王其師況孔子又萬

世一人後王實被罔極之恩者乎噫斯言

也悖也甚矣天子而追崇其父周公之制

也弟子而追王其師古有是制乎信斯言

也成湯之於伊尹學焉者也亦追崇伊尹
可乎或曰孔子有天德王道者也追崇為
王業為不可臣若曰孟軻氏曰匹夫而有
天下者德必若舜禹而又有天子薦之者
故仲尼不有天下夫昔者堯薦舜於天矣
舜薦禹於天矣故舜禹之有天下天與之
也孔子之德雖無愧於舜禹而無天子薦
之者故不有天下自夫唐玄宗加孔子以
王號也未世固之若將錄孔子有天下者
也以為尊孔子也憙哉天甚矣或曰然則

周惇頤以為萬世無窮王祀夫子其言不足證乎臣荅曰周惇頤曰春秋正王道明大法也孔子為後世王者而修也亂臣賊子誅死者於前所以懼生者於後也宜乎萬世無窮王祀夫子報德報功之無盡焉夫王祀孔子自唐宋未之有改也惇頤之意特主言孔子功德之隆夫萬世報之無盡焉耳夫豈既以孔子正王道明大法也而復以王祀為定乎讀者不以辭害意可也或曰孔子王號自唐宋至今未之有改

也雖三尺童子皆知所尊也臣荅曰三尺
童子皆知所尊者尊孔子以師也非以王
也有人於此列堯舜禹湯文武之像而祀
之其罹刑禁也必矣孔子雖三尺童子皆
得以祀之尊之以師故也或曰塑像之說
果非禮乎臣荅曰非禮也諸儒已論之詳
矣又按
國朝宋濂曰不以古之禮祀孔子是褻祀也褻祀
不敬不敬則無福開元之制搏土而肖像
焉則失神而明之之義矣或曰孔子塑像

固非禮也然仍元之舊一旦毀之忍乎臣荅曰以土梗為孔子也為禮也誠一旦不可毀也以土梗非孔子也非禮也則不可不亟毀之矣毀之所以尊孔子也以全禮也夫奚疑哉或曰塑像毀矣無假於章服矣然則籩豆樂舞之數其仍舊可乎一旦殺之忍乎臣荅曰以籩豆樂舞之加為尊孔子也為禮也誠一旦不忍殺之矣以籩豆樂舞之加非尊孔子也非禮也則不可不亟殺之矣殺之所以尊孔子也以全禮

也夫奚疑哉或曰祭用生者之祿天子以
天子之禮樂祀其先師夫奚不可臣答曰
祭用生者之祿人子推之以事其父則古
禮也弟子推之以事其師則古禮未之有
聞也杞宋用天子禮樂以祀其先為二代
王者後也若魯以周公之功用天子禮樂
則非禮矣孔子謂季氏八佾舞於庭是可
忍也孰不可忍也又謂俎豆之事則嘗聞
之矣然則八佾十二籩豆天子之禮樂也
孔子肯安然享之乎或曰廟仍以殿名可

乎臣答曰孔子學宮之祭本古弟子釋奠
先師之禮也謂廟可也非殿也或曰孔子
祀典之正將行之天下也然則闕里也如
之何臣荅曰孔子之後其傳道者宜莫如
子思也昔魯哀公誄孔子曰尼父子思作
中庸則直稱曰仲尼固未嘗援之為孔子
重也曾子將死起而易簀責曾元曾申曰
君子之愛人也以德細人之愛人也以姑
息是不安用大夫之禮也孔子豈肯安享
天子之禮樂乎又子思曰今天下車同軌

書同文行同倫言天下一統也奚疑於闕
里乎哉或曰
聖明在上凡諸
祀典誠不可不正也無乃太速乎臣荅曰
天地定位
日月陰陽各止其所
禮儀有成典矣夫孔子與天地合其德日月合其
明實亦祀典之大者不可不急正者也非
速也宜也
辭避

今早伏蒙
發下工科都給事中趙漢所奏已欽奉
御批臣本不敢復有所言臣思漢之所論非徒有益
於
君上而實有益於臣也夫負荷之際誠人
臣所當自量仰惟
聖明在上勵精圖治百度
貞明臣凡庸莫能裨助萬一位重弗勝日懐憂
畏誠不敢以自用也嘗因内閣缺員已三奏請
臣之心惟
聖明知之不敢求人知也漢之言
不亦宜乎其曰兩京大臣之中或家居者舊惟
德惟才必見用於盛世曰疏曰遠勿使遺於

聖朝漢之忠於　君謀也如此伏乞　命其疏名
上請急為簡用如臣之庸劣乞　賜退避則國家黜
陟之典明　君臣保全之恩至矣臣不勝惶懼
之至
奏謝
臣嘗聞疑人弗任任人弗疑言
君道也忠臣不私私臣不忠言臣道也恭惟
皇上虛己宏大任人弗疑凡為臣子敢有行私而懷
不忠之心者則非人類矣臣才不稱位性不通
時故動遭人言重煩　聖聽實臣之罪也仰惟

皇上知周百王明見萬里 天語諄復人情莫逃凡
有飾詐行私而懷不忠者能不毛寒骨竦乎且
伏承重 諭臣等非可較量當各益思勉修職
業臣感 恩如天地負罪如丘山敢不日加省
勉以圖補報以求無負我
皇上委任之重也
謝陛上侍立
臣節奉
聖諭朕惟朝儀重地華夷畢會之所我
皇祖時內閣錦衣衛官侍立于座之東西蓋在陛上

也此可遵復欽此除禮部會奏巳奉　欽命臣
自揣凡才具官内閣仰惟　聖恩遵復
舊制侍立　御傍此實　國朝百餘年来所未見之
寵異也臣切惟大雅詩曰有馮有翼有孝有德以
引以翼豈弟君子四方為則又曰顒顒卬卬如
圭如璋令聞令望豈弟君子四方為綱仰惟
皇上備顒卬圭璋之德而臣實乏馮翼孝德之助夫
廉遠堂高　聖恩渥矣而器小任大臣實竊懼
焉所宜鞠躬盡瘁死而後巳不敢以不勉也又
欽蒙

聖諭令臣侍　朝還宜近前幷　示臣在
皇上面前勿遠退去臣不勝感戴又
諭但係領勅者命翰林院官一人捧侍内閣官之後
伺候承　旨授與領勅官回於本班之次臣看
得翰林院官自學士以下及詹事府左右春坊
官皆係堂上官員相應輪流捧　勅臣又看得
本院修撰以下官亦係翰林人數合無通
命輪流捧侍未敢擅便謹請遵行

議祀先聖

臣欽奉　聖諭欲立五帝三王幷周孔位於

文華殿東間斷自羲農始具　示臣所以仰見
聖明致使報本之意非臣之愚所能及也臣又伏惟
朱熹大學序曰此伏羲神農黃帝堯舜所以繼
天立極又中庸序曰上古聖神繼天立極而道
統之傳有自來矣又韓愈曰堯以是傳之舜舜
以是傳之禹禹以是傳之湯湯以是傳之文武
周公文武周公傳之孔子　聖諭所示立位之
意誠為至當然在今日繼古聖王之道統者非
聖明其孰能之臣無任欽仰但南北相向恐
皇上一時瞻拜難於行禮臣愚見顧將　文華殿東

間擬隅作九小龕每龕但得今尺有半亦可容
牌以祀伏羲神農黃帝堯舜禹湯文武九位俱
南向必用龕以別之者以文武父子也其周公
孔子東西爲龕相向別君臣也伏乞
聖裁
謝賜御筆堂額銀印彩幣嘉靖十年
臣伏蒙聖諭日前聞卿自爲堂房一名曰榮
恩夫所謂榮得君恩也朕思
皇考嘗手書斯三字朕恭裝軸玆併銀印一枚及彩
帛等物以賜以爲吾君臣相慶之意庶見朕意

云耳欽此臣叩頭祗領揣心曷勝謹伏覩
先皇帝手書榮恩堂三字　皇上御筆金書上題
皇考手澤四字扁題　孝子皇帝識五字又銀印篆
刻　賜臣字永嘉張茂恭印六字又　賜臣白
金四鎰彩帛四束羊酒珍饌大賚畀于一朝
殊恩奚止三錫恭惟　皇上至誠賛天地之化
育大道得帝王之心傳一善難名萬方稱聖顧
臣何幸際此亨期臣本草茅驟居輔導厚祿之
外賞賚過多切謂古人畎畝不忘君況為左右
之臣而臣受　恩又為至深者乎故不敢妄為

他賚敬用築室京師實所以榮　君之賜亦所
以永圖報荅鴻恩於萬一也臣伏惟　榮恩堂
三字　先皇帝之睿筆也　皇上重加
御筆題識　賜臣廣　先皇帝之恩也銀印刻臣
賜字非惟榮臣之居又所以榮臣之名也金帛羊
酒之加賚榮慶之曲至也臣凡庸一無以佐
皇上之明德而徒屢冒　皇上之榮恩慚媿負山戴
兢集谷茲敬捧　先皇帝睿書　皇帝御筆弁
摹刻粧飾　尊奉堂居俾臣得朝夕仰止子孫
保之庶幾賴庇我　先皇帝我　皇上盛德休

光以永終此榮幸也
謝　賜更名及字　御筆大書
臣近蒙　皇上欽更臣名曰孚敬并　賜臣字
曰茂恭臣顧名思義萬有弗稱惟日祇懼茲又
蒙　皇上御筆大直書孚敬茂恭四字為二幅
又大橫書四幅　遣中使　頒賜至閣
御封完密臣初莫知稽首展覩　宸翰淋漓
龍章燦爛無加　御寶閣書輝映日月　恩光陪萬
心神恍如臣驚定喜極載稽首乃敢仰視
大聖人肆筆成書點畫形象雅健相若而精神飛動

實天縱之能聖學之餘也臣伏思　皇上更
之名復　錫之字千古所無之殊恩也　更錫
名字復　御筆大書之以　賜焉尤千古所絕
無也　君父恩遇如此其何能報臣子榮幸其
何能勝臣敬當裝軸弁敬臨刻一　尊奉於
欽賜臣書院　敬一亭左右俾臣子孫仰之一
尊奉於　欽名臣官邸　榮恩堂左右俾臣朝夕接
目警心率由　聖訓不至於終迷也
召遊西苑
臣謹奏臣遵奉

欽命稽首頓首恭和　御製西苑視穀祗先蠶壇位
賦二篇幷序伏乞　聖覽序曰惟　皇嗣　統
敬畏　天命治民祗懼延躬祀先農先蠶肇稺
歲著爲令以供　天地宗廟粢盛衣服以教天
下又以　大内西苑多有隙地宜稼與桑爰即
文祖仁壽宮前建土穀祗壇後爲先蠶壇嘉靖辛卯
春三月己丑　駕臨辯方正位惟嚴是日臣孚
敬臣時奉　命南郊釁工伏承　宣召臣等趨
命至西苑門中使傳呼急臣等益甚惶懼中使以陂
岸縈迂恐臣等奔走不及輒以小舟便渡至則

上御仁壽宮左室臣等入見稽首　上諭曰朕惟農
桑重務于兹建土穀壇蠶室朕將時省觀焉卿
等其計視之臣等謹奉　旨畢臣孚敬奏曰臣
早奉　聖諭欲　賜臣等入視西苑未知即日
駕臨臣等服役南郊趨　命遲違叩頭謝罪臣仰
覩　天顏和悅既懼且喜　駕即發
御昭和殿　傳諭臣等視畢復　命臣等恭視畢趨
入　昭和殿　上御殿左室臣孚敬奏曰臣等
遵奉　欽命即宮後視之殿宇垣墻俱可仍舊
增飾足稱蠶室宮前視之　欽定土穀壇方位

俱極正當　上命賜尚膳監酒飯臣等稽首趨
出　上復令中使齎　賜珍餌一器臣等飽
恩入謝　上進臣至　御榻前以　御製西苑視穀
祗先蠶壇位賦　手授臣孚敬　諭曰此作與
卿等看潤臣孚敬奏請捧出拜觀　上允之臣
等得仰見　大聖人對時育物之心發為經天
緯地之文固不待有徵於七月之詩無逸之書
者也既而臣等復恭捧而入臣孚敬奏曰臣等
伏覩　御製念民生衣食之本而重農桑之勸
此誠舉三代之盛典也臣等何幸身親見之

上曰卿等其賡和以寓儆戒之意臣孚敬奏曰願乞
親灑宸翰分賜臣等以為子孫寶　上曰朕少暇書
賜卿等臣等稽首拜　恩　上又諭曰蠶壇可
止增修具服殿及小房數間務從省約非郊廟
殿可即傳諭該部撤去不必具奏臣等承
旨畢再稽首而退頃即　駕發　上白馬翰如翠華
仙仗旋陂而還春島晴波祥光交映浴鳧飛鷺
樂意相涵夏諺曰吾王不遊吾何以休吾王不
豫吾何以助其此之謂乎臣等又各自相慶曰
茲何幸而得與此觀也　聖主遭遇之殊恩也

果將何修以為報耶孟軻氏曰樂以天下憂以
天下臣等於　皇上仰見之矣宋范仲淹曰先
天下之憂而憂後天下之樂而樂臣等其敢不
相與勗諸臣孚敬孤陋無才敢恭和
聖製并紀歲月以對揚　休命云

請復開國勳爵

臣伏蒙　聖諭卿奏劉基子孫已議明襲爵其
常遇春等四家亦當查襲臣恭惟
皇上體　聖祖之心而復報功之典天下萬世之公
議也臣伏覩　聖祖實錄謹采常遇春李文忠

鄧愈湯和四臣傳畧以獻伏祈　特勅該部復
其世爵　皇上法　祖盛心光昭史册矣臣無
任惓惓顒望之至又　諭李善長者未知緣何
無彼家臣謹弁錄善長獲罪　聖祖之故夫臣
子忘　君負恩禍孽之来皆其自作此又天下
萬世之大戒也

太師張文忠公集奏疏卷之七終

太師張文忠公集

奏疏卷之八

休致陳謝

臣聞孟軻氏曰君之視臣如手足則臣視君如腹心言一體也臣受皇上心膂之托奚啻手足莫能效犬馬區區之報且深昧事幾重孤恩遇罪不勝言伏蒙聖慈不加誅竄放歸田里臣惟有感恩省罪而已臣回籍之日即趨大羅山欽賜貞義書院中得躬拜敬一亭仰惟聖謨洋洋嘉言孔彰臣肅將之心無任感惕儼若瞻

聖顏領　聖訓也次得展省　誥贈臣三代祖父母
墳塋及　諭葬臣妻塋所仰惟　寵光申錫存
歿均被臣又無任感激媿無以明先志報
皇恩也臣萬萬死罪萬萬死罪又臣有先人敝廬兄
子所守遂恭奉　御賜誥勑詩書文劄就書院
中隙地别圖建　御書樓壹所尊藏附築小室
居之以顓慎守以畢餘生且俾子孫得世保之
也臣又竊念善始者未必善終臣蒙
聖明造就曲賜保全始終之至恩也其何以報諸惟
願　聖壽萬年　聖嗣千億臣拳拳微誠寢寐

不忘惟此而已謹遣姪邦齋奏陳
謝臨疏不勝感泣之至
問　安
臣　欽蒙
聖恩容令休致瞻戀　闕庭誠不忍舍歸至浙江富
春地方恭遇　萬壽聖旦遙致拜　祝無任馳
戀抵家今兩月矣臣伏念自蒙
聖恩不次超擢日侍左右八年于茲
皇上起居飲膳無不恭行問候茲遠違　廷陛久曠
日月臣惓惓微誠頃刻莫忘仰惟　天保我

皇亦孔之固禮周　四郊百神受職焉誠格
九廟純嘏是常焉孝昭　兩宮四方維則焉
皇上凝神節慮頤養　聖躬知人安民用賢輔治以
垂　宗社萬萬年無疆之休也臣除具疏謝
恩外謹再疏令姪邦弁行齎奏恭俟聞
安之誠臣下情不勝勤惓之至
進錄　御劉
臣獲奉
欽命休致於本年八月十八日抵家本月二十一日
咨禮部尚書李時差人到臣家傳奉

聖諭頒發仕大學士張孚敬處諭劄有未全錄繳其
其間多有議干　郊典朕俱無留稿卿可差人
欽諭於前文作速錄簿來進以憑考驗臣伏讀
無任惶懼惶懼臣竊以凡庸之才叨領纂修
禮儀盛典重事中羅雖卧悉未獲疏緒違之罪
誠不可追遺已將一應有干　祀典
欽諭刻錄為簿付內閣同官翟鑾恭候編錄訖茲奉
欽諭謹除嘉靖八年八月以前　欽諭謹錄進繳外
其未經繕錄者自嘉靖八年九月初七日起至
十年閏六月二十九日止恭奉

聖諭二百六十八道通行遵依　欽諭如式録簿共
計八冊謹用拾襲尊蔵　龍匣重加封識臣躬
捧出郡城拱辰門外望　闕稽首頓首拜送令
姪邦代捧至京進繳臣竊聞記曰王言如絲其
出如綸王言如綸其出如綍書曰爾有嘉謀嘉
猷入告爾后于内仰惟　皇上綸綍之音已見
諸躬行著之典章傳之天下萬世矣而臣實無
嘉謀嘉猷入告我　后捧誦録簿重增惶懼而
已罪極罪極伏乞　聖明俯賜諒宥焉
謝頒　賜欽天記誦

臣伏蒙
皇上頒賜御製　欽天記誦一套該禮部給付浙江
布政司進表叅政党以平順齎送至臣家祗拜
聖恩切深感激臣仰惟　聖誠昭假和氣召祥黃河
清慶雲見甘露降嘉禾生諸福之物可致之祥
無不畢至臣何幸身親見之去歲
大報禮成甘露復降　顯陵靈應具昭昭矣
皇上作為記頌煥乎文章皆仁孝誠敬之所發也臣
嘗以職事該蒙　欽命親勅石工仰見
大聖人之制作矣今蒙　聖慈垂念不置　龍錫頒

臨乃俾林下之微臣復霑 天上之至恩也臣
對揚 休命祗拜莊誦益深感激茲恭建
御書樓告成肅奉 尊藏重爲子孫世守之寶也臣
無任感恩之至
謝四郊工完 欽賚
臣伏蒙
聖慈以 四郊工完 欽命賜臣銀五十兩紵絲四
表裏該禮部給付浙江布政使司進表參政党
以平順齎送至臣家望 闕拜 恩伏首感戴
臣伏惟 聖人一心合 天 大禮四郊法

祖規制復乎古復宜乎今象義盡其太不遺其細此
誠度越千聖垂憲萬世者也臣愚叨居輔弼莫
效贊謀承乏程工罔克終事賴
聖明曲賜保庇俾獲全歸悉貸舊愆大加深賚臣
之感恩萬死莫報也臣無任惶懼之至
問安
臣伏蒙恩庇幸獲全歸身在丘園心懸
廷闕謹於本年九月十五日進錄
聖諭同具奏問安既又傳聞
皇上日勞萬幾暫免視朝臣無任憂疑比得邸報恭

惟　聖躬萬福已於八月二十七日視朝臣又
無任欣慶仰惟　天保我　皇亦孔之固實
宗社生靈無疆之休也又臣恭聞
皇上舉　郊禖禮以祈　聖嗣詩云燕及皇天克昌
厥後端在是矣又恭聞白雀發祥　青宮兆慶
不占有孚也仰惟　聖德日新治道日彰臣愚
無能補報惟保　聖躬廣　聖嗣日切望焉故
敢不避煩瀆惓惓上言伏乞
聖明亮察焉不勝瞻仰之至
謝西苑工完　欽賚

嘉靖十年十月初二日該禮部為西苑工完傳
奉　聖旨賞銀五十兩紵絲四表裏張孚敬撰
文加銀四十兩著禮部差人齎去欽此本年十
二月初九日該部差承差丁太緒捧齎前到臣
家臣望　闕拜　恩無任感激仰惟
皇上念衣食為生民命重農桑為天下先籍田躬耕
于南郊蠶室肇新於西苑勤勞儆于無逸之殿
艱難見之豳風之亭　聖明逺邁于成王徽臣
敢附乎周旦嚴承書壁之命媿非補衮之文每
懼罪臨敢虞　恩及臣又伏念五月在野

三錫及門始終保全之　至恩死生莫報者也宋
朱熹有言臣受君恩無可為報謝者願
天子萬壽而已此實微臣惓惓之心也
問　安
臣伏蒙
皇上命禮部差人齎送　欽賞銀兩表裏前到臣家
臣望　闕拜　恩惶恐祗領謹再拜稽首頓首
恭承　聖躬萬福孝治丕昭臣無任欣慶之至
臣久叨近侍茲遠　闕廷瞻戀微誠恒切夙夜
仰惟　皇上　天錫純嘏　神詒多福羣黎百

姓媚茲一人此誠宗社億萬年無疆之休

也謹具奏恭申問安之誠臣不勝惓惓仰戴

之至

謝勑官召復任嘉靖十一年二召

伏蒙

聖恩著行人周文燭齎

勑取臣復任辦事令馳驛上緊前来勿得遲延重蒙

御書僱勑令臣無程星夜而進急復任事弁以

符信備驗欽此臣在山中驟聞不勝惶懼遂奔走

恭迎伏聽宣讀稽首拜

恩不勝感泣又伏讀
御書催勑許臣赤誠諒臣罪過誨諭諄切眷念
彌深又諭上勤
聖母至懷顧臣庸愚何能得此感泣嗚咽伏地不能
自興臣竊循省夙承
委託萬無効勞且深昧事幾至罹罪斜仰荷
聖慈不加誅竄俾獲全歸玆復承 召命促臣復任
臣揣量菲才懲創往過分當辭免仰惟
聖恩同天生不能報死有餘辜又仰荷
聖母垂慈 聖諭戒切臣非惟不敢辭亦不忍辭也

臣拜　命倉皇即辭祖父祠墓星夜奔
命一十八日舟發溫郡矣計程彌月獲覲
天顏臣在途無任勤惓瞻仰之至
辭免　恩命
伏蒙
聖恩
勑吏部致仕少傅兼太子太傅吏部尚書謹身殿太
學士張孚敬比者奉命知建造
四郊并各處工程等項未加酬典今因行取來京著
兼太子太師華蓋殿大學士少傅尚書如故照

舊內閣辦事如勑奉行欽此臣拜
命無任愧懼之至臣伏思自古人臣受
君恩遇之至者莫有踰於臣而積愆負罪莫能報
君恩遇之至者亦莫有踰於臣仰惟
皇上敬承　大統昭事　上帝于茲一紀而臣叨進
為輔導之臣者亦既五年然而治化未盡熙洽
人心未盡協和賢才未盡舉用奸宄未盡消除
饑荒疊見災異頻仍臣竊思
皇上以堯舜之德宜隆唐虞之治而復有如此未盡
至者皆臣子未能盡職將明

德意之罪而臣位重弗充罪尤大焉又臣去歲以愚
昧之資自罹罪斜荷蒙
皇上以　天地之容宥臣之罪以
日月之明察臣之心不加誅竄特
賜保全臣省罪山中感
恩天上未幾即承　召命促臣復任仰惟
聖慈切至　天語丁寧臣晝夜奔
命不敢自後實欲懲創於既往圖報於將来也所慮
智小謀大弗勝任使方欲爲辭讓之請而復承
加進之　恩臣竊懼位愈重而責愈難

恩愈深而臣罪愈大也臣又伏思
四郊典禮萬世儀刑　規制定於
聖裁力役皆為臣職茲承　重典實切愧心伏乞
聖明察臣愚誠特　允辭免容臣以官職仍舊
策臣以黽勉圖新臣不勝惶懼懇切之至
自陳休致
臣嘗聞孔子有曰為上可望而知也為下可述
而志也則君不疑於其臣而臣不惑於其君矣
蓋言上以誠接下下以誠事上故不疑不惑耳
臣因休省兩疏乞休未蒙　俞允臣仰知

皇上以誠接下而無所疑臣豈敢不竭誠事上而復
有所惑乎臣思給事中魏良弼論臣罪狀何報
復之速也夫臣子失職之罪小專權之罪大以
此加臣臣不敢不言請 聖明垂察焉今年四
月内魏良弼因點閘京營薦舉襄城伯李全禮
等署都督僉事牛桓等指揮僉事王定等總一
十五員蒙 發閣擬票臣見所舉率多庸流保
語過實謂同官曰昔官兵部有將材簿専查保
語以為遷轉近来将官徃徃鑽求薦舉以圖僥
倖此奏内人員所宜覈實臣等擬票上請奉

欽依這舉保官員著兵部會同都察院提督團營官
各照他保語逐一從公覈實明白開奏勿得扶
同以滋濫舉之弊臣之心實欲黜陟之權自
天子出不得下移於臺諫也續該兵部會奏蒙
發閣擬票臣等見奏内覆稱魏良弼所薦各官據
其揄揚之間容有過情之失擬票上請奉
欽依魏良弼承命點閘軍營却乃濫保武職官員本
當查究姑從寬罰俸兩箇月這所舉你部裏從
公用舍不許偏信保語以滋奔競臣之心實欲
黜陟之權自　天子出不得下移於部司也魏

良弼因此內失私求外犯公議切齒於臣日益
甚矣近 皇上因修省明示不許假公報私魏
良弼輒先挾私報復 聖明必有以察之夫人
主行法於天下能使臣子之守法然後人主之
法尊人臣奉法於天子能不使私臣之壞法然
後主人之法信矧臣受 皇上機密之任心膂
之託者乎又敢不為 人主守法專媚人以求
苟免乎此臣平生報 主之心天人共鑒者也
臣又伏承 聖訓痛自思省知小而謀大力小
而任重此臣不職之罪上干

天和以致星變以此坐臣之罪
特賜誅斥臣實甘心無辭者也古之王者奉三無私
君道也古之人臣三仕三黜臣道也
皇上昔賜臣之歸旋復而 召臣非草木不敢不思
報也臣獲 命而去闕
命而來臣非草木不敢不思改也伏乞上懲
天戒下察人言今日策免必先自臣始則
皇上奉三無之公當為萬世人君之法臣獲三黜之
罪當為萬世人臣之戒矣
休致至家陳謝

近因慧星疊見仰惟
皇上上嚴　天戒下警人心令文武羣臣各自陳省
臣伏思
聖德聡明　天心克享妖變之至實臣下之所召也
臣居輔佐之職乏寅亮之能責有所歸罪不可
逭所宜避位以禳之者伏蒙
聖慈不加誅戮　特允全歸臣惟有感
恩省罪而已比歸山中書院瞻
勅建敬一之亭而思事君敬其事之未能焉登
欽賜抱忠之堂而思事君以忠之未能焉雖獲首丘

之顧敢忘戀　闕之心夙興夜寐不遑寧處惟
有感　恩省罪而已臣無任戰慄感戴之至
問　安
臣伏以臣之事君猶子之事父起居飲膳宜無
不知者矧臣受
恩深重休戚是同雖蒙
賜歸惓惓微誠敢以遠近而有間乎臣仰惟
皇上清明在躬志氣如神
聖母燕喜　天錫純嘏可知也第今跡遠山林末由
上圖瞻對惟日切顧望而已臣又切思年實衰

老無用矣而鄰　主望治淺齒不敢忘者嘗聞
古人有言君道稽古正學明善惡之歸辯忠邪
之分曉然趨道之至正君志定而天下之治成
矣臣侍左右有年仰惟
聖學緝熙矣善惡之歸明矣忠邪之分辯矣道之至
正建天下之極矣惟志定則天下之治成矣臣
在官嘗以斯言敷奏伏祈
聖明日加之意焉則天下幸甚萬世幸甚
謝　勅官名復任嘉靖十二年三月
臣伏蒙

皇上特遣鴻臚寺左少卿陳璋齎捧
勑命起取臣復任臣仰惟　宸衷淵切
天語溫全既原臣夙愆開臣大義而又示臣篤生
聖嗣之喜令臣趨　賀臣伏地感激懼莫能已喜
不自勝臣切惟鞠躬盡瘁死而後已臣之心也
知小謀大德薄任重臣之憂也星變避位以禳
之臣之分也閉閣思過有懷不忘茲承
召命加嚴重焉臣不敢後也
皇太子降生臣夙夜惓惓之望也
聖德燕及　皇天克昌厥後

宗社生靈億萬年之慶也臣謹當奔走
闕廷稽首稱賀不敢後也臣即辭祖父祠墓趨
命上道謹先具本陳
謝臣不勝惶懼瞻望之至
召遊南城
臣謹奏臣恭和
聖製古詩七言律共二章應制七言律古樂府共
四章弁序伏乞聖覽序曰惟
皇嗣統十有二祀勵精圖治海宇底寧然修内攘
外安不忘危日乾乾焉癸巳孟夏吉日乙酉

皇上演馬南城寓武功也日亭午俄　傳宣臣等詣
臣時臣獻夫臣鑾俟　重華殿臣等方亟趨
命駕已出東華門矣　上先御翠殿　召臣等入
見臣等稽首頓首　上曰朕偶因演馬來此召
卿等同游　命賜茶臣等稽首而退仰見
天顏充溢和氣豐融臣等無任喜感舊馬有玉麟騛
白玉驄碧玉騮新馬照夜璧銀河練瑤池駿飛
雲白凡十匹馬廄制環水次碧馬環列焉
上命御馬監官示臣等備觀又　命司禮監官臣引臣
等至崇樂館備觀花木葡萄禽鳥和鳴上山亭記

也臣等復趨候于重華殿大門右　駕即發環

碧殿　上乘玉麟驄青蓋　御重華殿復進臣

等于左室臣等稽首頓首臣孚敬奏曰臣等欽

蒙　聖恩賜茶又欽蒙　賜觀御馬載稽首頓

首　上命賜酒飯又　賜蟒衣飛魚服臣等稽

首頓首趨出　上復令中使　召入以

御劄示臣等曰今日朕以演馬出因與卿等同遊即

以其事為題卿等人各作七言律二章古樂府

二首来欽此臣駑鈍與同官方勉成七言律二

章　聖製已煥然天成發示矣臣等捧誦稱仰

心竊媿赧奏曰仰惟 天章煥發皆至道至德
凝焉非臣等章句儒生敢及又三復
聖製以輔弼屬望臣等益加悚懼司禮監官回奏
駕即發重華殿還 內臣各相語曰今日之游
君臣同遊也千古之盛典也能無喜乎能無懼乎宋
程顥曰臣賢於君則輔君以所不能臣不及君
則贊助之而已臣仰惟 皇上英明邁古至德
純全臣愚萬萬有不能及一者也贊助之未能
輔弼敢當乎哉今日 君臣之同遊也臣能無
喜乎能無懼乎謹識之以紀 休命云

召遊西苑

臣謹奏臣恭和

聖製古樂府一首七言絶五言絶各一首及奉紀

聖恩七言絶八首幷序上瀆 聖覽序曰癸巳孟夏

戊子 駕出遊西苑先傳宣臣孚敬臣時臣獻

夫臣鑾候西平臺臣等趨 命至西苑門擬舟

渡太液池適嚴警蹕旋隄而趨過樂成殿迎翠

殿隄柳飛綿汀蘆蔭緑日麗風和鳥飛魚躍四

顧真蓬島也至平臺拱候少間 駕出度玉蝀

金鰲橋 上先御寳月亭 召臣等入見

上曰此亭去年訖工時卿孚敬不在今與卿等同遊
命賜茶臣等稽首頓首謝　恩　上命司禮監官引
　臣等徧觀焉　駕即發　御清馥殿復
召臣等入見左室　上曰前是錦芳亭修舊耳因
荒落故建清馥殿去年訖工時亦因卿孚敬不
在故與卿等同觀臣等稽首頓首謝　恩臣孚
敬奏曰伏蒙　聖慈俯念臣不在茲
特賜同游臣之感　恩尤當倍萬載稽首頓首叩謝
上命賜酒飯　命司禮監官指引左右前後皆徧觀
　焉又　賜錦囊花果聚禽圖扇書廻文詩項司

禮監官捧　御製夏日與輔臣同遊古樂府一
首又七言絕五言絕各一首皆望雨憂民而作
也　命臣等賡和臣等捧誦仰惟　聖明存心
天下樂不忘憂雖古堯舜其何以加諸無任欽
仰　上方御翠芳亭亭旁皆藥欄時紅藥盛開
上命折　賜臣等臣等各恭和　御製以　獻臣孚
敬奏曰伏承頒示　御製天章煥發非臣等愚
昧所及臣又奏曰欽蒙　賜觀清馥殿制度嚴
整仰見　聖謨宏遠又欽蒙　賜宴　賜扇
賜芍藥花　恩禮稠疊臣等不勝感戴

上曰此是翠芳亭　命司禮監官引臣等于亭下升
　藥欄皆徧觀焉　上覽所獻詩于亭中乃
命臣等退出載觀錦芳亭亭前有沼以通太液池時
　啓閉焉臣等出西安門日就晡矣嗚呼
君臣同遊　祖訓也於斯為盛　聖恩也虞廷君臣
　交相戒飭非敢為佚樂也夫　人君之等如
天雪霜雨露皆天也威福並行　人君奉天之道也
　臣等又敢不各相儆戒云
　救張延齡第一
　臣伏蒙　聖諭以　昭聖皇太后傳諭張延齡

事情録示臣等令作速議處來聞臣捧誦無任
悚懼戰慄之至緣法官問擬尚未具招倉卒未
敢輕議今日伏蒙 皇上以三法司會問招擬
示臣臣參詳情節則張延齡殺人之罪自不可逃
而謀逆罪狀法官未敢遽擬夫亂臣賊子人人
得而討之況法官乎臣不敢輕議也茲欽奉
明命令臣議處臣敢不竭誠以對伏乞 聖明亮察
臣竊思延齡兄弟當 孝宗皇帝朝倚託
皇親勢要威制軍民謀占田宅通舟車則害及地方
開店舍則利奪商賈此人所共知也至

武宗皇帝朝　恩寵雖殺富貴益盈驕恣怙終不悛
奢侈僭擬無度亦人所共知也恭惟
皇上釐正大禮以來于茲九年孝養　聖皇太后
未嘗一日少間　朝野臣工靡不歡悅在延齡
兄弟亦所自知者矣茲大道公行過惡敗露臣
伏思延齡其他罪戾猶可逭也罪至殺人不可
宥也昔孟軻氏論瞽叟殺人舜竊負而逃漢文
帝殺薄昭舅后家也　皇上承　祖宗之統守
祖宗之法況延齡以外戚殺人即曰誅之又孰為不
當乎臣又伏思延齡過惡俱犯在　先朝良由

法度寬縱所致誠當嚴禁防於今日者也但古
人有言曰恩有所當加法有所當屈此仁義並
用之道也 聖諭云延齡 皇伯考懿親至戚
皇言仁哉 皇心也 孝宗皇帝 獻皇帝親兄弟
也 皇上萬一推 獻皇帝友愛之心以全
孝宗皇帝懿親終之應議律條待延齡以不死亦惟
在 聖心轉移間而已然於此宜必有處之之
道焉削其封爵籍其占據田宅悉入之官遠而
編戍可也爲民可也其兄鶴齡容令辭爵較與
武職亦遠爲全避之計至於 仁壽宮左右內

侍務要更選謹慎老成以供　昭聖皇太后使
令庶免間感　皇上孝養之誠日益加至如此
則　兩宮懽欣交通　九廟之靈無不　鑒臨
者也此臣區區一得之愚不敢自昧惟
聖明采擇焉
救張延齡第二
臣因張延齡事情不能積誠上悟　聖心罪當
萬死萬死伏思他人可委之無言臣受
恩深重惟應死報　皇上視臣有手足之親託臣以
心膂之寄臣不盡言以發機緘以明是非則臣

負恩之罪萬死莫贖矣本月十一日伏蒙

聖諭謂延齡 皇伯考懿親祗宜守分猶有餘乃包藏禍心謀為不軌是何道也幷所奉 皇伯母傳諭錄示臣作速議處因法司會問招詞未成不敢輕議十四日伏蒙 發示會問招擬臣反覆看得張延齡殺人罪狀已明誠不可宥而謀逆之情未明故以一得之愚 上請非以其真有逆情尚敢以 孝皇帝懿親請 皇上宥之也隨蒙 聖諭責臣以左右大臣必為我

皇祖保天下以殺逆賊同姓尚處死況懿親乎臣伏

讀無任戰懼之至臣伏思　皇上欲察延齡逆
情真與不真行法當與不當請自今日在　朝
人心觀之也夫延齡兄弟當　孝宗　武宗時
朝士多相交往臣時雖未入仕竊嘗聞之
武宗彌留之際　皇上迎繼大統未至京師閣臣上
託　昭聖皇太后懿旨拏人輒自處斷彼時威
權內外已震懼矣追夫　皇上嗣統閣臣等乃
輒敢以　皇上考　孝宗母　昭聖凡在朝者
靡不翕從　昭聖因自以有擁立之恩以子
皇上為當然以致　聖母至京莫知所以接見之禮

皆臣下謬妄之罪以誤 昭聖也彼時臣初為
進士未嘗受 皇上一命之寄 皇上亦未嘗
識臣為何如人臣只因見得道理之真故敢以
一人犯天下之怒幸賴 聖明在上裁決不然
臣萬死無益也今朝士恨臣之心實未嘗一日
肯忘每欲相時報復雖 昭聖皇太后之心恐
亦未嘗一日忘臣者也嘗有人以斯言告臣者
臣荅之曰臣子事君惟盡此心之誠若夫成敗
利鈍則在乎天而已臣自誓此心至死靡他也
今者延齡情發臣觀内外大小臣工俱默默無

言雖言官亦無敢言孰是孰非者何也實皆幸
皇上今有此舉以為悉由議　大禮中来得
皇上誅滅延齡家俾　昭聖皇太后不得善終以深
皇上之過以為臣及獻夫陽為解釋陰為佐助以重
已特　聖明偶未之察耳臣連日伏思延齡殺
人之罪誠不可宥　皇上即殺之無得而議也
其他如臣前議以處鶴齡或置之南京不得留
住京師以滋惑　仁壽宫之心臣之愚見盡忠
於　皇上者不過如此夫亂臣賊子人人得而

討之況臣爲左右大臣又受 恩深重者乎設使延齡真有逆謀而臣得見之真即當首倡大義請加 天討而族滅之又敢爲之隱匿自甘爲叛逆之黨乎臣詳控詞所稱曹祖鼓狀有曰天曹抱送六丁六甲及天神護伊之說皆涉妖言 皇上聰明天縱必能察悉孟軻氏曰行一不義殺一不辜而得天下有勿爲也而況謀逆之罪滅人族類臣於延齡此項罪狀實見得未真豈敢妄爲議擬無所可否而重爲 聖德之累乎臣又思 皇上此等訪據皆未知出於何

人或彼一時不思干係　國家憲典重大或出
一時報復之私卒難收救　聖明亦必自加察
臣又思前次退休山中　皇上召臣催勅內云
自卿去後切軫朕思　聖母嗟問者亦數次矣
臣伏讀流涕哽咽臣思　皇上所以思臣
聖母所以數問臣者臣之心豈惟　皇上鑒之
聖母亦鑒之矣茲者天眷　聖明誕生　皇嗣　國
本綿長萬加喜慶或以臣言上聞　聖母亦必
欲　皇上寬法以處延齡之家者也誠或不察
真情必欲斷成謀逆之獄則當如律行法族滅

張氏矣貽聖皇太后不知何以處之臣切恐
皇上之心必有所不安聖母之心亦所不安者矣
臣承聖明厚恩重託君臣一體休戚相同憂
之也深故言之也切慮之也遠故說之也詳伏
乞聖明俯賜加察焉

救張延齡第三

臣伏蒙聖諭令臣作速議處張延齡事情來
聞臣等看得張延齡謀逆情狀未明不敢輕擬
各以一得之愚上陳伏蒙聖諭切責無任
惶懼臣孚敬臣獻夫各受恩深重自揣於心

又不敢不盡其誠復令論奏伏蒙　聖慈俯察
已將延齡謀逆事情開釋令諸親參官議奏坐
以殺人死罪本月二十七日蒙　發示刑部等
衙門案錄重刑人犯一本該臣具　奏內馮恩
奏璧張延齡三名所犯固法當處死但臣心切
有所未安者不敢不言伏乞　聖明寬仁緩刑
係議處決等因欽奉　御批昨有旨催問因數
正爲此三名遲決卿堅欲回護奏璧馮恩且不
論張延齡本該坐大逆條律斬之已屈法甚姑
何要執不死不知留他怎麼說宜明言之欽此

本日又該臣回奏死者不可復生斷者不可復
續馮恩秦瓊情似可矜且二人俱係論臣等罪
過非賴　聖明垂察莫能保全今豈肯為之回
護又張延齡殺人罪誠當死但　累朝之待親
戚容有當議者故臣均望緩刑監候徐議非有
他也等因未奉　明示又本日該臣具奏今日
午刻伏見錦衣衛一本為究問郭宗皐事奉
聖旨既問明白著拏在午門前好生打四十棍放了
欽此臣看得郭宗皐妄言奏擾情罪固為可惡
今奉　旨著打四十天氣寒凍誠恐滅命伏乞

聖慈寬減杖數著令為民等因欽奉
御批郭宗皐說月前拂意四字必探知朕曾諭內閣
說星變一事故曰拂意原其罪惡滅命宜矣卿救
宗皐只是為其同耳本都為張延齡夫延齡生死
無甚緊要只平日倚勢殺人心懷不道交納衆多
用錢厚結是以門對字様皆文臣與作今卿徒知
忠於 孝宗重為 昭聖皇太后慮却不思甘同
逆惡不忠於 太祖即前之議禮一般夫
皇伯母上配 皇伯考入我 皇祖之門亦咸私親
不干宫闈縱或為延齡憂傷亦是私耳卿今敢言

曰恐傷　皇伯母之心夫　皇伯母如為延齡傷
心不知亦恩為　皇伯考傷心否此非朕過御獻
夫曰不知何人導陛下為此失德之事夫延齡以
母后親家却要篡位朕殺之法也義也分也何謂失
德今奈原告人被延齡錢買毒死已不追罪如何
又要不死怎麼謂之拂意非人臣宜此欽此又蒙
錄示通鑑漢薄昭自殺一條并司馬光斷論臣切
思叨左右之臣受心膂之寄愚誠有未盡者敢
終默默竊見張延齡之罪法當議親憑恩秦鏜
之罪情在可矜今一時未能感回

聖心實臣不能積誠所致不職之罪更復何辭又古
者成獄王三宥然後制刑慎重之至也臣仰惟
皇上好生之德如天地然今廷臣俱不能上體
聖心論輕重之序致其忠愛以盡之臣之罪為尤重
也伏乞　聖明俯察臣愚誠平生期於盡忠報
主不敢誤　君請於三人之罪更宜緩刑詳加審處
不然切恐　皇上他日靜思之餘不忍之心有
時而發殆無及矣勿謂臣今日勿盡言也
救張延齡第四即詔悉緩諸當論者終先祖與太后世延齡得長繫
昨日臣冒昧懇以緩刑張延齡等愚誠上請方

恐懼待罪伏蒙　發下臣所奏臣益加恐懼夫
生殺大權自天子出臣惟盡其愚誠如此可否
惟在　聖明俯察裁斷臣又伏思前日欽承二
次　御批詳切明盡如家人父子之相語無任
感激又　御批令臣宜明言之但一時倉卒未
盡愚誠雖昨具奏亦未能盡敢再上瀆昔
大禮之議初興舉朝臣工咸以恐傷　昭聖皇太后
之心為言臣伏覩禮成之後　皇上毋事
昭聖孝養聞于天下光于萬世矣茲延齡罪過蒙
聖恩寬法處之止及一身殺之誠法也臣又竊念

國朝有議親之律誓券有免死之文今在朝諸臣
未加詳議　皇上固以　祖宗公法望於
昭聖而　昭聖恐未免昵於兄弟私情萬一有向隅
之泣　皇上平時孝養之心未免為之感動在
聖母之心亦必有所不安者矣且恐天下之人莫能
家喻而户曉也又馮恩奏璫之奏原其設心誠
孔子所謂惡利口之覆邦家者也非仰賴
聖明在上其孰能察之置之重刑宜也臣又竊念
皇上自議　大禮明大獄俱從寬法未嘗肯殺一人
天地好生之德也況馮恩係言官殺之恐諍臣因而

杜口將来姦宄人無敢言矣秦瑺一儒士耳嘗
作　大禮備辯實欲干進間有一二已采入
明倫大典作論斷矣昔本求官今乃滅命故臣以二
人之罪俱在可矜區區愚誠惟此而已實非有
他也夫疑臣勿任任臣勿疑言使臣也忠臣不
私私臣不忠言事君也臣孚敬已嘗為
皇上陳之矣仰惟　聖明推赤心置人腹豈於臣復
有疑耶臣若不能開誠心布公道以報
皇上而復有私焉則非人類矣謹將原奏封進伏乞
聖明并發下法司再行會官詳擬奏　請定奪

議處大同兵變第一

伏蒙　聖諭以大同逆卒作亂事下示臣捧誦

仰見　皇上所處仁義兼盡臣無任欽仰之至

臣伏思前項叛逆實由昔年處置失當養成今

日之患　聖諭宜奉　皇祖法正之決不可又

從姑息至哉　皇言誠　宗社之慶也

聖諭欲先命錦衣衛千户齎旨前去解諭城中　宗

室良善不問男婦俱令出城此誠　聖明念及

無辜　天地好生之心也臣思得逆軍見今閉

塞城門　宗室官員人等不肯放出正欲挾此

使官軍不敢急攻以自圖苟全前日該部請
黃榜曉諭亦慮及此令再令賫 旨前去解諭
臣反覆思惟令官軍少退善良得出此最為萬
全之計但令城門為賊所據 宗室良善欲出
不能萬一官軍少退羣逆奔突出城流悪地方
為患愈大此皆不可預料者也況大虜在邊尤
宜防慮伏乞 皇上重加審慮施行又
諭令王憲提督軍務大帥用侯伯為之 聖見至當
合當即令作速前去會同劉源清御永等隨宜
相機區處務要殄除兇悪分別良善不使玉石

俱焚夫兵難遥度臣愚見如此伏候　聖裁

議處大同兵變第二

伏蒙　聖諭簡用陳鏸王憲臣欽遵擬票又蒙

聖諭卻永劉源清當以取回别用臣看得臨敵易將

自古兵家所忌又源清昔在江西平逆　藩宸

濠夙抱忠義又卻永平定流賊劉七等素著謀

勇即令文武將臣鮮其比也又聞即令攻圍賊

城三層門已攻開二層平賊之謀已有次第城

中賊勢漸已窮促良善稍稍走動藏匿若一取

回則各路官軍解體前功盡廢後事難圖又即

今大虜在邊逆賊令通事人等四十名各持段
疋前去邊外勾引虜寇卻永已獲奸細一人
奏報事勢尤不可不慮況二臣俱係總制三邊官
員其責任不止乎逆賊一事臣不敢不言

議處大同兵變第三

伏蒙　聖諭臣捧誦之餘仰見　皇上明見萬
里斷之不疑臣不勝欽仰之至臣看得劉源清
原奏只為請益兵糧以為聲援兵部國與京軍
一萬二千恐途中無人統領遂擬江桓錢如京
統領前去實非為劉源清等不能任事而別命

將也以致上厪 聖慮臣又看得劉源清用兵
以來忠義激發緩急俱有斟酌今觀其錄來告
示三通則其謀為處置亦可槩見今 聖意仍
欲重責任二臣依兵部昨擬不復命主將止令
參將四人領兵前去協助則兵權歸一事不牽
制誠為至當臣即欽遵傳 諭兵部另寫疏恭
候 欽命遵行謹將劉源清告示三通恭錄進
覽

議處大同兵變第四

本月初九日臣節奉 聖諭賞罰一旨奉

天而已此逆賊前次得志後來未聞有忌以處之者
今日之叛有自耳今但當討之豈可容緩以一
日戴彼既屢諭不信敢行拒敵惟是征勦爲上
亦難議玉石不分了今若又留患後來愈不可
藥欽此臣據諭仰見　皇上見之明斷之决以
臨　祖宗法度以正萬方綱紀真　社稷之慶
也今伏蒙　聖諭惡者不可縱善者不可殺恐
傷天道　聖明所念蓋有見於潘倣之疏也臣
看得潘倣原受制叛軍生死惟其所命彼今但
求全軀保妻子而已豈肯顧　朝廷綱紀後來

之禍患哉惟　聖明重加審察又此舉關係

國家甚大擬議之間少有不當則臣子誤　國之

罪大矣臣反覆思惟鄙見已盡前疏兹蒙

聖諭當再令兵部看了來說或令　廷臣集議可否

取自　聖斷施行非臣所敢執論也

議處大同兵變第五

前日伏蒙　聖諭示潘倣所奏臣已將愚誠具

奏未蒙　諭示今觀劉源清所奏逆軍外連胡虜

內拒官軍則潘倣之奏出於逆軍之手明矣實

欲退我軍而遲彼謀也今事勢如此更無他議

伏乞聖明斷之不疑速令張瓚等并四參將
明日作速前去策應除將劉源清所奏擬票上
請
辭免加秩嘉靖十三年
伏蒙聖恩勑吏部加臣少師兼官如故欽
此臣聞命不勝感激之至惶懼之至臣仰惟
皇上包含徧覆教天下以仁劉明果斷教天下以義
所謂定之以仁義中正而主静立人極焉實非
臣之凡愚萬一有所賛助有所裨益者也臣又
切惟書曰少師少傅少保曰三孤三公弘化寅

亮天地弼予一人　國朝文職品官三孤爲極
少師之官三孤之長也臣本草茅濫叨輔佐始
加少保曾無保護之能再加少傅又無德義之
輔詩云有馮有翼有孝有德臣實媿焉方懼舊
職之莫盡敢虞　新命之重加伏乞
聖明亮臣庸愚難勝重任容以舊銜黽勉供職臣不
勝願望之至
論孟夏祫享第一
伏蒙發下　御製　勑諭禮部以今年孟夏時
祫恭奉　恭睿獻皇帝以　天倫定序合享

太廟 命禮部具儀臣等伏讀仰見 皇上孝誠之
至出于 天性有非前古帝王所能及也臣又
切仰 皇上近 命臣議復 九廟典禮改遷
世廟以妥 獻皇帝神靈尊尊親親並行不悖稽古
典禮真可垂憲萬世也今者 聖諭所及下情
俱切有未安仰惟 皇上動遵古典言而世為
天下法行而世為天下則若於典禮少有不應
經義則於前者所舉 大典不無有損況臣受
厚恩日圖補報敢不將順但事關 宗廟所係匪輕
不敢不昧死 上言謹將原 御製勅稿繳

進伏望　聖明慎重裁定臣不勝仰望之至

論孟夏祫享第二

伏蒙　皇上發下　御製勑諭禮部卽今年孟
夏始凡祫享恭奉　恭睿獻皇帝以　天倫定
序合享　大廟令會翰林院具儀臣伏讀仰見
皇上孝誠切至敢不將順但竊思於　典禮尚有未
安卽日已連名具奏請　皇上慎重裁定臣一
時倉卒未盡血誠臣伏思先年議　尊崇典禮
臣獨謂　先皇帝當別立廟京師彼時羣議紛
拏至謂有朱熹兩廟爭較之嫌魯僖躋閔之失

臣嘗爲荅問曰宋羣臣請祧僖祖而正太祖東
向之位故朱子謂使兩廟威靈相與爭較魯閔
公無子庶兄僖公代立其子文公遂躋僖公於
閔上故春秋譏其逆祀令別爲立廟則固未嘗
升　興獻王主於　太廟也何兩廟爭較之嫌
魯僖躋閔之失乎不其謬哉此見於　明倫大
典第五卷可考也至議　廟祀典禮有請
獻皇帝神主列祀　太廟臣嘗爲奏議曰昔漢哀帝
追尊父定陶共王爲共皇帝立寢廟京師序昭
穆儀如孝元帝是謂干紀亂統今請入

獻皇帝主於　太廟不知序於　武宗皇帝之上與
序於　武宗皇帝之下與　孝宗之統傳之
武宗序　獻皇帝於　武宗之上是爲干統無疑
武宗之統傳之　皇上序　獻皇帝於　武宗之下
又於繼統無謂此見於　明倫大典第十八卷
可考也臣切惟人臣懷仁義以事其君者當不
貳其心而已貳其言是貳其心臣之心
先皇帝鑒之　皇上鑒之　天地鬼神鑒之夫嘗僖
逆祀春秋書之漢衰亂統史冊紀焉臣伏覩
皇上念　典禮之難成察私議之易惑持之以

純孝至誠之心定之以大中至正之道俟諸千聖而
不惑傳之萬世而有光堯舜之後 皇上一人
而已不然臣切恐後人之議今猶今人之議昔
也孟軻氏曰非禮之禮非義之義大人弗為夫
大人也者與天地合其德與日月合其明臣仰
於 皇上見之後何慮焉臣受 恩深重犬馬
血誠所宜自盡敢再具本陳奏以 聞臣不勝
戰慄待罪之至

謝視祀 天青爵

五月二十七日午刻臣等伏蒙

聖諭到閣朕覽江西造到青爵其色甚佳以為殿陛
告祀　天用然此祭器也器之重也欲卿等一
看今日雨後稍爽即酉刻可與勛鋐言共朕吉
朕来至南宮之重華云欽此臣等即傳
諭臣勛臣鋐臣言各具吉服恭候重華門申刻
皇上御重華殿先視祭器畢　御重華左室
召臣等入　見臣等祗拜叩首
上曰朕冈咳疾靜養久不與卿等接見此心甚歉然
茲調養平復病都好了特與卿等一見臣勛奏
曰臣等今日得覲　天顏不勝欣慶又稽首頓

首　上曰殿中設的是江西燒造的殿陛拜
天用的爵與酒罇朕見其顔色鮮明甚佳美與卿等
同看臣等復稽首頓首趨出　重華殿恭視畢
復入　見臣孚敬奏曰伏蒙
賜觀祭器制度精美仰見
皇上事　天之誠臣等不勝欽仰　上命内使以
御案所置扇　分賜臣等　上曰今天氣甚炎熱茲
扇與卿等共凉臣等復稽首頓首拜
恩臣孚敬復奏曰臣等今日得仰覩
天顔充裕不勝欣慶但今天氣炎熱伏乞

皇上倍加調養臣等在外不敢不恪恭供職
上曰御等忠愛朕知道了臣等復稽首頓首
上命賜臣等酒飯復稽首頓首而退及趨出
重華殿 上復宣召臣孚敬臣時入見
上以黄紙 御書 宣宗皇帝御製閱輿地圖詩一
首又白紙 御書恭和 宣宗皇帝閱輿地圖
詩一首以 示臣等臣孚敬奏曰臣等謹當恭
奉出外拜觀 上允之臣等稽首頓首拜觀仰
見 宣祖暨 皇上宸章奎翰皆自以不忍人
之心行不忍人之政所發真與

天地同體同用照耀古今　聖祖　神孫真
天生聖人先後相繼者也臣等又無任欽戴欣慶之
至臣等切惟　君臣一體也恩義兼而休戚同
也孟軻氏曰今王鼓樂於此百姓聞王鍾鼓之
聲管籥之音舉欣欣然有喜色而相告曰吾王
庶幾無疾病與何以能鼓樂也今王田獵於此
百姓聞王車馬之音見羽旄之美舉欣欣然有
喜色而相告曰吾王庶幾無疾病與何以能田
獵也古之人論君民同樂猶如此茲當
天保我　皇　聖躬康泰臣等忝輔弼之臣受

恩重而休戚同今日之　召同樂之心又當何如邪
臣等又伏思　盛事難逢不容無紀敢忘固陋
不避煩瀆謹具本陳謝
乞休陳時事
臣仰惟
皇上任臣不疑無啻心膂臣豈敢有所疑焉夫
皇上所以數進臣者以禮而臣所以獲罪當退者亦
以義被　命而去聞　命而来
皇上公天下之心而臣不敢存一已之嫌可白於天
下後世者也第臣責任愈久罪過愈大強力之

年尚不能免今衰病矣能無慮乎夫非　天子
不議禮　皇上中天地而立爲三綱五常之
主　大禮親自釐正臣下何與焉第恨三五臣者托
爲我輩濫叨　殊恩及至當事又不能同誠事
君如桂萼者　皇上所知不庸言矣如方獻夫者昔
具疏不上其志可知今復懦弱無立非緩急所
賴而在昔變詞避去今復異論攙事非政體所
宜黄綰竊議禮緒餘驟進崇階人多鄙之臣初
以其一念偶同不能深察今果見其反覆詭隨
夫爲　皇上所親信而臣稱爲我輩者猶如此

他可知矣能無慮乎又初山西潞城之變
皇上初志實以　國體爲念　祖宗紀綱法度爲重
聲罪討賊爲無疑者卒復因桂蕚之說用給事
中夏言查勘乃不誅作亂之賊而反罪討亂之
臣是以强梁肆志將士解體今大同之變
皇上初志實亦以　國體爲念　祖宗紀綱法度爲
重聲罪討賊無疑者卒復因人言姑息了事又
行查勘致將　御札密諭宣布邊荒內帑軍儲
賞賜叛亂此又非計特姑息而已今將士殺叛
軍者俱有罪而叛軍屠戮平民全家者俱置而

弗論此何等顛倒臣恐將來國事誠有大可慮
者臣日鬱鬱臣之子遜志亦日鬱鬱所以受病
皆由於此今臣子死矣臣病加矣自揣寧復有
益於　君上乎又張延齡事情臣已具前疏
聖諭謂臣堅不欲法處延齡者曰為　昭聖皇太后
耳恐君上失德臣之心　天日可鑒如真得其
情臣豈不顧正　國法哉正慮萬一不得其真
未免有累　聖德臣之心實非有他也又大臣
居丞弼之任誠當以誠事　君謀身計禍非忠
臣也臣深慮衰病不能盡誠効忠有孤

聖托孔子曰大臣以道事君不可則止臣不敢不自
知也又　諭令亦無甚事止是輔君安民耳臣
又仰見　皇上存心天下欲無爲而治真
堯舜之心也夫安民在知人書曰知人則哲唯帝其
難夫正人指邪人爲邪邪人亦指正人爲邪自
古爲然惟在　皇上早辨之而已夫奸邪成風
則忠正無以自見令曰　皇上所援引若二三
臣者其立心操行夫人皆知之臣願　皇上早
辨之而已自古未嘗借才於異代令天下之廣
豈無真才惟在　皇上廣求之慎擇之而已臣

前嘗論用人之道并踏城討賊二疏今謹重錄
上瀆 聖聽伏乞 皇上察臣之心行臣之言臣〻雖
去猶用也萬或不然則雖留臣無益矣
再乞休致
臣病苦不能任事前疏已屢具陳懇乞休致未
蒙 俞允臣伏思
聖恩優渥萬莫能報復蒙 眷留切至臣犬馬之誠
豈不知感激自効但臣連此數日病勢漸加飲
食減少心神昏遂肌膚瘦削人所共知雖欲勉
强赴 闕辦事誠有所不能者政本重地豈宜

缺人伏乞
皇上亮臣愚誠宥臣罪過早 賜放歸田里庶便調
理以延殘生實 聖恩始終保全之至也不然
臣病勢日復加重彼時
皇上雖放臣去亦已晚矣惟 聖慈重加憫焉臣不
勝懇切領望之至
請 賜樓座額名
臣昔年伏蒙
聖恩勅建山中書院敬一亭并 賜貞義書院抱忠
堂額名仰戴 聖恩隆重誠沒世不能忘者續

蒙賜歸山中緣奉 欽賜誥勅詩書文劄敢
作樓座以為尊藏之所因附築小室居之期於
子孫世守焉但一時拘於地勢創立於書院之
左臣於尊藏之心每有歉焉茲於郡城中得善
地一區謹更建樓座尊藏 聖制以圖永久伏
乞 皇上光賜額名俾臣子孫世守之焉臣不
勝感戴仰望之至

陳乞休致嘉靖十四年

臣因力薄任重事煩心勞遂致痰火上衝喉吻
常痛去年三月内在閣舉發昏暈幾仆曾已

上聞今年正月四日在朝房齋宿病又舉發昏暈不
省人事者踰日舉朝知之臣思未嘗有此疾而
連年乃如此退閒猶恐不及豈復能任事而有
所裨益乎兹二三月間殊覺氣力虛損精神恍
惚不得已請假調理伏蒙
聖諭察臣病情非
静不可體悉之至也又
諭示
宗廟後古事
重令臣須加慎勉出辦事此實教臣事
君之忠保身之道也　眷念惓惓進退未由臣夙夜
不能自安夫人臣殺其身有益於君則爲之今
臣祗覺病加於數至非敢官怠於宦成不得援

間病决難退彼時　皇上雖加憐憫恐無及矣
伏乞　聖慈念臣病情如此趁今天氣未甚炎
熱早放歸山調理萬一臣病少除得未即死尚
圖補報庶臣事　君保身之道得兩盡矣為此
謹陳懇切之情　上請臣不勝顒望之至

再乞休致

臣痰火疾甚卒非藥餌可退惟就閒調養庶或
少延殘喘茲臣此疾惟臣自知之人皆有不知
也仰惟　聖明體念之深憐憫之至不以臣為
欺妄但臣求之愈切　皇上留之愈堅夫君臣

大義莫逃天地之間臣豈有不知上下之間當
不存形迹臣豈有不思奈何臣積勞已非一年
耗神已非一事況此官責任至重非强力有精
神者豈能久居臣今年已邁矣病益加矣
皇上恩同　天地實難補報如身在尚可有望於餘
年身不可在則終負　君恩有餘憾矣近又伏
蒙　皇上諭臣忠孝之大臣豈不思感激而决
於求去哉臣見今此疾屢作不能暫已飲食減
少服藥無効況日逼炎熱道路遥遠伏乞
聖慈早賜歸休就閒調理臣倘得不死補報或有日

也爲此再陳情上請臣不勝惓惓懇切祈
恩之至
謝 手調藥餌
伏蒙
聖慈察臣病苦 遣内使賫賜藥餌欽奉
御劄云昨少保時爲卿陳病苦之情朕惟近古之君有剪鬚療其大臣之疾者今朕每自取數味而合以飲或時亦効兹手揀數味清心盪神驅火保肺之者爲一服卿亦如常煎而服之服時用蜜一大茶匙倘得病減庶慰朕念雖非前引之

者之切亦見朕意服後一二日可告朕何如欽

此臣頓首拜　賜捧誦感激謹即躬煎焚香於

恩賜榮恩堂仰覩　欽製軸　御題

皇考手澤四字瞻仰　聖母慈恩捧藥跪服畢不覺

感激殊深涕泗交下臣伏思　聖慈不惟憫臣

之疾而又　賜臣之藥況藥味出自

聖明御用妙劑又加　手揀清心盪神驅火保肺切

嘗臣病是誠同　天地造化爐枯回生宜在旦

夕視近古之君剪鬚療疾者萬萬不同矣但臣

精神困憊而今連次遘疾深重又如此藥難卒

効死生未卜伏思　皇上保全之恩始終切至
今惟仰賴　聖慈憐臣病苦早賜歸田以遂首
丘之願萬一殘喘少延圖報尚有地矣臣陳請
之情屢極惓惓今　俞旨未蒙即下是以哀鳴
不容自已臣不勝祈　恩恭候之至
謝准休致　勅官護送
臣自揣愚昧遭逢
聖明釋褐僅踰十年黍竊八載曾無一字之補
首叨百僚之恩夙夜匪懈之誠死而後已疢疾
恒存之苦生莫自由仰惟

皇上體念始終深加保愛　親製藥餌
遣醫頻繁渙布　綸音專使護送
皇上實察臣之情有不獲已臣之心實亦不敢自棄
有負　皇上覆載之恩也臣初獲　命生還病
實垂死四肢浮腫寸步莫能末由　陛辭益切
瞻望在途幸痰火少退到家常喘咳不寍卧病
山中慕恩　天上輿粟猶如在職存問尚煩有
司臣感愧感愧臣又竊惟心者萬事之根本國
不可不用用之尤不可過勞臣自知連年左右
衘承勉圖補報遂不覺心神殞越精力衰疲恭

惟皇上春秋鼎盛一日二日萬幾要之在清

心知人恭已成功而已古人祝君一則曰

天子萬壽二則曰子孫千億臣受恩深重無可報

謝惟以古之人臣祝頌君者日致祝頌耳謹差

人齎奏陳謝聖恩臣不勝馳仰瞻戀之至

問安嘉靖十五年

臣伏蒙

聖慈察臣有不獲已之情容臣休致臣感恩

天上祝壽山中仰惟天保我

皇日介景福臣遠違九重敢忘一日謹差人齎奏

伏候 聖躬萬福
慶 賀冊嬪
臣恭惟
皇上舊冬 冊立端嬪今春 冊立昭嬪敬嬪靜嬪
臣山中聞報不勝欣慶嘗誦假樂詩曰千祿百
福子孫千億臣實顧焉既醉詩曰釐爾女士從
以孫子臣實望焉謹差人齎奏稱 賀
陳奏愚情
臣去春因病休告伏蒙
皇上察臣不得已之情俯賜 俞允節奉

勑諭云特命行人齎勑送還鄉土月給廩米八石歲
撥輿隸八名仍諭有司特加存問家居宜時近
醫藥靜養天和俾體力充復以慰朕心如有嘉
猷毋忘馳告欽此臣仰惟　恩典異常禮遇優
渥殊深感激至五月間得歸山中謹已具本陳
謝未幾臣病復加仰賴　恩庇及冬方得少瘥
以後精力益衰鬚髮盡白齒落殆盡臣餘生無
幾伏思　聖恩深重真同天地其何能報其何
能報早暮山中惟切感泣而已臣恭惟
皇上清心靜養萬壽無疆　聖母壽愷燕喜以天下

養臣之至願也茲　三宮咸宜九嬪克備和樂
肇祥　子孫千億又臣之至願也詩思齊稱文
王曰雝雝在宮肅肅在廟又曰不聞亦式不諫
亦入　皇上性與天合者也臣無庸言茲衰老
無能爲報但猷祇不忘　君之心惟日惓惓雖
無嘉猷敢忘馳告除具本問　安稱
賀外謹具奏聞
謝　勅官　召復任四召
臣伏思去歲病作荷蒙　聖恩察臣有不獲已
之情容臣休致臣五月內到家踰月病又增甚

自揣微軀實不足爲有無惟　聖恩深重未由
補報耿耿於邑而已比今春臣前病少減髮白
齒落行步尚艱切思　九重久違兩朞瞻戀間
安尺疏之奏對　君萬里之心詎虞　聖慈益切
眷念特差錦衣衛千户劉昂視疾守備後任
勅諭　御札溫懇兼至　君臣父子休戚相關臣豈
忍旦夕遲違惟當鞠躬盡瘁死而後已茲於七
月十一日趨　命啓行謹差人具本謝
恩臣臨疏不勝拳拳瞻仰感　恩之至
慶賀

臣伏承　勑召使者將　命及門恭惟

聖躬萬福　聖母康寧及奉　御劄示臣　宮中喜

期將近有二焉臣知嗣此將千億焉此實

宗社生靈無疆之休也臣不勝欣慶不勝欣慶及

諭臣舉謁　陵禮恭飭新　七陵實　孝思之至也

詩曰永言孝思孝思維則臣竊於

皇上見之矣及　壽陵之建實又萬萬年久遠之計

我　太宗文皇帝嘗已行之　神謀遠慮實有

見焉臣又不勝欣慶之至

乞　恩調理

臣蒙

皇上遣錦衣衛千户劉昂捧　勑諭往視臣疾又蒙

御書手劄示臣於七月初七日到臣山中臣叩首稽

拜　開讀仰荷　聖恩惟有感泣惟有感泣臣

節奉　勑諭云卿疾如既愈即便来京果未除

則當善自保攝又節奉　御劄云卿如果疾未

痊便不煩以見如稍可即星夜以行急来見朕

臣伏思　皇上問臣之疾既愈一則曰即便来

京二則曰急来見朕如未愈一則曰當善自保

攝二則曰便不煩以見臣比今春幸疾少愈膽

戀　九重勤惓萬里而况　使者將
命撫巡守催遣當舊病甫愈敢於　新命稽違即於
是月十一日倉皇就道已具奏聞謝　恩矣不
虞十三日行至處州青田縣地方溪水暴漲實
所未經舟危幾至不保守巡等官咸為臣危伏
賴　聖庇得免無事臣用是心神驚悸痰火復
作加之毒暑内傷肚腹疼痛十五日晚勉强至
麗水縣地方寢卧不安飲食減少又當峻嶺阻
隔不能登陟　皇上雖眷念彌隆臣實疲疾茍
至伏乞　聖恩容臣暫歸山中重加調理若得

體力復常可以任事臣不敢更勤　朝命白當
趣勉赴京上答　至恩下竭愚悃臣不勝惓惓
伏罪之至
問　安
臣遠違
天顏迄今四載過叨　眷遇何日能忘仰惟
天保我　皇誕膺多福　祚胤永錫　聖壽無疆臣
無任欣慰無任馳戀
問　聖母安
臣　伏覩邸報　聖母偶有瘡疾

皇上日於宫中祈禱至忘寢食臣無任憂疑無任憂

疑仰惟 皇上至孝之心格 天有素 天佑

聖母必臻康寧然 皇上深以 聖母之疾為憂而

臣尤以 皇上之憂為憂晝夜馳慕未得

萬安報音為此惓惓莫能已謹具本恭伸問 安

謝 恩嘉靖十六年

臣伏蒙

聖旨卿疾既未盡痊張郡准留侍養疾可照前旨一

來以慰朕恩該衙門知道欽此臣伏念犬馬餘

年末由報効至勤 温語下臨留姪侍養

恩出望外悲喜交并顧臣抱病未即盡痊然身在山
中心懸 天表
慶賀皇子誕生
臣伏覩邸報該禮部傳奉
聖旨嘉靖拾陸年捌月貳拾捌日朕第陸子生禮部
知道欽此恭惟
皇上大德合 天至孝光祖瑞慶流衍 胤嗣益昌
誠 宗社萬萬年無疆之休也臣受
恩隆重欣躍倍常為此具本稱 賀
請 册立東宮嘉靖十七年

臣切惟自古帝王豫建太子所以定國本主鬯
屬神人也仰惟我
皇上宣哲文武燕及　皇天　天錫聖嗣益昌益蕃
天下萬世幸甚幸甚迨今　東宫未立人懐顒
望臣心切焉頃聞　廷臣具疏敦　請而
明詔未蒙涣頒臣又伏念　皇子降生已
踰周歳聰明秀異必出尋常所以基　天命養
聖功誠不可少緩也伏乞　皇上俯從羣下之請舉
行　冊立之典以上慰　天地　宗廟百神之
靈下副華夷萬方臣民之望

謝宗廟工完欽賚

臣伏謂宗廟之禮自周以来隳廢既久同堂異室沿襲至今使在室之主不得各全其尊而富有四海之君未能拓其展拜之敬誠闕典也何幸聖天子操議禮制度之權使斯人復覩二帝三王之盛信謂大聖人之作為出尋常萬萬者也今盛典告成大功敷錫庸劣如臣濫叨恩賚加賜白金五十兩綵段四表裏臣拜賜腆顔未由報稱奏謝以聞

遺疏嘉靖十八年

致仕少師兼太子太師吏部尚書華盖殿大學
士臣張孚敬謹奏為進繳
欽賜圖書幷陳遺忠事臣本草莱遭蒙
聖明躐登要位委託隆重報稱實難臣念自嘉靖六
年七月初五日以後屢承
御劄及
御賜諭劄承荅間
切恐出入封識莫為左驗當年十月十五日重
蒙
欽賜臣銀圖書二枚一曰忠良貞一一曰
繩愆糾違以為封識承荅
諭劄未有號七道
續承忠字起壹號終伍百九十一號嘉靖八年
八月以前臣謹將承過
諭札一應有干

祀典者錄簿付内閣同官翟鑾恭侯編錄嘉靖十年
閏六月以前臣因　賜歸山中又謹將承過
諭札如式錄簿令姪邦代捧赴京　進繳嘉靖十三
年七月以前臣在内閣又謹將承過
諭札如式錄簿親行　進繳各具由　奏外自嘉靖
十四年正月十三日起至四月初一日止恭承
諭札八道未經　進繳時臣蒙　恩賜歸山中仍奉
勑命云如有嘉猷毋忘馳告臣以故并將銀圖書二
枚欽佩到家迄今臣病浸重度無生理恭惟
皇上聖德純明禮制大備臣復何言謹將前

諭札八道如式錄簿裝演成冊弁　先賜圖書二枚
謹封密襲令男中書舍人遜業俟臣没後賫捧
進繳不得因喪違慢臣伏覩
諭札真本　宸翰煇煌又蒙　賜建寶綸樓所以寶
藏綸言不可以藏他書者也又伏覩續　賜臣
銀圖書　恩制隆重篆曰永嘉張茂恭印所以
表識臣字不可以　賜他人者也臣以故謹捧
諭札真本　尊藏於　寶綸樓龍匣之中復將
欽字㓂書封藏於家廟嚴屬男遜業密切保守傳之
子孫世世所不忘也臣仰惟　天恩罔極莫報

涓埃今止於此祇有感泣而已祇有感泣而已
伏願 聖慈垂鑒亮臣遺忠 聖德益懋
聖治益隆 聖嗣益蕃 聖化益廣臣不勝泉壤感
恩之至為此具本令男遜業親賫 進繳謹具奏
聞 奉
聖旨禮部知道欽此
附疏
進繳遺疏
中書科中書舍人守制臣張遜業謹 奏為
進繳先臣遺疏事臣父少師兼太子太師吏部尚

書華蓋殿大學士張孚敬今年二月初一日自
度病不能愈乃呼臣命之曰我荷
聖恩極為隆厚莫能仰酬昔病告歸尚圖少愈或得
効報原奉　欽賜圖書我佩歸家尚圖數敭餘
忠今垂死矣莫復能有言矣仰惟　聖德純備
禮制大全我亦無復可言者矣惟是先年屢承
諭札及銀圖書除已經録進外尚有未經進繳者凡
八道謹已如舊式録簿裝潢成冊　尊藏龍匣
并銀圖書二枚啓加封識另為奏本待我没後
汝即親賫赴　闕奏繳勿得失損臣承父命謹

奉惟謹不幸臣父於本年二月初六日病故臣
因哀痛致病又懼違慢只得扶病起程親賫臣
父遺疏一封及 龍匣一封 尊藏
諭札一冊銀圖書二枚并原匣銀鎖鑰印色池俱全
謹隨本親賫伏 闕進繳謹具奏 聞
嘉靖十八年九月 日奏奉
聖旨覽爾父遺疏朕用惻然札帖錄本并繳進圖書
著收入禮部知道欽此
謝 邮典
中書科中書舍人守制臣張遜業謹 奏為謝

恩事臣父少師兼太子太師吏部尚書華盖殿大學
士先臣張孚敬於嘉靖十八年二月初六日病
故該巡按浙江監察御史傅鳳翔具本為病故
輔臣事題請　䘏恩奉
聖旨禮部便查例來看欽此續該禮部查例看得少
師兼太子太師吏部尚書華盖殿太學士張孚
敬病故本部查與大學士桂蕚勲勞位遇事例
相同一應　䘏典相應照例　賜給合候
命下本部除輟朝一日期另行具　題將贈廕開壙
等項移咨吏工二部照例施行謚[illegible]文行翰

林院撰擬及行浙江布政使司轉屬支給官錢
買辦祭物就遣本司堂上官致祭等因具 題
本年五月十六日奉
聖旨是還加祭三壇欽此又該擬臣父謚號文襄文
敏六月初一日奉
聖旨張孚敬贊大孝於君彼亦可謂孝然孝即是忠
與謚文忠欽此又該吏部具 題前事七月二
十八日奉
聖旨張孚敬贈太師還廕他男一人做尚寶司司丞
欽此又該工部具 題前事七月二十九日奉

聖旨是著員外郎許仁卿前去開壙視葬欽此除名
望闕叩頭謝恩外切惟臣父仰荷
皇上知遇之隆古今罕伍眷卹之典不一而足葬
祭兼備贈謚兩崇寵渥已極於生前恩榮
洊加於身後臣舉家存沒不勝感戴之至爲此
具本親賫伏闕陳謝聖恩謹具奏聞
嘉靖十八年九月二十日奏奉
聖旨覽奏謝知道了欽此
乞恩改葬
尚寶司司丞守制臣張遜業謹奏爲懇乞

天恩改葬以終 卹典以全體魄事臣父先臣致仕
少師兼太子太師吏部尚書華蓋殿大學士張
孚敬於嘉靖十八年二月初六日在家病故有
司奏 聞欲行造墳安葬緣臣母一品夫人蔡
氏先於嘉靖八年病故彼奉 欽命差官造墳
于本縣地方杜嶴 諭葬并營臣父生壙今蒙
工部照例題奉 欽依差員外郎許仁卿開壙
擇於本年九月二十八日行葬先日啓壙却見
壙中積水盈尺四邉土濕因慮母壙啓視其中
亦見有水浸盈幾致壞棺臣切痛號父喪不敢

行葬暫將母喪遷寄淺土臣遭此大故哀惶無
措切思前墳係奉　勑造不敢擅便况臣家貧
孤弱不能經理臣實艱苦狼狽伏望
皇上俯念臣父生前曾効犬馬微勞憐臣孤苦無賴
勑下該部行臣本處官司并將開擴工役別營善地
庶得父喪有歸　䘏典告終臣父九原不勝感
戴　天恩之至謹具奏　聞
嘉靖二十年六月　日奏奉
聖旨該部知道欽此
題覆改葬

工部謹　奏為懇乞
天恩改葬以終　卹典以全體魄事屯田清吏司案
呈奉本部送准禮部咨禮科抄出尚寶司司丞
張遜業奏稱等因奉　聖旨該部知道欽此欽
遵抄出送司查得先該大學士張孚敬妻夫人
蔡氏病故乞要祭葬等因該本部覆題奉
欽依移咨工部照例造墳安葬并造夫壙外又查得
大學士張孚敬病故已經題行工部開壙并葬
去後今該前因案呈到部看得司丞張遜業奏
稱啓壙積水盈尺父喪不敢行葬乞將開壙夫

役别營善地一節本部查無事例但張孚敬係
元輔大臣　聖心簡在相應題　請其應否開
壙夫役别營善地臣等未敢擅便伏乞
聖裁等因題奉　聖旨准將開壙夫役别營善地欽
此欽遵咨部送司案查嘉靖十八年五月内准
禮部咨開大學士張孚敬於嘉靖十八年二月
初六日病故夫人蔡氏先故已經造有墳壙例
該開壙合葬緣由咨送前来該本部題覆奉
欽依差委本部員外許仁卿前去及類行浙江布政
司行屬應付棺木造辦喪儀冥器合用夫匠各

項銀兩照數派辦督理開壙合葬將辦過價銀
數目通行造冊　奏繳去後今該前因案呈到
部臣等看得尚寶司司丞張遜業奏稱啓壙積
水盈尺父喪不敢行葬乞將開壙夫役別營善
地一節既經禮部題奉　欽依准將開壙夫役
遷葬但該布政司尚未造冊繳報前項曾否辦
送開壙夫役相應查處合候　命下本部備行
浙江布政司查勘先次題派開壙夫役果無辦
送照數處撥或已支未盡截數補給如或不足
聽差去官動支本處有司無礙官銀以資遷葬

仍照例造用二本奏繳緣係懇乞
天恩改葬以終　卹典以全體䰟及奉
欽依准將開壙夫役别營善地事理未敢擅便謹題
請旨
嘉靖二十年七月　日奉
聖旨是欽此
先太師奏疏在日巳刻傳布海内矣歲久
漶滅屢欲重梓以力絀未遑也頃
鹺臺弱水楊公按部東甌乃索全藁手自
校選極其精嚴釐爲十卷附以雜文二卷

邑侯寧宇莊公力任剞劂題曰選張文忠

公奏對稿其中如

郊祀議復於　諭對録内選出先太師建議後

奉荅

御札論配享從祀樂服諸禮剞之在前及

孔子祀典議不録全章儻未便襯覽耳汝紀

載閱　諭對録及未剞稿内有關

國家大體者增補之仍附先太師遺跡及先

大夫繳　御札謝　郵典請改葬諸跡于

後

萬曆戊午仲春朔孫汝紀薰沐拜手謹書

太師張文忠公集奏疏卷之八終

張文忠公集

文 一之二

文忠公集目錄

存稿卷之一

文稿卷之二

文稿卷之三

觀荷亭記　祠堂議

家廟議

文稿卷之四

進明倫大典　謝賜五經四書

謝賜獎諭鶴服金帶

謝賜御贊詩　謝賜玉帶

謝賜書院額名　謝賜忠靜冠服

謝賜手勑衣襲　謝賜甘露

謝賜諭寶鈔羊酒　賀四郊大禮告成

謝賜勑諭玉帶　賀冊立中宮皇后

賀皇子誕生　圜丘禮成頌
謝更名字頌
皇太后聖誕宴賞致語三章并詞
皇嗣期月燕喜　聖母致語三章
奉勅擬中宫皇后序女訓後
擬車駕還京廷臣賀表正德十六年
文稿卷之五
奉勅撰岳懷王墓誌
奉勅撰皇第一子哀沖太子壙誌
誥贈光祿大夫柱國少師兼太子太師吏部尚

書華蓋殿大學士先考守菴府君墓誌
誥封一品夫人蔡氏墓誌
長兄中書遜志墓誌　季叔慕本公墓誌銘
王處士墓志銘　王恕齋墓誌銘
邵世德墓誌銘　從兄樂善先生墓誌銘
伯兄蘭室先生墓誌　季兄雪崖先生墓誌
李月川先公墓記　王竹房墓表
王雲菴壽藏誌　堂兄筠軒先生傳
王竹房傳
文稿卷之六

太師張文忠公集目錄 文稿終

太師張文忠公集

文稿卷之一

奉　勑撰敬一亭碑文

臣孚敬稽首拜言洪惟我

皇上受　天眷命嗣承

大統稽古帝王之學以復古之治雖堯舜何以加諸

五年丙戌夏六月嘗因觀書有得

御製敬一箴　頒示臣工序之有曰敬者存其心而

不忽之謂也一者純乎理而無雜之謂也又曰

惟敬是持惟一是協所以盡為天之子職庶不

忝厥　祖厥　親由是九族親之黎民懷之為
箴凡二百八十八言大哉
皇言一哉　皇心真得堯舜傳心之要法者也明年
丁亥冬十二月又因講大學衍義有及宋儒范
浚心箴乃并程頤視聽言動四箴復
親為註釋以人心惟敬為主衆欲之攻多自視聽言
動入而人君一身所關為尤重焉　聖訓諄復
皆義理精微之極所以發明敬一之道蓋大備
矣書曰天降下民作之君作之師仰惟
皇上天作君師茲訓也匪徒言之實允蹈之所謂[illegible]

法於天下可傳於後世者也輔導諸臣請建亭
勒碑於翰林院幷兩京國子監南北直隸十三
省府州縣學咸令摹刻俾天下士服膺
聖訓有所興起　制曰可　勑名敬一亭工部乃拓
院後地建亭勒碑于中五箴幷節奉
聖諭共六碑分勒左右勢極崇麗實一代盛制也
御製有詩以紀其事亭肇工於戊子春三月訖工於
秋八月輔導與侍從諸臣咸樂教育宴會以落
成之臣孚敬載歌　聖德伏承　御製詩重示
訓戒且大賚在宴諸臣幷程工官屬有差

恩至渥也九年庚寅秋七月掌院事學士顧鼎臣請
勑輔臣撰文刻石紀載臣孚敬奏言　大聖人制作
如天地高厚日月昭明有非臣下所能贊一辭
者　上命內閣首臣撰文臣復自揣卑陋謬承
寵命具臣而已又惡乎敢伏惟君者長人者也師者
教人者也記曰能為師然後能為長能為長然
後能為君三代以來克盡君師之責者臣仰惟
皇上見之矣對揚光訓紀載歲月實臣子所宜自幸
敢固以卑陋辭昔孔子贊堯曰大哉堯之為君
也巍巍乎唯天為大唯堯則之蕩蕩乎民無能

名焉巍巍乎其有成功也煥乎其有文章臣敢

以是頌焉雖然古之君臣有交相戒飭之道

皇上祖述堯舜傳心數一惟之德也臣子實有愛莫

助之者也惟久於其道則天下化成矣詩曰周

王壽考遐不作人又曰子子孫孫勿替引之臣

又敢以是禱焉

奉 勅書無逸殿右壁

惟十祀春三月望 帝社 帝稷成

皇上率卿士肇禋爰 命治地播穀樹桑於時作

無逸殿書周書無逸作 豳風亭書七月詩臣孚

敬謹拜稽首請曰惟兹盛典宜有　聖製
上謙光至載請延曰朕　皇考嘗作農家忙律宜大
奉書于殿朕題豳風圖有詩其書之亭仍令輔
臣各著言附焉臣愚庸辭弗勝命　上重令臣
進解　先皇帝睿製臣伏讀見敬天勤民焉見
對時育物焉見重農教惜民財焉見宣上德達
下情焉嗚呼　先皇帝雖處　藩服實憂以天
下樂以天下者也臣又伏讀　皇上誦農家忙
記述取七月無逸之旨著明　先皇帝睿製精
微極致夔樂之大旨繼述至孝所發也臣益輔民

曰憂以天下樂以天下然而不王者未之有也
先皇上施於子孫　皇上祈天永命信有徵矣臣謹
切詳無逸之旨不出於嚴恭寅畏之一言呂祖
謙曰嚴則謹重恭則隆下寅則肅莊畏則兢業
合而言之則敬而已矣昔武王銘于牖曰隨天
之時以地之財敬祀皇天敬以先時
皇上取無逸之義以銘茲　殿也奉書　先皇帝睿
製愛敬之至也夫愛之斯弗忘敬之斯盡其道
焉耳嗚呼休哉
奉　勑書涵風亭右壁

豳風亭成

皇上取　御題豳風圖詩　命書之臣孚敬謹拜稽

首颺言曰嗚呼惟　皇存心天下憂思孔艱匪

徒言之實允蹈之者也臣竊惟七月之詩周公

以成王未知稼穡之艱難故述其先公風化之

所由以教之者也臣仰惟我　聖祖嘗命工畫

古孝行及身所經歷艱難起家戰伐之事爲圖

以示謂侍臣曰朕家本業農　祖父皆長者世

承忠厚積善餘慶以及於朕今圖此者使後世

觀之知王業艱也又曰富貴易驕艱難易忽久

遠易忘後世子孫生長深宮惟見富貴習於奢
侈不知 祖宗積累之難故示之以此使朝夕
覽觀庶有警也臣稽首莊誦 皇上題豳風圖
詩真得 聖祖傳心之要而又多出周公言外
之意誠所謂不諫亦入性之德也宋儒有言曰
仰觀星日霜露之變俯察昆蟲草木之化以知
天時以授民事女服事乎內男服事乎外上以
誠愛下下以誠事上父父子子夫夫婦婦養老
而慈幼食力而助弱其祭祀也時其燕享也節
此七月之義此臣竊惟豳乃西陲小邦也其風

俗之厚如也卒基成周大一統之盛爲有道之
長我　皇上嗣此丕丕基而尤深體
祖考艱難之恩　神功　聖化萬世無疆矣詩曰嗚
呼皇王繼序思不忘又曰休兮皇考以保明其
身臣仰惟　皇上日切顧望焉
奉　勅撰明倫大典後序
是爲　明倫大典也我
皇上親名之親序之也於此仰見　聖人在
天子之位膺　天命也遵　祖訓也　倫序正而統
嗣以明也　孝思篤而綱常以舉也上率夏商

周王之章下洗漢宋為後之陋習也所謂德歟
加于百姓刑于四海　天子之孝也臣愚無庸
言者　皇上以臣嘗從建議之後俾志諸未盡
愚衷也夫斯禮之議也起於　皇上登極之六
日而爭之凡五六餘年也始而　恭穆獻皇帝
章聖皇太后止稱　帝　后既而加皇字稱　本生
父母終而去本生字稱　皇考　聖母此先後
凡三　詔也始而爭考爭帝爭皇既而爭廟及
路終而爭廟謁及樂舞此先後凡七爭也其爭
也出言盈庭或自疏或連名先後攻擊凡三百

有餘章也無小大無遠近先後交搆凡七百有
餘人也臣等憤不得已抗言于　廷或自疏或
連名先後建明凡數十餘章也無小大無遠近
先後陳力凡數人也兩議相持衆寡不敵揆之
以天理人心定之以中正仁義　皇上一人而
已詩云既克有定靡人弗勝蓋人不可以勝天
邪不可以勝正也夫宋儒朱熹嘗謂邪說横流
壞人心術甚於洪水猛獸之災慘於夷狄簒弑
之禍也　皇上　天作君師爲萬世立綱常開
太平　典禮既定乃　命儒臣纂編爲書以貽

典則使後之君臣父子各止其所此謂
聖人人倫之至也此所以為 明倫大典也臣何幸
身親見之猗與盛哉

大禮要畧序

大禮要畧撮 大禮之要而舉其畧者也夫 大禮
之為書也博之宜無不信約之宜無不該故知
要可以會通因畧可以致詳無難矣臣孚敬伏
讀 聖諭 皇考恭穆獻皇帝 尊號已定
世廟已成所議典禮不可無一全書又 諭大禮者
乃天子之禮書用者乃一代君臣之行也重其

事所以命官纂集其曰命官還用建禮之臣掌
其文意大哉　皇言乎一哉　皇心乎此誠
明王大孝為法萬世者也昔孔子作春秋必先明五
霸之功罪則事有統理夫春秋魯一國史也今
大禮之書為　天子之禮　一代君臣之行也是宜
聖心有在而欲為全書也臣等敬實為迂愚之儒嘗
從建議之後每事必書固將有待焉者茲仰承
德意罔敢或遑於是輒為要畧亦惟明夫統理而已
庶同志者於是乎會通於是乎致詳其於
大禮全書未必無少補云

會試錄序

我

皇上承統御宇明物察倫以為民極以昭文明之治

其盛矣乎歲己丑復當會試天下士禮部尚書

臣方獻夫侍郎臣李時臣嚴嵩以舊制請天下

之士莫不奮然興裒然集咸有帝臣之願焉詩

曰豈弟君子遐不作人其斯之謂歟先是臣竊

念國家用人以科舉為重而有司選士以鄉

舉為先因條三事上請一曰正文體二曰明

實錄三曰慎考官上俞之既令行天下矣及

是禮部以甲科取士所關尤重復申明三事以
請　上復俞之俾昭示焉然不以臣爲愚
命主試事臣受　命夙夜不遑夫文體不正則實録
難明考官不慎則文體難正　皇上任重之託
濫及愚臣其何能勝諸謹率同事矢心秉公合
天下之士知　制而三試之觀經義之文多發
明理致不事浮夸知初試之變也觀詔誥表論
判之文多率循典實不事奇怪知再試之變也
觀五策之文多經畧世故不事剽竊知三試之
變也臣乃稽首颺言曰我　皇上神化之速一

至是乎諸士子之文可謂善變矣可采錄矣臣
等同考校者可無憾矣語曰文莫吾猶人也躬
行君子則吾未之有得大聖人猶自責實如此
今 國家以文取士豈非因之而責其躬行之
實矣乎夫自古聖王之教皆所以明人倫也故
道德一風俗同而仁義之言孝弟之行達之天
下也肆我 皇上以孝洽天下而德教加于百
姓刑于四海凡有得於觀感者莫不興行而能
言其實况士自鄉而升為民之俊秀者乎故凡
為叛道背經之説靡不懲創前非行修言道非

徒文體之正而已是之謂大同則今日人文之
盛信有在於我　皇上鼓舞作興者矣記曰天
下有道則行有枝葉天下無道則辭有枝葉夫
辭有枝葉虛文也行有枝葉躬行之實也然則
我　祖宗設科以文取士端有在於斯矣夫有
實言者有實用善作人者必得人舍是而虛文
之求抑末矣本之則無固非我　祖宗設科垂
法之意亦非我　皇上神化作人之道也嗚呼
敢不慎諸敢不慎諸夫士凡三千七百餘人取
三百二十名遵　制額也敢謂能盡人之才乎

哉嗣此而益涵濡　聖化以儲世用其有艾乎
哉是舉也奉　詔命為考試官者大學士臣孚
敬學士臣翰也其同考試官則右中允臣道南
修撰臣以訓臣用卿臣用賓右贊善臣文俊臣
昂編修臣教臣星臣袞臣維傑臣璐都給事中
臣鶴鳴臣準署郎中臣俊署員外郎臣默主事
臣禎也其監試官則御史臣濂臣照也暨諸執
事厥責惟均凡此同事之人既事之後尚宜仰
思我　皇上作人之功益勵實行以共承休德
為多士光焉錄成以　獻臣以職事忝序諸首

温州府志序

父子君臣人之大倫也舍此言治皆苟而已温
古揚州之域比宋遂稱小鄒魯我　朝
皇上嗣位朝議率宋濮王故事以　皇上考
孝宗叔　興獻皇帝舉朝力爭余曰此倫理綱常攸
繫獨上疏　上親覽之曰此論一出吾父子可
終完也此議遂定漢宋俱成陋習矣禮成余忝
官黃閣十年以老病乞休觀舊志深有憾焉夫
吾温城池風俗山川人物與夫宫室丘墓書目
詩文之類間有可觀者采録之孰有大於明倫

者哉千百年之下孰有過於此者哉書此作郡

志序

禮記章句序

孚敬自少業舉子時即好讀禮經第觀舊說多所未安思欲釐正之而有所未暇弘治戊午以詩經中省試乃築羅峯書院於五都瑶溪山中集徒講學始取而章句之正德庚辰中禮部試

辛巳 上登極賜進士時 武宗皇帝嗣

孝宗皇帝一十六年矣賓天無嗣 上以 興獻王世子奉 太祖高皇帝兄弟終及之訓入繼大統

朝議以　上考　孝宗皇帝而稱　興獻王爲
叔父乎敬執禮爭之舉朝洶洶至嘉靖四年始
定　上鋭志中興以明聖述作爲已任如正
孔子之祀定　郊廟之儀與夫耕蠶冠服之制皆
所最先者而左右匡勁以責乎敬孔子曰能以
禮讓爲國乎何有　上固天啓之矣乎敬自惟
薄劣無以仰副萬一敢不兢兢乎始終勉之期
以自效然三千三百變觀適中毫釐有差爲害
匪細此尋常講議尤不可不求其當已也然禮
莫大於父子之倫而明王之治天下必本於孝

孚敬既以是上贊　聖天子正大光明之治則
疇昔之所好而致力者似不爲欺世之空文而
或者可以對揚於名敎嘗讀杜甫諸詩見其忠
誠懇惻乃取其七言近體而訓解之已獻于
上而霍宗伯韜諸人咸謂孚敬當以禮記章句獻孚
敬以爲此聖經也可槩是已自信而一無所遜
哉於是有所不敢仍自念平生精力悉在於是
胡可使之泯滅也歲乙未以疾乞歸未幾
朝使復促因付兒遜業韓校梓藏于
勅建寶綸樓中以質諸博古君子

杜律訓解序

杜少陵詩代稱詩史而後三百篇者也註家引證多妄釋意非淺則鑿其本旨遠矣夫少陵為詩句中藏字字中藏意其引用故事翻騰點化故王介甫嘗謂緒密思深觀者苟不能臻其閫奥未易識其妙處斯言信矣愚竊於是詩諷詠涵濡精以審察然後乃見其立言之意雖抑揚發斂變態無常而句句字字自有躍如者在也敢取七言近體以訓解之蓋有不得不為少陵辯者學者肯因而加詳焉則全詩其庶幾乎

再識

是編元張伯成註誤傳爲伯生虞氏夫生於千
百載之下而欲得作者之志於千百載之上不
亦難哉唯孟軻氏有曰以意逆志是爲得之愚
覽舊釋過贅遂大削之能者觀焉則又不如盡
削也

慶谿橋王公偕配安人齊壽榮封序

谿橋王公予女兄丈也先少師生女兄及予兄
弟四人然鍾愛女兄得星術言以貴顯期之及
議婚歸同里谿橋公有甥三人子明子揚子大

予爲諸兄爲季視伯仲兩甥年相上下谿橋公
令兩甥同予學先後並以甲科起家予遭際
聖明致位師傅子明子揚同官部曹嘉靖己丑子揚
以司勳郎滿考　封公爲吏部稽勳司署員外
郎事主事吾女兄爲安人是年公壽八十歲女
兄壽七十七歲八月二十一日爲公誕辰子明
兄弟先期從京師函　敕書及冠服歸壽屬予
言將之予自念幼失慈侍藉女兄愛視稍長備
兩甥學歸時往候問谿橋公惓惓以德業詔勸
勉故予事女兄猶母而視谿橋公每遜讓不敢

當賓禮女兄性慈孝明大義每與予語及先少
師及母夫人遺事輙相向涕泣谿橋公亦爲咨
嗟不已嗚呼先少師起布衣植德累仁嘗困識
家言以昌大望之子女乃如所期而慨俱不及
見夫逸能思初安而惟始樂之情也講信修睦
篤親屬厚禮之經也禮樂繞乎倫理故予於谿
橋公及女兄之榮壽不能無情焉予佐
聖天子修明禮樂敦敘倫紀以孝治天下而資兩甥
同心協恭毗賛中興之盛竭忠於國固所以成
孝於家也而公與吾女兄所願望其子而慰悦

其心者當不在於承懽膝下矣而况有季子以
奉晨昏修滫瀡哉谿橋公以碩德望於鄉吾女
兄相以淑媛並壽媲德胤祚蕃昌耳目罕覯記
者昔龐德公隐於鹿門夫婦相賓敬表於史傳
而其胤有鳳雛之譽竟以顯其親吾兩甥東嘉
稱為雙鳳王公所居谿橋即目為鹿門之野可
也予異日乞 恩東歸當撰杖屨從公於谿橋
上握手相慰勞公其旦夕望我乎詩曰躋彼公
堂稱彼兕觥萬壽無疆先歌此為公壽且以期
之將來也公並女兄拜 恩之後尚以予言告

吾家廟可馬

靜修子集序

吾兒遜志弗祿命也生奉　勅命歿列祀鄉賢
及遺文諸箕章南提學御史聞人君已編傳矣
玆惟家庭紀聞內載　上以選妃嬪廣儲嗣令
公明本奏　請公即於是日夜齋心忽命子姪
輩具香燭冠服束帶露禱于　天遂馮跡上
奏夫紀聞所錄雖非一事以選妃嬪廣儲嗣為極
大今日　聖天子嗣續蕃衍　國本永固誠吾
兒所心願也

省吾序

羅山張子書院咸因自名其齋曰三省時芝田杜子良瑞來求作省吾文曰此吾邦伯林公別號盖取曾子吾日三省吾身之意也士大夫慕其實行形諸咏歌子序之予曰此吾之同志者也能無言乎易蹇卦大象曰山上有水蹇君子以反身修德程正叔傳之以爲君子遇艱蹇必自省於身有失而致之乎有所未善則改之無歉於心則加勉於此見聖賢之心矣自夫科舉之學興人惟以官職崇卑祿廩厚薄是計知所

以省身者鮮矣所以官之崇而祿之厚者益多以爲般樂怠傲之資此之謂賤丈夫況刺史之職爲吏民之主之難之榮古之人皆嘗言之唯難其難而不敢自榮其榮非所以自省者能之乎且曾子之所謂三省曰爲人謀而不忠乎與朋友交而不信乎傳不習乎在學道者固所自盡也若邦伯公則又有官立政者矣故不獨曰三省而必曰省吾則其用心益廣矣必其退補之時曰政不通乎人不和乎兵甲之不銷乎財賦之不均乎士類屬吏之不愛且畏乎凡吾日

之所爲無不加省如此則善矣杜子曰其然張子曰是吾之同志矣

送周式之之虞城序

矩峯周子式之武昌人也讀書於矩峯山中舉于鄉餘十年而未得仕然其心則未之忘也羅山張子永嘉人也讀書於羅峯山中舉于鄉餘二十年而未得仕然力則既竭而不能進也一日矩峯子爲虞城令既得　命過羅山子之舍而請曰吾學也寡仕而不得舉進士名雖吾以也吾其能忘於心乎羅山子曰科舉之制非古

也自唐宋以来未之有改也今吾不幸而不得
與子同年矣謂是可以得人而可謂盡人乎哉
夫以一日之長决得失於一夫之目其可以幸
致者名也有命焉君子聽之今夫仕利澤之溥
非一日之所能感念之深非一夫之所為其不
可以幸致者實也有性焉君子盡之吾子學博
而用約神定而氣充其仕也所謂流於既足而
伸於久歷者矣務實也顧以名為昔者子游之
為武城宰故後世至今知有武城也夫子游乃
聖門科條中人非今之所謂科舉者也故能為

武城重吾子之行也安知將不為虞城重乎

送周濟之之福州序

武昌周子濟之與式之兄弟也式之為虞城令濟之為福州節推同日 命下其盛矣哉濟之曰君不寡吾兄而贈之言何以處我予曰難言也予以正德丙子秋與濟之及黃岡王穉和俱携家上春官試濟之倡文會雖凍雪不懈此初合也丁丑並弗第穉和留京師濟之偕予南還一日遇大風作舟皆亂泊遂先後相失此還離也己卯冬予再至與穉和敘寒暄遂念及濟之

之來將有日矣未幾濟之至三人舉會事如故
此再合也庚辰穉和下第南還濟之有福州
命予待問于廷此又離矣嗚呼離合者勢也合而喜
離而悲人情也離而復合合而離如日月之不
可留也夫以濟之篤實之學敏達之才是行其
亦小試耳今　聖天子圖治登崇俊良若濟之
者非福州可久借也穉和之來蓋亦有期第予
之樗散無可置地耳倘以遲鈍而免四方之役
則今日之離又安知不為他日之合乎行矣濟
之無牽於情古人有言曰心同則千里會晤情

踈則間壁不相往来毋徒以迹為

送甘思誨還鄉序

瓊山甘子思誨隨厥父通判吾溫受學於庠生林君學之巳而通判公得謝事思誨辭學之而歸學之道思誨滿口欲予言以贈予謂師生恩義之係亦大矣自夫世俗以科舉為學師弟子之所以相授受者不過絺章繪句之文而道卒無得於心焉故其合也如儯其離也如棄視諸百工技藝之為師弟子者反不逺焉則亦何恩義之有記曰凡學之道嚴師為難師嚴然後道

尊道尊然後民知敬學今思誨果能爲嚴師也
乎學之果能爲道尊者乎鄭玄事馬融辭歸融
曰吾道東矣楊時事程顥辭歸顥曰吾道南矣
瓊居西南海島中從吾邦數千里今思誨辭歸
學之可亦曰吾道西南矣乎如此然後無愧於
古人之爲弟子者矣學之憮然顧謂思誨曰吾
與女也盍相勗諸

壽葛處士序

黃巖孫君應之得鳳陽通守 命適厥舅翁之
耋年欲以文爲慶予生也晚未獲親翁老成之

德其何爲頌應之曰葛翁不吾寡而以子妻吾
卒爲賢助可以見家訓焉採於山釣於水徜徉
終身可以見守己焉客至則不計有無縱酒放
歌盡歡而醉可以見性情之真焉鄉大飲賓則
具深衣履動以規矩爲鄉人望可以見體貌之
嚴焉是則葛翁而已矣予曰有是哉翁之良乎
夫人富貴貧賤壽夭萬不有齊者也造物者爲
之而盈虛消息之數存焉故有富矣貴矣而天
貧矣賤矣而壽故富貴者有不保其榮貧賤者
有多受其辱壽豈易得而易慶哉迹翁之爲人

也上不偏於富貴下不困於貧賤得造物之中而無所忌焉無辱無榮故得壽祺以終是宜慶宜文者翁內君董氏少翁四歲自結髮至垂白未嘗反目故人罕其偕老翁初度之辰為是年之二月應之歸自八月猶病於愆期然而躋堂稱觥女以夫貴翁以壻榮則葛氏夫婦之心不既慰乎葛氏之諸子不咸喜乎雖然一喜一懼應之知愛日之誠者也盍以此語其諸子云

送黃省祭還平陽序

儒與吏進用之志一也其振作之機存乎上之

人而已蓋嘗聞諸劉晏之言曰士陷贓賄則淪棄於時名重於利故士多清修吏雖廉潔終無顯榮利重於名故吏多貪汚斯言雖切時弊夫豈人性之本然哉禮義廉恥之心人孰無之古之豪傑起於管庫刀筆者亦多矣自夫科舉之學興而儒吏之途益分由是儒有進而為公卿吏雖有能止俛首為倉庫之派而已亦時之制也於是上之人視吏為甚輕而明揚之典弗及吏自視為不重而振拔之心不萌使晏之言迄今愈信是誰之過與甚者於吏役之以私而棄

走之如輿臺焉夫吏之役雖卑使之奉行文書一
役於君事可也而吾不能振作之又卑微之一
至於此不已甚乎苟非其人卒反爲吏者背指
而詬病之是徒以區區輕重之名分貌相役耳
則何益哉吾鄉黄君宗德大家器也由吏而注
選於銓伺銓於家乃持掾曹名臣録謁予辭歸
其志可知矣予方登第將以儒入官獨患不能
相在上者爲振作之方而猶不免爲吏者詬病
焉故書此使相與勉之

遯齋序

吾鄉平陽呂君宗玉隐君子也自扁其齋曰遯
嘗觀諸易遯卦爻辭有曰嘉遯貞吉又曰肥遯
無不利此君名齋之意也齋之前有軒爲怡雲
後有山爲來青樓中有水爲一鑑池皆所以適
其遯也古人爲賢士處世如錐之處囊而欲脫
穎者多矣君獨以遯名豈忘世者耶夫山以其
静也水以其動也雲以其出入之無心也君居
是齋也囦閒觀時静照唯適之安無意必焉玆
非所謂貞吉無不利者與而况君有父爲廉憲
公有子爲太學生父作子述而得以遯焉則身

雖退而道亨非忘世也予方結廬於大羅山中為退避計特以君臣之義有不可廢恐徒觀山玩水亦未免為此心之累不知何日得坐君之齋與論易遯之義然其辭有曰好遯君子吉小人否尚請玩其占焉

高明樓序

晦翁朱先生曰人若不透得上一關則萬事皆低斯言也予每以自警而未之能焉夫極高明之訓載於中庸處高明遠眺望見於月令呂覽凡狃於卑近者人自為之耳姚君鈍夫之作樓

也其知此乎浙山水為天下大觀而桐江擅其秀故子陵居之姚為其地著姓厥先有為冢宰公方伯公者矣嘗欲因之作樓未就而卒鈍夫生於斯長於斯聚宗族於斯而茲樓之成又所以成先志者也不亦偉哉既成之明年以選事來京師質名於予予曰是不可為桐江樓乎曰擅地為名則吾豈敢曰不以地名可辱之乎夫岳陽之樓以地名也仲宣之樓以人名也存乎我耳鈍夫曰吾将於是乎致遠矣予曰高則明明則遼然非高明無以致遠遼成高明之名鈍

夫請畢其說予謂地如桐江其靈可知也風
如子陵其激發可知也有先爲達官長其世澤
淵源可知也鈍夫登斯樓也顧名而勉焉進思
盡忠於君退而不失於已則居斯高高斯明明
斯遠矣不然樓而居者天下之同俗也好樓居
者天下之同情也以之聚百物貯歌管是爲貪
風淫風土地之辱也奚取于桐江之樓鈍夫拱
而起起而拜焉曰命之矣於是乎書

贈項尚蕃梅坡號序

項子尚蕃者秋鶴先生震器也先生早官于朝

休于家三十年於茲矣孚敬嘗慕其風致客歲冬得一詣之先生具深衣方履禮孚敬於廬對之如古人明日樂孚敬於溪山之觀自難筋力爲禮以尚蕃從孚敬與尚蕃散步長江自前村過後村適時搖落羣英逶迤望見水邊竹外扶疎横斜即之則冷蕋含春皆梅也孚敬曰厥土宜梅何多也尚蕃曰梅雖多而愛之者少故自號梅坡也孚敬曰請問子之愛尚蕃曰愛香曰未也曰愛白曰未也夫梅也者冬花無葉育孫秀之心春葉不花無奔競之態古人謂其爲花

之儒者也若翁孤標雅操爲清白吏其猶梅乎今愛之宜勿忘也愛而勿忘則肖之也若徒求之暗香疎影之間抑末矣尚蕃退而喜曰吾爲愛梅也而得繼述之道焉請書之作梅坡敘以自勵云

太師張文忠公集文稿卷之一終

太師張文忠公集

文稿卷之二

鍾魚臺之任序

鍾子克中吾鄉方伯公之後性頴敏好學思友天下士以例入於太學生屢試於鄉而踣就選於部司銓衡者見其文與之人咸為之喜予曰非也嘗聞業患不能精無患有司之不明行患不能成無患有司之不公如克中者宜知而舉於人也久矣豈在口惠閒耶卒乃授魚臺丞人又為之憂予曰非也嘗聞沃土之民不材淫也

瘠土之民莫不向義勞也知克中者宜於人何
所不濟可擇官擇地耶擇官者必辱官擇地
者必辱地且志可知也今夫官之親民者莫如
令而丞即佐之其職非輕也然豈為專食故地
禮義遺風在焉其土非惡也夫人之不擇官擇
地者豈慕亦故位高者多行道之耻卑者多出位
之思乎吾夫子大聖人也猶以官卑孫讓其職易
稱雖乘田委吏莫辭焉亭中之然豈必無小其
官也懼辱之可矣無論其地也懼辱之可矣如
以是為能教教則事立而民不慢民不慢則化

行而俗美矣由是自視其先為方伯者官也吾為丞者亦官也旬宣於一方者道之大行也撫字於一邑者亦試其端也則知而舉之者終必有其人矣豈曰如斯而已雖然知不知在人克中無愧焉吾道其常也夫

送黄時庸之太原序

南法部尚書郎齊之黄君時庸出守太原其氣節文章相激發者多為文為詩歌以頌其美有為言者曰太原當西北要衝為天下名郡令太宰喬公居之蓋慎擇時庸之能而與之守也微

太宰公不能知時庸徽時庸不能副太宰公所
知因為時庸慶予曰非也太宰公為
天子擇郡守不能以太原私時庸者也時庸為
天子之郡守不得以太原私太宰公者也然則今日
舉天下之郡守孰非太宰公之所慎擇又孰非
時庸之所能為者哉使時庸而無此能焉雖有
太宰公不能使之進也使時庸而有此能焉雖
無太宰公不能使之不進也雖然名揚士類宰
相事也無忝所知君子心也太宰公與時庸盖
庶幾焉予愚不求人知者也而有辱於時庸故

因其行而以此告之且以解言者惑也

送曾元之之任序

聖天子嗣歷改元之明年當天下入覲大明黜陟視
昔爲嚴於是吾尚書省郎出補藩臬及郡守者
凡六人泰和曾君元之實被瓊州
命亦一時之盛也將行謂予曰何以贈我予曰僚友
相戒古之道也故爲詞多箴而不誇夫元之亦
猶行古之道也昔唐韓昌黎送崔復州嘗論刺
史之榮與刺史之難爲矣今之太守古之刺史
也有其榮而不憚其難爲者亦寡矣夫瓊州居

南海中廣袤千里其邦與黎蜒雜居其俗質野
而畏法苟得其道也則其畏法之心恭敬生焉
太守獨得以全其尊不亦榮乎苟不得其道也
則其質野之心慢易生焉太守不得以自恃其
尊不亦難乎元之以溫厚之資篤實之學居兩
京法曹者有年於政體又練達疏通焉加之以
刺史之榮也不憚其難者也授之以刺史之難
也能保其榮者也然則昌黎所謂有刺史之榮
而無刺史之難爲者將復於元之見之矣況今
聖天子在上與民更始其咨治之心尤以民敎爲急

他日寵異之加其尚未艾是在元之無倦而已
六人者元之與李升之者二人爲予同署郎今
同補南海官郡臬雖殊其道一而已矣升之適
以報政之京師被　命遂行予不及之見也元
之遇升之也可以是告之庶幾乎僚友相戒之
義云

送陳直之序

陳君直之以禮部尚書郎擢廣右參議將行凡
吾鄉官南都者合餞之雖循故事而意爲獨至
也夫鄉土之情人孰無之倡之以正存乎人耳

古三代化行雖井田之野人猶相與友助而親睦焉今夫官於朝者皆自鄉而同升者也禮義由賢者出非但田野匹夫而已天下之不厚於鄉上者亦寡矣在兩廣雖異域今士夫親厚猶同鄉焉則夫自厚於鄉者可知也何至於吾浙人而疑之夫浙之仕者較他省為衆多衆多則愛博而情或不專勢固然也予嘗於此而深有激焉竊念寡弱不齒於鄉豈敢望為之倡焉乎哉倡之得其道也則善善惡惡之心明而不失為羣倡之不得其道也則善善惡惡之心不明

而不免為黨不羣之害小為黨之害大又奚貴
於同鄉也哉故孔子論觀人必取於鄉人之善
者好之不善者惡之孟子論友蓋必自鄉而國
而天下又進而友于古人而後已直之學博行
修中無城府溫恭之色充然而外見蓋君子而
賢於一鄉者也今同官廣右者若方伯章公參
政何公又皆鄉人之善者也坐政事堂與商可
否無偏黨之私而有相濟之美則所以固其敦
厚之俗而振起其親睦之風者在是又烏知其
今不同於古所云耶庶幾乎名烈之著功德之

被非特為一鄉之士又將為天下士也予受知
於直之茲餞也實顔君文華髙君汝白倡焉徵
言于予顧駑何能為役而辱諸子之所齒哉因
切取鄉後進求益之義不敢辭

代送沈子公序

沈子子公為南臺御史官也予時備官御史中
丞辱貳沈子長知之特深沈子被
命擢副閫之按察使南御史官屬茲擢者近自沈子
始於是御史臺咸喜徵予文以慶其遇華其行
焉予曰沈子將以為喜乎夫南北同此御史之

也南北御史同此官也北官得此不以為異南
官得此不以為常是果明試以功之典而為此
輕重乎抑所遇之分殊而人自為此輕重乎夫
惟試功之典而為此輕重也則南臺
祖宗根本之地其官庸可以不重與夫惟所遇之分殊
而人自為此輕重也奚必其為重與孔子曰不
患無位患所以立然則沈子茲擢也將以為憂
乎為喜乎夫御史之官司風紀於內者也於其
言許出風聞有過焉雖天子不得而罪之按察
使之官司風紀於外者也於其行具有成憲有

過焉雖匹夫猶得而議之由是觀之則按察之
難於御史也又可知也沈子能無憂乎苟內有
不足者或臨之以御史也將以身退然有不勝
衣而言訥然若不出口矣沈子識理通明無所
屈撓其爲御史也不以驕人今爲按察使也必
不驕於人爲御史也無過言爲按察使也必無
過行矣不然則匹夫之議殆尤甚於天子之罪
者也沈子茲擢而行也將以爲憂乎爲喜乎

代送戴承緒之河南清戎序

戎國之大事也克詰戎兵載於書兮矢戎兵詠

於詩教民即戎訓於孔氏當是時出兵於農有常數而無常人國有事要以一家而備一卒如斯而已故兵不待擇而精不待清而實也後世兵民既分兵不得復而為農仰食於官懷衰老無歸之心誠多有忘去者有常人而無常數於是設清戎之官焉郡有倅倅理之邑有丞丞理之而總之以御史御史之設省必一人責之專也期必三年任之久也責之專庶郡邑悉於是聽令焉任之久庶郡邑悉於是考成焉

朝廷立法備矣然而有治法無治人故法立而弊生

弊生而民困而兵疲則
國家緩急將何以恃耶今之為清戎之說者不過
執三分之例而已
朝廷以此責之御史御史以此責之郡邑郡邑以
此責之里甲使逋亡而誠有之雖三分無算可
也無之而必取盈焉於是里甲欲免其責也詭
名以欺郡邑郡邑欲免其責也詭名以欺御史
御史不察遂以充數卒使橋梁塗路草木鳥獸
之名皆兵也遠夫官司緣名而勾里甲展轉鬻
人而解故有及營而亡及途而亡是以解而復

勾勾而復（蠲）焉古以一家而備一卒今以一卒
而禍百家矣此予所謂法立弊生民困兵疲者
也夫里甲小人不足異也司郡邑者不知此而
為之非知也知此而為之非仁也為之而不能
改非勇也戴子承緒為南臺御史也被
命清戎將有事於中州令郡邑而察民隱除宿弊者
也予謂戴子知乎必不不知此而為之也戴子
勇乎必不為之而不能改也雖然茲弊也非一
省一郡邑也天下之通患也戴子蓋有志於天
下者也予故以天下之事告也

壽陳獻可乃翁序

陳子獻可昔壯游太學也時予方釋褐旅處往還鄉愛彌篤已而陳子謁選南歸予選授南官陳子復来會於金陵予與坐鍾山草堂敍寒暄問無恙陳子他無所爲謂予曰吾翁别號無適盖取敬者主一無適之謂也今年秋九月甲子周天矣願求無適之說以爲壽予曰難言也夫敬也者聖學之所以成始成終者也自漢以来諸儒未有深知此義者惟宋程子有曰主一之謂敬無適之謂一而朱子又爲之箴曰不東以

西不南以北當事而存靡他其適此無適之謂
也曰勿貳以二弗叅以三惟精惟一萬變是監
此主一之謂也惟能主一斯能無適體立而用
行者矣夫朝堂之士與山林之人不同何也朝
堂黜陟是較理亂是關震撼擊撞日交於前故
持敬之功難山林黜陟不知理亂不聞無震撼
擊撞之交故持敬之功易吾聞陳子之翁棄科
舉而安耕鑿樂山林而無慕乎朝堂者也其亦
知主一為無適之地矣乎夫主一則静静故壽
矣不然則雖觀山玩水亦不免為此心之累難

乎其爲無適矣陳子曰是固得壽之道也遂書
予言持歸爲翁壽

送陳義卿歸錢塘序

義卿者總營陳公季子也義卿生長永嘉而曰
歸錢塘何居盖總營爲都閫居錢塘十餘載其
宅實乃祖都閫公所構總營復之以官爲家焉
時義卿母氏見背歸葬永嘉矣永嘉去錢塘千
餘里義卿常来去其間来而趨庭去而墓守父
母存沒之情庶幾其兩盡乎今年春總營有事
金陵金陵去永嘉倍錢塘矣義卿既覲省謀歸

以爲留金陵也則達母之墓向永嘉也則達父之庭惟錢塘居金陵永嘉之中道里均焉祖父官居在焉來而便於庭趨去而便於墓守此錢塘之所以宜歸也予嘗聞總管孫哀效古人刻木以象父母雖非禮制使然亦其孝之出於天性也然則義卿之孝得非而翁之所似耶

送張達卿之保寧序

聖天子嗣位更化善治洽天下民牧是急由是吾法曹正郎被命者凡六人張君達卿資格較深而保寧之命且後未至無慍色已至無喜色

君子曰斯覘矣夫人未有生而貴者古者八歲入小學四十始仕其間三十年父兄之責望師友之講論皆道義身心之學故有田野而師版築而相資格弗與焉今之入小學者間不能三年父兄之責望師友之講論皆科舉口耳之學故有青襟而官黑頭而相年數弗與焉夫惟輕道義而重科舉忽年數而較資格是以徼幸者蒙一朝之榮蹉成者負終身之志無惑乎人才之不古也雖上求而下應前襲而後承若夫豪傑之士如達卿者豈可以科舉資格擬哉達卿

豈肯較資於歲月要君置喜怒哉達卿舉自
吾鄉對揚　天子之廷蓋學優而仕者也予慕
久矣達卿初未予知也比同官日就考德質疑
幸不予寡而保寧　命且至矣高君汝白屬予
贈言予烏得以無言哉夫保寧控劍閣為天下
險李白作蜀道難蓋亦難其治也獨文翁之化
至今稱之有本故耳達卿盍亦舉所學率之而
已使其童而習強而仕焉由科舉弗畔於道義
希老成弗牽於資格雖不能行之天下猶可驗
之一邦是亦文翁而已矣由是長子孫終身不

遷百宰相不易此一郡守也達卿以爲何如

送史部武之任序

友五倫之一所以救過遷善有裨乎人倫者友之道也後世友道不敦故其合也如僞其離也如棄而已昔申顔謂吾一日不可無侯無可以能攻吾之過史君道存其予之侯無可吾道存直諒多聞得侍同官每拳拳忠告欲予之寡過恭能也茲有鄧武 命遂行予謂人之生不幸不聞過吾之不幸其鄧武之幸乎夫能攻人之過必能受人之攻者也宓子賤宰單父有父事

兄事之人皆教子賤以治人之術故鳴琴而治道存守一郡以蒞丙邑令之長也夫令所治小而化行也易守所治大而化行也難令近民告之以善也易守分尊而遠民告之以善也難處難為之地而加之善言之難聞則凡風俗之汙隆政事之得失財賦之盈縮屬吏之臧否又孰從而察之道存果能攻人而受人之攻與則夫邵武之父兄耆老能不體其心而樂告之善耶孟子以好善優於天下為樂正子喜諸同列遂亦為道存喜也因書以贈

贈陳子歸休序

陳子者實予同官譚子內君兄弟也陳子致仕
兵馬指揮使政進階而歸過譚子于金陵而告
之曰吾生也無聞於人衰也無益於君事茲獲
聖明浩蕩之恩得以 勅贈二親存沒無憾矣嘗聞
知足不憂知止不辱顧就吾子質焉譚子以陳
子之言告予曰有是哉賢丈夫也夫父子君臣
人之大倫也陳子不卑小官出處不昧知君臣
之義也貤 恩其親事死如生明父子之親也
世固有以君臣之義而棄父子之親遂使

萬乘之尊有不得盡其至情者夷狄之道也方且自

修其位自多其祿而不知止足其視陳子完名

而歸相去何如也陳子有昆弟爲州郡伯有子

姪爲太學鄉學生禮義之家也其於父子君臣

之道以己之所自明者相與推廣之以闡於上

可也無徒受　聖明之恩而使

聖明不能以自盡其恩孟子曰堯舜之道孝弟而已

此予所以以不能堯舜其君爲恥也遂以予言

爲陳子贈陳子河南攸人今　帝鄉所親近也

送俞曲靖序

俞子懋欽與予同鄉榜今二十有五年得同官於南之刑曹俞子明慎尤精於法令幸不予寡暇則取律相與講讀且以刑之所取皆禮之所棄乃益之以禮於是同志者集以成會而程功焉俞子曰仕優而學患弗終耳固所願也未幾而曲靖之 命且至人皆為之憂予曰古刺史之官所以守土長民者也求以守其土而已非取其土以利我也求以長其民而已非取其民以利我也夫憂心生於所擇擇心生於所利利其土必辱其土利其民必殃其民矣而謂俞子

有所利而擇擇而憂哉嘗聞律設大法禮順人情道民之路也稽諸曲靖其風俗力耕而好訟好訟則懷戰爭而少廉恥吾有律以設其法力耕則地富饒而易從善吾有禮以順其情則治雖去國萬里不出吾今日之所講明者矣夫道之以政齊之以刑道之以德齊之以禮大聖人之論治也然則律也禮也用之而知所先後之序本末之倫則優於天下而況於曲靖乎予鄉榜迄今仕於内外者僅二十人兩京僅六人今予僅與俞子二人而已兹别也寧無感乎鄉人

合爲之餞有贈言予故直以得於俞子相講明者告之非獨予之不敢忘於俞子在俞子且不敢以自忘矣庶幾乎茲會也無弗終之憾云

送高君覿之謁選東歸序

言有感而不容已者乃所謂真言也是故惡夫贈言汎者汎非真言矣予昔踰弱冠游太學覿之童侍尊翁南屏公官刑曹矣南屏公嘗館予不厭覿之母安人亦愛及予荆人焉奄有二十五載予備官刑曹南屏公壯官光禄鄉安人已謝世矣今覿之游太學也予館之不能如南屏

公之館予也予荊人僉酬安人且不逮也覿之謁選事辭予而歸予謂二十五載間其聚散存沒靡常已不勝感慨嗣此又當何如耶雖然日新時邁之氣如覿之所以世濟南屏公之美而有光於吾郡者尚未艾也予日望之覿之勉乎哉

呂載道輓歌序

朋友以義人合也而同年之友其合也則疑於天何也合四海九州之人升諸公聯為兄弟敦其好也終其身又世講之存沒弗二焉豈直人

合者與庚辰同升春官者凡三百有五十人值
聖天子南狩待問于　廷多暇日相與且無内外分
職之離而好愈敦也一日吕子載道忽疾革弗
起項子朝載同舍謀於予曰喪其無主如之何
予曰禮朋友死於他邦爲服袒免項子免焉主
其事凡吾同升者合賻之衣周於身棺周於衣
識以旗送於都門外殯於旅廬以俟歸葬設奠
盡哀而退是日也天始雪風聲悲號益增傷慘
各哀之不能自已又嗟嘆之不覺成聲項子遂
裒以成焉夫以吕子之才如此其茂科第如此

其易年數如此其蕲豈天之於人聽其自生自
死耶抑栽培之理有未可盡信也嗚呼吾呂子
之不幸其又幸而得吾項子也既扶其病又為
之殯焉又集同聲而為之哀焉凡其平生潛善
盡載篇什則呂子不仕猶仕雖死不死矣項子
之義又不於是而可徵也夫呂子先大夫良知
前進士與予同舉於鄉重以世講好項子以故
屬予序之且深有激於其義不敢辭

繒雲李母輓歌序

婦人有善弗稱有稱於其夫若子也於其夫有

相之道周文王后妃是也於其子有教之道孟軻氏之母是也有善如此烏得而弗稱諸故詠於詩載於史傳也宜夫後世關雎絶響婉娩之教弗興閒有乘夫敗子者出其聰明才辯誠多有過於男子者矣故曰有非非婦人也有善非婦人也縉雲有李母盧氏其辟爲白庵李君元子爲太學生璽也予觀白庵以仁成家則盧有相之道焉璽以學成器則盧有教之道焉似有得於后妃孟母氏之風化者耶盧棄璽十有四年於茲璽哀慕之如一日言及輒流涕是故與

之游者皆感激悲愴此輓歌之所由作也禮謂知生者弔知死者傷初盧之屬纊也予辱壐父子之知嘗弔其盧見能以禮治喪至今不忘乃復見此輓歌之作則因之而動死者之傷容可已耶壐屬予序之遂不敢辭若夫其懿行顛末吾甌濱太史公誌之詳矣流光有徵於夫若子者蓋未艾也

族譜序

昔嘗問嚴君守菴公以本宗之世系公曰若將奚為乎敬不肖不敢以對至是子姓益蕃而公

年且耄矣孚敬懼譜牒無傳老成足徵者能幾
遡敢以作譜合族之意白之公曰吾夙志也其
終之因口授其故孚敬得之寢食不遑叅之從
兄珊詳之族人兩匝月而譜集者凡八世焉竊
論夫古者宗法行於天下天下皆知有尊祖敬
宗之義其族人皆相與爲愛而不能忘及宗法
廢而後譜牒出譜牒者君子所以正倫理篤恩
義存先王之法意以示人知所以愛敬者也故
有事於家者必先焉由古之道以觀今之族有
竊冒以自附者有支庶之奪嫡者有嫡媵之混

同者有卑犯尊諱及少長之不自知者有遺忘先行及祭祀之不能用誠者凡此皆由於譜之未立無所宗範而莫之悟焉故也今古人心果相遠乎哉於是濟源本以黜其竊冒圖宗支以明其嫡庶分妻妾以嚴其嫡媵正名諱所以別尊卑列行第所以次少長紀什作以示無泯祖父之善行識祠墓以謹歲時無忒於享祀使必各止其所各進其道則庶乎有序不乖不乖則和愛敬之意油然而生則人皆孝弟為善族復古道矣是固作譜之深意也或者病乎敬之題

孚敬曰譜傳家之史貴實録也今人可忍欺孚敬孚敬又可忍以欺後人哉實則猶不可恃其必傳僞爲之又何益於傳哉吾夫子大聖人其作魯史猶罪於人孚敬小子何能敢避不韙之名以辱嚴命也邪用是作張氏家乘以告于族人於乎人或有取之者將以有敦家之一助或以其說之𣄢可翻而不之從則寧有以罪孚敬焉亦庶幾乎孚敬之心也

書院上梁文

伏以大羅之山宗一郡之主姚溪之水合千澗

之流每興仰止之心長憶逝者之嘆承后皇之
嘉惠宅桃李之芳園及謀度而咨諏允悉心而
規畫釋經從事走馬工程豈顓眺聽之為娛實
覬藏修之可久墻卑室淺擬將窺夫子之門木
援道通自此為大賢之路堂名敬義門扁羅峯
期內外之交修為遠近之觀望卧龍潭下聊為
諸葛亮長吟流水橋邊有待司馬光獨樂青衿
登進黄卷縱横樂長育之菁莪盡闢除之荊棘
能無愧於屋漏斯有光於堂壇唯吾道之無窮
幸來學之有繼敢申善頌以相歡謠

拋梁東天下車書此日同合喜羅峯書院立東

嘉從此振儒風

拋梁西津流脉脉似濂溪自喜觀瀾營道術亭

高得與萬山齊

拋梁南老龍久卧在澄潭雷聲驚起為霖雨晨

正農祥可歲占

拋梁北馬蹈山高㸃控勒小巖如立大如眂此

地風情吾自得

拋梁上峯列三台相拱向誰道青天不可登我

有雲梯千萬丈

抛梁下愧無經濟扶宗社巳知憂國願年豐方

春請看如雲稼

伏願上梁之後居業有定時習不忘無負溪山

之靈用鳴　國家之盛固所自勵并飭學徒

御書樓上梁文

伏以　聖人在位禮樂肇興大道為公彝倫攸

敘真逢堯舜之主愧非稷契之臣仰思惟皇克

艱敢昧為臣不易自承宣室之召寵着彌深叨

贊秘閣之機讉猷疊下雲龍題識正字驗封

密旨雖鬼神而知顯之實天地同用兼兹

誥敕之賜詩書之須渾乎莫紀煥乎有章是皆出於
一體之真情千載之殊典也乎敬莫能圖報竊
荷保全居山林奉以周旋思親制宜極尊重更
圖善地樂建層樓敬一有亭日勳仰止貞義
有院恒切恩斯兩水縈迴四山拱秀附築小室
於旁祈保子孫於後茲陳善頌以告成功
拋梁東遥看萬水自朝宗黃石當關盤石固鬱
葱佳氣出青宫
拋梁西大羅回首萬峯低遥憶饑荒連四壁
聖恩廣濟定能齊

抛梁南習習谷風送雨甘天下文明當此日野
夫吟困脫朝簪
抛梁北望望鳳城天咫尺願言違地不違心
聖主知人真不惑
抛梁上　帝德巍巍無與尚願言風伯掃浮雲
白日青天無蔽障
抛梁下野散雞豚納禾稼老臣憂國願年豐數
向隣翁詢米價
伏願上梁之後天保孔固神効厥靈謹將誦其
詩讀其書昭其器俟其用有倫有眷

聖製與日月並光不震不騰　皇恩偕山川同朽四

方維則萬古斯存

太師張文忠公集文稿卷之二終

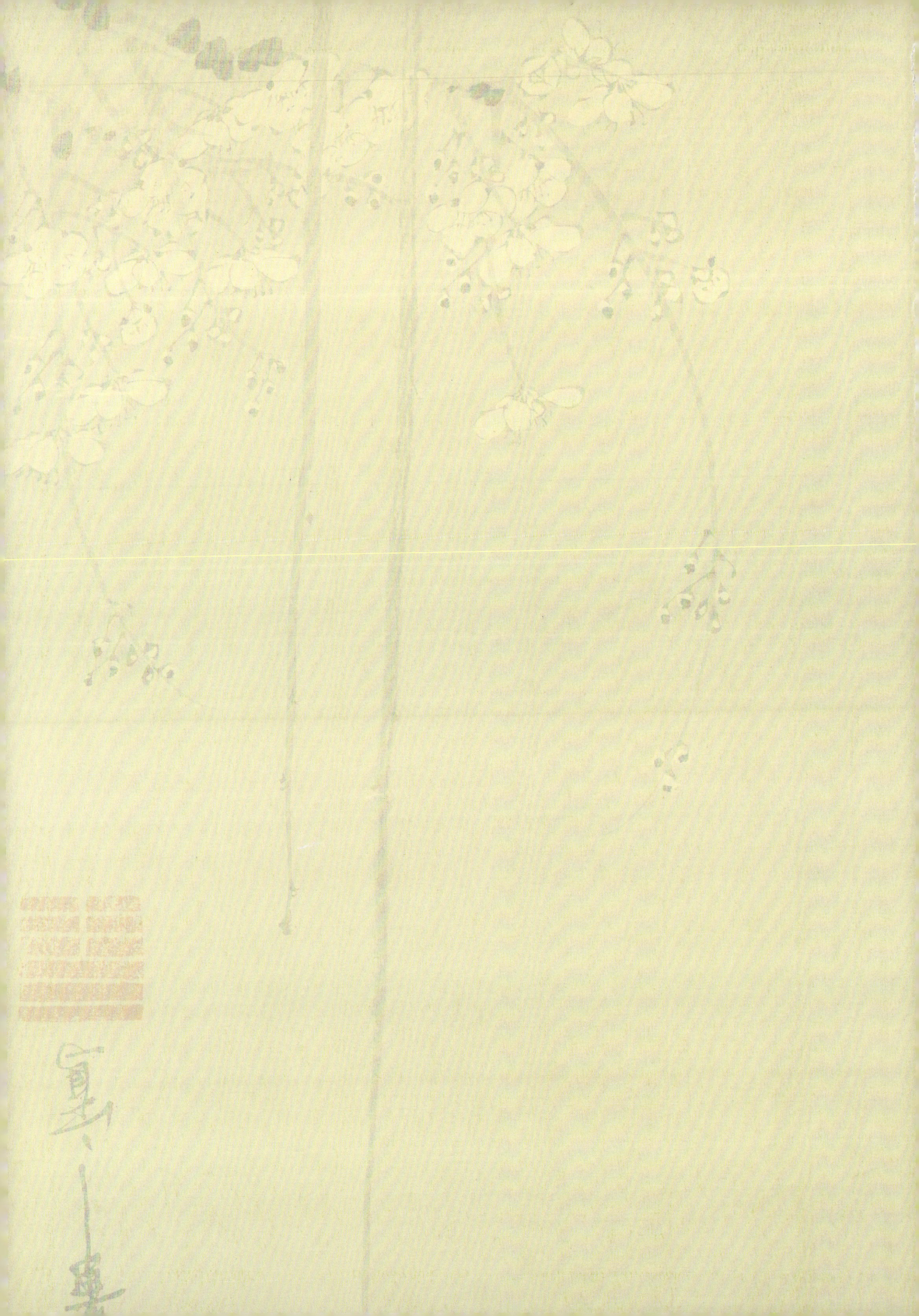

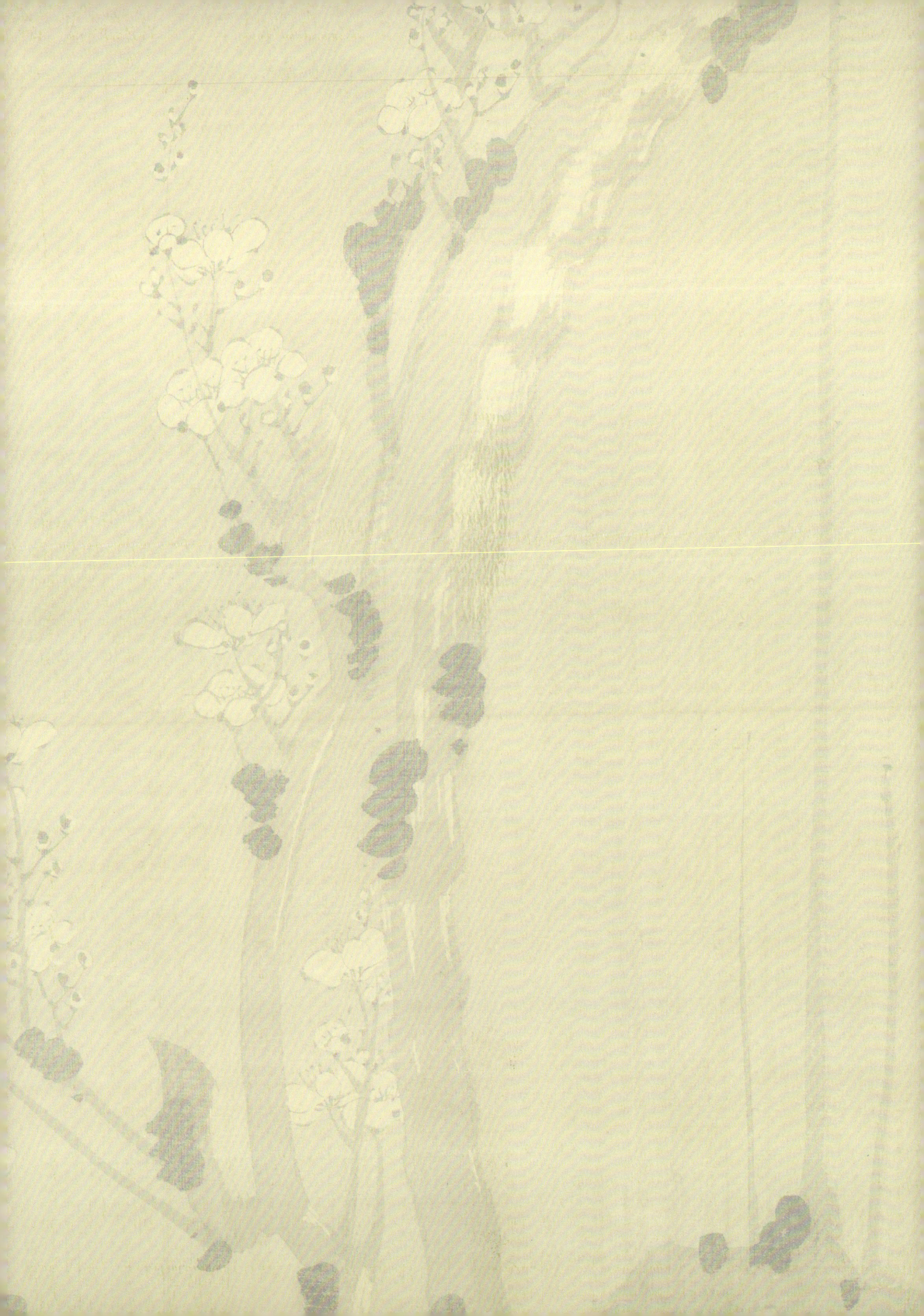

（明）張璁　著

明萬曆四十三年刊

張文忠公集

3

鳳凰出版社

第三册

張文忠公集

文 三之四

太師張文忠公集

文稿卷之三

書提牢廳壁

皇上嗣位改元明年夏五月予敬再領提牢廳事適

上天示戒

皇上省躬之餘詔兩京及天下有司慎獄恤刑以召和氣以答天譴由是兩法曹自大司寇至於羣屬靡不矜兢奉若 德意罪非大惡悉從輕典小過宥之因者去過半矣已復疫癘大作予敬甚憂之乃日督獄卒糞之熏之醫必精之官吏

必躬視之甦者必滌其身更其衣時飲食之受
械之窩虱者湯之傷於鼠者迎猫除之以至堂
宇倉庫敝壞者謀新之復之或曰子一月提牢
官耳不其勞乎乎敬曰十三司總天下之刑者
也提牢官又總十三司之刑人者也官必一人
專其責也月必一更節其勞也況今
皇上惟刑之恤體天心仁愛而大司寇暨羣屬體
皇上之心也乎敢於心敢不盡與夫一日居乎其位
則一日業乎其官尚知此心之當盡也雖終歲
猶不足苟不知此心之當盡也雖一日為有餘

是尚可論一月提牢官哉或者是孚敬之言因書之

題賔月軒

提牢廳事後有賔月軒譚氏子所作也余初至已敝再至敝益甚矣因慨然曰前人之謀後人之責也乃新之為五月既望坐余于軒見月出於鍾山之上欣欣然舉杯邀月信予為主而月為賔矣忽念夫為此軒者已不可知余之處此能復幾時又月則長照軒中又曰月為主而余為賔矣雖然余非月弗知也月非其人弗與也

疇昔讀書羅峯山中長對月許為之主今且負之久矣乃得相隨於此軒中見之能無感乎將孰為主孰為賓乎噫余與月也而今而後賓主之辨免夫

姚溪窮源記

環邑皆溪也中分為二而復合予書院立焉既訖功釋菜開講時同志從游者幾三十人一日水發溪漲予曰有本者如是列者曰可得其真源乎予曰試相與窮之踰日明發從予者凡八人徐生道夔生恪項生相夏生一鯨其曰鈿其

曰鐵曰綱曰紛者皆婭也綱薰爐以道鐵載糗
累茗以備饑渴既而花氣薰人遂滅爐燼遡溪
泝而行水清沙碧可見伏魚有雙巖倚附名為
石門過此則皆亂石水激泠泠有聲道與綱紛
皆疾足遂此渡溪陟巘顛予自下望之並出青
雲想像如人在而非真也乃自先行至一石室
坐候之少焉見落花自上游來疑為此真桃源
而非人世矣蓋其三人取繁花亂插之而棄其
餘遂作落花流水之勝亦其風致也既而至一
潭名洗足潭水色如藍相傳以為嘗有異人洗

足於此又一潭名簟縩潭相傳以為其底通海
非簟縩所能測也及午飯僧舍山雨忽來乃就
禪榻以卧既寤雲散天朗山氣益清遂至一潭
名板障潭壁峻削如板障然下深無底常有潛
龍故又名卧龍潭其平巖有竅小如盤大如盂
相傳以為神物卷刮而成旁又有一大巖水激
如鼙可坐三十人與諸生憩焉取杜子美詩誦
之道生起請名其所予名之曰川上吟壇既又
行數百步見一巖圓如人顱口輔俱足道生又
請名之予名之曰一笑巖其中地復寬平溪皆

沙土無亂石其土名為鴻巖為楓臺為鄭懸路
岐多所出入過此則遥望兩山突兀峻極不可
登矣然則茲溪也其源也可得而窮乎夫觀水
而不窮源非知本也源而可窮非真源也于此
且復忘返之懼遂相與詠歌而歸再經吟壇之
上予與諸生皆力疲復就石偃息睥睨宇宙之
寬而不知吾身之何在也昏黑歸院忽有悍吏
誅求窮民其一婦抱子疾聲求援予進諸生而
語之曰今日之行樂矣乃復此無憂乎范希
文謂士當先天下之憂而憂後天下之樂而樂

盍與汝輩思之諸生曰命之矣可識之以示弗

忘遂篝燈書之

慕恩亭記

慕恩亭謂何繫　君之恩而思慕之也夫人臣

孰不受　君恩也而乎敬特至嘗以　賜金作

堂房榮　君恩也示休戚同沒世不敢忘也

上聞之以　獻皇帝手書榮恩堂三字製軸　御題

皇考手澤四字旁注孝子皇帝識五字銀印一枚篆

永嘉張茂恭印六字及銀幣等物　勑賜以為

君臣相慶之意此誠千載以来人臣所無之殊

與也然則斯堂之作也名曰 榮恩其諸異乎
人之堂歟未幾 賜歸山中孚敬慕 召至堂如故焉
君恩不敢忘也堂嘗若見之旋復 召至堂如故焉
未幾又 賜歸山中孚敬慕 君恩不敢忘也
堂嘗若見之旋復 召至堂如故焉堂後嘗裁
五栢作栢菴識歲寒也土墽不茂因拓地作慕
恩亭環以栢識歲寒也慕恩謂何榮
君之恩而思慕之也所以示後人世守之也夫
君臣之義莫逃於天地之間而去就無常日月逝矣
吾何容心焉孟軻氏曰仕則慕君不得於君則

熱中大孝終身慕父母夫曰仕則慕君非眞慕
也　皇上視乎敎義雖君臣　恩猶父子茲慕
也誠終身之慕去就弗與焉嗣此吾子孫嘗世
守之永慕之則夫學恩之堂可無慕
恩之亭歟因勸石以示吾後人尚勗之哉尚勗之哉

萬竹亭記

亭作維何余爲存舊書院而作也存舊維何余
未第時嘗于茲作羅峯書院值　聖天子登進
廼　錫名貞義書院　勅建有　敕一亭抱忠
堂美夫更新者　聖恩也不敢忘也存舊者一

心也不敢昧也萬竹維何堂今有東西林甚茂密山南北復徧生焉萬竹奚啻夫竹堅剛不改君子比德焉余始讀書于開元僧舍作一竹亭今作萬竹亭君子比德焉一不為少萬不為多矣詩云瞻彼淇澳菉竹猗猗有斐君子終不可諼兮然則茲溪也殆淇澳與有斐君子余竊愧夫

留勝亭記

予初幼稚時已識阮橋山水佳勝有三巨巖為鎮其峯多奇絕正德戊寅予始構一區為讀書

所人心多忌利匠石為害有詩與彭縣尹云搜
巖抉石苦陵夷不啻昆岡火烈時君為溪山留
勝縣春歸草木長新枝時予為舉子也嘉靖戊
子 召入文淵閣蒙 聖恩勑建貞義書院抱
忠堂又 勑建敬一亭 聖制興新人心具仰
予始作亭于上有詩云溪口三巨巖鬬闢為兄
弟惡互伐其尤為誰謀大啓我兄弟多故感此
輙流涕願爾兩相依長鎮溪山底夫此山形勝
一時改觀如此詩曰既克有定靡人弗勝作留
勝亭

觀荷亭記

亭上舊有三疊巖予嘗有詩云合沓壯山巔已牢不可破堅剛渾一體勿疑還箇箇剛鎚莫相欺厲禁幾經過請看半山人正在隆中卧有旗障巖詩云小廟日焚香山靈茲供養絕壁凌飄風觀望似旗障我欲請山靈勸移于其上遊子慨我欺誰是山中相兩山夾溪亭下滙為大池夏子仲振昔為予嘗種蓮予贈之詩云五月一日分荷栽秪恐今年花未開明年花開主人遠也應念我看花来時予為舉子歲月云邁物序

感心令果成荷池矣作觀荷亭

祠堂議

祠堂之設雖近世大儒禮以義起而其爲制則一以宗法行之蓋古之所謂宗法者有百世不遷之大宗有五世則遷之小宗故凡令之有志於報本反始立祠堂以祀其先者必首立大宗以見本之所以一也又必各立小宗以見支之所由分也庶幾禮明義盡而宗法亦於是乎在矣乃若合親疎於一堂混昭穆而無別或以支庶而各祭其祖禰或以有後而附爲之旁親夫

豈大儒君子所以酌古立祠之初意哉旣自始
祖迄孚敬世凡六傳成立子姓無慮百餘人大
宗之祠廼置無聞豈以宗子嫡孫世業弗振因
循而莫之爲與抑亦支庶各以小宗事其祖禰
無有知反本而衰葢之者與於乎茲豈小事也
邪凡吾同姓可不知所愧哉知所念哉夫天之
生豪傑也不數幾能無所待而興者孚敬菲薄
有志未能故識之深有望於將來云

家廟議

孚敬謹稽古天子七廟三昭三穆與太祖之廟

而七諸侯五廟二昭二穆與太祖之廟而五大夫三廟一昭一穆與太祖之廟而三士一廟庶人祭於寢此廟制也又稽古别子爲祖繼别爲宗繼禰者爲小宗有百世不遷之宗有五世則遷之宗百世不遷者别子之後也宗其繼别子之所自出者百世不遷者也宗其繼高祖者五世則遷者也尊祖故敬宗敬宗尊祖之義也此宗法也後世廟制不明宗法亦廢士大夫之仕於朝者雖位至卿相禄極人臣率多廢而不講况其下者乎漢世公卿貴人多建祠堂于墓所

魏晉以降漸復廟制其後遂著為令以官品為
所祀世數之差唐制文武官二品以上祠四廟
五品以上祠三廟六品以下達於庶人祭祖禰
於正寢五代蕩析廟制遂絕宋興仁宗閔羣臣
貴位公相而祖禰食於寢儕於庶人遂命禮官
儒臣議定廟制自平章事以上立四廟東宮少
保以上立三廟餘官並祭于寢至徽宗大觀中
又令文臣執政官武臣節度使以上祭五世文
武陞朝官祭三世餘祭二世其後終有廟者之
子孫或官微不可以承祭又朝廷難盡推襲爵

之恩遂不果行先儒朱子約前代之禮創祠堂
之制為四龕以奉四世之主幷以四仲月祭之
國朝品官廟制未定於是權放朱子祠堂之制奉
高曾祖禰四世之主亦以四仲之月祭之此載
諸大明集禮可考也夫祠堂之制雖倣古廟制
為之然達諸士庶皆然擬若無差等者又況古
之大夫三廟諸侯之大夫也而今之卿大夫天
子之大夫也今制　天子九廟卿大夫若拘古
三廟之制則止祭及曾祖不得及高祖矣有問
程子曰今人不祭高祖如何曰高祖自有服不

祭甚非其家却祭高祖又曰自天子至於庶人
五服未嘗異皆至高祖服既如是祭祀亦須如
是朱熹曰考諸程子之言則以為高祖有服不
可不祭雖七廟五廟亦止於高祖雖三廟一廟
以至祭寢亦必及於高祖但有疏數之不同推
此最為得祭祀之本意禮家言大夫有事省於
其君干祫及其高祖此則可為立三廟而祭及
高祖之驗馬端臨曰自天子以至于士五服之
制則同而祭祀止及其立廟之親則大夫不祭
其高曾士不祭其祖非人情也程子以為有服

者皆不可不祭其說當矣又甞攷之禮經參以
諸儒注疏之說然後知古今異宜禮緣人情固
嘗隨時爲之損益不可膠於一說也禮云支子
不祭祭必告于宗子又云庶子不祭明其宗也
蓋謂作大宗則不得祭別子之爲祖者作小宗
則各不得祭其四小宗所生之祖禰也先王因
族以立宗敬宗以尊祖尊卑有分而不亂親疎
有別而不貳其法甚備而猶嚴於廟祀之祭然
諸侯不敢祖天子而天子之爲祖者自有天子
祭之大夫不敢祖諸侯之爲祖者自有諸侯祭

之支子不敢祭大宗而大宗之為祖禰者自有宗子祭之蓋已雖拘於禮而不得祭而祖考之祭則元未嘗廢適士官師雖止於二廟一廟而祖禰以上則自有司其祭者此古人之制也後世大宗小宗之法既亡別子繼別之序已紊未嘗專有宗子以主祀事其入祀者又多崛起單寒非時王之支庶不得以不敢祖天子諸侯之說為諉也乃執大夫三廟適士二廟之制而所祭不及祖禰之上是不以學士大夫自處而孝敬之心薄矣烏得為禮乎故曰古今異宜禮緣

人情當隨時為之損益不可膠於一說也孚敬
之先有諱敬宗慎菴君宋乾道間自閩之赤岸
始遷居永嘉迨孚敬凡六傳矣高祖介菴君諱
興曾祖簡菴君諱轉實祖栻菴君諱敏父諱昇
守菴君也孚敬竊思家世業農未嘗有入仕籍
兹荷蒙　聖天子厚　恩自曾祖以下三代皆
獲　贈一品官矣自揣微劣實賴祖宗積德所
致也奈之本支衰微者不能為禮世代短促者
又各自為宗孚敬方有事於高祖而介菴君之
主亦既祧矣無廟矣方推　贈於曾祖而簡菴

君之主亦旣祧矣無廟矣夫士庶人尚得祭及
高曾祖禰而官至一品者已先無高　祖之廟
豈禮制之所宜乎孝子慈孫追遠之心其何以
自盡乎去家居十里許地名姚溪乎敬家食時
嘗建書院一區荷蒙　聖天子特恩
勑建敬一亭及﨑新書院因家居焉宗子孫世守之
也迺於其東倣朱子祠堂制創家廟共爲五龕
中祀始遷祖高曾祖禰左右以次而奉安焉不
西上者從今之制也或曰支子不祭得無有僭
乎非宗法乎孚敬曰古者父爲士子爲大夫葬

以士祭以大夫可見推恩之典未嘗有也今子
為大夫者祖父三代皆如其官矣焉有
恩推及三代而自不得以其禄祭其祖者乎是非獨
不足以盡追遠報本之情亦非所以榮
朝廷之恩命矣是固可以義起者也况乎敬推
恩之典方及曾祖而繼曾祖之小宗世代短促固巳
自足四親之祠而曾祖之廟不得不毁矣今一
品家廟之建誠有不容以不建也或又曰子贈
及三代為一品官矣祀三代宜也又推及高祖
始遷祖何也乎敬曰贈及三代　朝廷禮制所

物閂之而不祭高祖則作矣為子孫者又專可
擇其祖考而祭之若以水木本源之義推之則
始遷祖即可擬始祖也或問朱子以始祖之祭
朱子曰古無此伊川先生以義起某當初也祭
後来覺得似僭不敢祭今愼菴君高祖介菴君
父也實孚敬先祖也程子先祖者初祖以下高
祖以上之祖也立春生物之始故象其類而祭
之丘濬曰程子謂祭初祖以下高祖以上祖則
自高祖以下四時嘗祭者不復與也今擬高曾
祖考祭之所以然者蓋專為合族以居者謂也

夫古者君子將營宮室必先宗廟傳曰古者三月無君則弔謂失一時祭也今家廟成敢作此議以告吾宗人嗚呼知我者其為此家廟乎不知我者其為此家廟乎

太師張文忠公集文稿卷之三終

太師張文忠公集

文稿卷之四

進　明倫大典

臣等恭奉

勑旨纂修

明倫大典伏蒙

皇上親製序文今纂修已完謹奉表

上進者臣等誠懽誠忭稽首頓首　上言伏以

聖人在天子之位作禮樂以化民惟

皇建民極之衷本綱常以為治蓋道莫大乎崇本而

政必始於正名自有天地以来
父父子子凡為日月所照
尊尊親親况夫曆數在躬之
君又非大夫以下之比大八世及而不易君子會通
而能行自夏歷殷歷周統緒正而彝倫明由漢
至唐至宋議論多而道德隱魏詔起于偏安之
際濮議鼓于聚訟之餘事拂經常言非定論究
其流弊之滋蔓皆緣析禮之弗精人可違天不
可違理既順勢亦自順不圖　今日之盛獲覩
大道為公茲盖伏遇

皇帝陛下 晉明出地 離照當天商湯肇修人紀
以至于有萬邦虞舜察於人倫而爲法於天下
操三重以撫世議禮制度考文秉
一德以宅尊敎 天勤民法
祖當 六龍時乘之運正五星聚室之期恭握
璿符光臨 璿極遵
太祖兄終弟及之訓承
憲廟子燕孫貽之謀 天與之人歸之四方丕應而
徯志遠有望近無斁萬姓蹈舞以謳歌念
嚴慈垂罔極之恩

詔臣下議尊崇之典概羣工之迷復執為後之獮文
一傳衆咻牢不可破以非為是紛然同辭賴天
理之未亡幸忠言之屢入人紀將隳而復振
廟謨獨斷而告成
詔定於三頌直洗末世之陋習　禮求夫一是聿崇
昭代之嘉樂本諸身徵之庶民而皆從考於前侯諸
後聖而無惑紹
武宗十有六年之統而　兄弟之義盡復
獻帝十有五年之嗣而　父子之恩完人倫於是乎
大明民德翕然其歸厚

有奕
太廟與
世廟相輝
祀事孔明
大禮與大樂並作既而
聖心中啓睿思遠圖以人道之大經雖明於今日而
人心之迷惑恐誤夫後来襲舛承訛或昧於繼
統繼嗣之義貴耳賤目猶狗夫師丹司馬之名
席書有纂要之編而其終未究孚敬有要畧之
述而其事未詳爰修

大禮之全書昭示
明倫之大典
綸音兩降編摩用言禮之臣
御札時頒筆削求至當之論蓋事必稽其實而文必
稱其情目繫月月繫年綱有條而不紊史載經
經載道理無微而不宣五典惇敘出於天本天
道以明人事衆言淆亂折諸聖執聖經以破羣
疑約文敷義而旨趣自明據事直書而正邪莫
掩凡係綱常之要領隨加論斷以判評一展卷
而數百人之得失照然不逾年而千百載之典

刑具矣仰藉
神謨之廣運無承
睿藻以發揮有血氣莫不尊親懷仁義以利
君父昔唐禮創於房玄齡之輩秪名曰開元暨宋禮
成於劉溫叟之儔亦惟曰開寶率沿緜蕝之舊
未免亥豕之訛豈若揭
大典以敘大倫用以伸正氣而明正道屬致中致和
之應洽
大順大化之符
天地山川發祥諸福畢至歲月日時無易百穀用成

臣等謬以職業之關濫叨纂述之任粤自丁亥
春王之月訖於戊子夏正之辰才華有愧於三
長意見粗勤於一得仰徹
重瞳之覽俯垂率土之覲伏覩
皇上弘包含徧覆之仁取其善不追其過
擴藏垢匿瑕之量舍其舊俾圖其新老老長長而
郰孤推絜矩以平天下親親仁民而愛物
廣至德以綏萬方
日重華月重輪並耀
前星之慶嶽重輝海重潤丕承

上帝之休臣等無任瞻　天仰
聖激切屏營之至
謝賜五經四書
伏承
聖諭凡百六十八言　頒賜五經四書凡百五十九
卷臣稽首頓首伏以禮樂羣興
皇德建萬年之極彝倫攸敘孝誠動四方之風幸睹
斯今追隆振古恭惟
皇上聰明神孝令聞夙著於龍潛淵默端凝恭己具
瞻於虎拜遵兄終弟及之訓適　天與人歸之

期以立愛惟親追尊曷忘乎　皇兄疇咨衆言爰求
皇考立敬惟長纘緒罔墜乎
典禮不虞更　詔三遍卒勞聚訟五年非
聖明作之君師幾　國家亂其倫序于是洗漢宋為
後之習率夏商及王之章嗣不失親父父子子
統不失序君君臣臣逮夫
廟議裁成益見典章大備　特命館閣用効編摩本
為臣職之恪供誤蒙　皇心之嘉悅繼天立極
真　大聖人之所作為執禮據經豈微臣之能
裨益每愧魯兩生之名敢忝舜五人之稱顧臣

身本草萊性猶麋鹿中山小院嘗託迹于卧龍
潭内府全書幸比　賜于白鹿洞捧觀刻録之
正足證市肆之訛非敢曰六經紙傳但願求千
古神會讀書知禮尚期皓首之窮藎忠事君敢
昧赤心之竭伏願　皇上緝熙　聖學飭戒羣
工務協寅恭之和共成孝德之助　經筵日講
非堯舜之道不陳乾健天行庶　帝王之治可
久臣不勝激切感　恩之至
謝　賜撰論鶴服金帶
伏承

恩錫獎諭 勅一道服色二品三襲金帶一束銀三
鎰色帛八匹幷錫 誥命三代者臣誠惶誠恐
稽首頓首伏以禮順人情天下公共律設大法
臣子欽遵凡夫刑之所枚必為禮之所棄恭惟
皇帝陛下英明御極篤生具上知之資仁武當天繼
世振中興之業夫刑罰不中由禮樂之不興禮
樂不興由名號之不正近屢修 明倫之典禮
樂斯興兹師聽寃獄之詞刑罰攸中是誠大舜
好生之德伯禹泣罪之心也竊念匹婦卹寃三
年大旱剡兹遠結兩省驚異四方逮繫凡七十

八人誣同踰一二三載惟 聖主明見萬里故
兆民有賴一人臣忝史館書生原非漢廷老吏
恭膺承乏之 命殊媿淑問之能幸 虜監畢
胎無遺體 聖慈哀矜弗喜揆之天理無貳無
疑驗之人心公非公是任愆惡得免罪魁推公
勤敢當功首茲承 面召文華便殿 褒語宣
揚膝加日講御筵 眷心隆重載錫 龍章貴
耀鶴服寵榮腰束黃金手擘白鏹衣裳在笥德
慚二品之章車服以庸恩兼三代之 命九原
祖父幽明同歡百祀子孫後先感德若彼為夜

繡之語祗見閭里之榮而此被晝錦之華願作
邦家之慶惟　陛下遜志時敏實邁跡于高宗
徵臣孤陋寡聞敢比倫于傅說所幸　明良千
載難遇　君臣一旦躬逢敢不對揚　命德討
罪之心益致遷善寡過之力歌天保以祝萬壽
來川至以綏四方不忘集木之心永保苞桑之
業臣不勝感　恩願望之至

謝　賜　御賛詩

伏承

聖諭元正六日躬饗　祖　親二廟禮畢還宮登輦

回顧見卿道南侍立數日未忘因而述成短句特
錄 賜臣者伏以三陽開泰正當天地之交
兩廟脩誠適增雨露之感得歡心於萬國緝純嘏于
一人徹俎歌雍穆穆之天子回鑾警蹕拱濟濟之
辟公不屬一介之微竊辱 重瞳之顧實遠邁
目中無準亦豈容笑裏有刀恭惟 皇帝陛下
典禮大成 廟制永定寢安藐藐且喜同人於
宗路率平平匪直遇 主于巷雖一朝之感觸
竟數日之莫忘載 錫龍章有光鵷列詩孔碩
風肆好允為 帝王之文聲依永律和聲真協

神人之德顧臣形容草莽敢羨端奇習氣山林
羞稱才傑惟忠良貞一之訓服膺拳拳於左右
。匪躬之勞匪躬蹇蹇未能伊傅咼比降賚自
天願學皐夔稷恐報効無地徒知食粟何以遂歌伏
願　聖德日新邁成康守成之主至仁天啓爲
堯舜間出之君眉壽萬年本支百世　宗廟享之無
恫無怨子孫保之不愆不忘永賡勑天之歌無
替卷阿之詠臣無任感　恩激切之至
謝　賜玉帶
臣於是月四日伏承

聖諭昨見卿所服朝帶不甚瑩潔今以一條賜卿可
欲用只具疏回奏免謝恩臣惶悚惶悚頓首頓首
伏以束帶立　朝揚休難於正色貴玉比德孚
尹期於潤身昔並麟服而有加今特　龍章而
載錫　恩殊千古禮絶百僚恭惟　皇帝陛下
至誠如神萬理明盡克念作聖一疵不存大化
圭璋每切望于輔弼至文追琢實多愧於彌綸
近者愚臣卧病浹旬　眷懷靡日奇劑偶劑數
見醫来廪人庖人深憐僕拜得起謝於
朝陛随班侍於講筵公服在躬常懼不知曰罔垂

帶之悸下視而道焉存瑜不掩瑕幸荷

重瞳之照瑾能匿毀遽承　大賚之更氣如白虹

恩同皎日臣敢不韞諸一匱寶之萬年兩玉相磨猶

　恐不足成器千金弗售有懔豈忍迷邦伏願

天德渾成尚大圭之不篆　聖心廣裕信惡石之可

　攻精神見於山川禮樂蟠於　天地　王欲玉

　女共成溫粟之休予日望之永逕精純之治臣

　無任感　恩之至

　謝　賜書院額名

欽蒙

聖恩賜臣書院額名并建箴石亭座者臣誠惶誠恐
稽首頓首伏以責重　君師仰　一人之建極
學分鄉國在五教之敬敷故為法非
聖人不能務本乃君子所貴恭惟　皇帝陛下
天亶聰明　帝作元后綱常提挈絲于兩儀禮樂修
明俟諸百世學邁遜志商高宗不足稱智止流
言周成王有慚德已符星聚再見河清雖天地
之發祥惟夙夜之敬止知五官以心為主一心
以敬為先箴戒森嚴發明哲聖訓註條析無總
碩儒幸逼都遍邑之勒碑冀深山窮谷之蒙澤

臣竊惟永嘉壤地實忝後生閩洛淵源曾開先
進從程朱之學者幾數十人服孔孟之道者匪
二三子人文宣著雖稱小鄒魯之邦明良相逢
莫慶真堯舜之主殘經湮沒廢址陵夷慨文獻
之無徵延書院之有建墻畀室淺無所成名木
拔道通將終托迹不虞卧龍潭之勝式增白鹿
洞之規錫類更新易名除舊門題貞義入者有
懷利之羞堂榜抱忠升者無自欺之弊金石刻
七星之座奎壁邁萬丈之光臣愚志本山中
恩從天上昔專息游之美聿觀聲教之洋　榮被國

鑾賁若草木集章縫以成俊乂陋居第以傳子
孫臣敢不披瀝衷誠對揚　休命幼而學壯而
行斯不離於大道先其憂後其樂庶不負於平
生伏願　帝德巍巍不知不識　王道蕩蕩無
黨無偏歌棫樸遐不作人效華封永祈
壽考家有塾黨有庠術有序徧為爾德車同軌書同
文行同倫共為　帝臣臣不勝仰　德感
恩之至
謝　賜忠靜冠服
臣於是月二十七日伏承

聖恩 降勑錫臣忠靜冠服一副又加
勑奬諭錫臣䄇衣三襲白金四鎰綵幣六表裏者臣
誠惶誠恐稽首頓首伏以法象見于 天地
聖人則之章服載於經書大道邈矣然非稽古無以
信今恭惟 皇帝陛下清明在躬思曆作聖堯
垂裳而稱治蕩蕩難名舜恭巳而無為巍巍莫
並緐射亦保不見是圖匪直修於 朝堂每加
省於寢室乃取古玄端之制為今燕弁之宜推
巳及人由内達外仍差品官之等爰 錫忠靜
之名使上下之有章欲 君臣之同德天經地

謨烈大哉 皇言日照月臨昭哉 帝訓圖不盡
意豈繪事所能書不盡言非俗説敢贊於是昭
假 宗廟考卜禎祥德澤斯霑適靈雨之方降
號令誕布當新雷之發聲殆不占而有孚可自
信而無惑者也臣愚才非通博學乏淵源實忝
推明過承奬借 榮逾八座 錫倍三孤依黼
扆利見大人端章甫敢稱小相比迓蟒龍之寵
益愧羔羊之風篚厥玄黃韞於鏇寶誠切衣食
之解豈為温飽之資臣愚本為一介微生屢歷
萬乘 明主服堯之服者當誦堯之言行堯之

行衣人之衣者當終人之事分人之憂苟炫虛
名秪濫悪德夫非　天子不議禮不制度惟
聖人作之君作之師伏願敬學緝熈顯微無間乾德
剛健終始不渝舉一世而甄陶爲百王之取法
其儀不忒歌君子壽考萬年令聞無窮同文王
本支百世臣無任感　恩仰　德之至
謝　賜甘露
兹者嘉靖七年元旦日福建長泰等縣欽化等
里　天降甘露撫臣汪鋐奏獻伏蒙
聖恩分　賜者臣誠懽誠忭稽首頓首伏以

國家之興必有禎祥　天地之和惟在感召故建
中實　大君所任貽事非　聖人不能恭惟
皇帝陛下志氣如神沈幾先物備　明明之德膺
赫赫之休地道寧而大河既澄天道清而甘露復降
初瑞為嘉平之月再瑞當開泰之辰會　貞元
凝成沆瀣受於松栢散之竹梧如胭如飴代呼
天酒為珠為玉古稱帝精盛以甆㼜韞諸樸樲
誠動萬里靈徹　九重於是　宗廟告虔
宮闈燕喜擬羣臣之徧錫同迓　天休忝輔佐之
先蒙實怙　君德寶味比唐堯之賜金莖陋漢

武之求若彼以圖畫來聞者豈能親見以松栢
出示者曷得真嘗夫　天王聖明固不好為祥
瑞　帝德廣運奚敢故為逢迎伏願　察天人
相與有嚴知上下流通無間一心萬化蕩蕩平
平一日萬幾兢兢業業由是心正而遠近莫不
正氣和而天地莫不和則諸物之祥畢至而諸
福之大可久也臣無任感　德仰　聖之至
謝　賜　手勑衣襲
茲蓋伏遇
章聖慈仁皇太后奉設　恭睿獻皇帝神位禮成過

蒙 聖恩特賜臣 手勑一道衣一襲者臣誠
惶誠恐稽首頓首伏以有夫婦而後有父子斯
道造端有父子而後有君臣於 皇建極故
帝王舉事盡制盡倫而子孫貽謀有典有則恭惟
皇帝陛下 聖由天作 孝本性成登 大寶二三
日之間迎 慈聖五千里之外奉 獻皇神靈
之統瞻望遐封崇周禮追尊之文入祀大內恭
惟 章聖慈仁皇太后陛下體坤之順承乾之
剛不忘 先君之思永切孔時之感莫獻莫伸
於 廟 殿誠敬圖展於 宮闈事亡如存畢

君子偕老之願令終有淑正婦人從一之儀夫
事與時宜禮從義起酌古今之制加　尊辟之
稱情既曲全文復允當非　天子不議禮惟
聖人自得師序屬清秋辰涓初吉書　位號於文華
之殿修禮度於清寧之宮　聖母特位於前
皇上端拜於後　龍鑾對越象服是宜敬莫莫而有
加　靈洋洋其如在一事舉而三綱大振一祭
行而十倫大明禮教敦於壼中風化被於天下
惟　聖母修誠秉德克念　獻皇惟
皇上先意承顏克順　聖母惟　獻皇刑于

聖母惟 聖母篤生 聖人由真 帝王豐亨之嘉
祥古今全盛之昌運也臣仰惟 天地之大莫
效涓埃之微禮觀大成議無小補叨 龍章之
奬勞業業對揚承麟服之 寵榮兢兢拜賜
皇言載辱 賁錫弗勝伏願 帝德光 天堯難名
其蕩蕩 孝誠假 祖舜秖載其夔夔安寢龍
鳳之姿夢協熊羆之兆 天錫純嘏燕喜邁魯
頌之聲日介昭明 祚胤隆周雅之慶是誠
宗社靈長綿綿之計臣子同休惓惓之誠也臣無任
仰 聖感 恩之至

謝　勑諭寶鈔羊酒

伏蒙
聖恩不以臣〻爲不職容臣復任臣感激惶懼十四日
又伏蒙　聖恩　親洒宸翰　勑臣并
賜寶鈔羊酒臣稽首拜　恩省心負愧伏以
大有爲之君世不常遇　基匪懈之命古所罕聞
雖孔孟栖栖終身幸堯舜巍巍在位恭惟
皇上聰明睿知達　天德之淵微惕勵憂勤體
王道之極致有教無類立賢無方夫　君道在得臣
則萬化行臣道在急　君則百度舉顧臣本以

草野之賤乏承台輔之良補衮之能曾無一字
負乘之恥於今三年得逭尸曠之誅復膺
褒賜之寵臣敢不對揚 休命欽服 皇言曰邁
月征用懋既往夙興夜寐益勵將來伏願
天保 后皇日躋 聖敬本支百世其永無疆
壽考萬年不遐有作臣不勝感 恩願望之至
賀 四郊大禮告成
恭遇
皇上秪建 四郊大禮告成臣等誠懽誠忭稽首頓
首上言伏以 天地奠位圜方辨而二儀以陳

日月代明寒暑分而四時有序　王者法陰陽之象
聖人握參贊之機禮莫重於郊丘文有徵於典冊
肆　皇祖之創制寔萬世之攸行道無隱而弗
彰事有待而克舉惟　天子建中和之極斯百
年兆禮樂之興講一代之上儀闡四郊之偉
觀　神靈底豫夷夏交懽遹觀熙事之成式慶
昌期之會恭惟　皇帝陛下寶圖光紹駿命茂
膺稽古闡猷鴻化孚於品彙配　天享
帝至治達於神明　聖學貫乎天人　大孝光於今
古稽訂神祇之祀析衷侑享之宜析義理於毫

芒燦儀文於星日　圜丘高而　方澤下禮崇
燔瘞之殊王宮東而夜明西制嚴壇坎之列經
始於庚寅之夏告成于辛卯之秋北望南瞻究
如神造左聳右峙儼類儼居周郊再啓而孝敬
斯通漢畤徒興而精湮未洽知固陋之足恥實
薦信以無慚華蓋周旋萬國仰　天行之健袞
衣對越百工承日至之休三靈叶響
大報舉而寶露溥空百神降祥祀事周而珍禽獻瑞
茲蓋我　皇上制禮作樂感　天動神以垂
宗社萬年之休者也伏願　前星有耀元良建而萬

邦以貞　聖壽無疆泰階平而兆民允賴二氣
交泰而三光全四靈畢臻而五穀熟迓時雍以
成治奉　天休而永昌臣等瞻　天仰
聖無任慶忭祝頌之至
謝　賜　勑諭玉帶
伏蒙
皇上以臣奉　命會議　郊　廟諸典禮　親灑宸
翰　賜臣　勑諭并玉帶一束者臣誠惶誠恐
稽首頓首上言伏以惟　聖人為能享
帝肇禋于　郊惟　孝子為能享　親致敬于

廟誠在獨至禮不虛行恭惟 皇上存心養性以事
天追遠報本而反始故 郊則 天神格愛莫助焉
廟則人鬼享良有以也禮儀大備典則永貽夫君子
之道本諸身則天下之政出于一 臣幸覩
三重之治曾無一得之愚欲寡過而未能愧不學而
無術一品三年鰥曠一日三錫駢蕃煥乎華衮
之榮瑟彼英瑶之重比德不足敢私報
主之身垂帶有餘願秉立 朝之節伏望 明明天
子立我烝民藹藹吉人生此王國上下一於恭
敬民物同於泰和再見明良喜起之歌無爲而

治永爲　天地　宗廟之主有道之長臣無任
感激欣戴之至
賀冊立　中宮皇后
伏遇
皇帝陛下　冊立中宮皇后臣等誠懽誠忭稽首頓
首謹上表稱　賀者伏以易首乾坤匹配乃生
民之始禮尊日月闔門實萬化之原故二南之
教行先　一人之家正此大婚所由謹必合德
乃有成也恭惟　皇帝陛下睿知聰明動容周
旋中禮仁義中正清明志氣如神立萬世之綱

常垂百王之軌範豈無　天作之合未符文定

之祥兹以治内所宜得人　宫中不可無相奉

神靈之統禮莫重焉理萬物之宜順爲正也上承

聖慈之訓下體羣臣之情克殫厥心適追来孝

九嬪選於衆君子好逑四德振其尤　天立厥配

兼備　二妃之典允昭一代之章揚詡外和明

章内順率見　祖　考喜助奠之攸宜惠於

宗公慶享祀之不忒是之謂治天下有本身之謂也

治天下有則家之謂也臣等忝列清班欣逢盛

事伏願離明繼照　曡命長凝燕喜登歌

子子孫孫之勿替令壽作頌穆穆皇皇之咸宜椽
木動四方之風芭桑固 萬年之業臣等無任
瞻 天仰 聖激切屏營之至
賀 皇子誕生
恭惟
皇帝陛下 至德純全 皇天眷佑篤生 聖嗣
國本攸隆實 宗社生靈億萬年無疆之慶也臣
等不勝忭躍仰戴之至

圜丘禮成頌
伏覩 圜丘禮成 聖敬昭格一代典章誠萬

世法程也臣從駿奔之末喜躍之餘不容無言
以紀厥事謹 獻頌詞百有六十字伏祈
聖覽 頌曰
嘉靖庚寅月建戊子巳酉迎長 圜丘肇祀於
昭我 皇法 祖敬 天始議靡定終焉翕然
乃召司空率循 祖制載新 壇壝善述善繼
庶民子來殫心經營 躬親瞻拜周觀厥成動
容中禮習於未祭載集羣工嚴申戒誓我將我
享于豆于登惟子之半燔燎中升星河夜明燈
燭交映禮備樂和穆穆其敬 上帝居歆

先祖是皇百神景從不顯其光　天保我　皇亦孔
之固　皇祖亦福永錫胤祚令終有俶明德惟
馨祈　天永命萬邦咸寧

謝　更名字頌

伏蒙
皇上賜更臣名爭敬　賜臣字茂恭臣銘心愧心稽
首頓首上言稱　謝者伏以禮莫大於分分定
則禮成分莫大於名名正則言順矧　君上而
臣下猶　天尊而地卑雖古禮不避嫌名在
朝堂宜有公諱伏惟　皇上恭敬退讓生知之能

動容周旋盛德之至居正窮理謙尊而光別嫌明
微下觀而化臣竊念生三月而父命之名仕十
年而臣求之改叨從大夫之後密邇
君父之前名屬嫌疑心切驚懼始請　詔臣仍舊教
臣以孝再請　許臣更新教臣以忠爱　錫令
名申　錫嘉字夫人臣能陳善之謂敬能責難
之謂恭臣仰惟　聖德明明無善可陳
王道蕩蕩無難可責臣惟當顧名思義謹始慮終效
溫溫之恭人法謙謙之君子臣伏願
一人有慶萬壽無疆　聖敬日躋垂拱而天下治

天命匪懈篤恭而天下平臣無任感激欣戴之至

皇太后聖誕宴賞致語三章 并詞

伏以 九重天上祥開寶婺之宫十二樓前歡
奉瑶池之宴 慈顔有喜 聖孝無疆恭惟
章聖慈仁皇太后陛下齊莊中正恭儉温文遠嗣徽
音有太姒太姙之徳篤生 聖子為帝堯帝舜
之君視膳問 安禮有隆而無替承顔先志心
弗懈而愈虔睠兹游衍之區近接清寧之宇爰
因舊貫用壯新規激水飛輪轉星搓於海上駐
春芳樹移月桂於雲端參差綺閣文窻宛轉金

屏翠幙魚遊曲洛滴渥澤以何知蜂護新窠感
和風丙自集瓊筵高列洞府儷遊寶扇森張鈞
天樂奏玉食備四方之奉金漿凝九轉之丹拜
捧霞觴願年年依　光愛日宣揚口號一句句
祝　壽齊天
薰風池閣日偏長寶宴當筵玉樹芳萬轉笙歌
分水調六宮羅綺染天香昇平氣象看魚鳥仁
厚禎祥有鳳凰翹首紅雲天咫尺袞衣親捧萬
年觴
伏以

慈極豫康慶長春之宮苑邦家閒暇開永日之御筵
龍衣承歡遲遲禁漏鳳笙奏雅譪譪和聲恭惟
章聖慈仁皇太后陛下尊崇禮極覆育恩深德茂坤
貞身備周南之化祥開泰運養兼天下之隆惟
禁籞之清華稱歲時之遊覽　聖主因心而備
物司空刻日以鼎新楹柱修門直抵清虛之府
棕簷翼陛弘開燕喜之亭三面花臺雲錦飛香
於烟霧四周蘋水虹梁枕影於空明星毬躍而
浴兎凝光雲璈鳴而遊魚出聽西昆王母薦初
實之氷桃南岳夫人獻長生之玉醴所願門天

之壽保　皇躬于億年庶幾愛日之誠溥歡心

於萬國敢陳衷悃少效讚揚

雲錦亭臺珖瑁筵萬絲芳柳　御爐烟

皇心不是尋常孝　慈壽應同億萬年水繞方壺開

洞府風傳清樂下鈞天臣工寫得　東朝事試

續唐虞典一篇

伏以　宸居天啓聿嚴　視膳之規　洞府儼

遊光奉承　歡之宴領　神天之眷祐

慈極豫康愛化日以舒長輿情欣忭恭惟

章聖慈仁皇太后陛下德隆恭儉道協冲虛大訓光

前葢廣螽斯之化深仁啓後永垂燕翼之謀偶
動息之違和致天人之率籲我　皇上心存勞
悴問安常至於日三　孝格神明勿藥爰臻於
夏五　三靈有恃萬國均歡鎬宴弘開時雨滌
山川之氣虞弦閒奏薰風生殿閣之涼饌簇時
新珍兼水陸酒傾春釀芳動椒蘭拜舞六官祝
慈顔後天不老齊呼萬壽願　聖治與日俱新敬寫
心聲式陳口號
雞聲問寢報平安鶴駕雲中降綺筵寶婺光輝
騰九道瑤池珠翠擁羣僊答生壽域吾

皇啓金母靈筌奕世傳玉井有蓮堪獻壽花開十丈
藕如船
皇嗣期月燕喜 聖母致語三章
臣薄暮忽奉
聖諭明晨 皇嗣期月燕喜 聖母令臣作致語三
首臣謹撰進
覽倉卒愧不成文伏乞 聖裁
伏以
皇天啓運國祚綿長載篤 聖人誕生 皇子恭惟
章聖慈仁皇太后陛下 壽考萬年 子孫千億始

發祥於 今日允垂裕於後昆是用懽歌以伸
善頌
伏以白露清秋黃花令節
皇儲滿一月之期 國本增萬方之慶恭惟
章聖慈仁皇太后陛下開筵燕喜實慰懽心我
皇上稱壽承 顏眞爲 孝養載歌螽斯之蟄蟄永
觀瓜瓞之綿綿
伏以
宮中燕喜天下康寧惟茲元良儲承神器恭惟
章聖慈仁皇太后陛下子子孫孫勿替引之穆穆皇

皇良可賀也自兹室家之壼永迓祚胤之休三
頌用伸萬邦胥慶
奉　勅擬　中宫皇后序女訓後
恭惟我
章聖慈仁皇太后昔在藩邸　恭睿獻皇帝刑于之
化嘗著爲女訓一集雖已梓刻而傳播未廣也
近者我　皇上爲宫中表而出之乃
命儒臣章分句析以爲宜解於是卜日具儀請于
聖母躬授妾於座前敬承　聖母訓旨云内治以助
外政淑女以配君子爾既嗣位女長不可不務

其職自今伊始以吾昔著女訓授爾爾宜勤力
勉修庶不負吾著書以望於將來之意爾惟體
之敬之勿忽勿忘妾拜　命而退再稽首而言
曰嗚呼至矣我　聖母之盛心也其所以述宣
陰教助理王化誠足以垂範於天下萬世可寶
也哉考之　本朝洪武初則有女誡永樂初則
有内訓宜與是編並傳無疑其視昔人所撰女
憲女教諸書詎可同日語耶夫家國之興本於
内治閨門之地萬化基之前乎唐虞以底於商
周後乎秦漢以迄於唐宋其賢后哲妃貞婦淑

女班班可考若其家法之正而嚴周而密則未
有如我　國朝之超越千古莫之並焉者也盖
其敬順之儀端貞之風自　高皇后啓於前
文皇后繼於後而我　列后則以續以承迄今
聖母皇太后則尤備焉妾方侍教　慈宮耳所熟聞
不俟遠求語古得我師焉是訓也其文凡若干
其卷凡十有二然究其要則不踰乎敬而已矣
夫敬德之聚也禮云必敬必戒毋違夫子敬斯
無違也仰惟我　皇上純孝深仁本於天性雖
處深宮無異臨朝至敬之化刑焉妾以菲德乃

獲上配　至尊恒惕惕然懼弗能為六宮之長
日惟誦味是編念茲敬茲以求無忝于
光訓云

擬　車駕還京廷臣賀表正德十六年

聖駕自南畿還謹奉表稱　賀者臣某等誠懽誠忭
稽首頓首上言伏以　天子以四海為家禮不
言出兆民賴　一人有慶詩美邪居堯作垂裳
舜稱恭已省方之觀雖肇於古為逸之戒不廢
於今乃　萬乘之回鑾當三陽之開泰九逵清
道以迎輦六宮焚香而抱綢慶洽天人懽均中

外恭惟　皇帝陛下英明天縱神武風行履乾
元九五之尊爲萬國華夷之主一祖六宗之
丕緒啓能敬承大綱小紀之詒謀禹吾無閒十
有二年之閒暇一舉八月之巡行乃眷阿發興
之新豈無逸盤遊之故時邁隆乎三代風聲訝
於九州非率舊章遂成盛事轍方環于海壮
詔遂下之江南六師指日以啓行百官交章而止輦
批逆之怒似震之雷霆睓覆之明實臨之日月
雖人主不懈于位在臣子恐勞其神始猶形
迹之嫌疑終則腹心之孚合奈何變生蜂蠆禍

起犬牙釁雖啓之三醜毒將流于四國神人共
怒遐邇咸冤聲罪致討之師不容不舉以義割
恩之法不得不親捷彼商武丁鬼方之師奮然
周宣王淮北之將應之同迫乎六月克之何待
乎三年濯炎陣於萬方日星光燿掃氛妖於一
鼓江漢清明是皆　聖斷之剛明由此
皇猷之赫奕翻然念　京師爲根本遽爾振軍旅以
凱還臣等之　扈從之真才承居守之
嚴命食不下咽日愧素餐依象魏於九天奄成歲月
之隅瞻　龍顔於萬里每勤蚤夜之思何幸拜

冕旒於維晨仍得聯簪組於鴛列香飄合殿和風
醉春色之羣僊花覆千官淑景舞朝陽之鳴鳳
況之 國家大事有須 皇上躬臨
郊社禮行酬后皇覆載之德慶成宴錫貽上下媚愛
之情 當宁明試以功 臨軒親策多士固嘗
章適當其會實 聖心豫立其誠者也伏願
還宮之後 聖德日就而月將多難之餘
寢衷朝乾而夕勵室家之壼有事嬿婉之求
宗社之安無作流連之好蟊椒實之繁衍固桑苞之
久長臣等無任激切屏營之至謹奉表稱

賀以聞

太師張文忠公集文稿卷之四終

張文忠公集

五之六

文

太師張文忠公集

文稿卷之五

奉　勅撰　岳懷王墓誌

是為　岳懷王之墓也弘治庚申六月十二日甲午王之生也越五日己亥王之薨也夜月暈華傷有瑞光生之異也大風揚沙吹物飄空薨之異也王乃

恭穆獻皇帝首生子也

章聖皇太后之所出也實　皇上兄也夫王生胡自也薨胡歸也　皇上亶聰明作　元后大命之

既集也　皇上之入繼大統也以倫序也遵
祖訓也以爲宜舍其　父母而不尊崇者　廷議也
以爲不宜舍其　父母而尊崇者臣孚敬議也
執其兩端而用其中者　皇上因心之孝也夫
王爲　皇上五日之兄弟也　獻皇帝
章聖皇太后爲　皇上終身之　父母也五日兄弟
尚不忍忘況終身之　父母乎王追冊爲
岳王者因郡名謚曰懷者孔懷之情也墓有祠宇
春秋有享祀備成人之禮也所謂愛之斯弗忘
敬之斯盡其道然也夫爲父子兄弟足法而後

民法之也堯舜之道孝弟而已我　皇上所以
為堯舜之　主也為人倫之至也　皇上命大
學士臣一清為王碑文徵諸明也　命臣孚敬
為誌藏諸幽也王誠有知必曰誌吾墓者大學
士張孚敬也是不忍負吾之　父母兄弟者也
奉　勑撰　皇第一子哀沖太子壙誌
嗚呼是為　哀沖太子之壙臣孚敬豈謂誌
太子壙邪又奚忍誌之邪又奚忍弗誌之邪嗚呼
傷哉太子為　皇上第一子麗嬪閻氏所出也
先是　上以麗嬪將有喜期密　諭臣孚敬及

同官臣時臣獻夫升吏部尚書臣汪鋐禮部尚
書臣夏言議應行禮數臣等喜甚越三日
太子誕生爲八月十有九日也臣等又喜甚踊躍
是日午　上御文華殿臣孚敬臣時臣獻夫入
慶　上以太子誕生上慰　九廟及
聖母之心下慰萬方人民之望喜溢　天顏賞賚臣
等而退次日　陛告于　上帝及告于
祖考又越五日　詔告天下大布　恩賚
宗社生靈長久之慶其在兹乎比將週月
召臣等至平臺議剪髮禮臣等稽首頓首喜曰吾

君之子也將剪髮矣又　欽定睿名令臣等貯閣行
命名禮臣等稽首頓首喜曰吾　君之子也將
命名矣既而　諭示　太子有微疾臣等不勝驚愕
初以為胎毒多有之奈愈而復作　聖母日夜
撫視　上亦殫厥劬勞弗虞竟不保十月十有
一日也中夜内使捧　御札至臣孚敬舍臣捧
讀傷悼碎心莫知云何竊又慮　聖心傷悼重
增　聖母悲傷臣踊慟無地矣及晨偕臣時臣
獻夫至　右順門奉慰　上傷悼之甚輟朝三
日　命禮官議殯殮如禮　上以為元子嘗以

繼體告　上帝祖考　詔天下矣不可擬諸他
王舊典乃　勑禮官追冊為　太子加謚曰哀
沖復　諭示臣等曰此子之喪命也朕不敢過
哀以重貽　慈憂卿等弗過慮嗚呼達死生之
理通幽明之故非我　皇上大聖人其孰能之
又　冊謚之禮行也臣孚敬實承　遺命捧冊
至西城殯宮陳太子冠服宣冊僾然歧嶷之容
之有見也肅然喤喤之聲之有聞也傷悼碎心
又莫知云何禮成復稽拜愴然而出
上於是日設靈席於所生宮中　御製文諭祭祭以

禮也又於十二月二十六日葬于金山之原葬
以禮也嗚呼　龍姿太子之生也雖僅五旬麟
趾子孫之發祥也實肇千億詩曰燕及皇天克
昌厥後又曰君子萬年永錫祚胤臣敬為我
皇上禱幷為　太子誌諸幽以見我　皇上至德流
光之無窮焉耳矣謹誌

誥贈柱國少師大學士先考守菴府君墓誌

子孚敬誌曰嗚呼是為我先君之墓孤孚敬既
自告哀於幽以石表之將有待也然誌墓者嫌
於溢美無有求文人代撰之說矧先君潛德玄

善人或未悉乎敢不敢諛亦不敢蔽是用痛筆
哀詔我後又何較於不文先君諱昇字存彩別
號守菴姓張氏先出閩之赤岸宋乾道徙居永
嘉之華蓋鄉元有諱敵甫諱正諱轉實者皆有
隱德先君三代祖也父栻菴公諱敏蚤背遺孤
三人門戶無賴先君以仲子克自奮植奉母徐
氏孝養勤劇平居雖無事必早起櫛冠洒掃祠
寢夜必再行巡警嚴冬無間百凡家蠱皆身任
其勞經畫有道不以煩其昆弟得母氏歡心業
既就殷卒以荒頓自居益篤友讓弟慕本公嘗

舉家疫殲同室皆喪長避先君聲大義獨力調扶
卒保其家而身亦無恙莫本公長區稅領公帑
白金五千兩行輸于京先君慮而代之艱險萬
狀竣事名慕本公歸其羡一銖不私內外稱孝
友者歸焉天性率直屏去邊幅與人立談間洞
見肺腑不喜華靡恒粗布為衣垢敝澣補得羅
綺篋之弗御每食為蔬菜不擇魚肉客至留飲
酒三行五行即止及人享之見盛饌心輒不豫
命撤去過半而後食非故為矯激惟自順其性
焉爾好詩書而不得信其志舉以授諸子曰四

民士爲首農次之我竭力耕田以養女祖母令
家頗足賴惟碩女曹勤學勵士行也因遺乎敬
補郡庠弟子員數手筆以嚴訓飭輟飲膳以資
饋給九我恩深不可云爾比乎敬補廩膳生曰
我庶無慮矣弘治戊午乎敬領鄉薦聞捷與慕
本公相持哭於栻菴公祠以遠諱之年實前之
戊午痛弗令見也其敦本收族恩意真切祖産
有未均者後生間請論之輒論曰田地易求較
之則賊恩吾弗忍也徃来里黨姻友不爲縟禮
皆存愛敬之實下逮鄉人之卑賤者亦加委悉

貧者則隨分以賙恤之佃朒常數者諭以旋補
未嘗取盈焉有司爲孚敬建牌坊于里役民運
石厲歲歉先君惻然曰菜色之徒何堪茲役因
出粟散給不敢恃有司之命以殃民也人人推
長者美鬚髯狀貌端嚴議論方正有爲非道惟
農先君知之其有不平領先君片言即折前邑
令文侯宗儒雅重先君禮爲耆老事多訪決後
二十年侯復來守郡人以先君屬侯舊愛勸之
迎謁弗從會孚敬領鄉薦侯就先君相與歡慶
曰翁德之良食報當未艾也刑曹郎中邢君子

用受知特深嘗揭先君之行畧有八曰率真崇
儉秉公勵行亢宗淑後睦族恤隣在朝諸君子
咸序傳詠歌別冊藏於家正德改元丙寅年八
十遇　詔優老肉帛冠帶人多肓年希寵先君
獨辭謝曰余生不逮盡忠竭息未能移孝奚敢
蒙此蓋守之介至老不貳也以四年己巳七月
十三日卒是日晨興猶常及晡神色奄華孚敬
供藥勿飲曰吾生至此藥復何爲就正寢具深
衣履前諸子姓諦視遂瞑痛哉訃聞無間親疎
遠近哭之甚哀退而相與咨嗟悼歎無異詞也

嗚呼先君以處士道行於家既沒而人猶哀慕
之如此使之有位而及人者豈少乎此不肖孤
真有忝于所生也配高氏繼配陳氏謝氏俱先
公卒側室徐氏男四璩高出瑚徐出琥孚敬謝
出女二長適王鉦次適王鎰孫男十卿鄹邦騰
都御印郊部邺曾孫男一承美先君生於宣德
丁未十二月五日距卒享年八十有三初先君
葬謝母於黃嶴祖塋之下合兆為壽藏曰死即
葬我無僭侈踰禮今二十有六年而先君逝矣
不肖孤因卜用卒之年十二月三日窆焉昊天

罔極嗚呼痛哉泣涕而系之曰昌德之良天篤
厥賦昌壽之昌天益厥數德以壽徵壽以德固
松柏千秋挺然風度孤露攀號以永終慕孤孚
敬謹誌
正德己巳孚敬奉窆先君後十三年辛巳始登
進士第嘉靖改元壬午歷南京主事翰林院學
士少保禮部尚書兼文淵閣大學士少傅吏部
尚書兼謹身殿大學士少師吏部尚書兼華蓋
殿大學士祖考三代俱欽奉　恩誥歷贈如孚
敬官祖妣俱一品夫人子遜志遜業俱

恩廕中書舍人遜志弗克永年嗚呼古人云祖宗積
德百餘年而始發於吾孚敬弗德寵承
聖恩萬無補報實賴祖考積德所致也昊天罔極嗚
呼痛哉嘉靖丙申正月既望孤孚敬謹誌

誥封一品夫人蔡氏墓誌

於乎是爲我夫人之墓余奚忍誌之邪余奚弗
忍誌之邪夫人姓蔡氏父諱恩母谷氏年十八
歸余余方爲郡庠弟子踰年余領鄉薦遊太學
夫人從焉虀鹽同苦余六厭禮闈家食二十餘
年守先人敝廬三五間薄田三十畝夫人日加

勤儉俾余得自給無關心焉余先大夫少傅公
在日夫人極孝養凡余昆弟宗族姻戚夫人待
之各有道妯娌間穆如也余登進士第授南京
主事夫人始得同祿食　封安人未幾
聖天子以議禮故
朝忌余至有欲殺者夫人無懼色余陞翰林學士
封宜人陞禮部尚書兼文淵閣大學士
封夫人余加少傅進　封一品夫人初余入閣
命下夫人即得病既復少瘳沉綿三載兒遜志日夜
侍湯藥不倦　聖天子憫余　遣醫治夫人病

余方力請於黃檇夫人還籍治之　聖天子慰
留懇切夫人且勸余勿固請余受　命主會試
事夫人病且甚余備後事鎖院死生音耗絶不
相聞夫人幸蘇出院夫人喜曰聞公論得人無
憾矣再踰月夫人屬纊為嘉靖己丑四月乙亥
也痛哉卒之日　聖天子憫余　手札慰諭
遣中使賻白金五十兩紵絲四表裏鈔萬貫
遣禮部尚書　諭祭　命工部遣官治葬事在朝
文武官僚無大小弔奠相屬余思夫人素儉德
上疏請止之余方欲休告以夫人歸葬適人言

起請辭避　聖天子復慰留懇切人言再三至
得　允俾保全焉余亦私幸與夫人同歸
陛辭去　聖天子眷念滋甚急　遣官齎
勅守催復任乃泊天津懇辭　不允逮余返俾緣途
有司護送夫人柩以歸兒遂志毀瘠甚余進退
維谷夫義有所當伸恩有所當屈乃忍舍舟奔
命以兒扶夫人柩歸致奠舟中與夫人辭於乎君臣
父子夫婦人之大倫也於此見父子焉於此見
夫婦焉事並至而難於相違道並行而難於相
悖天邪人邪夫人生成化庚子八月壬申年五

十生極崇恩死極恤典宜復無憾但僉逌公之
餘弗見我夫人端靜之儀弗聞我夫人規戒之
語兒女天方未獲所托余奚忍誌夫人墓邪余
奚弗忍誌夫人墓邪乃作墓誌而系以舟中奠
辭曰賢爾夫人歸余永好天不余憗顧遽偕老
昔偕余至今攜爾還　君命召留中途孔艱爾
迈室堂余奔　京國傷痛徘徊死生南北惟爾
懿爽靡所不之孝兒扶爾悠悠我思
此大羅山第一峯之下吾張氏舊隴也我夫人
以卒之明年庚寅正月十五日窆焉又明年辛

卯秋八月余獲　錫命南歸得展夫人墓慨夫人不可見矣得見夫人墓亦足以少慰矣乃樹碑以余昔所勒諸幽者表于墓復親書丹示不泯也未畢忽朝使將　皇命起余復內閣任復催　勅剖符刻期令兼程星夜進不敢違翌日又辭夫人墓以去死生南北猶在天津然天邪人邪余奚忍誌夫人墓邪余奚弗忍志夫人墓邪壬辰正月二十七日也

長兒中書遜志墓誌

於乎此吾兒遜志之壙吾何忍誌之於乎痛哉

兒為吾嫡長子吾一品夫人蔡氏所出也吾方
痛誌夫人之壙又誌吾兒壙吾何忍誌之吾弗
德天降罰也夫人吾糟糠婦賢淑異常生吾兒
亦譽髦異常正德己卯予上春官試泊嚴灘詩
寄兒云十歲明年可有知詩書勤讀是男兒即
能體吾心向學辛巳予登進士建 大禮議舉
朝洶洶夫人聞之無憂色有倡言予罹罪譴兒
頗驚吾仲氏諭之禮吾夫人亦諭之禮兒即覺
悟時夫人數恙得吾兒有知甚慰焉壬午予任
南官夫人攜兒就官舍由丹陽道予迎之通濟

賓亦夫人之志而吾兒遂大有知矣時予以官
矣既而議定以禮成拜省林墜予上 命予十數奏闌
至京師朝議益大洶洶夫人與兒之志益大定
計阻還甫三日 召命復至予始携夫人及兒
兒相依亦以禮自解無幾疑焉至鳳陽舉臣以
倡言予在途遣害及夜枇亂石于官舍夫人與
大禮議舉起予赴 召命留夫人與兒在白門復有
因有詩云勸酬負婦酒戲逐小兒燈甲中
其慰焉癸未元宵節兒張燈為戲夫人勸予酒
門見夫人無恙兒出相道侍禮遜又畢常予亦

舍湫隘遣兒就師于翰林公署氣質變化聰明
開發與羣兒日大不同矣乙酉五月遜業生兒
庶母陳出也夫人喜甚吾兒亦喜甚有兄弟也
丁亥九月予拜文淵閣大學士　命下之日夫
人忽得恙沉綿三載兒日夜侍湯藥候寢食不
倦雖成人大孝者有所弗逮復憂念少弟其孝
友真出天性也戊子七月　明倫大典成夫人
進　封一品夫人兒授中書舍人夫人病在牀
兒悒悒不樂受官予亦為之辭不獲
命有謂例應入科第試者兒曰任子　君恩至重也

何科第為哉自此盡棄科舉專讀五經旁及史
書李杜韓柳詩文晉魏以来法帖靡不究心一
切利勢泊如也受官日乃冠年十八予同官楊
遂翁字之曰伯懷蓋取書惟學遜志允懷于茲
之義嘗謂予曰此子器識異常殆天所以報公
也予亦驚異己丑正月夫人病且篤既而
上命主會試弗獲辭乃預為夫人具後事且以有兒
可托入院生死音耗不通兒益篤孝養闈院兒
方以吾得人為喜而吾實以兒竭勞為憂四月
夫人謝世兒執喪哀毀水漿不入口者數日遂

瘠嘔血此兒受病之由也予時請假理夫人喪
上亦慰予有子可託未幾　錫命南歸予得與兒扶
夫人柩還葬至天津　勅名復任兒扶夫人柩
還葬經理極誠信吾得無憾也庚寅既襄夫人
大事予日望其來京兒猶戀戀夫人之墓至四
月始得兒來書因有詩云汝母傷歸土吾兒戀
掃松正思行色滯忽得信音通發棹三吳裏趨
庭五月中巳傳河閘滿秪日看南風比兒奉夫
人神主至官舍相持哭之慟既復見兒顏色調
養復常始免毀瘠憂也辛卯七月再　錫命南

歸祖廬三五間莫蔽風雨兒曰盍就
勅建書院居之予曰書院有　勅建敕一亭非私居
可褻也兒曰可聊為旁築　君恩至重兒輩所
當世守也予方左圖草構未成乃權為兒納室
今程氏女也未幾　召命復至矣予仍挈家至
京師而兒從焉壬辰六月遜亥生吾兒復喜甚
有兄弟也八月再　錫命南歸書院左構甫成
兒曰今所居定矣祠廟具可綏乎實欲奉三代
貤贈祖考彰　君恩也時方規畫未幾
召命復至矣予仍挈家至京師而兒從焉兒本翛然

山林之志　君父之命不敢不從也癸巳四月
予入見　上賜南城西苑同遊兒憂樂交集盖
慨然有天下國家之志矣予忽見其送舅氏諸
作皆類古情思深遠且書法遒勁深加驚異出
與同官李序菴方西樵翟石門三翁觀之予曰
吾兒年少未應至此切復憂之三翁咸曰令子
沉潛純粹不事表襮此作皆資質學力所到無
慮也既而遜友病痘弗保吾兒傷甚予礱石欲
誌其壙見兒作過人命代誌之頃刻而成情孔
哀而意至也八月　皇太子生兒侍予甚喜曰

此　宗社生靈無疆之休也初予請立
九嬪宿戒告天乃上疏見贊曰日望在茲因語曰
聖天子在上皇子誕生吾老矣不能圖報他日實有
望吾兒者也甫五旬中夜內使捧　御札報皇
太子不保予與兒相持哭之慟適有人告張延
齡夙有異謀　昭聖皇太后弟也　上欲寘之
法曹予三疏論其事至違　上意兒曰此係調
和兩宮保全　君德不可但已也昔趙普禰奏
以回君心而況遇　聖明之主乎又大同叛卒
仍殺主將有為招撫之說者予力論其事兒亦

曰前日指摘誤矣今可再誤耶其平時憂世體
國之論率多類此於予深有助焉甲午正月念
母墓弗守惘然思歸予曰汝念母至孝矣吾誰
與依遂不復言予覺其猶未能釋然者時病已
在心故懷歸耳予在閣每寅入申出兒侍予官
舍禮養頃刻無違一日予退公忽見形容消瘦
微有咳聲予問病兒猶委之無恙實恐憂予故
若不自知也予旋復呼兒連臥咳聲中夜予乃
披衣而起召醫詢兒疾之由醫與兒皆以勿過
慮為答予察其久藥無効為之灼艾且順兒志

得省母墓之請覺兒病少間屬伏暑晝夜不能
安枕擬于立秋可發舟南歸已戒行矣予詒之
俸金弗欲詒之　賜幣弗欲兒曰家薄田可贍
也官資無羨兒豈有不知乎予痛不能答姑密
為之備耳時飲食雖減猶不失常期六月朔旦
兒喜曰立秋十八日為期耳凭檻觀荷至晚乘
涼二日三日咸如之四日早起以夜熱特甚望
雨予亦就兒榻兒問曰雨否予曰雨徵至兒令
小僮開窻觀雨忽遍身大汗予即脫衣與之更
頃又汗更衣轟雷大作雨滂沱至尋不能言即

瞑目無一語也痛哉棺椁衣衾皆予所自預者
而竟乃爲吾兒具痛哉予請假理喪　上不允
責以大義仍再　賜手諭慰留予痛甚死生進
退莫知謂何夫天畀吾兒如此之賢也奪吾兒
如此之速也而竟弗嗣焉天也奈何豈非吾弗
德耶天降罰而何朝野無崇卑遠近咸惜之奠
之章哭之以詩歌蓋兒平素謙沖不盈溫然如
玉而人莫不愛之敬之者也夫麟鳳世不常有
非家可得而畜者吾兒豈吾所能有乎於乎痛
哉念疇昔而母之歸葬也兒送之今吾兒之歸

葬也孰送之夫父子也夫婦也人之大倫也吾
弗能盡吾情者　君命也於乎痛哉初京師縈
恩堂之建也亦吾兒志也夏初兒欲就僧舍養
病予即為建慕恩亭于後園雖便靜養實成兒
志甫搆而兒巳不待矣予至亭所有詩曰後園
慕恩亭本為吾兒作兒今不可留吾豈能獨樂
松柏亦不茂園林似蕭索遙望大羅山哀聲生
萬壑凡觸目傷情類如此也一日檢兒書籍有
白冊題曰家庭紀聞凡予與國家大議皆紀之
而所論張延齡獄并大同事亦備載文意古雅

皆史筆也於乎兒之善非吾所能盡述也在人心焉耳知吾兒者不待吾言也不知吾兒者亦於無不知矣非吾所能盡述也知不知非吾兒心也第不知吾兒生也胡從死也胡去吾兒之心真無媿幽明可白天地者也今葬兒與予同原祠兒當為吾著代所恨吾老矣凡吾所以處兒者必無不至無不當庶吾兒雖死不死無嗣有嗣矣於乎痛哉兒生于正德辛未十月戊子距卒年僅二十有四自號靜修葬期俟卜葬嗣書焉父孚敬抆淚誌于京師官舍

初予圖葬吾兒於夫人左壠實未親見比歲乙未夏予以疾乞休獲 命季秋方得見吾兒墓隅壠峻絶予甚痛傷不忍延復營穴於夫人左第三壇以十二月二十八日改葬焉丙申六月朔列祀鄉賢崇賢孝也有静修子集行於世吾兒真雖死不死無嗣有嗣矣予既誌之壙今表于墓

季叔慕本公墓誌銘

弘治甲子秋八月十有三日季叔慕本先生以疾卒於正寢卜冬十二月望吉葬於鄉之黄泉

先塋孚敬追上春官試不能執紼爲情嗚呼悲
夫其從兄珊經杖命孚敬銘其墓石孚敬重猶
子愛因熟行歷敢以不佞辭按積其名也存德
其字也慕本其别號也祖栻菴早背遺孤三人
叔行其三也生而有大志不伍凡子最爲祖母
徐所鍾愛比長質剛毅意氣先人而心恒惻怛
失怙恃扁所居爲慕本示終慕意新祠宇每率
子姓爇香瞻拜歲時享獻必極豐潔其孝思也
伯氏先卒與孚敬父仲氏日同起居雖夜分相
就談笑不爲異言所間其友讓也閭廬千有餘

措處之整暇有序耕僮織妾各食其力因舊址
迫窄規河東地跨梁結屋上寸木尺親自點檢
用致堂寢整飭貲産阜厚其克家也長區稅攝
㪍政不逋不𨒪上下稱便其處鄉也領郡守文
侯命新永嘉學宫築水溝隄防皆計日奏功歷
見嘉賞其才幹也弘治壬子國朝修荒政募
民入粟因獻金於官榮膺冠帶民之貧者濟之
喪不能殮者櫝之橋梁途路之廢缺者新之補
之無所係吝其施予也性不嗜酒客至必崇饌
稱觴或自敲檀板搥羯鼓且謳且歌盡歡而罷

其聯情雅懷也屋傍有隙地鑿池養魚夏蕖秋
菊雜植左右以娱終日其高致隱趣也配王氏
同里右族王珙之女温惠慈淑家庭内外矩度
斬斬相助之力居多其善於刑于也子男五珊
珮琰珏璞皆亢宗器璞以詩經補郡庠廪膳生
其善於教子也孫男十繪素綗綺羅絪縉纉縉
綏其世澤之深長也疾革前諸子姓勉以守家
法喪葬毋惑異端毋僭侈踰禮言訖而逝其善
終也生宣德辛亥八月二十七日距卒享年七
十有四其壽考也銘曰黄山嶔只滄水深只烟

寒林只云胡尋只懷遺音只惟人心只

王處士墓誌銘此誌銘末加數語作墓表已刻在後是書者謨重

是爲鄭縣竹房先生玄歸宅也嗚呼予豈遽謂先生於是也哉幽明之情能無憾乎先生配予伯姊有子四人民澄淵泓予幼時與其年各差相先後先生聚書以教諸子予嘗得分而讀之嚞惠已甚由是既親且愛也先生末年嘗託予作傳故凡其世系之所自與夫處已待人敦本收族之道于傳備矣既傳先生復得予銘其後事予謂昔者邵堯夫嘗遺語其子曰爲吾銘者

必以託吾伯淳今先生有堯夫之心而予無伯
淳之筆爲可愧而已正德乙亥九月九日先生
卒予得訃匍匐而往既至而先生已沐浴加深
衣履襲矣予語其諸子曰古人謂養生者不足
以當大事唯送死可以當大事而四人者皆好
禮予乃躬衾絞使具小大之斂不作佛事不酒
食以饜弔者凡世俗之所習尚諸子類能變之
是皆率先生之道以送先生則夫聚書教子之
心可謂不負也已踰三月爲十二月二十日先
生窆焉既窆諸子遂礱石請銘以卒先生志予

以不佞弗敢今拜于墓而四子所請益至先生生反壤之樹亦既拱矣乃曰葬也者藏也欲人之弗見也奚有於是且傳備矣雖然傳者所以傳之於家而銘者所以表之于墓也是亦所謂愛之斯弗忘敬之斯盡其道焉耳然詳於傳者不著于銘見于銘者以識先生之令終云先生姓王氏名直字朝臣竹房別號也生正德癸亥年三月二十五日卒年七十有三銘曰穀也予傳歿也予銘匪予言足徵唯君德馨子孫是承

王恕齋墓誌銘

予鄉之處士恕齋王君以正德乙亥四月十有八日卒于適室又明年丁丑十月四日祔葬於鄉之鄭墨從先兆也竣事其孤世勲釋禫請予銘其墓石予謂古禮士庶人三月而葬然久而不葬者惟主人之服不除世勲遂怛然而興蹙然而退於是易衰絰而再請焉若世勲者亦可謂好禮也已乃與之言曰墓之有誌非古也故石誌不出禮經後世以紀行自爾遂相祖習雖屢夫販父皆得託於名公鉅卿之文以自炫焉至於為之文者亦類多不恤諛墓之譏噫胥失

之矣雖然為人之先莫不有美焉莫不有惡焉
銘之義稱美不稱惡此孝子之心也世勲乃作
而言曰先君貌端偉而性謹厚平居之常未嘗
見其輕言動者諸伯氏皆早背先君孝養祖母
徐至老不衰其收族也以恩其待鄉曲也以和
睦前邑令汪侯膺鄉舉耆艾以資政體先君與
焉時同事者多有陽為武斷陰為并植者先君
曰吾不忍負侯之心也力辭以退因謀別業於
故居之陽躬稼以終身焉予曰有是哉可以稱
矣夫先人無美而稱之是誣也有善而不知不

明也知而不傳不仁也此三者君子之所恥也
世勳其亦知此乎王君諱蒙字朝泉號恕齋其別
號也世居永嘉一都之三甲其先盖甫生永平
永平生文炬文炬生君兄弟四人君其季也配
瑞安東溪姜氏先君十年卒子男三長即世勳
次世黨世塾女一適湖濵邵戚孫男二女一尚
幼君生景泰庚午三月三日距卒年六十有六
云因為之銘曰羅山之東鄭谷之中其上也天
柱之峯其下也幽人之宫鬱鬱葱葱馬鬣其封
行人所視壽考令終

邵世德墓誌銘

余年十五六時湖濵邵君懷賢者嘗館今進士月川李公與諸子而余亦就學焉因得觀邵君時余雖幼且愚未足以悉君之藴然於容貌詞氣之間亦知其偉然非俗人矣既而余膺薦屢試春官不合游學南壯與君聲迹日益踈絶每憶一相親未及也一日忽見君曳杖而行余驚問之君曰吾衰矣無幾相見余諦視君顔渥而神定年雖邁而髮未蒼意其壽之猶未艾也閱數月訃聞余適寢苫有先君之喪未能匍匐赴

帛續從哭之入其門望其几筵像設撫其柩於
西廂不自知其慟也比葬君之猶子太學生隆
狀其行以授余使余為之書以表于墓道按君
諱選字懷賢行第一其曾大父諱寶大父諱先
號裕菴尚義冠帶父諱異號素菴皆有隱德弗
試母安人三甲王氏君克念作求不忝於先故
別號世德為人天性豈樂不立崖異其接物薰
然和然亦未嘗有所阿狥郡守文侯常禮君為
耆老備咨訪焉以辛勤阜業積而能散邑令劉
侯募其入粟冠帶至汪侯又賓之鄉飲樂善尚

義之聲爲鄉人之所稱服居旁有湖派出於姚
溪未年搆別室於湖之東良辰勝日濯足觴酒
其樂雖與人同而其高情雅致泯然有以會於
其心而適於其身至於不知爵祿之可懷勢利
之可悦則人有所不能及也卒前之一月猶速
余放舟作姚溪之游公私怱怱未赴載羅殷憂
而君遽就木矣嗚呼悲夫君生于正統癸亥十
月廿四日卒于正德巳巳十一月十二日年六
十有七其葬則卒之又明年辛未十二月九日
其葬所則宅之南數百步黄墨祖塋之側娶安

人山北林氏有淑德旌表義士朴華先生瑀之
仲女也子男四豹傑綽諍女一適英橋王瀚側
室陳氏無出男孫七博慎國絢琯協治博蚕世
孫女五長許龍岡高祚次許英橋王彬次許龍
灣潘賦餘幼凡狀之所載其與余幼之所知嗣
夫後之所具聞者大都似焉謹敘而并書之且
爲之銘銘曰彼胡云樂東湖之曲力我心田惟
日不足鹵莽是懲歲見厥登尚其餘穀嗣人克
承

從兄樂善先生墓誌銘

吾宗有稱樂善先生者與孚敬同高祖之兄弟也正德癸酉冬十二月壬寅以疾卒于適室又明年十二月癸酉其孫湛奉殯窆于膺符鄉之黄壆從先塋也先事湛泣求孚敬銘其墓竊謂古者墓而不墳孔子合葬于防始曰丘東西南北之人也不可以弗識於是封之崇四尺至後世勒碑刻銘蓋彌文矣雖然前人無善而强書之謂之誣有善而弗之書謂之蔽蔽與誣君子弗由也則湛也烏得而弗請而孚敬於先生也烏得而弗銘諸先生爲人質任自然知孝弟爲

人道之大常加力焉嘗以祖墓崩泫然曰易墓雖非古也奉守者可弗虔乎於是遂殫已力脩之其視世之藉口祖宗裒同姓之財而卒以濟已之私者異矣與諸昆弟以恩凡有力役必以身從之未嘗推避其視世之分門割戶患若賊讐者異矣以從子禹遜志儒業即分田以資供億其視世之於吾子則愛之兄弟之子則不愛者異矣克喻於義且知富為怨府而不肯求其視世之行并植於鄉而朘民之膏血以自腴者異矣與鄉人處未嘗以崖岸相高有弱之而奪

之者即與之弗較其視世之算及毫厘而為輙
分爭辨訟者異矣孟子曰君子之所以異於人
者以其存心也然則先生之所以與人異者得
非亦以存心矣乎若彼無禮義而無所忌憚者
雖有宫室之美妻妾之奉蓋不知營巢養子禽
獸則亦能之豈人也與哉先生名坡字時堅樂
善蓋别號也其世系則譜牒備矣娶同里李氏
妾嚴氏湛灞李出灞邑庠生漉嚴出女一亦李
出適二都陳炳孫三應奎應辰皆湛子距生天
順丁丑正月乙亥享年五十有七云銘曰十室

孝道必有忠信民之無良一鄉惑僅質美如君
者寧其真至道難聞不失令人

伯兄蘭室先生壙誌

先生諱璩字秉琢號蘭室祖諱敏父諱昇母高氏繼母陳氏謝氏生孚敬兄弟四人而先生居長為人性剛毅不容人短出口則胸中氷釋故人亦不之怨也晚年遷居於滄湖之西竹木成蔭紫門掩映終日披襟而坐以詩酒自娛焉正德丙子春孚敬以選事赴吏部先生恐年邁相見無期泣涕而別既而孚敬以四方多事深憚

遠役遂告南還踰日而先生卒于丁丑五月二十有三日也天乎謂之何哉先生配二都北門季氏生三子長卿娶二都王氏次鄖娶四都林氏次御娶孫氏女二長適四都壯山林廪次適龍灣潘獬孫男二承美承明女一俱幼孤卿擇于卒之年十二月三日葬于黄墨祖壠之下享年六十有三云

季兄雪崖先生墓誌

我先君守菴公棄捐甫踰月兄雪崖先生亦以疾弗起於正德四年己巳八月十八日也嗚呼

痛哉十二月三日附府君之柩窆于膺符鄉黃
壆之原乎敬敢竊記壙中告哀于幽按先生諱
琥字秉嚴行三別號雪崖姓張氏先為閩人宋
乾道徙居永嘉之華蓋鄉曾祖諱轉寶妣王氏
祖諱敏妣徐氏考為守菴公諱昇前妣高氏陳
氏妣謝氏先生生于成化五年己丑九月十六日
性循篤寛而有容毋氏早背承嚴訓儉素自約
寧用不足而利不苟取好文詞而意不悟者即
求人講解御家有常度寐旦必興躬執洒掃無
倦其容貌敦實重厚類壽考者而年止四十有

二謂之何哉瀕死前乎敬與語慷慨不異曰生
死晝夜耳奚足怪諸孤與吾弟托假吾數月克
襄府君大事瞑目無憾矣視死如歸猶且不忘
其親非知道者乎孔子謂朝聞道夕死可矣先
生豈為不壽者乎顏淵之死伯牛之疾命也先
生亦順受其正者乎娶五甲葉氏貞靜幽淑以
賢婦稱先四年卒窆所今同窆也男三邦都印
女一許嫁湖濱卲恕皆以孤童未能治喪事斂
葬如禮孔懷之情所宜盡者於乎先生逝矣遺
言猶在乎敬耳實無以諸孤慮云

李月川先公墓記

闇菴李公諱鈞孚敬從姑倅也以李子僣官南京刑部署員外主事贈今職公純厚簡默爲鄉之善人與孚敬先君少師守菴公最相嫺契又孚敬少從員外君學舉子業闇菴公先人葬鄉之姚墨浒僧嘗據其兆以爲佛居時員外君未第亦莫之如何孚敬嘗問故于守菴公曰僧徒爲李氏禍也非一世矣李氏某世祖某公臨穴僧徒臥壙中弗克葬焉僧徒爲李氏禍也非一世矣迨余聞之鄉論李氏先世以葬在空山中

嘗作草廬屬老僕李永興者居守焉僕好佛外
交遊僧草廬一變為香火院而李氏莫知所防
也已而遊僧漸集脩齋習定香火院一變為龍
潭寺緣舊名以為新刹而李氏益莫知所禦也
弘治己未闇菴公祔葬但因旁麓而已韓子曰
人其人廬其居火其書今異端反為害如此此
余竊深為世道歎也正德辛未員外君登進士
戊寅孚敬亦卜兹舉建今
勑賜貞義書院西堂得屢謁闇菴公墓為之愀然明
年己卯員外君以南京主事歸展墓憩堂中痛

懲[illegible]恭之禍乎敎曰先妣積德百餘年而始發
于君君盡圖之不然李氏子孫能無憂乎眞外
君聚然始請白于余相龍潭舊址而重構之遂
徒之而偕徒敎焉凡鄉之善人靡不善李氏之
治異端迄今而其害敎已也靡不善李氏積善
之家迄今而有餘慶也茲恭遇
聖天子在上 勅天下有司道化偕徒歸正較多寡
之數以上下其績亡凡莫不祗承 德意以此共
成於纔之化正所謂人其人廬其居火其書韓
子能言之今余何幸身親見之也此又非特李

氏一家之幸而已實天下正人君子之幸也閭

菴公潛善余不遑備述而此實係李氏墓興復

之故關世道之大者故特書之俾李氏子孫觀

馬閭菴公與余守菴公九原有知亦必相慶則

孚敬之心庶幾少盡矣乎作墓記

王竹房墓表

是爲鄭塈竹房王先生玄歸之宅也嗚呼孚敬

豈遽謁先生於是也哉幽明之情能無憾乎先

生配孚敬從姊有子四人世民世澄世淵世泓

孚敬幼時與其年各相差先後先生娶書以教

諸子孚敬常得分而讀之加恵已甚由是既親且愛也先生末年嘗托孚敬作傳故凡其世系之所自與夫處已待人敦本收族之道於傳備至既傳先生復與得予銘其後事孚敬謂昔者邵堯夫嘗遺語其子曰為銘者必以託吾伯淳今先生有堯夫之心而孚敬無伯淳之筆為可愧已正德乙亥九月九日先生卒孚敬得訃匍匐而往既至而先生已沐浴加深衣履襲矣孚敬語其諸子曰古人謂養生者不足以當大事惟送死可以當大事而四人者皆好禮孚敬乃

為躬衾衣絞使其小大之斂不作佛事不酒食厭吊者凡世俗之所習尚諸子類能變之是皆率先生之道以送先生則夫聚書教子之心可謂不負也已踰三月為十二月二十日也先生窆焉既窆諸子送礱石請銘以卒先志乎敬以不佞弗敢今拜于墓而四子所請益至先生反壤之樹亦既拱矣乎敬曰葬也者藏也欲人之弗見也奚有於是予傳備矣雖然傳者所以傳之于家而銘者所以表之於墓是亦所謂愛之斯弗忘敬之斯盡於道焉耳然詳於傳者不著

于銘兒子銘者以識先生之令終云先生姓王名養直字朝匡竹房乃其別號生正統癸亥三月二十五日卒年七旬有三銘曰穀也予傳發也予銘匪言足徵惟君德馨子孫是承初先生病革曾托予銘其墓既窆三年予謁先生墓始得脫稿諸甥礱石復俟予親書以慰先生靈但予今誤受 聖明知遇未獲辭謝葉生希行來歸京師故以是語諸甥俾他能書者為之以畢予心也

王雲庵壽藏誌

塞處王君予再從姑之子也家藏有古硯一日
特以詣予而請曰老夫年逾耳順已祔祖原為
歸藏之所矣願就試硯以志不忘可乎予曰君
實茲硯請以硯喻古之人有言曰硯之壽以世
計謂其以鈍為體以靜為用也君質任自然不
事嬌飾嘗從事於邑詞譯於朝論有日矣
乃退而窮居野處惟適所安雖謗譽至弗起
將終身焉是可謂鈍矣靜矣得養生之道矣今
日之壽夫豈不宜雖然人情莫不欲壽者也殊
不知生之有死猶晝之有夜生而屢屢之死而

◎

墓藏之在理爲宜今君旣壽矣又自爲歸藏之所而無所忌諱焉謂非知死生之道者乎君名良字朝山別號雲巖配鮑氏戴氏有子五人其世澤深長又可知也因書此爲誌君遂以硯遺予曰得無愧於古人不持一硯者乎君曰毋相祈永年與硯久遠也

堂兄鎬軒先生傳

先生姓張氏名珊字秉暘別號鎬軒孚敬太父三夫子先生實季父慕本公長子也少穎敏過人嘗從鄉進士謝萬山業舉子成而棄之乃力

行孝友以延師教諸弟為已功先君曰詩書之
教端自爾始比乎敬領鄉薦先生才名已見知
有司久矣永嘉學宮壞辟先生董其事費省而
功倍之濱海田七萬畝有堤以捍潮河以蓄水
邇堤決河湮屢延凶歲先生率衆請于公計口
為力均田為力决者築之湮者闢之民以為便
乎敬家食時凡所欲為者先生樂相成之如復
先塋建墓廬修宗譜立書院舉喪禮謹時祭為
禮俗觀法其有曲直不平者得先生遂决初非
事武斷而人自服之也古人謂不能行之天下

猶可驗之一鄉先生有馬先生期孚敬舉進士
孚敬六見斥於禮部　皇上登極始叨榮賜適
議尊崇大禮孚敬獨違朝議臺諫交擊雖子姪
學禮者惑且懼焉先生斷之無疑曰為禮是非
禍福非所計也貽書堅孚敬先生常命孚敬傳
其平生以晚節未艾而止茲顧孚敬南都官舍
敘寒暄問無恙畢遂以草蔬同飯先生知孚敬
官貧見之而喜因連床夜話達旦凡鄉黨宗族
死生苦樂靡不領畧能無感念已乎浹旬先生
復舍孚敬而歸留之不能語孚敬曰法官執之

更在平恕又曰守俸如井泉盡以所賚資予敬
請更爲一衣猶之却也官齎送先生龍江恨未
能同歸悵望長吁而已因命書爲傳且曰我晚
年望子多矣

王竹房傳

竹房先生諱直字朝匡姓王氏世居一都之三
甲其先葢宗生永平永平生文度文度生先生
兄弟四人先生爲仲幼頴異好讀書不伍凡子
比長遂厭塵俗乃於所居之西闢地搆室爲藏
修之所多集古書於中其旁則環植以竹披襟

相對心跡俱清若將終身焉人以故號爲竹房先生先生習性耿介不能藏人短見人不善立折之不顧其喜怒有不諒其心者乃誣以事雖罹刑獄而先生處之得理卒以不害久之誣者自愧終亦無憾也嘗以母氏多病訪醫不驗輙自取古方書讀之遂領厥旨藥能効靈蓋自儒術而旁通之故易且精用是爲鄉人濟其屬籍繁衍先生爲校譜牒以示宗法且立祠堂於居之東每日必焚香叅謁歲時享獻必極豐潔羣弟子儼然遵之無敢忽也先塋蕪沒者亦自爲

增砌不甚煩其宗此其敦本收族之道鄉人皆
自以爲弗如也時戶口竄移數多存者貽累先
生適長鄉稅因請并圖甲以避介特人人德之
生平好客尤洽於斯文觴酒咏詩相從於山水
之間雖屢弗厭也先生雅行率多類此故知者
慕其賢不知者竊有所病云雖然好惡者人之
情也要亦考其類焉耳孔子曰不如鄉人之善
者好之其不善者惡之先生有焉先生配孚敬
伯姊生四男二女咸宜室家雖不幸姊逝且久
而先生益篤姻好客歲冬因孚敬過訪乃執手

泣曰無幾相見老尚無述焉噫先生之行得非
乎敬所素知者乎又觀葉生希行爲先生紀者
纍乃亦實錄乎矧今先生年登七旬其晚節亦
可槩見信爲至老不貳者乎然則先生賢於流
俗也遠矣

太師張文忠公集文稿卷之六終

太師張文忠公集

文稿卷之六

祭始祖文

於乎水木本源之念人孰無之或有窘於時難於勢墮於不知逆天之罪子孫又何敢辭乎敬學蹇才癡幸而發科也實先德之所蔭目切籍屬蕃衍譜牒散遺亟謀于從兄珊委本祖源手摭其次以圖其宗支世遠時逾惟五世祖諱與府君之主尚在叔氏齕之舊祠以次而推因知有諱敬府君為與府君之父遂斷為始祖蓋生

卒于元之初運幾三百年於兹然其字已失其
姓為誰珊與孚敬遍索宗姓其顛末無寸板隻
字之可咨於孚痛悲爰求窆所意或得其迹於
斷碑烟嵐風谷莫知所之適再從兄娅曰吁五
世祖隴之西山名山堂是也孚敬疑令墓祭弗
及者何為直求其故盖以子姓弗振者槩舉其
壠市諸豪右實為貧乏所鬻是正窘於時者也
靈其宥之間有知者以門戶分割委為非已專
業復之未免與豪右相持是正難於勢者也靈
其宥之孚敬等有年置祖壠為別氏所籍迺因

書譖禪過已遷是正墮於不知者也靈其宥之
玆省同姓歸以原直靈其依舊室而攸綏歆歡
酒戲載伸遐思孚敬齒末不敢以祭叔氏環舉
卮惟山之木兮披披惟山之水兮漪漪惟我祖
之惠兮無期

建書院告羅山靈文

維正德十三年歲次戊寅正月辛丑朔越十有
八日戊午舉人張孚敬敢以剛鬣柔毛致祭于
羅山之英瑶溪之靈孚敬頑鈍無成苦無肄業之
地託址溪山建玆書院以翌日落成将率學徒

講學其間竊念武夷白鹿之勝斯道攸賴固地
靈而人傑也今茲地靈矣其人傑則固有所待
者苟或自異其學自畔於道寧不有負於茲山
之靈也哉神其啓翼俾孚敬不迷尚享

釋菜先師文

維正德十三年歲次戊寅二月庚午朔越二十
一日庚寅舉人張孚敬敢以剛鬣柔毛致祭于
至聖先師孔子維師之道萬世永賴晚進孤生莫
知縣適竊念山林闃寂正學者潛思精進之所
迺卜瑤溪建茲書院今幸訖工將率同志講學

其間意庶幾乎
先師斯道之傳用以荅揚
國家崇儒之意鼓篋之始敢率學徒恭修釋菜之
禮以　復聖顏子　宗聖曾子　述聖子思子
亞聖孟子　配尚享
更名告考妣文
維嘉靖十年歲次辛卯二月丙辰朔越二十八
日癸未孝子孚敬謹以粢盛庶品敢昭告于
誥贈少傅兼太子太傅吏部尚書謹身殿大學士顯
考守菴府君　誥贈一品夫人顯妣高氏　陳

氏　謝氏　神位前詞曰孚敬伏念禮子生三
月父命之名既冠賓字之父命之名示之教也
賓字之敬其名也孚敬自幼承　父命名讀父
書遭逢
聖主五十命為大夫此皆我　父母積德所致也又
禮大夫之所有公諱茲孚敬伏念幼名有嫌於
御名音同兩疏懇　請始獲
欽更今名并　錫字曰茂恭孚敬固不敢舍　父舊
名違教以自取不孝亦不敢不避　君嫌名違
禮以自取不忠夫幽明一理也忠孝一道也我

府君　太夫人有靈其所以慶孚敬
君臣之遇而為子孫之保者豈不益大加怡悅而默
佑者乎謹此告知伏祈　冥鑒以
誥封一品夫人亡嬪蔡氏附享弁祈知之

堂成告后土文

維嘉靖十年歲次辛卯二月丙辰朔越二十九
日甲申大學士張孚敬謹備牲醴果品貽告于
后土氏之神詞曰古之人食祿於君則以官為家
以長子孫君有以官錫之姓如倉氏庫氏之類
是也觀此則古雖卑官未有不自幼効職公爾

忘私國爾忘家者也令之事 君者多過爲身
家計畧不與 君父相維繫故視官居爲傳舍
又徃徃黴質於人若將不爲終日計正漢人所
謂饑則依人飽則颺去噫弊也甚矣乎敬遭逢
明主寵異非常莫知爲報惟委身忘家敢以自許茲
屢承 賞賚不敢自私敬用成堂搆一所扁名
榮恩以彰 君之賜且願子孫世守之無閒官之祟
畀以圖終共報 君恩也惟 神有靈默相成
之謹告尚享

告大羅山靈文

維嘉靖十年歲次辛卯十月辛亥朔越二十日

庚子大學士張孚敬敢昭告于

大羅山之靈詞曰孚敬念昔肇建書院于兹得遇

明主劾用豈敢自昧有負山靈兹蒙　聖恩增成更

新建兹　亭座光於山川孚敬愚昧之心敢忘

所自兹奉　御賜勅誥詩書文札獲歸山中恭

建　御書樓以爲尊藏之所附築居室于傍以

顓慎守且俾子孫世保之焉已具愚誠上聞

明主兹卜吉肇工謹用牲醴庶品告于山靈伏祈始

終保佑以貽後慶尚享

祭長兒中書遜志文二章

父致奠于亡兒遜志嗚呼志兒志兒吾詎意汝

已而已而至痛無聲吾亦何能為辭夫以天篤

爾性純爾姿瑩然如玉之無瘢豈曰宗族稱孝

鄉黨稱弟其憂世憂民慨然有志於天下國家

者實大有助我之頑為予驚異之汝亦不自知

之其他見於詩書文墨往往擬諸古而人多為

奇汝亦不自知之我每憂汝得天分之厚且多

人解予曰彼謙悔不自知惟天地惡盈而好謙

鬼神禍盈而福謙夫復何疑爾亦若無聞焉爾

早母背慈悠孝思侍予官舍禮養嘖刻而不少
違予一日退公忽見汝形容消瘦汝恐以病憂
予若不自知旋復呼爾達卧咳聲中夜予乃披
衣而起詢汝疾竊自憂救藥之或遲比炙爾火
欲分爾痛爾益傷悲即順爾志得省母墓之
請覺汝病少間志且曠怡艤舟而歸惟立秋之是期
夫何旬日不待以死別易生離於予志兒志兒
已而已而以汝之賢天宜福汝壽汝今若此無
乃予之弗德禍乃爾詒乎方切懇告攜爾柩歸
別殯於羅山之東室營爾壙於爾母域之左備

禮制之宜初有祠廟之建而尊 祖敎 宗之
心實共圖之惟自此享祀爾之著代必與我同
祠爾弗壽猶壽弗祀猶祀又將安爾室遂爾私
庶免我之弗慈也於乎志兒志兒已而已而至
痛無聲吾亦何能爲辭

父致奠于亡男遜志之靈於乎吾志兒明日遂
行矣痛哉吾不能汝留者 天也吾不能汝送
者 君命也昔汝之懷歸也南北也吾尚不忍
今汝之永歸也幽明也吾又何忍耶於乎痛哉
吾誌汝壙也在京六七日慟哭不能成章今歸

爾殯于壙也在途又數千里遥望慟哭不能盡吾情事於乎奈何奈何痛哉又昔汝望母而懐歸也今汝依母而永歸也死生晝夜吾亦當終馬會耳南北幽明弗論也行矣吾兒其弗憾焉

祭仲兄竹居先生文

於乎先生已矣痛哉念　守菴公生予四人伯氏叔氏不幸先棄同氣孔懐曰惟仲氏日邁月征余方登第大禮未明獨犯羣議兄明國是曾無疑懼知予不撓能死自誓相見無期欷歔流泗越十三年　寵錫歸田相見無幾　召命自

天倉皇就道如夢寐然遠于將之里不遠千概
後會之難惟相對而泪漣予抵京國兄還故里
聞病莫興予心戚戚戚焉而不能已得報平安既
憂且喜旋復　錫歸期永年以相敘胡天降割
一旦有此於乎仲氏今其已矣豈無他人難得
兄弟昔也南北會面有時今也幽明九原莫起
於乎痛哉

先太師所撰禮記章句及諸文稿供來授
梓舊藏於瑤溪
勑建貞義書院之
御書樓先大夫弱冠之官尚實以左右諫臣獲

讒權相左遷一日
肅皇帝特問張少師子安在遂得量移太僕南
北驅馳之暇因先以禮記章句付梓諸文
稿未及校刻越嘉靖戊午樓燬於倭稿亦
煨燼庚申之歲先大夫亦棄養宦邸至萬
曆癸未汝紀筮仕京師於諸公署碑記暨
諸刻中錄得奉
勑謝恩諸撰迫聖旨侍養歸里命子姪國
瑞輩徧於親族中求索十餘年僅得九十
餘篇蓋先太師生平深於經學故其所論

著皆軍國大議
宗社至計足以扶植綱常而維挽世道至若藻
帨辭華之文非所屑也故亦不甚存錄然
汝紀竊愳先世手澤日就散逸乃不辭擣
采之勤聊備全集云
萬曆戊午仲春朔孫汝紀薰沐拜手謹書

太師張文忠公集文稿卷之六終

張文忠公集

詩 一之二

太師張文忠公集目録

詩稿卷之一

園中行　　山中紀時二十韻

柬李營繕五十二韻　風雨嘆

白沙行

中秋對月歌送秦瑞安入朝

中秋與蔡尚美黄伯孝宴張德修宅

伐木行

九日期游鴈山阻病登龍潭山賦

川上吟　石門

石室　洗足潭

雙絲潭　板障潭

一笑巖　三疊巖
旗障巖　一兄弟巖
九日登龍潭山謝友郎錫謁書院不遇而去戲
柬　病
憫圃　示園奴種麥
示從姪鈿　園杏
課墾地得兩種菜　遊五美園
龍王廟　柬項鴻臚三首
宴項尚表宅　與項尚端
仙岩洞　至日　一

冬日懷葉希行　贈項朴齋

張希孟宅觀雜劇贈短歌　一

詩稿卷之二

山堂對雪　烹雪

懷章宗賜　上元書事

觀栽松　王維之松崖草堂

種竹　置書院山栽松荅舊主王九疇

青郊行柬秋監州　次李工部韻

謝人送荷栽　蘭菊軒

寄王鴻臚正之　四靈環山樓

上元日寄林大尹　　代壽王太守

東李公循同年　　呈吳同年

送周世行上舍　　送温上舍

送張憲副入蜀　　留別鄭一貫

紀時二十首　　寄題洪都許友發祠

別許子瑒　　四月二十二日

送陳廉司上舍　　漫成四絶寄蔡希行

寄項氏諸甥并東徐子一清及宗遜伯纘七首

五月五日　　送王倉官之福州

送陶知事之泉州　　送寧上舍

[illegible]　　贈[illegible]

詩稿卷之四

荅和、聖製二首　病中東子實

夢夫人　親籍恭賦

紀恩呈諸兄

四月二十六日得志兒書

送王氏子九倫還鄉四絶

夢　堂成東子實

恭和御製蜡樂詩

應制書無逸殿左襟壁五言律五首

恭和御製西苑視穀祇先蠶壇位賦二篇

舟發張家灣　天津二首

恭和　聖製二首　應　制七言律二首

應　制古樂府二首　謝　賜蟒龍服

恭和　聖製三首　奉紀　聖恩八首

承賜　御書敬一二字恭和　聖製二首

恭和　御製二首　奉　制記樂賦

恭和　御製大報歌二首

識慕恩亭　四月五日　賜歸

七月六日山中觀穫稻

十一日赴　召

陽月二十九日長至自壽

閏臘月五日志喜　十五日喜作

病中偶成

詩稿卷之續

昭謝　聖考樂歌六首　應　制詩詞四章

恭和　方澤禮成得雨　應　制慶　皇嗣朔月

恭覲　清馥殿和原　御製視穀祇先蠶壇位

賦韻二首

恭和　制撰九五齋五言律四首

恭和　御製喜雪二首

恭和　御製步虛詞五言律二首

恭和　御製中伏絶句四首

恭和　御製二首

恭和　御製擬古選二首

榮恩堂觀百子圖　小雨

盋菴　陋齋陳公忠節祠

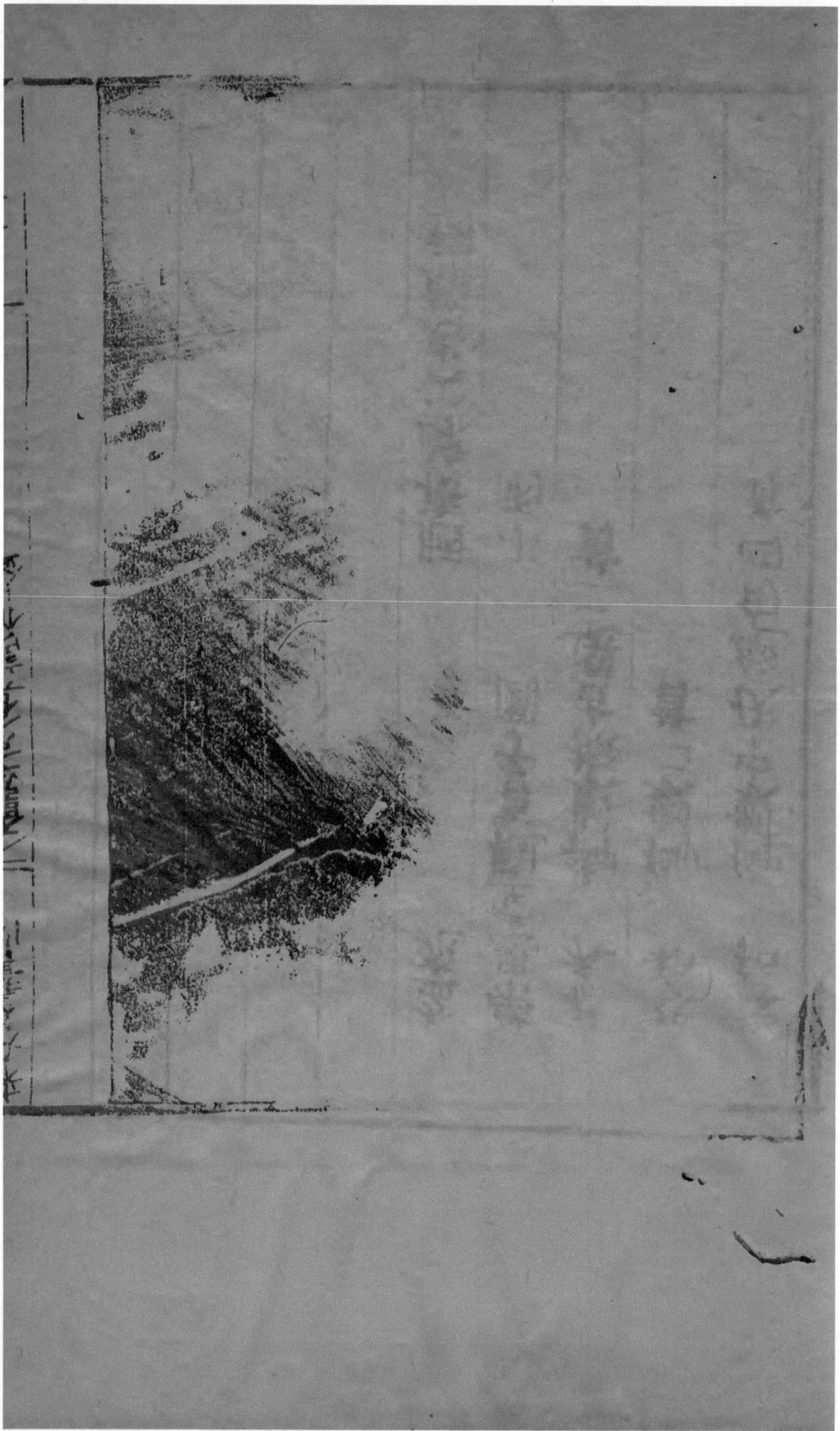

太師張文忠公集

詩稿卷之一

丁未

題族兄便面　時年十三歲

有個卧龍人，平生尚高潔。手持白羽扇，濯濯光如雪。動時生清風，静時懸明月。清風明月只在動静間，肯使天下蒼生苦炎熱。

辛未

虚室

門鑰開千古，紙傳惟一心。青空看了了，白日正

況況客感耤踈豁色荒疑晏陰升堂者誰子前
步却憂深

竹山

種竹已成陰山深無六月枕簟飽清風翛然並
孤節參差似難齊堅剛豈易折無關桃李蹊年
年自霜雪

失火

爝火中宵起積薪大驚虛焰禍比隣叩頭敢謂
反風者巽酒無須作兩人燕雀相安還倚棟詩
書何幸得逃秦試將杯水論功後吾道真知勝

不仁

賀徐太守得瑞麥

兩岐麥獻青郊瑞三穗民懐阜蓋良振古已曾歌德政從今未只數漁陽直知長者功何有自信狂生意不佯此說欲教終在口桑陰滿地亦甘棠

黄寺副畫松

真跡淋漓未畢乾羅山飛翠滿堂寒迴枝更覺為心苦直幹須知放筆難

寄王夢弼

北道新侍御南雅舊友生雲龍應有類畢益可
無情雨澤看露潤風威仰肅清未能到韓愈先
敢問陽城

壬申

奉寄李商邑先生
夫子慈爲政風流總飾儒鳴琴選舉久塵甑定
蓬萊蒸李充非志必屈將琬豈才無民洽勞明試賢
聲近上都

姜少卿畫山水
姜卿指畫今第一此畫由來亦真筆手持索題

王九章我對無言坐虚室君不見杜甫劉侯山水歌詩盡千秋俱自失

癸酉

送丘教諭

師道宜自立人心苦不知君應司木鐸我已撤皐比脉脉淮河意悠悠渊水思相看頭尚黑焉敢負明時

遊西湖

百年新泛此湖船亂髩秋風思惘然大地有靈

埋武穆孤山無處覓逋仙便因歌舞傷遺事更向兒童問有年自古吴門稱壯固枉教宋轍負南遷

岳王祠

今日西湖路猶存武穆祠虚堂森劒戟古壁動旌旗二帝終難復三朝盡可欺是非千古定遺恨在班師

同劉揮使遊金焦山

偶踏中流砥柱標江山那複此金焦長流不盡猶三楚斷壁俱磨自六朝地據東西相勝絶天

通南北任逍遥樓船未盡將軍興月滿蘆洲又
上潮
酬林思舜
孤篷飄泊濟寧州與子同登太白樓北雨忽来
仍作雪南人不耐已重裘足僵東郭難勝履與
動山陰欲放舟為少梅花吟未徹逋仙詩句卒
難酬
甲戌
朝 奉天殿
三朝日暖開 宮殿五色雲深舞鳳凰答謝無

三年從戎盡聊將一木支出沒衆獨是佀浮

詩禮庭空傷關寂五開水檻亦依稀幸勤敢公論

修水檻有感先君

壯與江西

群鵝車壁原相信角濡故自迷一般雲樹意劍

百里絃歌王三年杯樓知君能起鳳愧我尚

寧李新昌同年

聖明原只愛忠良

天顏近王濔稀閑畫刻長明試從容忌晏罷

言慚草莽隨朝有列雜冠裳珠藻萬晚

沉舟楫了無時磯頭白石依然在坐對南薰有

所思

檢先君遺札

憶昔橋門聽講時頻頻書信訓男兒忽開篋笥

心神恍已滿衣裳涕淚垂筆墨有緣存手澤泉

臺無路見容儀守庵四壁蕭然在節操承家強

自持

八月十五夜月

今夜中秋月清光自壁奎直令無蔽翳何必論

孤棲今古還同照溝渠只自迷萬川應一色佳

興動瀟溪

漁翁

渭水八旬登呂尚桐江一老重嚴光釣竿不遂

南山竹東海鷗閒日正長

題鶴陽高潔樓

樓居本高潔客子得逍遥水澤蛟龍卧風簾燕

雀高群峯能萬狀八景只毫毛始信雲林地何

勞鬧市朝

梅淵閣

梅淵主人不可見忽展畫圖如見面来遊况復

到梅淵白日蛟龍水中見梅淵梅淵呼不應僊
聞空谷如有聲便欲臨淵掃白石滄浪一曲歌

濯纓
與松溪表兄坐松樹巖
晚翠連雲俯碧灣主人已到白頭閒青鞋布襪
偶乘興却爲留情懶出山

蘭谷
幽意宜山谷芳馨契古今自傷宣父操無復更

撫琴
留別鶴陽諸表

象浦潮聲催早艇鶴陽山氣入秋天後生報謁
嗟跎日先子經過四十年兄弟逢迎忘内外童
孫羅立見纏綿高樓信宿還驅馬掃壁題詩思
惘然

留別楓林諸氷

文章忝竊只虛名杖屨追隨總實情自笑波濤
翻海濶獨堪泉水在山清十年想望真成夢一
月留連强遂行最是入舟翻不樂重来准擬待

春晴

至日小齋書懷

無朋託松竹土敉俱不茂靜觀小盆梅可以知
節候物序忽驚心駸駸長童幼學愧四十年未
能聞俎豆既少場圃前又無果園後小摘聊自
供無敢思橘柚東鄰慾殺牛西隣好大袖溫飽
豈吾志見之顏孔學

東鄰司訓

四十今年過攤書愧禮云已知還見惡焉敢論
無聞曲學從欺世相知賴有君幽棲雖懶性長
自惜離群

送魏明一歸江右

久客辭歸去新吟帶遠將登樓曾共月下舍幾
經霜已識非吾土猶看是故鄉四方男子志焉
用聞行裝
丙子
李貞女
昔聞竇氏女今見李家妹貞烈聞鄉廟鬚眉愧
丈夫干戈聲擊撞簪珥血模糊兄母其同瞑皇
天不足呼
天津夜泊東吳兵備汝重
影動星河夜聲悲鼓角秋興來誰訪識道相

依劉未得王師報能忘杞國憂孤燈對妻子聊
復繫扁舟
再酬吴汝重用前韻
顛負黃花節人違白露秋憐貧知有鮑下第敢
方劉同榻何由再離群是可憂能忘此相送燈
火夜迴舟
寄謝天津汪户曹送蟹
海上員公子君多遣至京看人疑努目入甕敢
横行解殼渾忘味持螯不待烹太官羊酒亂有
感只書生

遷居西長安街

此日新移此屋廬雖非吾土是吾居腐儒未免
飯不足長鋏安思食有魚出户得觀天下士深
倘可讀古人書傍人不識論髙大將謂難容駟
馬車

丁丑

留别吴仁甫同年

深情連玉署長揖别金臺歲月應難得春風可
再來如吾難委命念爾獨憐才匣劒猶堪試無
勞問志灰

下第舟發潞河

長路奔波鬢髮疎初心何負惜居諸敢論車馬輕顔巷自信行藏在孔書賈島空囊猶有我孟郊傷淚却憐渠歸舟催近山窻竹掃榻還開萬卷餘

下邳道中

終日愁關闌兹晨得順流無勞牽百丈倏已過三州幽意宜家近歸心尚路悠淮陰已通埧乘月可行舟

白馬湖

白馬湖如此春波更接空迴船催北客打岸正
南風旋過白鷗外忽經青草中重添歸去興鰕
萊滿甌東

渡江

楊子江頭乘早潮吴王京口渡軽舠北来塵土
此應隔南去風光從可招天上玉堂如夢寐海
邊茅屋是逍遥文章未敢論時運懶性便宜遠

市朝

錢塘別毛侍御

落膽具瞻真御史憐才獨念老書生一家飄泊

来歸路萬里提携骨肉情卧穩東山廿閒寂感
加南海定澄清須知出處同歸道用舍無勞問
聖明
天柱寺分韻得野字
南来天柱峯何年置蘭若入門見殘僧興味蕭
然野敗壁已可傷幽情不可舍撩掃起塵氛教
之以先灑有約王氏甥具来不予寡日月到山
中寬餘不須假檥棘已滿蹊胡從問梧檟愛此
翠蓧新交加出巖下巖方亦几平可以置杯斝
松醪對菊英溪毛錯江鮓鄭谷葉水心冠裳具

脩雅竹林亦七人耻彼清談者况復觔力強散步不須杗音寡老人杖也亂水不可通更番渡羸馬昏黑到上方寂寂鐘聲啞青竹已滿題柹葉坐可寫憶昔旅京華想像勞宜樕音社菩萨神也對此恍心神雖真却疑假入山恐不深蓄珍還待賈掃地再焚香殷勤祝虞夏

西潭

落日澄潭上緣崖測淺深沉藤那到底引帶只添尋寂寞魚龍宅喧呼烏雀林頻年覓幽境未遂野人心

猛虎行

乘閒得向天柱遊正逢猛虎來食牛山僧愛客

爲列戟落日更坐潭西頭山中本是虎穴地暮

夜咆哮何足異鄉村白日尚縱横犬豚無寧晝

逃避讀書豈無稷契期棄置何能空自悲始信

苛政猛於虎觀人風者知不知

與前村伯纘姪

偶過阿咸家綠竹當門茂掃榻對清風節操承

家舊里中肉食相未接閒銅臭聊得見此君可

以遺而後

壽陳都閫汝王

四十五十惡無聞日月不與傷離群君年五十有武備我踰四十慚斯文誰能出將可入相天下于今注意將廟堂相繼賦歸來高情豈是陶元亮四海風波疑未平可知元帥還黜兵古稱仁者必得壽須思僕射如父兄

戊寅

秦瑞安宅瑞蓮歌次韻

美人久矣懷西方獄蓮花發百尺强王風離黍無君子淤泥雜出皆尋常秦侯官舍池方丈亭

蓮獻瑞元非罔淩風翠蓋却亭亭出水紅粧多
兩兩主人對此逸興催可誰共覆花前杯廣文
先生二三子浩歌激烈皆雄才頹然相看面如
赬更覓烏程無若下此時真賞可無予自恨良
緣天不假鴛鴦水靜魚可乂折花小童雙髻丫
同心竝蒂見契義影分香合忘通家欲就花神
論骨骼枝頭上品何須坼后皇雨露本無私桃
杏從今失紅碧東方浪自誇玗琪此花所寶尤
瓌奇禎祥定爲國家發河陽滿縣多奚爲嗟予
觔力猶强健近向山中披草蔓津流脉脉似瀌

溪觀瀾每抱千秋憾野塘五畝水竹居今年擬
遍栽芙蕖所愛猶慚獨君子作詩還復勸躊躇
未向公門論桃李外直中通堪竊比謾持一卷
太極書光風親見周夫子知君道氣可與謀我
今正住溪上頭未卜嘉蓮似君瑞花開乘興看
來不

得姚溪書院地

卜地入溪山幽棲豈市闤爲園可五畝作舍且
三間獨立撫松竹離群尋孔顔所思在吾黨揖
讓未能還

書院成

臥龍潭下書院成白鹿洞主慚齊名松菊已變
荒蕪徑溪壑更添吾伊聲蒼生有望山中相白
首願觀天下平青衿登進樂相與日聽滄浪歌

水清

從兄處覓桃栽

奉乞桃栽百數根婉溪邊擬作桃源請看花屬
春官日棣蕚相輝總一門

種花

碧桃紅杏不須猜兩露無私次第栽玉蘂芙蓉

帶苴菊也應無日不花開

謝人惠朱櫻栽

櫻桃分栽到書屋絕勝相送滿筠籠不須求用十年後可共嘗新四月中梅自贈春憐陸凱李因鑽核笑王戎陶園芳樹還無數婀娜荒林尚未叢

梅子

的的花初發肥肥實又佳提筐感物序問咼惜年華黃見幾晴雨青宜底齒牙兒童亦解好滿袖笑歸家

呈彭大尹用来韻

搜巖抉石苦淩夷不啻昆岡火烈時君為溪山
留勝槩春歸草木長新枝幽崖深谷蒙誰澤白
日青天是我師枉木觀風到茅屋絃歌準擬變
澆漓

溪漲

山中日行午殷殷起雷聲忽送千峯雨兩溪渾
欲平兒童報流急門外無地行直知淵源遠豈
比溝澮盈未須愁水濁山靜旋復清

寄葉希行

觀摘兒歌

頻頻

君姻娅今比鄉情親何似空與宗朋相遇竹底求

不可踈每日相尋只空履于莽蘭隣鳥角巾與

我為書社入山來君捐書社出山去靈臺由來

與林山人

期君到四壁書聲已樂群

早起開窗滿白雲肥梅細雨却紛紛便從今雨

留晴地休笑先生獨濫巾

識見由來憶丈夫直遂終不似近相親溪山原是

山中我愛水竹居山人夏涸多捕魚清溪日日
轉烏合大小畢出空其廬施罛濊濊往而復婦
執霜刀亂相逐大魚小魚急遁逃埋沒沙泥委
瀰瀆中有鯉魚僅尺長喧爭不已仍相攘豈思
既飽亦蕭瑟比隣之好無須傷况此溪清魚可
數小魚雖大休盡取不見山中萬丈潭尚有蛟
龍待雲雨

又觀捕魚

昨日為笱始設隄今日決隄仍毒溪沿流恣意
下茶蓼𧄍豪指點皆屠割昨日猶聞枯魚泣今

日欲泣不可及便欲作書與蛟龍山澤從今慎

出入

山居二首

自汲龍潭水長烹鴈蕩茶客来無一物蘺豆始

開花

自分布衣久爲園種木綿山妻聽蟋蟀杼軸夜

無眠

立秋前一日

一雨送毒熱雙溪生早凉竹清頻對席蘭近不

焚香靜見青山好閒知白日長幽棲堪養性無

用問行藏

次劉提學苦熱喜雨韻

執熱無眠坐質明火雲長蓄滿山城納凉已得月離畢徂暑還占斗指庚爽氣入堂詩思好公餘便體葛衣輕門墻有化觀時雨回首菁莪又長成

又次大風韻

草莽山中久閉門江風江雨暗乾坤九山岌岌浮欲動萬里茫茫朝亦昏自笑茅茨吹易盡聊因松菊問猶存回天有力来星使憂世無勞叫

帝闕

謝劉提學枉駕兼識別

陋巷何當枉旆旌草衣顛倒出逢迎經談禮樂
從先進道出羲皇淑後生秉燭相親疑夢寐維
舟惜別發平明眼驚濁海翻波浪有志澄清獨
老成

聞當道諸公遊鴈山奉寄

海内衣冠集鴈山草茅無路得追攀山中定掃
豺狼道天下誰當虎豹關　王聋胡從贍樂地
金尊未許破愁顔江湖廊廟心相似莫道樵漁

晝日閑

古鏡行

古鏡照令人人好鏡亦好鬢髮忽蒼浪人在鏡中老煢煢阿房今作人間寶照面不照心何以存古道

寄留杭州寃全

數闕杭州太守賢相違千里又經年已知撫字勞民瘼可免流亡愧俸錢　北闕定瞻長夜斗西湖曾泛幾迴船聞君話我山中在閉戶愁時未穩眠

奉問徐楓林諸表因悼東麓兄

五年有失楓林約雙屐多違鴈蕩春長憶荼瓜齊好客能忘燈燭數相親後生自爾青衿好老輩便宜白髮新信使一来增感慨未應東麓少斯人

白雞行

野人来山棲遺我雙白鷄放之雜群鷺沙上渾欲迷白鷺翻飛去白鷄還自啼飛鳴非故異所與良不齊君不見山中棲鳳不記年鳴將驚人飛沖天

灌菊

昔聞陶令宅今只山人家按譜遲寛種培根早望花夏畦井自病春甕得誰賒便作獨醒者飧英可啜茶

園中行

爲園未成果舊在一株柚清秋實始垂暮夜人窺候撲棗任西鄰吾於女何詬霜黄白日来不妨女盈袖採摘今巳空請勿剪伐又須思来歲花滿眼爲誰復

山中紀時二十韻

皇帝十二載維時八月秋卷阿新發興無逸豈盤遊
時邁隆三代風聲訝九州已聞千騎發不說百
官留翠幕雲中屋朱旗塞上樓陟高勞八駿犒
衆費千牛何土非王有數天賴爾休樂能同百
姓憂不在諸侯不見醉春色還聞報曉籌馳峯
時送膳象魏日懸鈎清道思延　輦焚香望抱
裯京師實根本朔漠只荒陬日月光華在乾坤
祲氣收紀綱仍舊貫　宗祖藉貽謀榭實觀繁
衍桑苞固遠猷未聞平宰社誰可勃安劉補衮
慚青史曳裾還白頭杜陵心獨苦賈誼淚長流

鴛列瞻　宮殿雞晨拜　冕旒樹邉身落落雲
外意悠悠
棗李營繕五十二韻
詩卷胡從来開見李工部俊逸更清新乃知心
獨苦李杜本齊名學詩須學杜只此淺淡中意
趣自高古相如類俳優元凱何足數本以發性
情焉用勞斤斧我　朝詩無傳徒作亦奚祖年
来莫敢談荊棘塞腸肚結廬在山中置書數千
部誦詩到三百令人自鼓舞閒閒十畝閒往来
可布武長自為老農亦自為老圃竊比龐德公

無事入城府人心不我知面亦不我侮儒冠免
餓死安敢論貧窶異哉有祿人乃不飾簠簋有
慷月川子守官坐廊廡何日賦歸来家中有老
母君兒我爲翁君婦我爲父青藍本相輝朱陳
定相輔有地吾廬傍寬閒可五畝晚年請結隣
無使傷杕杜寄書不我報豈是意相迕可笑凡
今人太率輕吾土勿謂城中樂勿羨城中膴蜂
房開户牖龍斷皆商賈雜劇遍叫囂輿臺恣旁
午縠組麗女工高髻長尺五襦袴寧自無大袖
隨風舞機巧壞本真浮靡作心蠹豈思短景催

營營亦何苦閒日當兩日歸閒定閒所居第傳
子孫清白立門户狐死正丘首葉落歸本土兹
地恰面山復枕清溪滸後可為果園前可為場
圃阿盤茁牛羊林深遠豺虎長鬪麃呦呦更羨
魚甫甫野處而不匱民風獨麗古大理與陶瘖
太宰師曠瞽歸来貿薄田相與老其下匪令慶
令居其究得安堵春及向東郊催耕自椎鼓李
酒釀且多張梨不他取有時君招賓有時我為
主泥飲當道傍如常狎田父野服戴黄冠清風
摇白羽此時細論詩豈惟見李杜同聲歌帝力

豐年頌多稌須知意勤勤勿厭言縷縷交游滿
京華息絶不記數道德負初心於時竟何補
風雨嘆
十畝始開墾百種亦勤勞生成半不待風雨隨
飄搖吾猶田吾土難爲貧民苦呼囂尚征租蠢
豪打門户况復决陂塘斥鹵將盡荒我爲告守
牧守牧歸太倉
白沙行
白沙潮落淨如拭青鞋步散渾無跡海山缺處
見昌門盤古到今藏怪石城中好事假樂山萬

斛風檣載絶壁請從今後勿告人黃帕来封會
民力
中秋對月歌送秦瑞安入朝
送君得共中秋月穀核翻因我羅列月到今宵
覺倍明却向筵中照離别此月自缺還自圓離
合無常莫悲切明朝旌旆向北征萬里清秋接
金闕三年考績率　王章無那攀轅與卧轍為官
但得百姓心淑慝由人自旌别焉得　王心比
月明容光必照無圓缺我有江湖滿腹憂執手
殷勤托君説

中秋與蔡尚美黄伯孝宴張德修宅

今夜賞中秋主人張德修蔡子居巷址好友復何求黄生且得見所喜皆吾儔月出自奎璧徘徊猶斗牛清光照毛髪豈比秉燭遊呌婦開舊甕無我惜新芻炰盤足江鮓奚在羅珍羞今夜須盡醉明朝各悠悠

伐木行

鑪椎徹夜不歇聲侵晨斧斤齊丁丁椅桐榛棘總殺伐人日兩肩向市行力窮賣與山腰宅孰變癡童不復識偶從餘燼見良材空向爨門長

嘆息

九日期遊鴈山阻病登龍潭山賦

卜宅龍潭好思登鴈蕩高山靈故留戀我病亦劬勞信美還吾土追倍得俊髦躋攀率西滸舒嘯向東皐皂帽凌風勢茱萸映鬢毛黃花違節令青蘂泛醇醪戀 闕長心在登臺復氣豪高明愁暮色眊望見秋毫誰可扯門鑰吾慚南郭迸寄身從落落歸院且陶陶

川上吟

兩山夾深谷溪流到處聞登高息川上尊酒此

樂群共想夫子嘆復自撫桐君雩壇得坐卧童
冠具欣忻翻思水流急来注濕青雲奔波到濁
海涇渭誰得分
石門在鷹嘴巖下
石門自天作中界兩巖阿溪繞平沙斷山深恠
石多樵蘇長出入車馬少經過早暮渾無禁棲
遲柰爾何
石室在洗足潭下
石室自天作中當石凡嵗鬼神長守護茅草始
鋤荒出岫雲俱白依巖蒳正黄入深忘坐久歷

直得𬣙堂

洗足潭

水清可濯纓山人還濯足應憐海濱人濁水長

滿腹

篗絲潭

沉絲巳成篗相傳未到底吾欲真試之恐有蛟

龍起

板障潭

絕壁抱深清波流長瀰瀰足以納千瀾一决乾

坤洗

一笑巖在板障潭上

深山乳石堆爾獨有面首遭時喜不形逢予笑開口仰得近天高俯得任地厚不老在山中此樂爾知否

三疊巖在阮嶠底

合沓壯山巔巳牢不可破堅剛渾一體勿疑還箇箇剛鎚莫相撼厲禁幾經過請看半山人正在隆中卧

旗障巖在三疊巖下

小廟日焚香山靈茲供養絕壁凌飄風觀望似

旗障我欲請山靈勅移于其上遊子慨我欺誰

是山中相

兄弟巖在阮嶠口

溪口三巨巖開闢爲兄弟惡工伐其尤爲誰謀

大啓我兄弟多故感此輙流涕嗩爾兩相依長

鎮溪山底

九日登龍潭山謝友邵甥謁書院不遇而去

戲柬

未雪先勞泛剡波山人早出只山阿登臨正想

謝公屐安樂爭如邵子窩不得兩人成對酌却

教九日已空過相求幾未真來異籬菊明朝開

又多

病

我病百憂集排遣不可強眼忽見蝶飛耳頃聞鐘響世復到盲聾謀哲勞夢想所耻在山中清

心獨安養

憫圃

一夏長風雨三秋復旱乾始憂蘭芷變今見艾蕭殘莫信藩籬撤須教卧榻安殷勤戒老圃天

運正艱難

示園奴種麥

為茲山中園繞我溪上宅凶荒值初載天為難
女責漸闊米價高課女早種麥秖為先濟饑不
是相促迫病畦女髮蒼憂　國我頭白須從占
年豐穰穰遍阡陌

示從姪鈿

貧為士之常女亦焉用嗟讀書志富貴學術俱
已差我慨發科早世道趨紛拏至富貴在我萬
鍾亦何加今年來溪上學種東陵瓜得女肯相
隨性不喜浮華憂道不憂貧所望昌吾家

園杏

園杏我新移當春花滿樹養氣颶風揺秋陽不情恕展轉枝葉枯槎牙獨形寓竪子爪其膚巳將尋斧鋸玆園傷失色隣翁獨予慰指點一葉存生意未全去索陶纏其幹淤泥塗其處近本設圍防抱甕作甘澍遂令萌孽生乃知根本具旋舒滿眼花觀者駭相聚勿謂氣候乖枯榮隨所遇不比羯鼓催難同倚雲覷從此識栽培欣遍相語

課墾地得雨種菜

地多少人耕儲寮非瘠土犁鋤始相及抽除遍
茨棘穿潭忽龍吟山雨施斯溥入土已甚匀繼
治省辛苦蕪蔬種具出名數悉計簿督責我心
勞已榛為老圃小摘度日寬於焉得我所

遊五美園

我有山東一畝宅還憶山西五美園落日放舟
循橘浦輕霞入路是桃源不嫌老大無詩律但
得親朋有酒尊信是欲行天下獨秪應日日卧
雲根

龍王廟

大羅山上謁龍毛人鑱巉巖畏太倉雲氣不愁
東海旱巒屏可障北風狂精靈自合延千祀德
施還應溥萬方最是商家霖雨急傅巖今日果
誰當

東項鴻臚三首

君住山西我在東漁樵有路未相通青鞋布襪
雖乘興小子先應拜老翁
鷄鳴曾自肅朝儀麟鳳昭昭見盛時秋巘山中
三十載憂君猶有壁間詩
溪山與我觀未足燈下殷勤獻畫圖物態毫芒

能指點可知老眼不糢糊

宴項尚表宅

到山藉踈谿循溪還訪舊逢迎得項斯執手鮮

予覿開門鋤草茅張燈陳俎豆期功廢絲竹清

話情孔厚有子總好文紙筆復相候夜深聊短

歌欲眠吾醉後

與項尚端

憶共開元寺讀書長閑門年華真可惜朋舊幾

能存休嘆我無位喜看君有孫歸山吾老日日

日過前村

偃巖洞

落日在招提山深藏古洞水落正石出穿巖入其空絶壁合欲傾觀天如坐甕飛流瀉中潭山根似浮動蓬島不在兹相顧疑是夢無那風月清如常可吟弄定須日日來山僧免相送

至日

冬至復今日溪梅亦自花微陽回律管暖谷得吾家道長思君子愁窮感歲華小堂深自閑樂靜是生涯

冬日懷葉希行

烏皮長隱几白氎已宜巾野莽難禁凍溪梅欲
放春逢迎無俗客談笑有誰人苦憶雪坡子離
群東海濱

贈項朴齋

羅西文夫項氏子質朴真可爲人師吾慚未能
坐門塾前後三延教小兒吾兒年方學灑掃子
已教之能誦詩蒙以養正正如此老師宿儒俱
不知

張希孟宅觀雜劇戲贈短歌

將軍堂上迎新春畫屏四圍遮美人屏上美人

欲解語堂上美人疑未真真假分明休蠱惑可
笑傾城與傾國已矣乎吾未見好德如好色

己卷中七號

風字一見

太師張文忠公集

詩稿卷之二

己卯

山堂對雪

元日入溪觀雪峯小堂開霽占年豐登臨不自倦信宿有酒且得呼隣翁落日扁舟催我去此山我已成年住不知明年此雪還有無又不知明年此身在何處

烹雪

深山雪獨甚小齋吾太烹得餘茅草亂淨掃松

石輕蘘罷苷杜甫石鼎憶彌明舉火無能者依
吾訴不平

懷章宗賜

東鄰有山人於予久親好藩籬各剖破燈火亦
相照秪為書社拘索居隔山巒風雨來淒淒經
旬不家到數問只空牀偪側暗傷悼

上元書事

堂成又踰年山妻未曾到元宵競燈火稚子亦
不好進艇入溪山妯娌同嗟笑斂然守故廬不
自得引道晨出及暮歸嬋娟喜高照已有歷門

期燈前謾相告

觀栽松

青山如舊主人新百萬松栽及早春一月登臨頻試屐十年求用豈爲薪久因俗狀懷靈運錯使傷人笑買臣日暮振衣千仞上　神州北望暗傷神

王維之松崖草堂

城中罕真山人心俱樂假紛紛航石海山下君有草堂依在積穀山盤桓清泉白石間心與青松日日相對閒可笑時人亭上遨遊比康樂魚

肉寧寵軒揮鶴豈知斯民饑餓塡溝壑積㲄之
山空有名為君題詩重感情

種竹

種竹溪山底迎春書院前隨當見新笋巳不待
来年從此瞻淇澳何須覔渭川清陰應不㪅有
約早歸田

置書院山栽松答舊主王九畀

人情似浮雲溪山移不動君非不愛山風月重
相送躡足壇頭坡隸人如雲從散步過石龍遙
歸楊大洞大蘼蘸㡿豹嵩岡聽鸞鳳横壇麃䴥

巖貙狼遁其空更有大馬鞍起伏如磬控日栽
十萬松十日同伯仲豈爲赴燀薪定須問梁棟
兹山既常美斤斧伐之衆雨露本無私明年更
多種

青郊行柬秋監州

青郊草長麥不熟雜莽胡爲亂嘉穀比隣三日
不舉火兒女門東相對哭我欲請君早發棠周
官有政爲救荒可笑前人不識此紅腐空滿常
平倉

次李工部韻

世路滿榛棘出門意遲遲山中麰麥熟喜復見新炊不晝麒麟閣空到鳳凰池何如在山中杖藜隨所之

謝人送荷栽

五月一日分荷栽秖恐今年花未開明年花開主人遠已應念我看花來

蘭菊軒

園林深市巷蘭菊繞階墀九畹昔曾有三逕今在茲傳名憐故舊念我覔新詩稍待闘香日應為訪戴時

寄玉鴻廬正之

憶昨宿南湖草堂真出郭主人情話親晨鍾渾不覺黏袖滿城中風俗寢薄惡縞衣舞蹁躚自有堦前鶴臨予古法帖瘦硬難遽學持歸到山中尊之以高閣洗研臨深溪恍比江漢濯筆諫久不聞士氣散光嶽長吟起悲風敢擬君獨樂

四靈環山樓

四靈久不至吾道長太息彷彿登樓見茲石馬得神人驅之能飛走遂令文明之瑞盈九州君乎君乎奚取環斯樓

萬松山房

君不見陶元亮撫孤松盤桓早作歸来翁又不見杜少陵栽四松草堂千古能流風君有萬松豈誇誕一歲予能栽百萬多寡由来未足論唯適之安人所難

壽項鴻臚

五朝全盛日八十未衰翁真率歸時論兒孫亦古風猶堪輿呂尚自分老龐公壽介天中節蒲尊春酒濃

霽山書屋歌

君家對南山悠然得見之君尤愛山齋乃自表
書舍覔予題詩二十年予也不能得其趣去年
溪上書院成黄昏過雨稀見星月照飛流在玉
宇光浮絶壁當銀屏今年元日往觀雪愛日杲
杲扶桑出浩白流光照心骨群山萬壑真奇絶
于嗟乎君齋山不知為雨兮為雪為日兮為月
齋山得趣須傍山風塵擺脱君甚閒何如移家
入山去與君姻婭過逢日日山之間

六月十五夜

此夏此夜為極熱蚊子毒人猶不歇心焦目眩

渴欲消起步空庭𧙓凉月小麗無聲月已斜小
松落影疑長蛇阿奴懶汲山泉遠枯井味變難
煮茶翻思山堂去年夜猶有溪翁来獻瓜始知
永日不可暮山中那得長爲家

東楊時明節推

南監樂群日東甌相見時忽驚二十載已覺鬢
毛綠知子爲官好疑吾出仕遲憂時與惜别感
激杜陵詩

遣興四首

明近下南巡　詔忠愛交陳　北闕章一統無須

勞萬乘須從今日見垂衆
高岡忽已聽鳴鳳雲雨何由起卧龍稷契自知
難竊比逢干誰幸得相從
十人取一豈才難科舉糊名亦獘端躁進徒為
謝年少休將裁抑怨言官
野人觀稼喜年豐天下軍儲恐已空直要輦輸
過塞北無勞米價問江東
與緘姪
過子讀書舍荷花始出泥欲予臨別語更請開
濂溪

題項氏梅坡

東閣西湖未又往臘前年後落還開相期看去
終虛過始信驚時最是梅
孫根自古生南國老面何年畏北風滋味久當
升鼎鼐　天王無夢到山中

種桑

南陽卧龍者成都桑八百我栽一百株僅繞溪
上宅丁栽十五桑古訓思建德村莊兒女多曲
栽未曾識從此看阿那大小具蠶食非圖羨綺
羅聊可以衣帛

出門

颯颯江風催壯征　出門復喜見承平滿船行色裝書籍長路歌聲散甲兵久擬得時行所學是誰忘主負平生草茅得備臨軒問定誦苞桑答

聖明

東林處州太守二首

海內詩名重老逋文翁又喜近分符賢聲藉藉霑龍德文彩翩翩見鳳雛定有殊勳歸社稷未應高興動江湖不才自分明時棄深愧鬚眉為

丈夫

重陽度嶺亦登高僕馬資予足代勞看盡深山
無早菊送來太守有醇醪氷霜前路侵肌骨日
月餘年改鬢毛悵望雙溪入舟去都門回首候
旌旄
桐江夜泊寄示兒遜志
十歲明年可有知詩書勤讀是男兒長途舊日
同爾母獨夜如今有所思羈旅可能忘夢寐得
官應自定歸期孤舟正傍嚴灘宿高節清風是
我師
柬杜户曹子實

昔自路河逢版部今於許墅得良朋扁舟飄泊
慚張翰良夜酣歌有杜陵臘水那堪催去艣朔
風秪恐觸層冰榷關又向鷄鳴度何日山陰興
再乘

柬林户曹維德

江漢兵戈息淮河道路通君能供國用心獨念
民窮劉晏才難望林逋興與同瓜期歸版部梅
信寄春風

渡江寄仲兄

暗潮平岸亂帆開楊子江頭見幾廻長路風塵

難久傍故山松竹早須栽君明臣直慚冠服弟
唱兄酬有酒杯為謝羅峯讀書處未教頭白定
歸来

悲淮河二首

落日清河口淮河泛濁流身輕得登岸腸斷見
危舟童子逃魚腹梢人出浪頭同鄉二三子相
慶立中渊

行路難如此長懷杜甫憂遡風俱逆浪何處是
安流沉舍黿鼉窟汙居鴛鷺洲孤舟方晚飯群
盗已深愁

過炎平鎮

孤舟當北逐　聖駕值南巡供億來天下將迎
率土濵見　君雖所欲止輦復誰人早望歸青
闥来朝滿　紫宸

贈黄公綬主事

吾憶行年二十四鹿鳴歌應南宫試不道文章
不似人却誇科場有難易今君少吾二十年有
腹便便五經笥　丹墀已對　聖明君粉署能
為清白吏吾愛同年王法曹與君寅協高君義
黄生時月不可違欲吾見君君忽至君有里人

張将軍将軍好文吾旅次不愁供給無主人且
喜同䢖得親侍吾實讓君能出頭君獨憐吾久
垂翅始知傾盖如舊交自信白頭無異志夜半
酣歌杜少陵妙悟君先古人意歌罷與君各淚
垂不覺真情感時事

再酬黃公綬次韻

出山長自愧山靈飄泊渾如水上萍曉鏡漸催
頭髮白夜檠猶照簡編青數瞻仙仗虛　丹陛
遥憶羅峯實翠屛有酒與君成一醉誤疑風景
在新亭

客居信美豈吾家門外頻勞長者車未有文章
華上國敢云人物後東嘉傷心歲晩堅氷至過
眼天涯落日斜悵望故園歸夢寐山堂松竹已
交加

送項良醫之任

飄蓬同薊北奉檄又河南有酒聊三爵無錢取
一醉越人村尚在梁客術何慚世態真知破羅
山水亦甘

除夜寄葉成規

憶昔携妻子京華有屋廬蹉跎吾再到荏苒歲

仍除子亦難相見誰將念索居離家已三月止
得一封書
庚辰
二月十五夜辭場口號
月色團團照舉場河光片片落天章風雲交會
人初散星斗芒寒夜未央敢向人心論用舍直
於吾道卜行藏至公堂上焚香在有力誰能繫
紀綱
二十六夜得報奉謝内翰諸公
春官定榜夜分時走卒敲門報我知董子不咒

何處未孤生初信却還疑雙親不待仍多故四海馳名已是暹朋舊偏多相慶洽凡才但恐負深期

二十七日揭曉呈同年知己

南宮曉日開春榜　北闕祥雲覆禮羅聖主求賢吾獨愧有司得士意如何愁時敢謂滔滔是翊運真看濟濟多此日老成還太半却教人訝早登科

聞賦

目斷家何在心孤地且偏豈惟吾是客獨覺日

如年對鏡傷華髮難書忘舊容大羅山下空荒

畫種瓜田

西寺

西寺隱城郭閑來步藤蘿隨鳥啼花落地春去日

斜時草色還侵座鳥聲卻滿池風光聊自遣只

是出遊遲

端午懷諸兄

鄉里傳新第衣冠尚故吾書生依　北闕

天子在南都瞻望諸兄隔應憐久客孤天中令日節

沽酒對菖蒲

送趙存正南入太學

禮羅招致並南宮更向金陵間辟雍知子清風承趙抃有誰直氣是陳東樂群二十年前事問道三千弟子中為謝雞鳴山下路青襟奔走欲成翁

送汪伯寅武舉南還

聰明自可奪文魁膂力還能選將才白玉由来垂涕泣黃金何處築高臺晩妝敢恨功名薄獨對長瞻 輦轂回若遇鄉邦問消息看花未得好懷開

東陳宗猷郎中

鄉里才名見此人十年出入獨情親吾方鬧子
爲章服子却尋吾換幅巾日月無情深可惜行
藏有見定須真何時得效　君王力十畝閒閒

願卜鄰

用𩔈監州韻

磨下蹇何可懶牛羊巳下来女獨無早晩生與
伯樂不同時驥足尚淹千里遠

東諸兄

一月都門兩寄書祇緣飄泊念平居未應址去

多鴻雁獨是南來無鯉魚兄弟笑談長夢寐妻
孥行色定躊躕同升四海相從在猶得平明跨
蹇驢

寄王氏二甥子明子揚

三月都門送女行悠悠爭似渭陽情須思而母
爲兄弟莫負人言此舅甥釋褐書生長北望戎
衣天子尚南征隆中好定匡時策白首相期
答聖明

寄謝李廷章郎中

對君高義嘆相違兩幘初加又兩衣車馬久難

朋友共綈袍旋覺故人稀穿花不畏春沾濕披
雪何妨夜醉歸蓑笠從來成懶性烟波終便坐
苔磯
送曹縉雲
親民為父母久任長兒孫古意成荒典今人不
憚煩鳴琴歸單父把酒送都門未恨功名薄先
驚歲月奔
醉歸柬張德孚主事
醉歸無此夜傾倒有何年雨懸燈仍滅泥深馬
不前扣門難自遂入户轉淒然為謝吾宗彥無

家亦可憐

夜二首

雨過凉生夜愁添獨立時舉頭還北斗極目失
南箕貧婦長相憶癡兒總不知無端秋思迫揺
落可勝悲

老鶴群爭止新螢亂學飛翻思夜不靜安得日
長暉秋轉青絲暮風欺白苧衣已知歸便得猶
自未能歸

送張正夫廣東提舉

南都初見愁無子北闕重逢并有官爲别十

年君事足相過百遍我心歡珠池夜月應川媚
梅類秋風豈路難白髮青銅驚歲晚看花浪說
在長安

寄王氏四甥

四子不相見兩年長在心舅甥如此少毛髮老
來侵鄭縣頻移席姚溪遠抱琴平生山水志何
日更相尋

贈林處州

五馬清秋出　禁城覲　君未得敢忘情昔聞
定國無冤獄今見吴公有治平詳試須知勞

聖主撫綏準擬遍蒼生　鑾輿莫訝歸来晩江漢湯
湯正洗兵

贈秋監州

翰苑才名早見收海濵難久借監州蹉跎顧我
慚青簡傾倒原君許白頭入　覲一朝辭北
闕歡歌千里候東甌草廬本在深山裏覊旅題
書滿腹憂

送潘平陽大尹

河陽節操本承家又見春風滿縣花獨長群僚
朝北斗豈惟令聞在東嘉清霄定見終鶱鳳歸

棹欣聞且軋鴉尚愧一卮貧莫餞可憐聚散實
搏沙
送張廷實判官
萬里見　君真所願三年述職是王章春風別
駕留京國秋水歸颿向沔陽想見甘棠思召伯
未應衰鬢老馮唐尊罏不盡江南美有日逍遙
在故鄉
贈王僉憲同年兵備沂州
漢廷久已稱循吏重鎮終須得此人千里風聲
傳草野一朝　天語下楓宸寶山有藏能供

國盬海無涯可利民落日都門未成醉斷腸分
手好誰親
送周濟之節推福州兼柬歐陽太守
早譽雄三楚分僚翅入閩酒梧偏惜別筆硯久
相親更遇歐陽子原能委政人清風洗囹圄生
意一番新
巨川爲周濟之賦
源經三峽遠流合九江長勢實吞雲夢聲猶撼
岳陽早應舟楫具秪恐海波揚我住東甌上開
門更望洋

送倪本端太守

子已南雄去吾方址斗依使君宜皂蓋

天子尚戎衣得句能陶性耽棋可息機從兹山海隔

但恐信音稀

哭楊孔明

楊子久相得故人如此難風流常好客勇決早

辭官相送石門洞留連金水灘九原呼不起長

使我悽酸

送楊德卿歸青田

念女先君子相逢心獨歡始看持俎豆忽遂𦊅

衣冠丘壑居無日銓衡即有官後生須努力前

步見才難

我欲迎妻子春来上　帝都青田問舟楫白鹿

可傳呼嬰孌杜良瑞魁梧陳洛夫相思不相見

兩載一書無

中秋有懷羅峯書院

去歲山堂夜比鄰集醉翁鼓吹喧樹下瓜果出

園中奮覺風塵隔能忘月色同于今誰與主難

得信音通

送應尚博

羇棲難送客况復故鄉人未得迎家至須教寄

語頻登科吾白髮注選子青春爲計入門日垂

垂橘柚新

賓竹軒

掃逕清風滿開門爽氣新寬裁輕白苧長㦸小

烏巾籜粉黏盃弁梢珠滴草茵無煩我迎送日

日得相親

寄内十六韻

廿載糟糠婦兩京貧賤遊風波幾經險盜賊嬰

同愁女獨知黃甲吾嘗共白頭處麼胡嘆息幾

杼不為羞女長勞尧遣姿凢學好逑男兒猶覓
果志氣未吞牛樂土聞豐稔荒田想薄收思家
腸欲斷憂國淚長流旅館風光轉關山道路悠
回鑾瞻　輦轂射策候　宸旒充腹艱粗粒完
身倚敝裘原非温飽志豈是利名求擬見唐虞
盛慚無稷契謀捫胸激忠憤嘆世忌猢猻重寄
秋風信須來春水舟三年萬里別一見兩無憂

聞　車駕還喜賦

報道　鑾輿發建康萬方喜動戴吾　皇甲兵
淨洗除豺虎　宮殿齊開舞鳳凰　郊廟具瞻

周禮樂　軒轅得見舜衣裳不才玷在供　清
問孤憤難禁似楚狂
觀菊
杏花飛過菊花黄猶負瓊林進酒觴道路于今
多草蔓山林何處是栽桑寒枝自許風霜傲細
蘂惟堪晚節香深謝野人相送滿渾如溪上坐
茅堂
觀鷄冠花
宋窓草木已蕭條絳帳秋深色轉嬌想像忽疑
還起舞欲鳴安得早盈朝函關莫慶家何在茅

方橋開路疋遥得向闌干供大嚼茅容有客好

頻邀

九日飲許總兵宅

去年馬度關山嶺今日尊當帥府家北土重陽

真見菊南方十月始開花無錢自可攀陶亮落

帽何須比孟嘉歌舞滿筵人共賞獨憐風俗是

天涯

次馬君卿侍御朝見

庭燎雞晨舊有輝趨　朝無事諫書稀麒麟爐

噴浮　丹扆獬豸冠高稱繡衣　聖主數能弄

訪問孤生長自恨卑微　九重深鎖惟今日悵

望　鑾輿未即歸

送彭思義之吳江

彭子吾邦彥藏珍擬待時官閒惟此地道立可

爲師敦復蘓湖教長吟首蓿詩故人吳女器一

見定相知

十一月二十四日

今日閨中女于歸事舅姑結褵親有母往送可

無吾包裹知荊布家聲出腐儒盈門徒百兩勿

謂不能如

遣悶三首

心緒胡撩亂吞聲泣昊天昏昏疑是夢忽忽又殘年棄置無供給交游與俸錢寒燈照孤影永夜不成眠

宰執方何事書生獨隱憂冠裳瞻 御座車駕在通州賈誼頻揮淚馮唐易白頭行藏還自昧有見復何求

氷雪難行路連旬不出門 聖恩終有在心事與誰論堆案詩書廢經簷歲月奔迎長占氣候春意發乾坤

駕至二首

今日見 天子平明 金殿開旌旗生氣熖宇
宙絶塵埃禮樂先 郊廟恩榮到草萊鼎平何
以答深自愧凡才
萬乘垂新衮千官列舊班無爲瞻 聖德有喜識
天顏忠義崇山嶽奸雄刈草菅典刑真有在創守總
爲難

送吳子英還鄉

千兵勳舊新承寵 萬乘威靈正凱還眼見凶
殘俱泯滅心懷忠義欲相先須教金甲歸

天府共祝桑苞慶　御筵白鹿城高塵不動知予

好去事農田

汪主政從　駕還夜留飲喜賦

南北更相望今宵總　帝京三年問無恙一見

不勝情秉燭猶疑夢傳栖巳釋兵卜隣曾有領

從此數逢迎

飲楊用德同年宅

驚見楊雄賦耽論杜甫詩盤飧沉醉夜　車駕

凱還時遇　主還同對回天尚有期秖慚麋鹿

性終忝鳳凰池

送狄思道上舍

又見立春日送君歸永嘉有官難報　國無日

不思家馬上開氷雪途中改歲華遲回猶我慰

再發杏園花

十二月二十四日

已送庚辰臘渾望甲第遲　王船今日保

親試隔年期禹咼終難匿羌裳自可垂春光無限好

漏洩上林枝

除歲日留别陳宗獻

去年晝省招鄉曲今日離筵送臬司有酒難勝

除夜闃無人不動故鄉思　九重北望猶長戀
萬里南行已有期共土未須論後會剛腸胡自
淚交垂

守歲

守歲仍孤館寒燈自不眠久居非故土明日又
新年傳報聞宮漏追趨見　御筵弟兄相念在
消息兩茫然

遺安堂

已遂鹿門期猶居鴈山勝白駒在空谷松竹滿
幽逕君非好名者常恐情難稱不見華野隴上

人能於天下求安定

太師張文忠公集詩稿卷之二終

張文忠公集　詩三之四

太師張文忠公集

詩稿卷之三

辛巳

上元日寄林大尹

故鄉燈火競元宵月豈解懸疑滿　帝朝五禱定

聞說令尹九山應笑髮鳥無稍魚龍變化嘯何暮

驄馬相逢擬見招強追音書報妻子春風促發

歷江謝

代壽王太守

科第傳家學才名擢世豪治朝先見用

明主慶賢勞執法原三宥知兵富六韜文章敦古禮
衡鑑拔時髦補郡初乘傳安民已賣刀潁川難
借寇栗里得歸陶遥遠多栽竹源深遍種桃不
愁溪水泛自有釣臺高猶子光麟訓佳兒接鳳
毛老師開聖秘晚進被殘膏七袠籠華髮雙眉
出壽毫有官辭草莽無路獻葡萄誤託東方保
慚為南郭逃何時隨杖屨盡日在林皐

東李公循同年

桃李芳園春意足又應花發去年叢古今有限
風光轉天地無心造化公長自殊方傷閒寂是

於聖世説遭逢欲爲看去難乘興老眼摩挲

只霧中

呈吴同年

玉堂學士遷居新巷北巷南真我隣積書滿架得相借騎馬到堦奚屐𩕳青襟同升二十載白首相親三兩人已約舂曹馮主客燈前送酒話情真

送周世行上舍

始看通籍上南宫又卷詩書謝辟雍落日情牽李令伯孤雲望北狄梁公路遥故國青天外春

遍歸帆綠樹中我畏後生相送去到家歲月莫
成空
送温上舍
忽見温生去飄然各有心題詩贈離别一語重
千金驅馬家應近啼鶯春已深橋門回首望天
氣幾晴陰
送張憲副入蜀
瞻依白玉殿送别黄金臺宫柳忽復暗禁花猶
自開地當天下險人是出群才直道無難路何
憂灧澦堆

留別鄭一貫

谷口舊相得同安新有官才難吾獨惜分定女能安 明主今登極 皇圖又改觀未須嘆離別遠近各心寬

紀時二十首

大駕于今不可回忽傳 遺詔似輪臺古今自有君臣義猶見生榮與死哀

降王兩斬逆謀空 光訓昭昭對 祖宗國本萬年今日定免憂片紙出宮中

權納 慈皇莫敢分女中堯舜古來聞我

朝家法真無比内决從容待 嗣君
恩錫何孤御藥房 君王問病總無方先嘗未敢論
師保左右曾無僕射郎
準擬明朝策奉天已知抱病為求賢𣆶湖頃刻
傳龍去一日難攀豈偶然
正疑動地黑風狂 懿勅傳宣鎖豹房驚破西
聽雲錦隊未歸械繫欲逃亡
白下雲中輦路長美人終歲領 君王六宮曾
未蒙 恩寵一體斯衾服大喪
蟒衣何稱爛羊頭勲業終歸第一流貂插總戎

愁賜姓不妨李廣未封侯
東閣西廳互抑揚將軍威武後文章項觀
懿勑宗元老風在關雎仰　孝皇
市朝相慶執奸臣腐鼠何須論粉身天下可當
多破壞由来　明主貴知人
邊儲空乏莫知衰接濟于今散鹿臺十二團營
安故制盡令口外四家回
吳姬越女出西華命薄寧論貌似花但恐當時
生納壙不圖今日死歸家
軸轤千里自牙檣柁父篙工逐建康驛路無勞

聞巡幸垂裳不是舊　天王
用苦泥沙竭貨泉雞豚商賈自年年近傳畿外
牧皇店吏　勑宮中罷市廛
西牆新寺攺輝煌已遣番僧出遠方從此再觀
清切禁禳災馬用講仁王
少林和尚遣還鄉召致因能裸股肱府庫甲兵
無足恃果能制挺撻蠻方
袈裟萬寶出金臺不見西方活佛来可柰
君王不能待疑無歸路使人衆
絶域初通遣佛朗機不論大賚遣旋歸盡籠天下

供衷秋實禍虛名覺是非

元龜大讎致　皇都數足猶憂楚澤無巳羨光

榮歸海子尚餘咸若在江湖

鍾鳴鴉散　午門前朝士優游十六年相問舊

儀渾不解典刑尚有質前賢

寄題洪都許女登祠

許遜令祠廟瞻依萬古情乾坤含節氣江漢盡

哀聲巳見羅凶逆猶能決死生殺身有難易時

論未分明

別許子瑒

不識忠臣面真知嗣子心聯棟連半載家世重
千金　聖主今遭遇而翁何處尋途中迎
大駕感激定霑襟
四月二十二日
少年　天子今登極文武衣冠拜　聖明掃地
妖氛朝雨淨當天纛日午風輕　黃封供奉千
官出　丹詔傳宣萬里聲旋轉于今真有賴草
茅何以答鼎乎
邊陲獻可上令
僕銓歸去日畏爾尚青春　聖主惜名器鄉邦

重縉紳有官還努力無事不由人莫似羅峯子
蹉跎白髮新

漫成四絶寄葉希行

栝蒼城邊別女來三年何日好懷開叨逢英妙
新天子成就蹉跎老秀才

五十古稀少進士三百今是新朝臣人人已信
登賢後日日仍憂忝縉紳

廊廟尚容吾懶困鄉邦可識女聰明休將科舉
先輕棄孔孟生今道欲行

杜老親朋無一字踈愚似我復何尤思君忽聽

人傳語止謗由来在自修

寄項氏諸親并柬徐子一清及宗姪伯纉共

七首

秋鶴道人應老健石龍遊子尚蹉跎

聖明今日臨天下廊廟江湖意若何

遊過前村復後村老翁懶困遣兒孫鷄豚入饌

精纖手相候歸来酒滿尊

隔年有約熟楊梅貽我籃輿竟莫来若遣[illegible][illegible]

遠相贈何如土籠近分裁

小阮風情慕古人放船落日酒頻頻錯將俗容

爲佳客不見雖親莫我親

梅披出折隱佳兒開遍南枝又北枝都下忽聞

清夜夢花前同誦舊時詩

徐君爲伴別來時紙筆殷勤尚索詩假使詩成

枉拋却何如心在每相思

吾家質朴老孫子紫竹踈林類結鄰又見拂雲

新筍出定知日月得相親

五月五日

獨酌菖蒲酒蕭條似去年妻孥思會面消息未

真傳

送王倉官之福州

去歳逢君至鄉書達遠天往還今萬里羇旅我
三年勿自卑官爵須無愧俸錢古来倉庫氏猶
有子孫傳

送陶知事之泉州

送君趨幕府地近是南州太守能消眼書生未
白頭官階當盛世歸路入清秋王事今敦我還
家可自由

送李上舍

天上歸来日山中酒熟時老親欣會面長路免

相思儲用當平世高歌獻壽巵登科空有我感

激蓼莪詩

述懷

古禮雖存識者稀　聖明心事苦依違一朝時

論從高下千古人心有是非抗疏功名寧自薄

讀書深處不忘歸君臣父子經天地諫伐何人

餓采薇

贈別二首

朱熟瞿溪路長懷水竹居林深聞野鹿沙碧見

河魚蔣詡還開逕匡山好讀書卜隣從此約一

三載但羈棲長安豈識榮信負盤廡馬朝中有

遣懷

猶恐辱衣冠

講于倌日月直虞庭述君臣遇亦難嘉比始緒發

鳳麐須嘉靖　龍飛復歲端發祥見三白入賀

十一月一日

從聽鳥啼

顯低文名勲海宇書院隱姚溪何日投簪去相

相逢俄剗北歸去又屏西湖乘桂棹至東靈鷲

鼓足壺盧

憐鷄覓果憐癡子飛蓬嘆老妻寄書不相報萬
里只空題

謁 陵發都門

懶性于今未得閒出門暫得免朝班氷霜正滿
昌平路龍虎遙瞻天壽山百辟盡同奔走裏
七陵只在翠微閒禮儀既備明朝事烽火相催暮夜
還

康陵陪祀

至日 康陵上初封土未乾君臣原一體瞻拜
亦多官清路旌旗斷空山草木寒去年當此日

南來已聞帥慰吳山倘問壺臺甚矣講院臺徘徊
華山林應自有風裁永霸塞北年將政時鋒江
九重命下綸麾使四牡君爲出衆才館閣諸論無史

送汪仁伯同年

情兩莫嘗
柾杞先得問高岦壽從共說　明天子孝感忠
司鼓于古獻納還應合萬方直諫行看書古汴
大衍無從見　武皇一朝典則屬綱常是非不

送王子尚同年纂修

猶未盡長安

贈別

極扯光天德滇南道路難莫愁關索嶺好度馬鞍山萬里監州去三年報政還近臣吾忝竊未免點朝班

題田文祥同年卷子

君懷風木憾疑廢蓼莪篇豈是情難寫轉看詩滿篋未須金石勒定有子孫傳潛德流光遠承歡到九泉

與楊瀾秀才

父母誰無死瞻依君不忘鯉庭趨復過熊膽苦

還嵩九我真無極三年豈報褒清祠列孫子掃
地日焚香

送章司訓

明主新登極儒官遶剖符故情連里閈　恩寵出皇
都職稱貧猶樂朋從道不孤高車與駟馬空食
有會無

壬午

赴南都留別諸友

今朝辭北闕明日赴南官時論若難定
聖心當自安獨憐知己少秖見直躬難若問唐虞治

終期白首看

寄葉希行

念子不相見如予長夢思巳非空講禮久不好吟詩畫省曾何意青門定有期漸看毛髮短且任雪霜欺

渡江至金陵

小舸乘風逈急湍石頭城見覺心歡白門久負讀書處畫省今爲執法官心對闕廷無遠近地隣鄉國有平安徘徊閑舍長岡上獨有湖山是舊觀

送莊高州

吾来污粉署君去稱黄堂　聖主咨民牧真才出省郎定稱南海治想卧址窓凉見面休疑晩相看髪未蒼

送王侍御奔祖喪

繼祖思從父天涯涕泗漣令人迷一本古禮枉三千奔走無驄馬瞻依有几筵棘人宜勿過慈母在堂前

留别曹侍御

秣陵春色是離筵江上今開御史船節制定知

瞻雨廣飛騰宜不待三年橋門有子留鄉曲臺
省舞朋憶遠天懶性已判人共棄近來歸夢只
農田

雨花臺二首

壯遊二十載重上雨花臺作會人何在為官我
始来青春還自好白髮已相催可恨偶經過蕭
條闕酒杯

出郭春将暮登臺日未晡古今龍虎地寰宇
帝王都升木猱爭長依林鳥亂呼生憎擅江左只識
管夷吾

送楊侍御

別離胡逼迫取孟尚蹉跎好是君頭黑偏驚我鬢皤銷兵清蜀道說劒動岷峨重鎮非凡托真才應不多

哭女

歷事玆曹日吾兒母腹中為官今始到出嫁又成空得訃人傳報傷心信不通形容真獨瘦涕泗有誰同

寄内

忽傳傷女病曾亦念吾窮不見面三載空題書

百封

鍾山書院成柬高公次同官吴子膺韻

築室鍾山下因君願卜隣已知情話洽不厭往来頻案牘侵書卷簪纓混葛巾自慚田野性有負聖朝臣

短墻聊一畝破屋只三間鑿地思通水開林喜見山巷深宜懶散公退亦清閑但恐虛君禄名兼吏隱難

觀筍柬同官吴子膺

合觀春筍長點筆費吴郎一夜高尺許經旬共

毋長便應當戶鈕竿又見拂雲涼歲晚能相守何
須桃李場

喜雨

一雨若未足三朝疑不多原非東海旱忽漲後
湖波米客休爭價農人已放歌花間騎馬散露
濕意如何

又次韻三首

好雨當春已過時江南五月土還宜羈棲初葺
衡茅宇溜決渾通乳鴨池憂國頻年瞻望早移
未免濕起来遲後湖出見陂千頃盡省臨流共

賦詩
紫金山上大羅峯雲氣遥瞻一色濃曾若經春
藏百種忽傳首夏慰三農桑林
明主方昭假社稷群臣可協恭漢室當年空有詔却
疑天意在乾封
忽驚昨夜雷風變喜見今朝天地和霑足郊原
疑是少寵光草木若為多千營定洗兵戈血萬
頃終成滄海波側席有憂從此釋漁樵是處起
堯歌
送沈百充入朝提牢廳作

歇馬金陵問舍時逢君却是故鄉知氷霜即慰
北来苦風土共稱南更宜半載論交同晝省
九重獻績赴瓜期應知匏繫公家事出餞無由不是
遲

留別施海安千兵

南官築室鍾山下北客廻船到石頭難得兩京
相見好鄰銷萬里別離愁陳言似子非無為抗
疏於吾可自由効力未須論遠近江湖廊廟本
同憂

哀趙訓夫八

憶在內閣君有聲長嘆南宮予不利春風桃李不浪誇自寫芙蓉寄秋意君居西傍長安衙牙籤插架書滿齋從予所好即相送至今散帙長置懷回首蹉跎二十載走馬看花君不在齋居主人幾變更故舊逢迎難得再今年剖符来南都堂官半惜趙訓夫忽得君郎来相見見君之子如見面矧予與君之子姻婭中涕淚思君欲交濺

題提牢廳壁

南宮初入濫提刑肅豹重關白日扃已有紅蕖

開後院即看碧草長前庭洗囚幾爲翻枯井問
病還因檢難經暮鼓晨鍾祠廟古哀矜安敢負
神靈
壯山蒼黄日欲曛永巷高垣鎖貫城夜氣正當
三伏熱天牢仰見一星明更籌却耐頻頻報風
柝猶傳處處聲　昭代從茲豻虎遠顰虛囹圄
逕昇平

題小畫二絶

落日秋江群鴈圖雙雙爲偶一何孤生來有别
非凡鳥已倦飛鳴夢亦無

秋風禾黍藪郊墟黃雀鶺鶵粒有餘飽食豈知
鴻鵠志庖廚羅網却憐渠

呈胡中丞

中朝文物稱胡公北門鎖鑰當大同胸中甲兵
不論數胡兒落膽真闌風先皇初巡勞萬乘
四海靡靡渾不定自從攀駕杖百官中外無
言徹宸聽堯舜有道公獨陳奸讒在側離君
臣謀身未論脫虎口矢心敢自披龍鱗呼吸排
公在泥滓咫尺無由見天子直道不爲當世
容曲學徒爲吾黨恥龍飛天子真

聖明虎拜功臣思老成留都自是根本地霜臺風紀
觀肅清予也聞公見何暮草澤方興恨無路講
禮由来讒口多毁譽一朝原不顧何幸今日相
遇之　明良我公當爲天下萬世扶綱常

紫薇花

尚書省裏紫薇花削榦如銅隱歲華覆户崇光
真燭地舒空丹氣欲爲霞喜逢開落當平世恐
昧栽培任法家毒熱退公長獨後虚堂入對日

西斜

寄壽鄭成昭乃翁

鄭谷應終顏陶園早退身黃節頻結屋白髮已
宜巾閭里難雙士山林見一人麟兒介眉壽貤
寵又加新

東林大理茂貞

北山草堂交翠亭巷南巷北長草青與君日日
得相見千金買鄰吾所願清狂未免多口憎君
豈濂溪吾杜陵

與富陽邵煦磨

富春不富尚有子陵宮坐卧山中石盤桓澗
畔松間歌紫芝曲不老白頭翁自任繁華競飄

零一夜風

庭桂

庭前桂樹是誰栽玉露金英滿眼開香遠却遭
多剪伐根深更在好滋培春光不與繁華競暮
景難同草木摧從此闌干須愛護高攀應有美
人来

壽蔣氏母

聖明大孝光天下兩代　貤封有幾家父母恩深無
司報綱常論定未爲差瓊梧鳳髓来三島錦軸
龍文散五花燕喜郎中評事在重於甲子惜年

華

金陵秋興八首

一夜秋聲到碧梧鍾山削立草堂孤九霄
玉殿開 神祖千古金陵壯舊都但恐凡才污畫
省何求侍女執香鑪尊鱸數動扁舟興白鳥滄
洲見後湖

賢關曾扣歷秋曹 聖世才難惜未遭耿耿于
今懷父母哀哀何以報劬勞天邊 勑捧黃龍
軸地下 恩均白鷺袍遐眄孤雲丘隴隔湛空
零露滴蓬蒿

白門朝出暮還歸又見長岡木葉飛羸馬却知
由熟路敝裘猶足備寒衣近来昆弟傳書少昔
在交游見面稀日食太倉升斗粟稻粱正想故
山肥
鷄鳴午首欝崔嵬　武帝戎衣近一来曾報美
人回　王輦幾同朝士望金臺龍江千里牙檣
動帥旅三邊錦隊開回首人歸何處去秋原白
骨不勝哀
石頭城壓大江邊誰遏降王計萬全千騎倒戈
秋渚裏九江援首落帆前冉湖龍去渾無日遲

水駒生巳有年定命于今 真主在華封何幸
祝 堯天
去歲朝朝見 聖顏軒墀初對立清班本從周
孔尊彝典忝逐歐韓冒大奸日月應臨肝膽赤
雪霜旋改鬢毛斑 孝陵宮殿秋林近寂寞于
今對晚山
曾辭 北闕赴南宮相遇真為自古難一代終
期同禮樂兩京猶得從衣冠偏舟未遂歸張翰
空谷休孤起謝安是處亂蛩衆草裡月明無語
倚闌干

北望傷神暮景催故人書至獨憐才秋光又逐
黃花滿霜信先隨白鴈来宋玉悲秋還作賦杜
陵抱病欲登臺近聞邊塞猶多事百二重關不
可開

至月
迎長賀節起中宵却比金門候早朝冠服並馳
南省馬氷霜初試北方貂御香尚想攜雙袖仙
樂如聞下九霄從此陽剛贍　帝德萬方一統
祝　神堯

至日謁　陵

紫金　陵墓藏　神祖隧道霜中萬木青清
殿忽如聞應響空山猶似見　威靈律回宇宙春
長在門護星辰夜不扃百五十年孫子到戎衣
酹酒泣冥冥
癸未
元日小堂即事
陵上歸來後鍾山對草堂春偏深里巷氷泮小池塘
尚少新添柳猶多舊種桑已知燕吏隱但恐昧
行藏
十二日齋居

南郊氣象入新年　聖主明朝大報
天齋宿兩京同受戒駿奔四海欲相先禮儀未學從
今制恭敬難忘自古傳掃地焚香兩省裏寸心
應到五雲邊

送伯行姪之官南安

杜甫白頭趨幕府阿咸黑髮赴南安須知厚祿
多虛位苟在存心不擇官清白傳家於女望綱
常獨力尚吾難草堂長憶深山裏盡省香爐亦
浪看

上元夜

今歲元宵夜官居在秣陵勸酬貧婦酒戲看小兒燈兄弟音難到親朋恨漸增松棚懷故里相逐少年曾

盧龍觀登閱江臺用韻二首

仙家路轉謝鳴騶萬丈丹梯江上樓曉日初開雲霧窟春潮已没荻蘆洲自憐蓬鬢頻年改且任萍蹤是處浮聞道中原尚群盜高憑八極正神遊

小童簫鼓擁仙騶　神祖旌旗最上樓翼翼都城留雉堞茫茫烟水換滄洲雲霾龍虎天應近

江吼鼉鼊地欲浮落日平臺更懐古傷神不敢
語同遊

呈諸同官用韻

問君簿書何日閒春風桃李總開顔如何今日
不出郭却憶當年長在山酒尊數對鷄鳴閣馬
蹄巳過龍江關金陵勝地不可擇從君所好同
往還

疾鼠歌用韻

無貓碩鼠群追隨晝貓辟鼠吾太癡千錢買貓
鼠無忌終夜打鼠貓不知當道豺狼亦安問由

來猫鼠還相欺尚聞社鼠猛於廁養廁之患伊誰遣

送劉副郎

東海無寃獄南都重令名官曹喜遷轉軍令更分明海内多豺虎胸中富甲兵如何報明主萬里不空行

送羅檢校

官曹去歲我来新君在西廳有主人陽羨茶鑪長共煮杜陵詩卷數相親年光荏苒侵華髮功業蹉跎動報 紫宸爲謝交游書懶寄幾因北望

却傷神

賀郭司業得子

道義人中傑文章天下師久知應有後從此免

無兒無那充閭喜還看跨竈奇未叨湯餅會先

寫弄璋詩

送廖尚書歸休

先生歸去易志士立身艱心跡清於水聲名重

似山片言侵宰輔多旨動　天顏　聖主尊耆

舊胡為獨放還

輓廖夫人

古稱七十須宗婦不待先生共百年恨在蘋蘩
猶有托風行樛木更無先寵光八座夫人貴珍
重千金嗣子賢那忍悲歌司馬宅未應相送釣

魚船

靈應觀作

避暑靈應觀望雨烏龍潭旱魃巳徂夏飄風空
自南尚嫌瓜果苦馬得水泉甘滿眼流移者簪
裾秪自慚

藕塘

半畝方塘藕始栽紅花開後白花開樓船正憶

南湖上百里香風夜未迴

省中除夜

黑風吹水立氷雪馬不前路歳復今夜省中吾獨眠青燈照孤影華髪盈兩肩日月只空逝明發成衰年

甲申

元日

新年奄五十能覺去年非宿省聞鷄起開城騎馬歸妻兒聊自慰兄弟遠相違一飯還三嘆黎民正阻饑

對雪用郭司業韻

有雪未爲瑞凶年正可悲流民幾行乞粒米不成炊但見松筠節猶慚蒲柳姿即看歌霡霂同

獻大田詩

再用郭司業韻

相望苦索居何日過吾廬秖有新添粟園餘小摘蔬野容含凍久山意入春初懷抱羞凡吏因君得少舒

遊蔣山三首

古廟鍾山下清遊發興新蹉跎悲白髮懶困負

青春丘壑真吾願衣冠總故人莓苔隨意坐爛
醉爲情親
有約兩亦好如期天放晴已非空悵望更得處
高明白馬催歸路青山看入城回頭又陳迹孫
健想平生
年饑難獨樂官冗得偷閒險巘迷前路登臺見
遠山長江天際落倦鳥日邊還依石看棋局真
爲反覆間
四月十一日發龍江東桂子實
明命重來發舊京　闕廷萬里急省征綱常本爲扶

三代禮樂終教　召兩生與論昔年勞擊撞
聖心今日更分明請看　大孝成天下從此
君臣共太平

九月十五日

丹詔重頒　大禮成、　天門旭日正傳聲三年勞
聚千官訟一本真緣萬古情漢宋歷教為故事
歐韓原不失完名綱常大振惟今日
天作君師仰　聖明

寄親友

山中自分黄茅屋天上慚居白玉堂苦憶千峯

終日對獨憐三逕屢年荒　明朝禮定無須問
聖主恩深曷可忘只道不歸歸便得幾番
溫語灑辭章

送呂鄱陽主簿

子稱鄱陽治吾慚翰苑官又為千里別未盡一
朝歡但願和簫呂終當問釣竿　明時那忍棄
獨立後來難

十一月三十日東桂子實

浮生奄五十生日病中忘　明主恩難報衰年
已可傷妻孥供藥裹朋舊免壺觴桂子如兄弟

頻来對我床

除夕病起

憶昨南官舍呼来近　帝居興隨春復動病與歲俱除子夏形容瘦馮唐鬢髮疎妻兒却相慰深酌莫勝予

乙酉

人日

人日復今日已逢三日春病知風土別愁感物華新時論終須定交遊總未真同官兩學士西舍與東隣

送潘申之

觀光巳作邦家士遜業還為太學生鍾阜正當
南國勝壁丘直出後湖清衣冠莫自傷遲暮禮
樂于今仰　聖明憶昨徵書催我發官中松竹
尚多情

謝人送木屐

若有東山屐材堅齒亦齊京中一翻雨門外三
尺泥騎馬愁復沒況隔巷東西蒼苔印白石乘
興懷山棲

題終慕卷

喜到分符日能忘負米時堂前那得見地下永
相思杜際雲龍會終慚烏鳥私傷心吾亦汝灑
淚一題詩
七月十六日謝 恩
旭日鍾聲過雨遲趨 朝真負 聖明知得觀
禮樂曾三 召慚遂衣冠已十辭麋鹿山中頻
有夢鳳凰池上本無期休疑野老還爭席四海
嗷嗷獨淚垂
八月二日
文華爽氣入秋天 聖主精勤進 講筵志在

國家非敢後道聞堯舜得陳前治平準擬符三代
綱紀惟應祝　萬年卿老于今同宴罷忠良感
激欲相先

送程主簿赴南平二絶

晦翁曾作簿遺事在同安科第何須論還應向
上看
寒菊生鄉思年年自白頭君應無矮屋我只有
扁舟

詹事府到任值雪

先春三日雪憂歲　九重心天下一般瑞

朝中幾尺深謳歌連草野昭假比桑林適值瀛洲
會群仙醉且沉

丙戌

齋居

齋居詹事府忝竊翰林官愛國心長切憂時夢
未安趨朝聽　戒勑迎　駕入郊壇有例吾從
衆須知獨立難

南郊

南郊茲有事分獻帝王壇異代君臣際于今會
遇難松杉遮俎豆星月滿欄杆禮節從

天子傳呼夜未闌

送吳南夫

聖明成大孝　恩典及詞臣君自難忘墓誰能不念

親南程應有限東閣可無人早聽尚書履終看

入幕賓

送嚴方伯二首

送君極目　大明門始信移官豈　至尊嶺表

地形天下重　中朝從此有屏藩

論兵終日問田州帷幄何人尚百憂想見有苗

歸伯禹豈應無策待嚴尤

賜扇

殊恩須象扇　聖主重經筵鬱熱開三伏清風下
九天紫囊當　殿陛白羽想林泉安得均茲施乾坤
一灑然

送李尚書

責任雖爲大司馬同官不厭老書生
朝中直氣違權貴林下　恩光仰
聖明每見胸蔵兵甲富數聞邊奏凱歌聲白頭知巳
方三月未卜何人代老成

送安光禄

司祿榮　新命旌麾入舊京銀臺勞秉政諫院
久知名心事曾相信交游莫可輕即看宣室召
相與荅昇平
丁亥
送趙司空
休致　恩光下紫宸明朝難遇此　君臣軒墀
聲籍方相逐鄉里衣冠久失親琴鶴得隨閒散
地衮龍還憶老成人宮中梁木求方急乃召司
空恐未真
送秦司徒

昆弟通家好臣僚共　國謨江湖雖有鎮

廊廟可無憂得下陳蕃榻應歸張翰舟江南實吾

土一日是常州

日講

日講　文華殿　天顏日日親孔書存出處商

訓合君臣道長隆三代才難忝十人

賜茶還退食報　主省吾身

送廖冢宰

秣陵歸興足逍遥　明主思賢尚見招帥府未

旗曾閃日銓曹白玉已橫腰欲教守令長安士

却恨忠良未滿　朝借閑蕭何誰可代知人今
日有　神堯
小齋夏日四首
官中五月石榴紅南北花叢自不同小小可憐
能結實纍纍秪恐不禁風
盆荷𣪊雨近分栽軒後堂前忽漫開最憶西湖
連十載香風彷彿自南來
水草能花朵朵開朝榮暮隕自相催姚黃魏紫
渾如此老眼無情見幾廻
水漫甕缸五尺深大魚如玉小如金退朝下[illegible]

清溪興館閣山林本一心

和楊少師翁奉　旨免朝荅二首

殊典已過文彦博能令西賊膽曾寒全才休道相逢晚直道何憂獨立難國是秪因迷濮議公非終仗失師丹近来數讀文襄傳不負　明朝起謝安

早漏尚禁三伏熱常朝只畏五更寒文人強健應全未小子追趨已覺難對日忠誠終有白舒空膽氣欲成丹重門邃閣連　清禁他日肩輿入更安

閣中十月八日

絲綸此日登　黃閣常布佗年遠　紫霄夢弼

敢當求傳説知人但恐負　神堯

己巳十七夜
閱竟已

太師張文忠公集之三終

太師張文忠公集

詩稿卷之四

戊子

恭和 聖製除夕詩韻

寒隨歲月盡春從天地來七年底嘉靖萬物荷栽培喜見唐虞主慚非稷契才賡歌今日始庶事益康哉

正月六日二首

南面初迎歲東郊復獻春土牛呈節氣野馬息風塵鼓吹康民物衣冠賀 聖神無勞問京兆

生意萬方新
朝来賜春餅果辣滿盤香膳有黄封酒還兼
白煠羊拜恩期盡飽正席已先嘗撫那珍羞
味難禁藜藿腸
恭和聖製詩
都宫左清廟尊祖兼親親承祀擬同日
龍旂出楓扆綱常自天地父子與君臣吾
皇匪建極正論胡由伸乖違陋光武奏對羞張純咸
知麼爾爵孰肯忘吾身迷邦忍懷寶待聘誰席
珍遭逢堯舜主康濟唐虞民

再恭和　聖製

聖作萬物覩莫不知尊親有官入　秘閣無日離

嚴宸忻忻臣遇　君恐恐　君擇臣　國是到今

定吾道原自伸用賢豈惟急所貴必能純從茲

得聯屬永終成乃身稼穡代食實藜藿忘味珍

利見　天上人只是山中民

齋宫謝　恩二首

長忝允才爲四輔復承　殊錫列三孤萬年

天子眞堯舜保護于今責在吾

勑向　郊宫成　陛謝相予肆祀　大明壇

君臣自古難相遇　寵異如斯報益難

分獻　大明壇

郊壇東祭日趨數躡丹梯已見星辰近應知海嶽

低穆穆一人在蹌蹌百辟齊受釐宜

萬壽禮徹欲聞鷄

南郊簡同閣諸公

南郊對越　明天子日月分壇忝倰才為禮强

難勞二老加官急為備三台始看燔燎夜深静

忽訝居歆風颯来自是德馨能饗

帝慶成同拜　九重開

慶成　賜宴二十韻

皇帝方七祀　南郊復禮成三陽開泰運一德仰精
誠有例張清宴無期遇　聖明發身原草莽錫
位忝孤卿仙仗明　丹陛鳴騶出　武英千官
依品級兩列肅趨迎　黻衮當離照冠裳拜穆
清實進前正席珍味啓豐盛黃帕横蒙膝朱衣
坐唱聲秩儀分左右雅樂奏昇平尚膳允三起
傳觥滿五行樂觀歡舉舞真聽鳳和鳴湛露
恩同醉飄風歌載賡　君臣原一體上下盡通情
萬壽均爲祝多男即有禎餘生驚白首莫助惠蒼生

舜實夔夔孝堯難蕩蕩名依平虘保輔調爕愧
台衡地解氷從釋天和木向榮永觀嘉靖治銷
甲事春耕
恭和　御製翊學詩
帝王治有道修身宜所先於　皇聖天縱受
命真自天陋彼伯功小愛興王道平　經筵講大學
治法三代前乾乾自不息安安而能遷升堂入
其室登山陟其巔攟之保四海泉達火始然乃
知心無外萬善咸足焉卓哉真德秀義能衍斯
篇微臣忝進講膺服同拳拳

遣祀　先師

遣命承　皇帝修成報　素王一朝同禮樂萬古
挈綱常崇祀豈炎漢徽稱空李唐到今掃胡服
松栢蔭門堂

送嚴希順南還

可喜子登選得知吾守官十年違故舊兩字寄
平安空憶青山好秪憂黃閣難兩翁定相問
帝德與天寬

送倪汝公之官

送君知永嘉條教始吾家好長當庭草還開滿

院花久空山礐宅巳漲海壇沙秪為君臣義
恩深又拜麻

送同官謝木齋歸休

謝安本為蒼生起文潞真看白首来天下方當
歸二老閤中始得備三台　九重擬副終朝望
五疏連求隔歲回忠静今為耆洛會　尚方冠
服巳新裁

賜忠静冠服并蟒龍衣

明主垂裳正百官直從居處辨衣冠　錫名秪恐虚
忠静論道惟求實治安法象大同咸自喜尚方

真賜得交歡龍章蟒服還加賚一體
君臣自古難

閣中聽雨

一天凉雨洗煩囂秘閣重開免早朝坐聽隔窗
蓮葉響渾如茅屋打芭蕉

壽耋老夫人用韻

耄耋夫人八座光郎君祝壽日焚香登堂稱拜
吾何得莫謾萊衣在膝傍

觀通惠河有作

御溝不盡東流水國餉能通壯上船故迹直須

勞　聖念訛言豈可信人傳合歡桼竊陪三老
努力終教障百川出郭　天廚命供給黄封頻
送酒如泉
謁　長陵
欝律　長陵獨處尊　諸陵真見列兒孫勢騰
萬馬從天下氣伏千龍特地蹲脉脉南畿連址
極重重黄屋照紅門秦川洛水無須論淮甸由
来是本原
閣中對菊二首
上林分菊来黄閣紫艷紅英開白䔧縱有稀奇

能百種直知正色是黄花

盆菊可能多霜土風霜未見葉先乾翻思三逕

深山裏嫩蘂穠枝卒歲看

敬一亭成會儒臣落成於翰林院恭賦進

覽

熒熒亭石煥堯章道統真傳失漢唐燕笑于今

同禮樂甄陶自古在綱常三孤俎豆開瀛島八

座衣冠集史堂天作　君師難際遇同聲

萬壽祝吾　皇

答和　聖製二首

落成清燕集秋堂昭揭三綱與五常二典
帝歌賡復載萬方嵩祝壽而澈王猷奕奕登嘉靖治
具遑遑望畢張彝訓大同從此始海隅是處覲
天光
大道塞蹊徑　聖主開門堂五箴貫敬一因睿
以致詳未獲一夫顛那當萬夫望幸遇　元首
明顛作股肱良卓哉此亭石鑽仰何日忘
病中簡子實
我病子亦病得無煩　聖心子病却風邪不
吾病深憶共發淮揚子病莫可禁吾為子

噴口滋吾襟于今子強健可免灸與鍼 國脉
同受托勿使邪氣侵

己丑

夢夫人

女魄已南歸女魂常在此豈念我孤棲連夜長
夢女笑語却相親渾不知女死覺来起悲風蕭
瑟寒窓紙

庚寅

親籍恭賦

聖明天子禮先農祀事于今歲歲同千藉秖憂勞

萬乘五推黍竊備三公材歌自可成今俗土鼓終看
復古風勞酒欣忻還共語北郊蠶室又興工
四月十六日欽奉　聖諭玆以大嶽茶筍二
器卿其承之紀　恩一首寫呈諸兄
勅賜頒茶筍云從大嶽来青山成懶性黃閣愧凡才
七碗當台鼎千竿遠釣臺未能報
明主何日得歸哉
四月二十六日得忐兒書
汝母傷歸土吾兒戀掃松正恩行色滯忽得信
音通發棹三吳裏趨庭五月中巳傳河閘滿秪

月看南風

送王氏子九倫還鄉四絕

憶昔芳十五與君同學堂于今四十載片簡尚

予藏

鵷嶶趨黃閣雞棲始出朝表兄来話舊相對幾

清宵

兩度京華別匆匆贈縕袍得知無厚積不恠我

官高

金紫仍拖玉慚非報主身布衣千補綴節儉

念吾親

先君以一襏衣終身或寒甚嘗以蔽孚敬焉孚敬拜受弊衣之賜泣示子姪曰此誠

君恩得非吾親襏衣中来耶爾輩不加節儉雖襏衣共可得耶

夢

到家恰信宿便作書院遊樓船久破壞急覓鄰

舍舟小舟方捕魚新水齊浮鷗呼我糟糠婦輙

爲載新蒭伯仲具欣欣共解京國憂忽驚鄰

朝吏風雨仍滿樓

堂戌一首簡子實

堂戌栽五栢却當五株柳翻思五柳姿此栢

耐久五柳在山中吾今尚

栢耶相守欣忻雨露邊亭亭雪霜後四時不改
柯藹卉漫相詬嶺比節操堅同心輔　元后
恭和　御製賜蜡樂詩
蜡日　朝鍾響　皇恩巳　上宣　天休民物
共奎翰子孫傳自誓丹心在從添白髮娟先
聳還阻病正席對珍鮮
辛卯
應　制書　無逸殿左襟壁五言律五首
帝德光三代民情達萬方艱難躬稼穡勤儉教蠶桑
禮備先　郊廟時和迓雨暘微臣無以佐稽首

頌陶唐

文祖宮原地吾　皇社稷壇敢論開剏易秪見守成

難穆穆瞻　明主蹌蹌走達官五方登百穀家

室萬年安

無逸新名殿堯文煥有光　君臣難際遇父子本

綱常商頌傳恭敬虞書儆怠荒周公此忠藎猶

恐負成王

亭子屹中立豳風總　御題土墻循左右石碣

勒東西香稻看連畝嘉禾欲滿畦省耕還省斂

亭座五方齊豳風亭中東西二御亭崇耕省斂亭南北敞構五亭

蠶室宮原後春餘遍種桑繭繅能黼黻衣服可
玄黃奚苐脩籩豆懿勲問稻粱毎懷憂 國顛
恒裕有神倉
恭和 御製西苑視穀祇先蠶壇位賦二篇
惟 皇克勤克儉兮為天下先隆太平之德業
兮裕後光前重農桑以教民兮曰惟衣食之原
苑無隙地兮率 祖德而罔愆臣荷 宣召以
從邁兮 恩禮曲全陟卷阿兮積翠龍華歌大
田兮祈有年 天顏和悅兮愧對揚之不能巔
蕩蕩難名兮 聖同天

嗟耕織之艱難兮有開必先肇　禋壇於故墟
兮蠶室後而土穀前　躬巡省以種植兮沃土
平原念小人之依兮　帝德罔愆安不忘危兮
計在萬全顛遵靡不動兮塞草芊芊戒苞桑兮
嘉靖萬年禮樂征伐兮惟　天子顓子子孫孫
兮永命祈天

舟發張家灣

離家十三載入閣四五年冠裳叨一品禮樂際
三千遇　主真明聖為臣愧不賢明農何敢望
尚有舊耕田

天津二首

天津渡頭船始歸海鷗無數船頭飛溪亭本爲

来鷗作好趂歸来伴釣磯

兩年三度過天津津人問我往来頻

君臣豈是難相遇祇恨恩深未殺身

金山寺二首

幾渡揚子江始上金山寺風波撼砥柱登岸還

驚悸　寵錫賦歸来莫贊平明治跼蹐天地閒

有負君臣義遊神望　北極恩深獨流淚

滚滚長江到海門繡衣来共聽潮軒倦還不覺

傷飛鳥孚信猶能及老黿江窟有黿呼之即出進退休論
惟我罪死生莫報是　君恩翻思勝會應難得
落日重開皂蓋尊
孚欽薇命南歸登金山寺巡按胡君健夫
錢君以時暨劉君以中太守也咸載酒来會
主政鄔君佩之亦造余其皆斯文之雅與重
識之聽潮軒辛卯八月四日也
弔桂見山二首
歸棹淮陰路驚聞子訃音　君臣千古義生死
一般心　黃閣渾如夢青山何處尋蘭谿致香
辦遙拜淚沾襟
憶昔同　宣召叨為一品官寵光今古異圖報

始終難秪合吾辭位胡當子盖棺　文華勞

聖主猶切問平安

上御文華殿問臣孚敬曰桂萼安否時子已逝世數
月矣傷哉

東周通判

沙流壅塞久成湍疏鑿今逢水利官一脉瀟溪

周子愛百年洛社老夫歡亭高羅嶠堯文煥道

接灝濵禹績安更有樓臺先得月奎光夜夜照

闌干

壬辰

山中元旦二首

再逢元旦日五夜兩連縣朝服瞻　宸極焚香

祝遠天無能報　明主有頑在豐年明發春牛

動官司送綵鞭

時雨發春早村村盡水田滌連雙輿宅漲滿五

橋船晋謁先祠廟逢迎共里婕追思父老華孫

子滿吾前

立春日柬白知縣

天上儔春信山中送土牛民歌新令尹俗美舊

東甌土鼓思京兆笙歌出鳳樓豐年占白雪可

免老人憂

留別程子道二首

徵書催我急幽意爲君留本是山中相 恩深
不自由

榿林能礙日決決總溪流何日重尋約相看未
白頭

括蒼舟中留別竹居兄四首

来歸自天上五月在山中滿院荆花發春風自
不同

相見復相別益知兄弟難 御書樓上月何日
共闌干

重有廟廊責相看未白頭　君臣共休戚遠近
可分憂
明農非敢望春及辦鋤犁出處元無定何心謝
碧溪
留別葉希行三首
昔年此相送我是秀才時今日重留別休論入
鳳池
汝居書院裏念我坐虛堂松竹雙林滿栽培更
不忘
天子求賢急明揚我未能黃扉違史館共事昔年曾

潞河

三度秋風張翰舟蓴鱸信美敢忘憂已知天變

真堪畏勿謂人心未易收　社稷有孤

明主托稻粱聊畢老農謀委身自分填溝壑骸骨蒙

恩得首丘

得蕖希行書

泛泛長淮得女書毆邦水厄重愁予一鄉且愧

功無賴四海胡勝罪有餘魚鱉可知非故土茆

茨何必問吾廬謝安卒負蒼生望敢羨光榮對

里閭

待旦門

書院迎長日恭成待旦門子孫知惕勵出入念

操存亭座瞻光訓樓臺拱　至尊山中歌萬壽

長戴一人恩

癸巳

白鵰二首

文身若太過卻為白鵰憐我欲開籠放羽毛生

未全

雕籠時洗滌飲啄自須便勿羨鵰搏好終應礙

九天

過石門洞

石門藏古洞　命豈遨遊未畢林丘志長懷

社稷憂飛飛看瀑布決泱作溪流尚有甌江在終

應未盡頭

嚴陵釣臺

先生挺風節可爲百世師茲余赴　三召再拜

謁先生祠君臣有大義行藏復何疑此心不自昧

獨有一明主知光武本中興尊親固其宜如何

考元帝終未明天與先生烟水志此憾能無遺

留别李僉憲

長淮得遇李膺舟相送多情到夾滿衆謝我無
涯世算艱難君有濟時憂黑風徹夜俱層浪白
日成昏總逆流直過沙河始分手陰晴未定倍
離愁

李亭菴惠玉簪花開有紅色戲謝

舊兩曾分白玉簪對花日日是江南芳園更有
臙脂色應與佳人酒半酣

畫菜

青菜在園中胡自生堂上秪能咬菜根不是食
肉相

爾朱蕩南

蕩南寄斜紋護封詩一卷論交重布衣答以雙
賜絹去年歸羅山秋溪淨如練汎汎君乘舟訪余
重嘆羨難予補袞才秪自慚襪線糲飯更留連
總不忘貧賤翻思君登科才華作邦彥君今龍
伏潛予亦鳥飛倦尚方忠靜衣領與君相見
明主再呼来撫心轉兢戰忝官掌絲綸竊銜
華蓋殿曾無稷契謀終將陶農甸

恭和　聖製二章

四月十三日正中　萬乘試馬俄出宮白馬翰

如多俊雄過都越國未足論追風逐電真崢嶸
徵臣承呼到 環碧有 命同遊忝良儔
明明天子每推誠蹇蹇匪躬當戮力千古頌 明良
三召弗遺蕘為霖雨兮鹽梅兮實未能愧厥心服膺
聖訓兮圖自新
白馬由來渥水駒碧池環列 帝王居閒馳正
發卷阿興徽戒能忘大禹謨喜氣萬方開宇宙
祥雲五色覆 乘輿徽臣惟有華封祝清賞年
年莫暫違
應 制七言律二章

[illegible]靜　皇州武備無忘豈宴遊巡省未
須為八駿周穆王以八駿遍行天下　犒師馬用費千牛
翠華生色騰黃屋白馬凝光映碧流
天子萬年歌洛水微臣稽首載揚休
傳宣　萬乘御重華得　賜同遊即　賜茶
環碧殿邊先看馬　蒼龍門裏更觀花　君臣自
古原同體海宇于今總一家　錫宴從容還
錫服　聖恩莫報實無涯
應　制古樂府二章
問　國之富數馬以對有白其馬雲錦成隊

皇心無外示則于内以遨以遊毋戀荒怠保兹家邦
天子萬載
皇率祖訓 君臣同遊 皇德邁古臣實匪儔樂
君之樂憂 君之憂休戚是同敢曰身謀欽哉
聖訓克綏厥猷
謝 賜坐蟒服
金蟒承 恩六載前 寵光三 召起林泉東
方敢説兒童喜洛社徒教父老傳車服以膺難
獨立衣裳在笥更無先緋紗令日重 頒錫拜
服惟應祝萬年

恭和 聖製三首

繼照重光受命既長 一人萬國歌 元良飄風自
南民物阜康臣願 壽考福祿兮俾熾俾昌

華芬初慰此亭中和氣桑林念未冲憂國豈無
霖雨願小臣何以慰 宸悰

二麥占初秀康年迄有終即看龍起雨定足慰
三農

奉紀 聖恩八首

南城試馬 賜同遊 西苑連朝樂未休四月
頒施三日雨（此句 御製 紀）萬方深切 九重憂

萬乘初臨寶月亭仰承　天語特丁寧去年俯念曾
相失今日崇恩刻骨銘
翼翼戴瞻　清馥殿泱泱喜見錦芳亭丁寧
天語重加念　特賜同遊伏首聽
赫赫　天章發興多遊謌無復數卷阿吩陪
輦轂知榮幸獨愧儒生莫遂歌
兩度　傳宣每　賜茶　天廚珍重喜仍加獻
囊方長繁禽扇烏帽隨簪芍藥花
翠芬亭上晝遲遲　明主從容待獻詩共覲
天顏真有喜于今始信近臣知

紛羅　御亭閒傳語亭邊看藥欄紅紫飜堦多
異品盍知　賜賞意無閑
日晡始退出　西華紗帽仍簪早　賜花傳語
時人莫相訝　殊恩出自　帝王家
承　賜　御書敬一二字恭和　聖製二首
心畫由來見本真　御書敬一正怡神泥金未
足論飛白（唐太宗嘗賜脯臣飛白）獨愧微臣忝近隣
敢論摹臨迹未真揮毫實恐重勞神　宸衷不
厭均書　賜至德應教必有隣
甲午

恭和 御製詩二首

和風滿殿解春寒御柳清明莫敢干巳受百官
稱 萬壽即朝 聖母慰平安
得侍 垂裳慮曉寒君臣一體本相干焚香每
效華封祝不比隨常只問安

奉 制記樂賦

洗炎暑兮涼雨自天 龍德正中兮澤普萬延
木欣欣兮草芊芊翠華玉輅兮爽氣新鮮洋奐
優游兮南城之原徵臣奔走率從兮 德音傳
宣登翔鳳之樓兮安便萬民仰 聖相告兮舉

欣欣然視祭器兮動容周旋徽臣拱候兮 重
華殿前南風解愠兮虞絃縹緲滿異香兮鑪煙
命入見而稽拜兮 諭聖體以全痊 命同視祭器
兮敬愛拳拳 錫之扇以共涼兮宴禮曲全臣
顒天保我 皇兮壽考萬年復入見而稽拜兮
錫賚 皇祖之詩篇堯仁濤博淵泉兮其天其淵
惟 皇撫輿圖兮純心用賢愧輔弼之無能兮
日加勉旃監先王兮其永無愆臣叨陪 輦轂
兮樂不敢先顒 天保我 皇兮壽考萬年

恭和 御製大報歌二章

大報復古禮兮至日維冬我　皇終日乾兮昭格
上穹　天視聽兮惟民視聽　皇錫福厥民兮唐虞
比隆　天德好生兮　皇法　天以出治
大報届期而緩刑兮實由　聖衷訓愚臣贊佐戒進
兮思克有終顧啓沃之無能兮殫厥心備左右
丞弼兮誠有媿於恩崇
我　皇積誠靜攝兮恩　大報在冬　皇躬亦
孔之固兮保佑咸戴乎　玄穹初中夜之烈風
兮有懷方切　大輅行而陽和應時以發兮
祀事孔隆錫嘏彌隆斯禮復古凡五舉兮猶云四

舉必躬必親兮若有歉丁　宸衷我　皇至誠
不息兮夫何悳厥終徽臣受　恩深重兮實難
報稱頌我　皇常爲天地神人之主兮子孫千
億　萬壽尊崇

乙未

識慕恩亭
後園慕恩亭本爲吾兒作兒今不可留吾豈能
獨樂松栢亦不茂園林似蕭索遥望大羅山哀
聲生萬壑

四月五日　賜歸

朝例初頒麥餅香病夫今日　賜還鄉敢論
天上風雲會得見山中日月長白首莫能勝委託丹
心原不負綱常出門正見東升日　萬壽無疆
祝　聖皇
丙申
七月六日山中觀穫稻
為農僅一載百畝未開開又得　徵書報
君臣義甚難
百畝豈不易長懷天下憂共傳　朝命急未識
正宜秋

十一日赴召

今日立秋日老夫猶出山（至括溪水驚而還）君臣原一

體不是昧知還

陽月二十九日長至自壽

今日恰冬至迎長六十三病夫容易老重擔莫

能擔焉敢過　三召（至此凡四召矣）應難解百慚山中

惟藥物得保飯三飡

閏臘月五日志喜

重生　聖嗣初迎　詔老病山中喜太平

國本萬年今始定頼多忠直輔　皇明

十五日喜作

土鼓迎春至先開待旦門百邪殊發散四體覺溫存夜五鼓覺右臂舊恙漸痊多病虛元輔陽和布至尊東風看解凍農務喜村村

丁酉

病中偶成

舜孝于今法萬方君臣道合為綱常草廬敢擬四頻召莘野何心五就湯自信是非千古定休將得失一時忘深恩豈忍孤

明主老病侵凌莫之可當

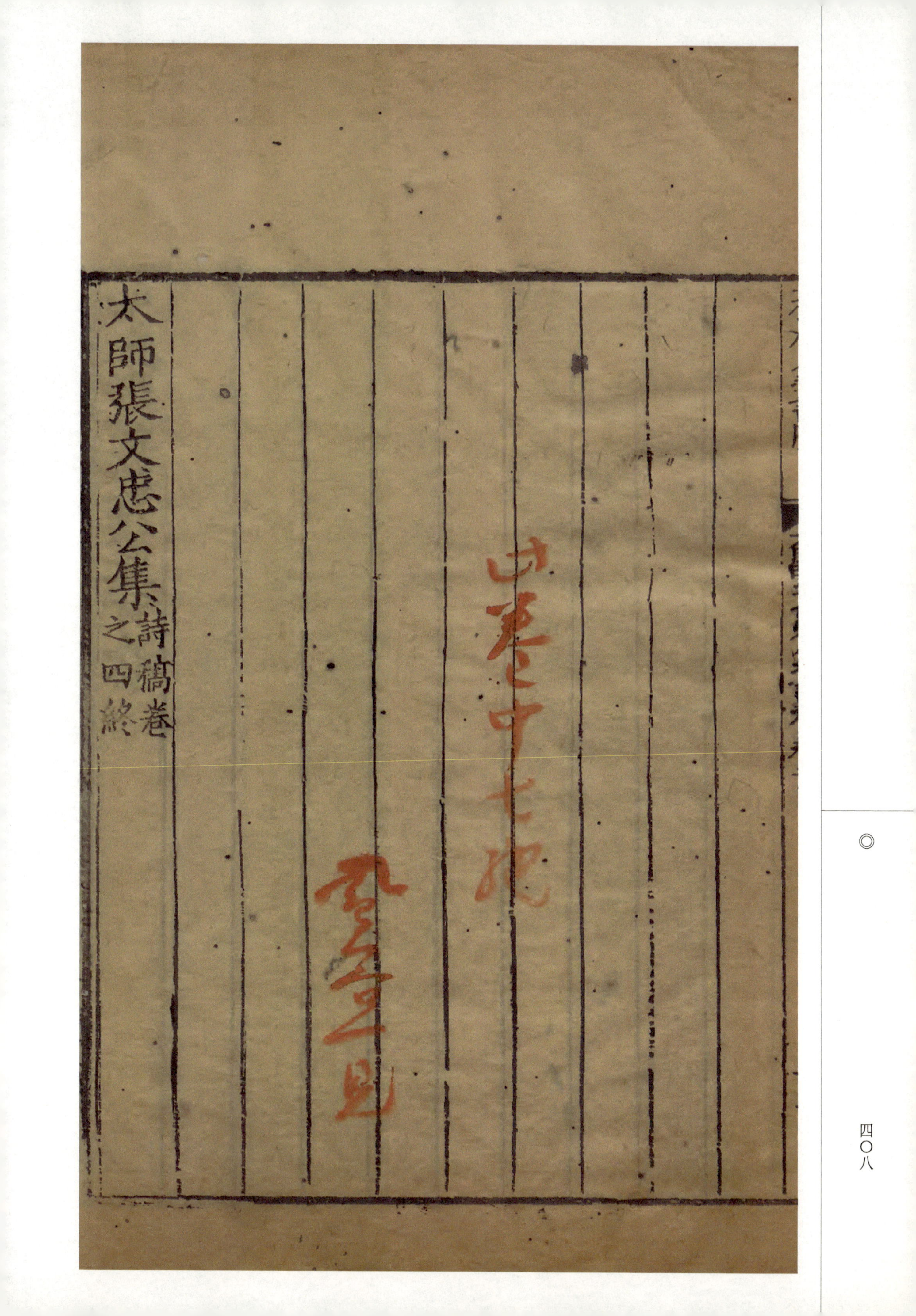

太師張文忠公集詩稿卷之四終

太師張文忠公集

詩稿卷之續

昭謝　聖考樂歌六章

迎　神樂奏𢘅和之曲

於昭　皇考玄德中𫝼維予小子夙夜敬承湛湛甘露降于

顯陵既受　帝祉豈小子之能

初獻樂奏凝和之曲

圜丘肇祀庚寅迎長方匝月之候瑞露降祥欝欝松林在彼一方昊天罔極瞻望弗忘

亞獻樂奏豫和之曲

吉日惟甲昭謝于天休矣　皇考是用告虔惟
靈洋洋瞻之在前假以恤我勿忘勿愆

終獻樂奏熙和之曲

神之格思禮終三奠賚我思成陟降如見發祥
靡他荷天之眷保明之休式承翼燕

徹饌樂奏咸和之曲

禮儀既備敬徹不遲秩秩斯祐悠悠孝思祝以
告孝假以告慈憫予小子日監在茲

還宮樂奏永和之曲

神馭升矣在　帝左右子子孫孫克昌厥後我
將我享對越奔走於穆清廟萬世永久
恭和　方澤禮成得雨
嘉靖十載夏壬子五月中　方澤肇禋祀萬國
瞻　宸衷雨師先灑道清夜發深宮群工喜從
邁竊幸堯舜逢　聖敬仰日躋清明恒在躬禮
備與樂和有始而有終　天神既昭格　地祇
隨感通陰陽各奠位而後和氣充物情久待雨
蘊隆何蟲蟲　聖皇念民命先此告蒼穹于今
得霑足萬姓稱神功初成　無逸殿亭子題詠

風神倉信恒裕我私先我公　天子祝萬壽歲
歲歌年豐

應　制詩詞四章

后皇降德古有內則明章婦順其儀不忒閨門之
化萬福之原周南召南詩三百篇
天下之治正家為先惟　皇建極式禮莫愆勤
儉孝敬是曰婦德威如之吉四方維則
孝慈大傳仁孝內訓助我　祖宗肇基啓運迄
我慈仁申錫訓辭必敬必戒永監于茲
詩稱麟趾關雎之應振振公子邦家之慶君子

好逑和樂恭敬子孫千億祈天永命

應　制慶　皇嗣期月

天上歡聲動六宮玉筵初啓鳳樓中含詔心慰

千年樂祝　聖聲傳萬國同少海波長流慶澤

前星光耀麗晴空岐嶷仰羨真天表福祕無疆

胤祚隆

恭覲　清馥殿和原　御製視穀祇先蠶壇

位賦韻四首

惟　皇爲天下兮有憂必先載新別殿兮瞻無

逸之在前芳芬芬兮黍稷在原知艱難兮其永

無愆　聖人成能兮克全光被草木兮鬱芊室
家之壺兮萬年樂與民同兮匪顓熈熈皡皡兮
燕及　皇天
於　皇大觀兮比于古先靈囿在後兮靈沼前
陟巘兮降原必戒兮三風十愆建　皇極兮五
福全瓜瓞兮綿芊載拜稽首兮億萬斯年明德
馨兮靜顓運神功兮克配彼天
安不忘危兮邊疆先閟蒼生兮平臺之前
皇赫斯怒廓清中原四夷來王兮無忌無愆保太平
兮神功全召和氣兮朱草芊多黍多稌兮迄用

康年存心天下兮彌顯堯仁兮如天
臣事　君兮敬為先非堯舜之道兮敢陳于前
維天命兮道之大原欽若兮陰陽無愆大庇天
下兮生全昆蟲草木咸若兮以孳以芊有那其
居兮　天子萬年唐虞之美兮罔顯浩告兮其
天
奉　制撰九五齋五言律四首
翼翼　文華殿深深　九五齋神明臨户牖日
月照堂堦秉德咸無斁受釐恒孔皆年年春草
色化育與時偕

中正宗　先帝中正齋名齋名景哲王傳
恭真繼序宵戒自焚香敬一符千載欽文被萬
方數承宣室召無補衮衣裳
別室存恭默在九五齋西憂勤邁古今已周
禮不盡歲時心永作百神主咸同萬衆欽　郊廟發祥
占祚亂　上帝已居歆
主靜立人極成能仰　聖皇臣謀慚引翼
主德自圭璋屋漏還加警心齋豈坐忘西堂精一訓
氣象本虞唐
恭和　御製喜雪二首

今歲應冬欣積雪　無求社稷與山川　從茲二麥占三白　聖德由来自合天

昔年稽首歌靈雪　每愧凡才莫濟川　率育獨知勞　聖主至仁真見燕　皇天

恭和　御製步虛詞五言律二首

鍾粹瞻新飭　傳呼並入辰（先日以鍾粹宮成諭臣等二十二日辰刻入看）　步趨存敬畏　恍惚見精神　茲孝符千聖　休禎賴一人　微臣無以報　日日籲蒼旻

聖真傳舊像　安奉及良辰　有幸逢堯舜　無忘敬鬼神　宸章光世世　德施普人人　萬國同仁覆　巍乎配上旻

恭和御製中伏絶句四首

分時三伏此爲中爍石流金勢益憧深愧微臣

叨化育曾無霖雨荅宸衷

天地如爐九夏中人間何物不憧憧拯焚尤切

吾皇念散作清凉自聖衷

解愠凉生殿閣中舜皇心協帝心憧極知雨

露沾濡下敢負平生有寸衷

火龍飛上日當中雲漢歌餘氣更憧多少逃亡

皆破屋獨勞霄漢軫皇衷

恭和御製二首

祖　考訓高廑子孫蒙至澤於　皇真中興匪真守

成業

光訓三元燈流光萬世澤儆戒在守成艱難思

創業

恭和　御製擬古選二首

聖皇法　祖　考昭訓永不忘良宵當燕喜時常儆

怠荒　聖學殫緝熙豈比燈燭光離明正普照

帝德瞻萬方

元日至穀日晴光轉條風豈惟　金臺上均此

玉燭中嘉祥發六合喜氣充三宮春杯獻

慈壽樂與萬姓同

榮恩堂觀百子圖

榮恩堂上觀圖畫百男總比南金價青霄貪看紙鳶高繂繩影落鞦韆架積鳥在籠殊光榮飛鳥在手疑相爭尋芳拾翠鬬瑶草鳥獸草木多知名乳猫傷母解人意煦煦春庭豈兒戲更相交臂作籃輿斑衣兩兩咸先事淑景初移闌干花鼓吹猶調兩部蛙但願乾坤滿和氣斯男晝集吾 皇家

小雨

殘冬曾積雪小雨又開春脉脉迷天遠霏霏入
地勻即看生百穀但願育黎民清興懈黄閣賡
歌慰紫宸

盆桃

春色上林勝桃花別様紅枝枝低結子朶朶大
成叢正憶仙源裏深藏小室中已過三月節莫
恨五更風

陋齋陳公忠節祠

歷仕勳猷著南征去路遥平戎公有策仗劒恨
難消直氣驚胡羯孤忠壯　聖朝春秋長血食

遺像儼然昭

先太師舞象時輒能詩口占立就嘗為族兄題便面居然臺閣體裁識者以為宰輔之器及刻詩稿此篇以少作不錄令再翻棄乃以此篇冠諸首又於別稿中檢得應
制恭和題詠詩賦數十餘章皆當時所遺者盡欲增入恐於編年次序有失故再彙為一帙續之卷後以廣其傳云

萬曆戊午仲春朔孫汝紀薰沐拜手謹書

太師張文忠公集 詩稿卷之續終

太師張文忠公集叙

張文忠公舊有

諭對録巖臺楚楊公選刻之爲奏

對稿公詩文稿至多未入梓寘

勑建貞義書院中曩島夷内訌燬于

兵燹矣公孫太守公出入中外

苦心捃拾得其餘賸釐爲十一

不知所以裁之或遂肩宮宙牖
或援之百室之聚而眩鶩震捍
不屬矣鼓士欸攏眩卒受朝寄
為之也物堂淵滿茶舟已勝氣
之載河嶽大極之載大塊皆氣
社也受讀卒業歎曰嗚呼大塊
奏附之奏議而公僕事稱全于皇

天地如其所素習然氣之纖巨
異也公東南數千里孤生華顛
帖括當
大禮議起與公異論者咸挾泰山之
重以壓公卯公旦夕靡碎耳摧
而不折挺而愈伸不自知危也
比其結

主知當爰立數載之閒穹爵極貴屈
揃厦之尊講布衣好時師時友
俯在廷之耆宿而据其上不自
知崇也清累代腹肱之蠹收
先朝倒授之柄百廢振百利興令巖
廊海宇熙然整然還
高皇帝絜法之源

敬皇帝雍阜之盛不自知功也位震
主功蓋世而靡卓錐之土把握
之珍是用遺子孫者而不自知
高也蓋公魁壘俊傑之氣浩然
獨秉受之天者獨也正矣率其
心所謂是理所謂可奮然孤注
不沮不疑而又將之以深識證

之以興學故其措之辭者凡禮
樂兵刑國是朝典他人窮年濡
首而不白偏工獨諳而不至者
公猝語之旁談之其洞竅達係
如彊敏家督而譚其家之有無
多寡也其應機合節如人舉其
手爲其身而痒搔痛拊所向如

意也乃其詞氣直達精懇腕有
餘力舌有餘津尤宋人所稱玩
其語致足折衝萬里者公浩然
之氣一吐于此此其擢囂群喙
結𢾊
一人𠛱無前之勩爲救時之相者矣
竊嘗謂公之俊往偉傑善斷大

事禔身貞潔不爲私啚似寇萊
公而其不屑屑務細行避物議
亦如之論事之文精覈詳辯似
李伯紀然萊公不學少文不足
自表見于後伯紀文似公矣而
所遘非雄主齋其志于千載之
下公之材品兼有兩公其遇合

勛伐則十葉公而百伯紀也公
文正大春容視之奏議曾衞之
政詩抗勁宏亮得杜陵之槩骨
幹巉然大約偉挺自立不爲腴
詞僞體諂人耳目雖非公之所
自見重與後来之所以重公然
公魁壘偉傑之氣不與其身往

而與其文留者與其神情語笑
之姿矣或乃謂公前之議毗
人主親親之心爲易合後之功受
人主特達之知爲易建是又大謬不
然夫
昭聖挾數十年母后之重手挈大寶
授之六尺之孤佐之論者又先

代耆蔡之臣盈廷高名之士公
能必
幼主之舊然敢行其志乎能無紆意
援受之恩而少屈莫解之念乎
能無内懷莫解而稍需壯益明
習而後伸其獨乎即稍需公之
身不已亟異論者之吻乎而謂

公逢探其必勝而取其捷得也
夫君猶天也和風震霆其來莫
測勛之為仇為郭輔之為夏為
巖不朝受肺肝夕碎腰膂哉自
非公之率心任理獨往不疑而
其無私之氣正大之詞傾
九重之心而使之信而餘無言不罰

有爲必效也故公之品爲必不
磨之品公之文爲必傳之業噫
當斯時也而有如公之人讀公
之書處公之地其猶庶幾也夫
萬曆戊午中秋日
賜進士出身承德郎兵部車駕司
主事同邑後學劉康祉拜手謹

題

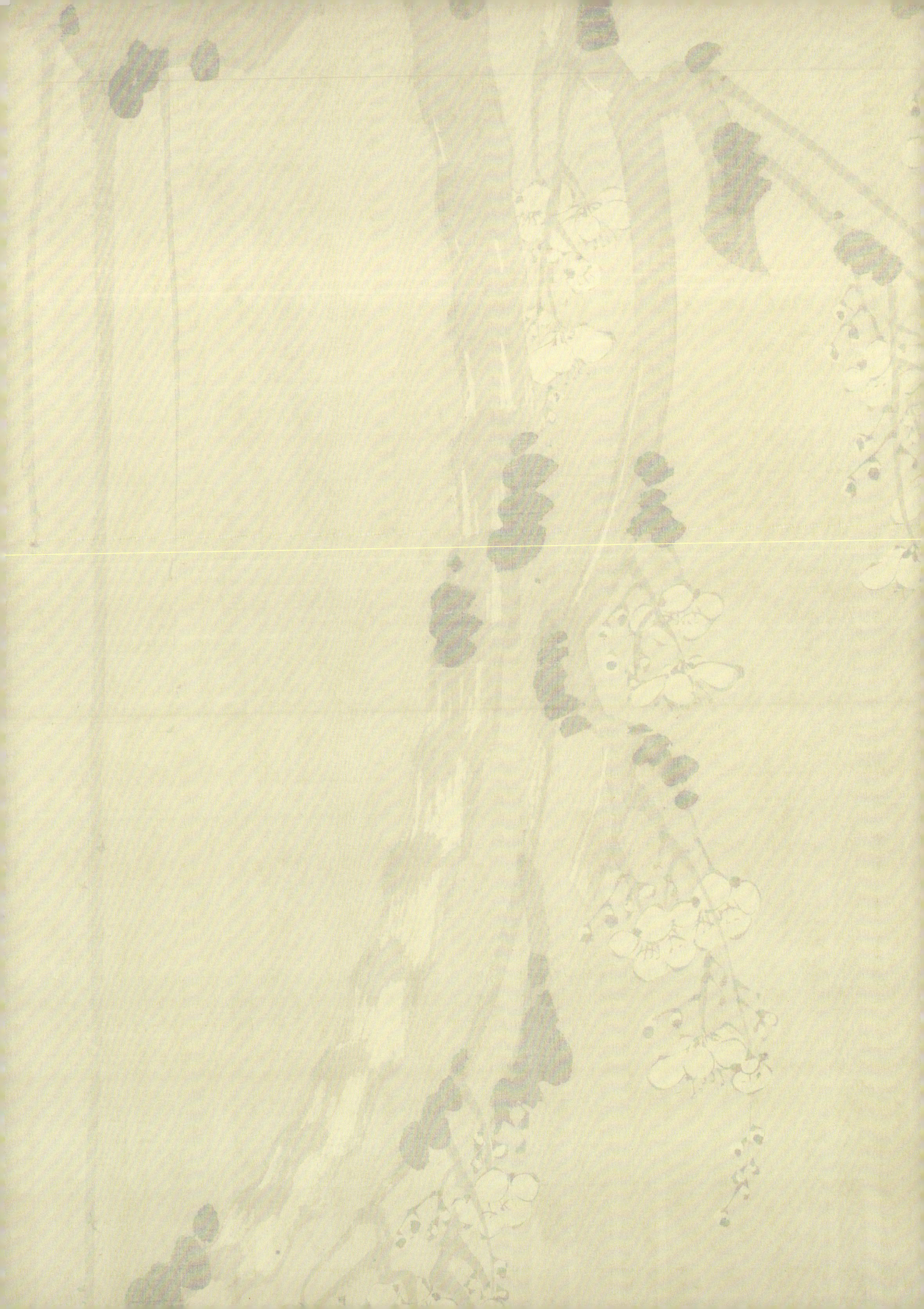

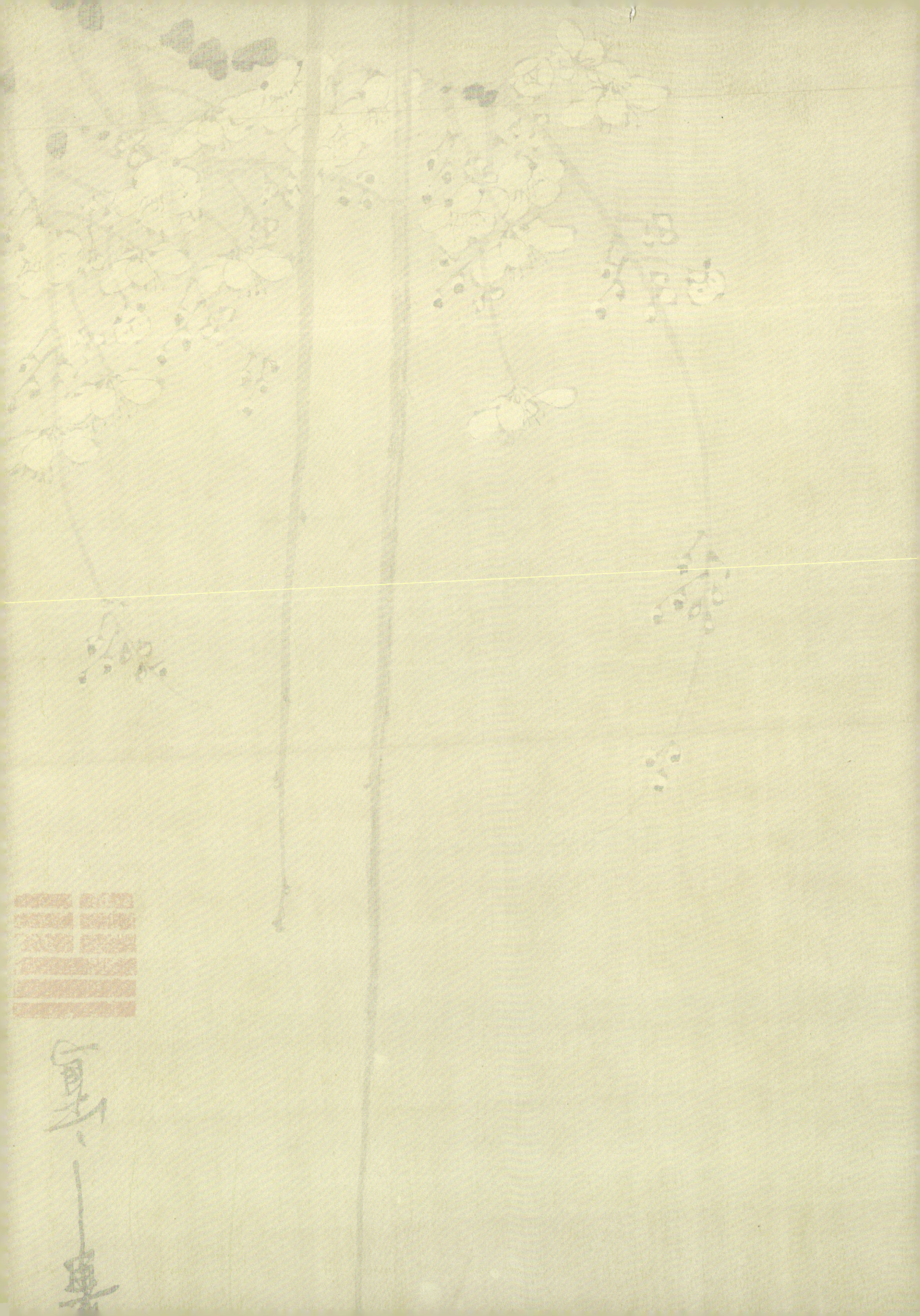